李修文 著

致 江东父老

湖南文艺出版社

自 序

　　我看见过春天的黄河。其时东风浩荡，冰花碎裂，所有的浊浪，与苏醒无关，与崭新的命运无关，如同每一年的此时，它们时而化作狮子吼，时而转为掐住了高音的低音，最终，就像在世上逃难的母亲，它们吞下了苦楚，遮掩了伤痕，携带着仅剩的儿女奔向了不足为外人道的远方。

　　是的，在滔滔东去的大河里，有高音，也有低音；有山东，也有山西；有坚硬的黑铁，也有消散的浪花。多么像我们置身其中的人间：深山里的雪水还没有化开，独木桥上的人正在淌下热泪；冻僵的手会攥紧一个馒头，大风里的腿脚终于向前迈进了一步；自取灭亡的人不发一言，苦水里浸泡过的心却偏偏不肯被驯服。

　　在春天的黄河边，当我回过头去，看见渡口上长出的花，看见更加广大的人世，不由得再一次决下了心意：那些被吞咽和被磨蚀的，仍然值得我泥牛入海，将它们重新打捞起来；那些不值一提的人或事，只要我的心意决了，他们便配得上一座用浪花、热泪和黑铁浇灌而成的纪念碑。

行路至此，他们早已不是别的，他们是头顶的明月，是正在长成的胎记，是有脸没脸都要再见的江东父老。

　　致江东父老：为了配得上你们，我要变得更加清白，那些廉价的嚎啕，那些似是而非的口号，我要代替你们去推开它们。这纸上的河山，要做生死账，更要做招魂簿，生老病死，春雨秋雨，稻浪麦穗，披红挂绿，以上种种，要聚集，要忍耐，要被召唤，而后水落石出，最终迎来光明正大；我也要变得更加沉默，不再执迷一己之力的奔突之声，而是拽紧了你们的衣角，跟着你们去世上，由此，让浮泛的变成实在，让自诩的托付变成一场不闻不问的盟约。

　　就像我所写下的这些篇章，踉跄着来了，趔趄着走了，许多时候，我都不知道它们究竟姓甚名谁，微末的盼望，是眼见它们做夜路上的好汉，看待自己，就像看待一场奇迹，再一路狂奔，来到了风雪山神庙，是的，水穷处，云起时，一篇文章，即是一场风雪；一篇文章，即是一座山神庙。正所谓，未曾生我谁是我，生我之时我是谁？

　　这些儿郎们，如若有难，你们就做哪吒，剔肉还父，剔骨还母，只顾去抱紧那些扑面而来的面孔和遭遇——如此大的天下，这么多的人，这么多的可爱人，这么多的可怜人，到头来，不过是：天下可爱人，都是可怜人；天下可怜人，都是可爱人。既然如此，儿郎们，莫不如在召唤声里应声而起：上天也好，入地也罢，他们去哪里，你们便去哪里；他们要你们变成什么样子，你们就变成什么样子。

　　如此大的天下，这么多的人。我已经写下了不少，但还远远没有写够，就像行走在一条永无穷尽的长路上，越写，越觉得自己一贫如洗；越写，越觉得莫大的机缘正在临近，一草一木全都变作了江东父老。

所以，再致江东父老：道路正在继续，更多的沟壑烽烟正在朝我奔涌，而我的心意已经决了，一如收集于此的这些篇章所写，油菜花地里，荒寒的窑洞中，又或东北小城，西域戈壁，以上诸地，在明处，在暗处，全都有倒伏在地的人。要我说，他们其实也是一座座倒伏在地的纪念碑，但凡想要将他们搀扶起来，这纸上的河山，就断然不可能画地为牢，相反，它要伸出手来，去触摸牛蹄窝里的一块块苦，也要去吞噬针尖上的一点点蜜——这些触摸与吞噬，不是觉醒，而是命运；这些苦与蜜，不是自说自话的弯弯绕，而是拼尽了性命才能亲近的太初有道。

是的，一定要记得：为那些不值一提的人，为那些不值一提的事，建一座纪念碑；一定要记得：天下可爱人，都是可怜人；天下可怜人，都是可爱人。

目 录

猿 与 鹤

猿

那年春天，在云南，一座小县城里，他见到过一只猿。为了谋生糊口，他跟着几个人来这里，劝说一位企业家给他们投资拍电影，企业家好吃好喝地招待，但就是不松口。这几个人反正也吃了上顿没下顿，干脆便乐不思蜀，成天在小旅馆里睡到黄昏，天黑之前，再赶到企业家的庄园里去喝酒。他们来的时候，花都还没怎么开，倏忽之间，不管走到哪里，梨花樱花海棠花的花瓣已经落得人满身都是了。

小旅馆所在的巷子走到尽头，再往西，过了一个废弃的水果市场，就来到了一座无人问津的动物园。据说，这动物园是民办的，即将改为房地产开发项目，但是手续还未齐全，所以，就还有一天没一天地开着，那些孔雀、大象和云豹，也只好有一天没一天地继续在这里打发时日。

一旦起得早，又或心乱如麻的时候，他便去看那些无所事事的动物。当然，他并不买票进园子，每回都只是远远地站着，隔着铁栅栏去眺望它们，大多都只是影影绰绰。但是，他知道，自己根本不需要将它们看得多么清楚，似乎是，只要看见动物们是在厮混与无所事事的，他就放心了，因为瞬时之间，他也原谅了自己的厮混与无所事事。

话虽如此，说不清道不明的焦虑终究还是如影随形：花瓣们落下来的时候，只要有一朵落在他身前，他便用脚去踩，神经质般，一脚一脚地，直到将花瓣踩成了齑粉和烂泥。

然后，他就看见了那只猿。一个下雨天，他亲眼见到它被五花大绑运进了园子，他以为，这只是暂时的，毕竟，初来乍到有可能令它愤怒。哪里知道，他天天去看，发现它也天天被绑着，直到他在铁栅栏外面遇见饲养员，终于忍不住好奇，去问他，那只猿，为何在这里是这般下场？哪里知道，饲养员竟然对他说：那只猿，是一只终日里都在寻死的猿，来这园子之前，它在四川的一个游乐场里，成天表演钻火圈和踩自行车，在观众鼓掌的时候，它还得作揖和做鬼脸。一只被驯养过的猿，过这样的日子难道不是应该的吗？可是，那只猿的自尊心却特别强，从第一天登台表演，它就不愿意，不驯服。终于有一天，它就开始寻死了，好几度被人救下，但它却执意要死。没办法了，游乐场的老板将它送给了眼前这座园子的老板，可是，新老板也拿不准它会不会再寻死，只好一样将它终日里五花大绑起来。

他被震惊了，不知道被什么人砸了一拳，但这一拳砸得他的太阳穴炸裂般疼痛。自此之后，管他是在喝醉了的迷幻中，还是在睡着之后的梦境里，饲养员对他讲起过的一幕，便不时在他的脑子里电影场景一般闪过。游乐场，暴雨，闪电，高耸的假山上，那只猿，爬到了假山的顶峰，闭上眼睛，而后，头朝下，纵身一跃，跌入了山下。但它却发现自己并没有死，而它只是要死——它爬起来，重新上山，仍然是暴雨，闪电，仍然是闭上眼睛，头朝下，纵身一跃。

它始终都没死成，然而，它竟然一直都还在寻死。

夜晚里，他又和同伴们一起，去企业家的庄园里喝酒，企业家叫来了一帮姑娘跟他们喝，自己却并不喝。为了让企业家早日痛下决心，他和同伴们一如既往，全都拼尽了气力去和姑娘们喝酒，间或还要给企业家说上几个段子：皇帝与宫女的段子，奥巴马的段子，赤脚医生和母猪的段子，等等。他不擅长讲段子，只好一次次起身，给那些姑娘敬酒，第三轮敬过的时候，一道闪电当空而下，照亮了庭院，还有庭院里的假山，他打了个冷战——闪电里，他似乎见到那只猿就站在假山之巅。

　　一瞬间，他觉得自己像个小丑，而且，那只猿正在见证着他如何扮演一个小丑。他竟然慌张得要命，差点捂住自己的胸口，只好硬下心肠，对幻觉视而不见，再去敬酒。又一轮敬过，他坐下来，面红耳热，喘粗气，身边的同伴，还有那帮姑娘，尤其是那帮姑娘们，大都喝得神志不清了，这时候，企业家端起了酒杯，让他和同伴们先走，他自己接着和姑娘们喝。

　　他的一个同伴原本以为今晚能够带走其中的一个姑娘，那姑娘甚至已经跟他聊过了杨德昌和阿巴斯，现在，自己却要先行离开，他当然心有不甘，于是大声吵嚷了起来。哪里知道，企业家的几个手下冲进来，不由分说，将那同伴，还有他，一个个的，全都生拉硬拽了出去。他在假山底下被摔倒，接着呕吐，呕吐的间隙，一抬头，他又看见了那只猿，那只猿也冷漠地看着他，他们对视着，但他知道，他正在被鄙视。

　　也许是，他需要更加真实的被鄙视，大雨中，他竟然丢下同伴，一个人发足狂奔，奔向了那座隐秘的、无人问津的动物园。

铁栅栏上了锁，他就去攀爬那铁栅栏，雨水滂沱，闪电接连而下，掉落在地上好几次，他仍然一心一意地去攀爬，看上去，他就像一个心如死灰的盗贼，临死之前要再大捞一把。越过了铁栅栏，他在黑暗里环顾，辨认了好一阵子，总算找到了那只猿被关押的所在——一座高大的、从前曾经关押过长颈鹿的铁笼。铁笼的一步之隔，有一棵苦楝树，他便马不停蹄，跑到苦楝树下，抹去脸上的雨水，现在，他终于可以领受真实的被鄙视了，似乎唯有如此，他才能够继续自轻自贱，才能跟自己说：什么都没用的，继续这么混下去就好。

然而，那只猿根本不曾理会他，它只是安静地端坐于铁笼之内，全身上下都是湿漉漉的。它当然看见了自己，但却跟没看见一样，在它眼里，似乎众生已然平等，他和一株苦楝树别无二致。这下子该怎么办呢？他未能满足，但却也不至于去激怒它，就横下了一条心，持续不断地去和它对视，也不知道时间过去了多久，他终究未能在那只猿的眼神里找出自己和苦楝树的区别。雨越下越大，他不断地打着寒战，一个闪念袭来，他的身体里却骤然生出了崭新的震惊。实际上，他有可能真正是配不上那只猿的鄙视的，现在的它，是尘缘了断的它，是一身清凉的它，所谓的隘口与关卡，它早已渡过了，证悟和执迷，故乡和他处，等等等等，确切的是，这世上的一切语词，语词背后的迷障，都和它一干二净了，现在的它，只剩下死亡一件事。

雨水继续浇淋苦楝树和他，当然还有那只猿。猛然之间，他开始仇恨那只猿，他嘲笑它：想死还不容易吗？你倒是绝食啊！说来说去，你还是智力不够，绝食这么简单的事情都没想到嘛！可是，一念既罢，他觉察到了自己的脏，于是，他如坐针毡，在雨水里茫然四顾，最终，他仓皇着，从苦楝树底下跑出去，再次翻越了铁栅栏，一步步，落荒而逃。

鹤

鹤归空有恨，云散本无心；鹤飞蝉蜕总成尘，欲报明珠未得伸；犬因无主善，鹤为见人鸣；昔人已乘黄鹤去，此地空余黄鹤楼；月出溪路静，鹤鸣云树深；鹤笙鸾驾隔苍烟，天上那知更有天。其实，他有一个隐秘的习惯：不管在哪里，一旦心慌意乱，他便要找出笔纸，下意识地写写画画，每逢此时，他写下的，多半是那些他能想到的、关于鹤的句子。

也许，他的身体里的确住着一只鹤。许多次，他想象过那只鹤从自己的身体里破空而出，飞向了天际，再从天际里往下看，但见绿苇丛生，又见渚清沙白，它便忍不住唳叫，利箭一般，直直地插入云霄，而后搅动云团，腾跃出来，一意低头，径直冲向苇丛。在其中厮磨，在其中翻滚，身下所碾压的，再无别的什么，只是巨大的、一直铺排到了天边的绿。过了一会儿，它被苇丛边的河水吸引，内心涌起令自己更加清洁的渴望，于是展翅入河，闪电般击穿波浪，波浪消散，一遍再遍，任它投入和疾驰，就像是，那河流早就在等待着它，因为它的清洁，那河流将变得更加清洁。时间到了，好似是命定的召唤来临，它浮出水面，重新跃入天空，张开翅膀，是的，作为一只鹤，唯一的命定，即是飞翔。唯有飞翔，它才能飞越了山河，又扩大了山河。

他在许多地方见过那只鹤。在火车车厢里，他往外看，那只鹤刚刚掠过车顶，飞入了满天的霞光和被霞光照耀的甘蔗林。在北京的石佛营，后半夜，天快亮的时候，路边小摊，酒冷火残，那只鹤在楼群与楼群之间翻飞，最后，径直朝着那小摊扑面飞来，却像是一块提前到来的鱼肚白。还有沈阳铁西区的废弃工厂，那只鹤在车间里飞，在烟囱边上飞，他眺望着它和辽阔而枯寂的厂区，竟然一阵眼热，似乎它只要飞下去，炉火便会重燃，机器便要重新轰鸣，一个赤膊流汗的年代便会重现在满目萧瑟里。

然而，事实上，他只见过一只真正的鹤。那年春天，他幽闭在一座荒岛上，终日去写一部似乎永远也写不完的剧本，当然，与其说是在写作，不如说，下意识里，他是在躲避。他怕追稿的人在他平日生活的城市里找到他。荒岛上养着数百只鸡，他就是在这群鸡里，见到了那只真正的鹤。据鸡群的主人所言，这只鹤打幼小时从山谷里跌落至此处之后，就跟公鸡母鸡们一起长大，公鸡母鸡们能飞多高，它也就只能飞多高，它的胆子，实际上比鸡还要小，是啊，它早就忘了自己是一只鹤了。

可是他知道，这不过都是障眼法，现在的那只鹤并不是真正的它，那只是谎言里的它。一个黄昏，他一个人在河滩里打转，被河对岸漫无边际的芦苇荡所迷醉，因为是春天，世间万物都有新鲜和狂妄之美，所以，世间万物都叫人苏醒和悔恨。他还正在胡思乱想，突然，苇丛里飞出了那只鹤，它先是踏踩于芦苇之巅，在随风起伏的芦苇荡里忽隐忽现，其后突然振翅，唳叫着飞向了半空。在半空里，它一时如剑客舞剑，端的是疾风骤雨，一时又如画布上被水涸开的墨汁，缓慢地流淌，直到静止。因为这静止，眼前山河竟然被扩大到了无限辽阔的地步。最后，它可能是发现了有人在偷窥它，趁他还迷离着，竟然在疾飞里收拢翅膀，一意俯冲，扎入水中，再也消失不见。

所以，鸡群里的它，只是谎言里的它。到了傍晚，鸡群从山林里现身，纷纷归笼，他又看见了那只鹤，现在的它与芦苇荡里的它相比，显然是判若两物。他走近它，蹲下来，抱着它，再逼视着它，它却蓬头垢面，卖乖卖傻，看上去，就像是一场审讯，而那铁了心的特工偏偏不肯露出原形，甚至学起了鸡叫，费尽了气力，想要从手中挣脱出去。

一时之间，他怒从心起，抱着它，在密林里穿行，一路狂奔着，从荒岛上唯一的一条石阶上跑下去，跑到河滩边，再将它放下，对它吼叫，命令它飞起来。可是，它却只有慌张，瑟缩着向后退，一只脚退到河水里，竟然像是被烙铁烫了，龇牙咧嘴地抽回了脚。他当然不信，干脆重新抱起来，再将它的全部身体往河水里按下去，终究，它只是发出了几声鸡叫，无力地扑扇了几次翅膀，他只好颓然放过了它，不再折磨它。

但是，他确信自己认得另外一个它，哪怕化成灰也认得它。在满天的夕照之下，他和它，相顾无言，越是相顾，他就越是想念那只芦苇荡里的鹤，那只半空里疾飞或静止不动的鹤。他感到，一只鹤，从他的身体里飞了出去。

猿

那么，开始吧。钻火圈，踩自行车，作揖，做鬼脸，开始吧。

北京，光华路的一间密室，窗帘被拉下，他怀揣着巨大的不祥之感，打开电脑，演示PPT，为了得到这个机会，他甚至请人找了许多插图，精心地安置在每一页上。好吧，《港岛沦陷》的电影故事框架是这样的：整个故事分为三段，第一段，写的是日寇在圣诞节那天入侵香港，一个罪犯趁机越狱，和一群逃难者同行，可是，同行者为了活命，只好刺死了那个已经变成英雄的罪犯；第二段，写的是一群民众向日寇出卖了营救他们的英国飞行员……

伴随着他的演示和讲述，在座的那些香港人，全都紧缩了眉头，他心里暗暗叫着不好，也只好吞着唾沫，硬着头皮继续往下说，终于，有人忍耐不住，扔掉手里的咖啡杯，质问他：这是什么鬼？！更多的人跟上，纷纷质问：这是什么鬼？！这是什么鬼？！他强自镇定，不再讲述情节，谈起他心目中这部电影的风格和调性，众人仍然无动于衷，眼神里尽是嘲讽。不要紧，他终于找到了准确的表达：《无耻混蛋》，诸位听我说，这故事就是香港版的《无耻混蛋》啊！

有人截断他的话，怒吼起来：我看你才是他妈的无耻混蛋！

众人纷纷起身离席，他慌忙起身，跑到会议室门口，拦住大家，央求他们再给自己一个机会。其实，他的电脑里，还另有一版故事。众人迟疑着，互相打量着，最后还是不耐烦地坐下，听他去讲另一版故事——圣诞之夜，日寇的枪炮声惊醒了沉睡在浅水湾海底的怪兽，怪兽一怒而起，对日寇大开杀戒，最后，被拯救的市民和怪兽共度圣诞，面对满天的烟花，市民和怪兽的眼眶里都涌出了热泪。

　　他怀疑自己听错了，仔细听了一会儿，他终于确信，的确有人在给他最后讲出来的故事鼓掌，如此，他和同来的香港导演对视着，终于松了口气。然后，出品人先行离席，并且通知他和导演一小时后上楼，去他的办公室里谈合同。他和导演连连称是，鞠躬，欢送大佬们离开。然后，导演走到窗边，拉开窗帘，跟他商量，此次项目，可以给他钱，但不能给他署名，因为导演早就已经对媒体宣布过，他将自编自导，如果他不同意，那么，现在就可以滚蛋了。

　　好吧，他呆愣了一会儿，透过窗缝，他眺望着大街上的人流和各色招牌，时而又听见自己吞唾沫的声音，他回转身来对导演说：好吧。

　　好吧，继续吧。钻火圈，踩自行车，作揖，做鬼脸，继续吧。

　　过了半年，那个《港岛沦陷》早已沦陷，直至烟消云散，他去了重庆郊县，到一个剧组里打杂。听说他写过东西，剧组就让他去伺候一个正好在此度假的作家。这部剧是根据这位作家的长篇小说改编的，而且，作家的下一部长篇小说的影视改编权也被出品方购买了，听说作家已经开始了下一部的创作，剧组干脆将他请到了风景还算宜人的拍摄地来动笔。他其实看过这位作家的小说，那是他小时候，为了防止他驼背，他的父亲每天让他睡硬板床，连枕头也是用几本小说装进布袋里做成的，每天晚上，他都会偷偷地从枕头里掏出小说来看，这其中，就有这位作家的作品。

作家的居处，正对着嘉陵江，按照剧组的规定，作家不出门，他也不能出门，寥寥可数的出门时间，就只有上街去为作家买烟买酒的时候。这一天黄昏，趁着作家去嘉陵江边散步，他也忍不住想出去晃荡，可是，路过作家的房门时，他发现房门只是虚掩着，突然，一股强烈的好奇心袭来，使他推开了房门，他想去看一看，作家的新作到底在写什么。

那勾了他的魂的新作，写的竟然是一个旧社会马戏团的故事，没看两页，他的老毛病就犯了，又走神了，对着窗外的嘉陵江发呆，脑子里倒是开起了一个马戏团。小丑，王子，大象，狮子，还有猿，全都纷至沓来，他甚至在想，要是他来写这部小说，他会怎么写？不知不觉，他就忘了时间。当作家的怒吼声在身后响起时，他吓坏了，慌忙上前解释，说自己其实也写东西，偷看他的稿件只是因为好奇，但作家根本不信，拿起手机就给剧组打电话，要他们赶紧通知他自行滚蛋。

夜里，他被发配到拍摄现场里去做场工，戏份是县太爷骑马出行，但是，并没有马，县太爷得坐在一左一右两个人的肩膀上。先去了一个场工，还差一个，没有人愿意去，场工们坐在屋檐下躲雨，却都纷纷看向他。他受不了这尴尬，当然，终究是舍不得这份生计，他站了起来，朝县太爷走过去，一边走，他一边想起了云南小县城里的那只猿。也许，它离开四川前往云南的时候，也跟此时此刻差不多？这么想着，他和同伴抬起县太爷，往前走，道路湿滑泥泞，为了不让县太爷摔倒，每走一步，他都得使出吃奶的气力，再夸张地侧支着身体，继而，重重但却不为人知地踩出双脚，看上去，就像一只真正的猿。

猿与鹤

他真的是写过东西的，远的不说，就在这几天，他还写过两个小说的开头，虽然只是两个开头，但毕竟聊胜于无，他总是忍不住想：要是写够一百个小说的开头，弄不好，他就能重新写完一整篇小说了吧？

《猿》："从小旅馆往东，有条小路，这小路将到尽头的时候，有一座动物园，动物园里，有一棵苦楝树，苦楝树正对着一座高大的铁笼，笼子里坐着一只猿。且不说那只猿，先说动物园，这动物园，早已破败得寒酸，除非走错了，几乎不会有人来。奇怪的是，有人非要死皮赖脸地付租金，拿下了一个摊位，卖气球，卖饮料，卖方便面。租下这摊位的人，打四川来，早前，也是一个饲养员，他饲养过的，正是笼子里的那只猿。他怎么就舍不得那只猿，大老远，从四川跟到了云南？有人问他，他也说不出话，因为他是个哑巴。这哑巴，说是在摆摊，实际上，他根本就没管过自己的摊位，一天到晚，只顾带着一堆吃喝去讨好铁笼里的那只猿，铁笼里的猿却不理会他，成天都闭着眼睛。这样，哑巴就在笼子外头唱歌，唱又唱不出声，咿咿呀呀，咿咿呀呀，听得人想死，听得那只猿也想死，只好睁开眼睛，厌烦地对哑巴嘶吼，它一嘶吼，哑巴就掉起了眼泪……"

实际上，这篇小说如果能够继续写下去，他大致会这么写：一个饲养了那只猿半辈子的哑巴，从四川千里奔赴到云南，为的是，去帮助那只猿完成自杀。可是，一如既往，他没能写完。

《鹤》："沈姓男，家住安康，春来耕种，秋尽渔猎，每猎于山中，必于古槐之下献祭，多为粟米瓜果，奠罢行猎，多有小获，不获亦不以为意。忽有一日，断崖跌足，几欲丧命，幸得少年搭救，沈姓男作揖道谢，少年连称不必，言谈之间，多有英豪之气。当夜，沈姓男睡至方酣，忽听得山林间风云大作，一惊而起，却见那少年正持弓射箭，一箭既毕，白雉翠雀，纷纷堕地，眼见得林动如哮，鼠狼奔突，于埂，于谷，于溪涧，少年朗笑三声，再张弯弓……"

这一篇，之所以文白夹杂，大概是他实在百无聊赖，又实在想写，便想起了蒲松龄的《王六郎》，反正他也不知道小说该怎么写才算好，于是就干脆对着《王六郎》仿写了起来，他想写的是：一个猎户，无意中用粟米瓜果搭救了一只白鹤，结果，那白鹤修行既毕，便化作山中少年，和他结下了旷世情谊，而后又长亭作别，再无相见之期。可是，一如既往，他仍然没能写完。

既然无法写完一篇小说，那么，就好好在剧组里混日子吧。不承想，剧组里的日子也混不下去了。这一天，被剧组请来此地的那位作家前来拍摄现场找导演聊天，一眼看见了他，将制片人招至身边，耳语了几句，随后，制片人就来通知他，现在，你可以从这个剧组里消失了。他想不明白，这究竟是为何，制片人到底心软，跟他说了实话。他便径直去找那作家，跟他说，那天偷看他的小说仅只是好奇，绝无任何恶意，还有，他的女儿才半岁大，等着他挣了钱拿回去买奶粉。可是，那作家双手一摊，对他说：我打听过你了，当初也是小有名气的青年作家，正所谓，一山不容二虎，你倒是说说看，一个剧组，岂容两个作家？

那一天，当他离开剧组，在嘉陵江边的河滩里往前走的时候，他的眼眶里确实涌出过泪水，但那绝非因为欺辱，而是欺辱到了头，于是，真真切切的喜悦之泪便到来了。自此之后，钻火圈，踩自行车，作揖，做鬼脸，以上种种，你我一别两宽就好。我不是不知道，钻完火圈，踩完自行车，我有可能换来一顿吃喝；我也不是不知道，作完揖，做完鬼脸，我又有可能得到几颗糖果，可是，不要了，那些不曾得到的，我不要了；那些没有写完的小说，我要将它们写完。此一去后，无非是自取灭亡，无非是哀莫大于心死，但又不去死。这么想着，心底里竟蓦然一惊——他之不死，和那只猿之要死，岂非就是一回事？

在嘉陵江边的河滩里，他清晰地看见了那只猿，它就站在满天夕光的照耀之下，等待着他去走近，眼神里绝无任何鄙视之意，现在，他们变作了同路的兄弟，所以，当他靠近那只猿，只是会心地和它对视了一眼，再并排一起朝前走。这时候，一阵山风从嘉陵江对岸袭来，河滩上的杂树摇曳了片刻，立刻静止下来，还有那些江水里的石头，根本纹丝未动，一如世间的信心。

当然，那时的他并不全然知晓：就算满目里都遍布着信心，但是，在那信心所及之处，出租屋中，小旅馆里，当他开始写下那些他真正想写的东西，还会有另外一张血盆大口在等待他，那便是无能，那种深深的、令他几乎痛不欲生的无能。就算身体里已经装下了吃定的秤砣，他终究无法写完一篇小说。每逢此时，他难免会想起那只苦心等死的猿。于它而言，死亡当然是一场盛大的节日，为了这个节日的到来，它一再被救下，被绑缚，被幽闭，真正是将这些磨折当作了通往正果的九九八十一难。可是，要是它一直等不来那场盛大的节日，就像他，这一生里都注定了再也无法写完一篇小说，他和它，又该如何是好呢？

还有那只从身体里飞出去的鹤，他是已经有多久没有看见过它了？

鹤

北京，石佛营的出租屋里，正是后半夜临近结束、黎明正在到来的时候，他看了看自己写下的那些白纸黑字，不由得一阵心慌气短。好不容易，他总算写完了一整篇，可是，他清楚地知道，这并不是他一直想写出的那种小说，也许，能够算作是一篇散文？

他在微光里出门，想去碰碰运气，看看这时候是否还能填饱肚子，不承想，他熟悉的那家路边小摊竟然还没收，一群喝得醉醺醺的人仍在对着老板大呼小叫：肉筋，脆骨，大腰子！他点了自己想要的，找了个角落坐下，不承想，有人奔过来按住了他的肩膀。他回头，发现对方竟然是嘉陵江边拍摄的那部电视剧的出品人，再定睛一看，这才看清楚，那群喝得醉醺醺的人，无一不是影视大佬。从前，他只是在各种媒体上见过他们，显然，如果不是为了追忆一下青春，大佬们是不会来到如此穷寒之处的。

那出品人按住他的肩膀，还没开口，径自先笑起来，他哈哈大笑着告诉大佬们：这个人不愿意做编剧了，非要当作家！对对，作家！作家！哈哈，作家！不知道究竟是什么触动了大佬们的笑神经，他们全都大笑起来，他反正也闲着，就跟着他们一起笑——此时之他，早已经被另外一场忧虑所裹挟：他刚刚写下的那一篇，究竟是小说还是散文？还有，为什么，哪怕是写散文，他都害怕得要死，拼命担心写完这一篇就没了下一篇？

正笑着，不经意去看远处的时候，他突然想起了一件事：有一回，也是在这小摊边，他目睹过身体里奔出去的那只鹤曾经在楼群与楼群之间翻飞，最终，它径直又朝着小摊扑面飞了回来。恍惚之间，他觉察到了某种救命的东西正在等待他，于是，他做了一个决定：他要再去那荒岛上，他要再去见见那只鹤。

天亮之后，他奔往西客站，坐上了向南去的火车，一千多公里后，他下了火车，再换乘汽车，驱车几百公里，来到了一条大江之畔，这时候，已经又是后半夜快要结束、黎明正在到来的时候。在大江边，他好说歹说，又加了价钱，终于说动了一个早已入睡的船夫，发动小船，将他送往了那座荒岛。在那荒岛上下船之后，沿着石阶，他一步步朝上走，再去辨认曾经熟识的周遭，禁不住觉得一切都恍如隔世。好在是，他已经听到了公鸡的打鸣，不由得加快步子，直至在石阶上奔跑，跑向那个已经久违了的鸡群的主人。

蒙蒙雾气里，鸡群的主人却告诉他：那只鹤，早就死了。

世间人事，无非如此，他张大嘴巴，惊诧地看着鸡群的主人，对方不以为意，根本上，对方就是在对他说一件再微小不过的事情，他便再一遍在心里对自己说：世间之事，无非如此。终了，他忍不住，又问对方，那只鹤是怎么死的，答案却更加吊诡：可能是在鸡群里呆的时间太久了，那只鹤，竟然是染上了鸡瘟而死的。

但是，要说它就是染上鸡瘟死的，倒也不是——鸡群的主人继续说：那只鹤，像是死到临头才想起来，自己并不是一只鸡，自己是一只鹤，于是，哪怕只剩下了一口气，它也要做回它的鹤，突然就张开了翅膀，拼命飞上了天。你是不知道啊，它真的飞上了天，活生生跟山上的一块大石头撞在一起，掉在地上，没死，撞晕了。哪知道啊，一醒过来，再往天上飞，飞了没几步，又撞在那块大石头上了，这一回，彻底死了。

原来如此，他一边听，一边打起了寒战，那鸡群的主人多少觉得诧异，不明所以地看着他。而他却只顾死命地盯着河水的对岸去看，疯子一般，就好像，那双眼可以变作双脚，瞬时之间，便要踏破这横亘于前的茫茫雾气。鸡群的主人啊，你有所不知：事实上，他已然踏破了雾气，重回了那一年的春天。在春天里，世间万物，都生发出了新鲜与狂妄之美，那只鹤，先是在天空里舞剑，而后又像一滴墨汁般去流淌，直至静止。过了一会儿，他突然发足狂奔，穿过雾气，穿过举目皆是的山毛榉，跑下了一千二百级石阶，来到河水边，没有片刻犹豫，二话不说，他便跳进了河水。鸡群的主人啊，你有所不知：唯有奔跑起来，再不停奔跑，他才是那只鹤；唯有跳进河水，再继续埋首，他才是那只鹤——那只身在天空里的、剑客和墨汁一般的鹤。

恨月亮

甘肃瓜州。夜幕，大风，尘沙，赶路人，喘息，咳嗽，骆驼刺，芨芨草。我也不知道，这些大地上的机缘和命定，究竟是被哪一只造物之手安放在一处，齐聚在了后半夜的戈壁滩上？但是，因为满目的黑暗，他们互相根本看不见彼此，所以，这哪里是齐聚，反倒更像是一场奴役，尤其是那些赶路人：方寸之地内的亲密明明已经降临，但是，在大风里，在接连扑面而来的沙砾里，他们只好放弃辨认，陷入孤苦，再往前一步一步挪动，就像是，命运到来了，这命运的名字，就叫做低头、寸步难行和伸手不见五指。

　　此前的黄昏里，紧赶慢赶，我来到了一座小汽车站——凭借着最后一点能看清的视线，我终于找到了它，然而，它却早已被大风和尘沙贯穿，里里外外，一个人影都没见。最后一点视线消失之前，依稀可见的屋顶上，沙堆像一头时刻准备吃人的狮子，正在越积越厚，就好像，转瞬之后，它便要作魔作障。前路显然已经断绝，后路又早被掩盖，那么，我到底该何去何从？

　　也就是在此时，我竟然听到了一阵接连的咳嗽，仅只这阵咳嗽，就足以令我几乎喊叫起来：此处竟然不止我一人。我当然要朝咳嗽声所在的方向狂奔过去，却先行撞上了另外一个人，这下子，我便再也忍不住，张嘴就要跟对方说话。哪知道，刚一张开嘴巴，尘沙便哗啦啦浇灌而来，一时间，好像是吃了哑巴亏，我吐也不是，吞也不是。

　　这时候，我总算明白了过来，那一阵咳嗽其实并非简单的咳嗽，嘴巴张不开的时候，它实际上就是召集令和行军号：尽管看不见，我却分明能感受到，有好几个人影从我的近旁走出汽车站，走进了更加广大的风沙。我大致能够猜测到，如此狂暴的气象里，等来一辆汽车，无疑是痴人说梦，但留下来也是死路一条，于是，他们干脆要孤身犯险，总好过在这里不知所从。可是，我是否应该跟他们成为同路人呢？不要说他们姓甚名谁，我甚至都不知道他们各自长着什么样子，假如他们不愿意跟我一起向前，我又该如何是好？

我还在迷乱着，那阵咳嗽声却离我越来越近了。近在咫尺的时候，有一只手伸向了我，又触碰了我，我大致已经明白了：这只手的主人正在要我跟他一起赶路。于是，一步也没落下，我赶紧便跟随上去，跟他一起，去遭遇更加剧烈的风沙。两个人都踉跄着，犹如即将被打翻的帆船，又好似将倒未倒的两棵柳树，倏忽之后，那只手也就跟我分散了开去。

如此，跟随着一群连长什么样子都不知道的人，我上路了，谁又知道是对是错呢？越往前，行走就越艰困：半空里飘荡的沙砾被风驱使，一颗颗地，子弹般硬生生扑打在脸上，实在疼痛难忍了，我只好驻足不前，伸出手去连连阻挡——结果，一旦伸出手去，身体便无法经受大风的推搡，仰着面，差一点便直挺挺倒下去，只好慌忙地将双手缩回来，赶紧撑起了身体，重新走动起来，身体这才终于勉为其难，像一个无赖般迎着风又谄媚着风，一步步向前试探。

这样的境地，怎么可能不发疯地想念月亮呢？三步两步之间，我总要下意识地抬头，朝着黑暗和更深的黑暗去眺望。当然，不管我去眺望多少次，躲藏在九霄云外的月亮仍然酷似一个刚刚从犯罪现场逃走的凶犯，镇定地谛听着动静，却丝毫未肯现身。再看这浓墨般的夜幕，仿佛一口罩住了山河人间的铁桶，在铁桶里，风声愈加凄厉，就像无数把生了锈的刀正在互相磨砺，又像冤魂提前发出的讯号，说话间，它们便要来到我和同路人的中间——不自禁地，我还是想要靠近我的同路人，干脆先去妄加猜测他们的所在，再拼了命朝着他们缓慢地奔跑。可是，刚一奔跑，一蓬干枯的芨芨草便飞奔过来，准确地罩在了我的头顶上，我只好停下来，悲愤地与之缠斗，一边缠斗，一边又发疯地想念起了月亮。

实际上，发疯地想念月亮，在我的生涯里已经不止一次。和芨芨草缠斗完毕之后，我继续顶风作案，不断伸手去阻挡横空而来的沙砾，再忙不迭地用双手去撑住趔趄着倒下的身体，终于没有撑住，倒伏在了满地的、刀尖一般的戈壁石上。这时候，可能出自对我的担心，我们的头领，又发出了号令般的咳嗽声，我赶紧从地上起身，没来由地，却想起了另一个伸手不见五指的夜晚。

贵州黎平。夜幕，大风，雪子，赶路人，喘息，咳嗽，结了冰的路，从山崖间伸出的冷硬的枝杈——从小镇子上出来，还没走几步，我便后悔了，不知道自己究竟何至于此。然而，在我身边或身前，那个看上去像母牛一般壮实的姑娘，每一步都走得稳当，还总是未卜先知，避开冰碴下的渍水，再避开刀剑般的枝杈，不曾有一步落在我的身后。好几次，我打开手机，试图照亮一丁点夜幕，但那不过是自取其辱：浓墨般的夜幕，就像是下定了决心去就义的战士，手机发出的微光只能在他身上留下拷打的血印子，却始终未能真正打开他的缺口。

正月十五，元宵节，我和小蓉，我们离开了镇子，要去到她的村子里偷青，不是偷情，是偷青。此地的风俗是，元宵的晚上，趁着月黑风高，年轻人一定要化身为盗贼，前往相熟人家的菜地，管它白菜、萝卜还是豆苗，偷了就走，绝对不会有任何后患。不偷青的小伙子，娶不上媳妇；不偷青的姑娘，嫁不出去。唯一需要讲究的是，偷盗的对象一定要相熟，最好是没出五服的亲戚，如此，偷青和被偷青的人才不至于伤了和气。

短短几天下来，在这小镇子上，小蓉几乎已经变作了我的亲人——为了完成几个侗族民歌传承人的口述实录，大年初七，我便前来了此地，来了才知道，那些传承人几乎无一不是在外打工，有的过完年早早就走了，有的则根本没有回家过年。一时之间，留也不是，走也不是，我只好硬着头皮忘掉差使，在小旅馆里写起了别的东西。因为春节还未结束，在村子里过年的旅馆老板一直没有回来，所以，这小旅馆里，前台、厨师和服务员，都只有小蓉一个，我跟她两个，简直算得上是耳鬓厮磨。

这个看上去像母牛一般壮实的姑娘，实际上，她那满身里根本就不是壮实，而是浮肿：我早已知道，她有尿毒症，她之所以在这小旅馆里帮工，实在是因为，在外打工的三个弟弟给她寄来了钱，让她终年都在镇子上的小医院里住院，可她心里终究难安，所以，要是她觉得身体好受一些的时候，她便在小旅馆里做些自己能做的事，弟弟们的钱，她是能少花一分就一定少花一分。

入夜之后没多久，大风呼啸而来，将整个镇子笼罩住，一户户人家里，零星的几家店铺里，灯火都渐渐灭尽了，就像是，因为做贼心虚，所有的灯火都赶紧遁入了黑暗。稍后，天上飘起了雪子，砸在玻璃窗上，发出清脆的声响，天气因此而变得愈加寒凉，就算我早早蜷缩在被子里，凉意仍然无孔不入，令我几乎要咬紧了牙关。这时候，小蓉却来敲我的房门，迟疑了再三，她还是告诉我，她想回村子里去偷青。因为她身上有病，路又特别难走，来去肯定都要耽误时间，她担心，她赶不上明天早上给我做早饭。我赶紧告诉她，一顿早饭不吃并没有什么大不了，却还是忍不住问她，偷青于她，何以如此重要？她沉默了一小会儿，对我说，在外打工的三个弟弟，还没有一个娶上媳妇。他们好几年都没回来，自然地，好几年都没偷过青了，所以，为了他们娶上媳妇，她年年都偷青。她也不知道有没有用，但是她又想，她去偷过了，总好过没有偷。

一定要去吗？雪子越变越粗粝，夜幕越来越深不见底，我问小蓉，一定要去吗？小蓉想了想，还是对我点头。既然这样，我便对她说，我跟你一起去。小蓉还在诧异着，我却早已跳出被子，套好外套，穿上鞋，又找了一只手电筒，然后，拉扯着她便往小旅馆外面走。小蓉还在迟疑，但也禁不住我的一意孤行，只好听任我拉扯着她，走进了夜幕。

镇子外面的漫山遍野里，原本就遍布着深深浅浅的沟壑，现在，因为修公路，那些沟壑一直延伸到了镇子里唯一的那条街结束的地方，还有，连日里阴雨的关系，沟壑里全都是积水。所以，那条路刚一走到头，我们便只能借着手电筒发出的一点点光，跟随着沟壑，又绕过了沟壑，一步步小心试探，稍有不慎，满地的泥泞就有可能将我们带入到沟壑和沟壑里的积水当中。

没想到的是，尽管我们如此谨小慎微，生怕一不小心触怒了何方神圣，可是，当我跨过一道沟壑，刚刚伸手去搀小蓉过来，脚底下的一小块沙土松动，我愣生生摔倒在地。危急之时，幸亏我半跪着，拼了命，这才勉强用双手撑住了小蓉，她才没有跟我一起倒在地上。悲剧却难以避免：仓促之下，手电筒脱手而出，我惊叫了起来，可终究无济于事，手电筒在泥泞里稍微停留了一小会儿，又穿透了泥泞，转瞬间便落入了沟壑里的积水。这下子好了，满世界里只剩下了黑暗，我明明可以清晰地听见小蓉的呼吸声，她就在我的左侧，但却再也看不见她了。

如此，在接下来的道路上，有意无意，小蓉便非要走在我的前面不可，我大概明白：和人生地不熟的我相比，她是土生土长，断然没有让我为她探路的道理。不过，像是被铅和铁灌注过的夜幕可不会在乎她是不是土生土长，我其实知道，看起来，每一步她都走得稳当，事实却是，她已经再三踏入了冰碴下的渍水，为了不让我再走在前面，她才忍住了寒冷去强自镇定，任由刀剑般的枝杈不断抽打在了她的脸上。

要是月亮出来就好了。只要月亮出来，再穷寒的人，山林旷野里总会为她伸展出一条道路；病得再重的人，要么是一块山石，要么是一棵树，她总能认清自己的依靠；依靠来了，她总能停歇下来，喘口气，而不至于就算踩了渍水的双脚都在钻心地冷和疼，却还是装得若无其事，另一边，又不得不每走一步都要加重了力气去踏踩，唯有如此，她才有可能感受到些微的、那根本不可能到来的暖和。就算这样，那平日里司空见惯的月亮，终究还是化作了嫌贫爱富的叛徒，一声不吭，任由着穷寒的人变得更穷，病重的人变得更重。这不，不管我和小蓉多么步步为营，多么屏声静气，我们还是同时踏入了一条并不狭窄的沟渠之中。向后退显然已不可能，向前进，却不知道这沟渠到底还有多宽，只好停留在原地左顾右盼，却只看清楚，黑暗中的一切正在变得更加黑暗，更加剑拔弩张。

甘肃瓜州。也不知道走了多久，我只知道，大风还在更加狂暴，扑打在脸上的砾石也越来越粗硬，渐渐地，我的嗓子里便渴得要命。虽说身在后半夜里，全身上下却只差一把火就可以点燃，不过，我并没有被焦渴带入烦躁，相反地，冷静了下来，脑子里却在不停地做着思虑：如何才能找我的同路人要来一口水？终于，我想到了法子，倒是也简单：趴在地上，将双手交叉着放置在脑袋前，这样，双手便短暂地抵挡住了风沙，我的嘴巴，终于可以自如地叫喊了起来。

奇怪的是，我的叫喊声已经足够大，自始至终，却都不曾得到同路人的一句回应。风沙很快突破了双手搭建的堡垒，我只好悻悻然起身继续朝前走，越往前走，对月亮的怒意和怨怼就越深，入戏太深了，我竟然走在了同路人的前头。突然，一阵熟悉的咳嗽声从我的身后传来，我这才如梦初醒，调转头去，奔向同路人，估摸着已经靠近了他们的时候，咳嗽声没了，但是我大致能够猜测出，我已经置身在了同路人的中间，再跟他们一起朝前走。哪里知道，走了一会儿，我重新听到了从身后传来的咳嗽声——这一次，我根本不曾入戏，怎么又如此轻松地走到了他们前面？所以，我在原地里站着，并没有着急奔向他们，而是百思不得其解了起来。

恰在这时候，奇迹降临了——月亮虽然未肯现身，造物之主却率先垂怜了我们——在我们踏足其上的广大戈壁的深处，一小束灯光，是的，真的就是灯光，正在一点点向我们所在的方向挪动。岂止如此啊，却原来，那一小束灯光只是首领，它还带领着更多的灯光，一束一束的光，就像一匹一匹的马，渐次从不由分说的风沙里涌出，又不由分说地照亮和穿透了风沙。现在，我终于明白了：我和我的同路人，其实是行走在一条铁轨的边上，铁轨之上，一辆绿皮火车正在向着我们缓慢地行驶过来。

然而，这还只是奇迹的开始，真正的奇迹是：当绿皮火车的灯光离我们越来越近，我终于看清楚了我的同路人——不不不，尘沙早已经将他们的眉眼遮掩住了，不管正在经过我们的灯光有多明亮，到头来，我也只能看见他们各自的一身尘沙，正所谓，我见他们多尘沙，料他们见我亦如是。灯光下，我还在愣怔着，同路人们却互相走近了彼此，像是一场事关重大的会盟，他们化作暂时按住了刀剑的豪客，各自打起了手势，一边打着手势，一边又伸出手来指点着旷野和我——仅凭这些指点，再想起之前的行迹，我的脑子便嗡地一声响了起来：如果我没有猜错，我的这些同路人，他们根本就不是想不出和我说上一两句话的法子，事实是，他们其实是一群说不出话的哑巴。

一旦想到这里，我的心脏便在骤然里发紧，不自禁地，三步两步，我急切地奔向了他们。借着即将消失的灯光，我得以看清楚，这些同路人中，无一个不是衣衫褴褛，瞬时间我便可以肯定下来，他们不是别人，他们其实是一群在山河大地里乞讨的哑巴。

原来如此。我不由得一阵眼热，哽咽着，忘了他们是哑巴，想要不管不顾地跟他们叫喊几句，哪知道，他们纷纷做出手势，让我闭嘴，又继续去指点着火车、旷野和我。顺着他们的指点，我一眼看见，在他们站立的地方，其实别有一条道路，通向戈壁的西南方——明白了，我全都明白了：此前，之所以我一再走在了他们的前头，绝不是我的气力使然，而是他们压根就不必要跟我继续向前。他们要走的，是那一条通向西南方的道路。之所以再三用咳嗽声提醒我回去，跟他们站到一处，是因为他们不放心我一个人继续朝前走。一如此刻，灯光里，他们正在用手势激烈地争执着，我知道，他们正在争执的是：到底该与我就此别过，还是将我送到我要去的地方？而后，灯光渐渐消隐，绿皮火车渐渐消隐，在最后一丁点光亮还残存着的时候，他们定下了主意，一个个地，分散开来，却全都走向了我。

巨大的黑暗重回了人间，但我知道，天上的月亮已经化作了人间的使徒，他们正在朝我走来。过了一会儿，见我仍然没有动静，咳嗽声再起，伴随着咳嗽，一只手伸向了我，甚至触碰了我。我不再恍惚，不再呆若木鸡，抹了一把脸上的尘沙，跟随着那只手，亦步亦趋，越走越远。

最大的艰困，发生在大概半个小时之后。如果说此前的风声好似冤魂的讼告，那么，现在，我和同伴们的所在之地，简直与阴曹地府没有任何区别：如果我没有猜错，我们应该是来到了一片雅丹地貌的所在——在我们身前，土丘林立，犹如一尊尊天神挡住了去路；土丘与土丘之间，风声又何止变作了厉鬼的嚎哭，无边无际的厉鬼，它们又发出了无边无际的抽泣、低语和仰天长啸。要想找到一条穿过土丘的路实在是太难了，我只好大着胆子，扶住一座土丘，仓皇着迈开步子，却没想到，脚下便是深谷，我一脚踏了空，只好蜷缩着，佝偻着，就像被打入阴曹地府的罪人，硬生生滚落到了再也无法向前滚动的地方。跌落之前，我想提醒我的同伴，连声咳嗽，可是，我忘了，哑巴几乎全都是聋子，他们根本听不见我的咳嗽，所以，在我跌落下去的同时，他们也全都同我如出一辙，变成了前往阴曹地府的罪人。

但是，当我从深谷里站起身，再往四下里跌跌撞撞地试探，看看自己能不能触碰到同伴的时候，可能是退无可退，也可能是心有所恃，说不清缘由地，莫名地，我的胸腔之间，竟然鼓荡起了满怀的信心：一路试探，一路却都挺直了腰背，就像是出了五指山的孙猴子，又像是奔赴在劈山救母途中的沉香——月亮啊月亮，也许，你之不可理喻，恰好是你的慈悲；你之不近人情，恰好是莫大的指引。世间众生，无一个不是要先去受苦，而后才等到月亮。

贵州黎平。对月亮的厌弃，不仅没有消退，反而还在加深：好不容易，我和小蓉才越过那条一点都不狭窄的沟渠，站在了平地上，毫无疑问，两个人都冻得抖抖索索。好在是，风小了些，一度变得密集的雪子也消失了。又往前走了几步，小蓉终于支撑不下去，只好原地里坐下，脱了鞋，先往双手上哈气，再用双手去焐自己的脚，但那终究于事无补，她想忍住，可是忍不住，双脚疼得叫出了声。我也想去帮她焐一焐，她慌忙止住，说是那只会让她更疼。别无他法之后，我抬起头，再度去夜空里张望月亮的踪迹，也不知从何时起，心底里便滋生出了对月亮的恨意。

那恨意，与其说是对月亮，莫如说是对这大地上鳞次栉比的孤寒与无救：山冈和枝杈，结了冰的路和路上的人，还有我和小蓉，看似结了缘，可是，各自却又深陷于自己的囹圄里欲罢不能。说到底，我们是多么孤寒啊——枝杈伸出了山冈，道路被冰封住，路上的人寸步难行，我抬头眺望着夜空，小蓉兀自忍住了钻心的疼，这世上，莫非原本就没有真正的、彻底的救济与亲密？明明不是，明明只要月亮当空高悬，我们就能认清楚自己的道路，我们就能稍稍刺破自己的命数，月亮呢？你躲到哪里去了？莫不是，你也和我们一样，深陷在自己的孤寒与无救之中？假如你也如我们一般，在囹圄里无法自拔，我们，是不是唯有依靠自己，先焐热自己的脚，再踏上自己的路，到了那时，你才肯重新现身，重新见证我们的孤苦，只因为，你也是才刚刚摆脱了自己的孤苦？

好吧，小蓉，还是让我们焐热自己的脚，再踏上自己的路吧。恰恰这时候，小蓉穿好了鞋子，站起身，对我说，她不想再连累我，也不想再回村子里去偷青了。往前走，我们还要经过一片松林，千万不要小看这片松林，平日里都难走得很，穿过了松林，还有条叫做"一线天"的山路在等着我们，出了"一线天"，再从山坡里下去，这才来到了她的村子。她觉得，今天晚上，无论如何，她也回不到村子里去了，莫不如，我们赶紧掉头，往回走，总好过在这黑黢黢里继续受冻下去。

小蓉不知道的是，此刻站在她旁边的，是一个心意已决的人。听完她的话，我不仅没有呼应她，相反，却一把挽住她，二话不说便踏入了身前的松林。如她所说，松林里果然难走：动辄便会撞上松树，皲裂的树皮从我们的脸上蹭过去，三下两下便划出了口子，全都火辣辣地疼；只要松树被我们撞上，冷不防地，树上的冰碴便当空而落，击打在我们的头顶上，细碎些的还好，鸡蛋大小的落下来之后，简直和冰雹没有什么分别。然而，一如踏入松林之前，我们的心意，已经作了决断：就像月亮被黑云看管，我们的一生里，也该埋伏着多少天牢？松林里的这些机关，岂不正是我们的狱卒和看守？可是，在这戒备森严之地，倘若我们自己不去劫了自己的法场，难道说，我们就活该低头认罪，直至被开刀问斩？就说那消失的明月，它难道就真的已经在云层之后坐以待毙了吗？也许，它反倒正在杀出重围，又或已经奔赴在了显露真身的夜路上了呢？

好吧，小蓉，让我们继续向前，继续去对付身边无处不在的刺丛：那些迷魂阵一般的刺丛，像是无数支从斜刺里杀出的人马，又像是早就已经布好的暗器，欲拒还迎。我们就像是喝下了迷魂汤，只好被它勾引，踏入其间，又缠斗在其间。没过多大一会儿，我们的双手便全都被刺破了，如果我们能够看见，我们应该能看见自己满手的血，但是这又有什么要紧呢？在我的逼迫之下，小蓉甚至已经唱起了歌，那并不是多么激昂的曲子，实际上，那些用方言唱起来的曲子，我一句也听不懂。如此，我便去追问她唱的到底是些什么？一首曲子才刚问完，我们的头顶上，竟然再也没有冰碴落下；我们的身边，竟然再也没有刺丛的影踪了。

——是啊，逃出生天一般，最终，我们逃出了松林。而后，我们没有半步休歇，继续喘着粗气往前去，深深浅浅地走了一会儿，我们便来到了"一线天"之前：名字果然没有叫错，它真的就是一条像是被刀劈出来的窄路。向上看，窄路两边的山石嶙峋而摇摇欲坠，全都是顷刻间便要坍塌的样子；往里看，幽谧而深长，还浮泛着雾气，像是一条早已吞下过不少人命的长蛇。可是且慢，我是怎么看清楚了这眼前周遭的？刹那间，我突然明白了什么，赶紧朝四下里环顾，再猛地抬头去仰望夜空，一时之间，心脏不由得狂跳不止：月亮仍未现身，但是，云层却在转薄转白。如此，大地上竟然有了昏暝的微光，这微光还远远算不上月光，但是，它们如果不是月光，又是什么呢？

镇定，先镇定，且去看"一线天"里，莫名发出了一声响动。一开始，我还以为是有什么野兽藏匿在其中，谛听了一阵子，终于弄清楚了，那是山石从山梁上掉落的声音，这可怎么得了？要是我们刚刚跑入其中，恰好一块山石砸下，我们岂不是要血溅当场？但是，我们已然来到了这里，村庄和菜园已然尽在"一线天"之外，除了用奔跑将它们丢弃在身后，我们还有第二条路可走吗？

所以，我径直对小蓉说，除了跑过去，我们没有别的办法了。哪里知道，小蓉却笑着回答我：实际上，只要是在雨天里，当地的人们过这"一线天"也只有一个法子，那就是跑过去，不要命地跑过去。许多年下来，也不知道是运气还是什么，竟然没有一个人被石头砸中过。好吧，那么，亲爱的小蓉，我们还等什么呢？让我们跑起来吧——于是，我们奔跑了起来。也不知道怎么了，一路上，横生的枝杈被我们轻易地推开了；挡路的石头被我们轻易地跳过了。在我们身边，似乎有两只野兔受到了惊吓，转而跟我们一起向前跑，也就是在此时，大地上的微光突然变得亮堂起来，我不仅可以清晰地看见身边的小蓉，就连那两只野兔中的一只，也被我看见了。但是，我并没有抬头，而是低着头，继续向前跑，我知道：月亮，月亮出来了，我们受苦了，它也受苦了。我们终将跑出这命定的深谷，就像它，终将高悬在整个人间的头顶。

月亮出来了。大地上的一切，全都变得亮堂了。在"一线天"之外的田埂上，我和小蓉，都没有说话，各自驻足不前，各自在张大了嘴巴去喘息，看上去，却又不止于只是喘息。我们张大了嘴巴，简直就是想要一口吞掉目力所及的全部——山冈和丛林，沟渠和村庄，对了，还有菜地，那些被篱笆看护起来的白菜、萝卜和豆苗，全都跟我们一样，刚从天牢里挣脱出来，它们受过的苦，足以令它们安安静静。看着看着，我也变得像它们一般安静了，和小蓉一起，在田埂上坐下，接着喘息，接着眺望，就好像，两只野兽终于可以舔舐自己的伤口了，又好像，世间的受苦人终于来到了自己的收成身边。

一如甘肃瓜州的后半夜。虽说我的胸腔之间鼓荡着满怀的信心，可是，一时半会儿里，那些同伴们的下落，我还是遍寻未见。跟此前的戈壁不一样，现在，在我的脚底下，全都是松软的沙土，每一迈步，双脚动不动便要深重地陷落进去，非得攒足了劲，再拼出全身的气力，才能继续往前行进一小步。好在是，身在此处，风声变小了，也再没有腾空的砾石扑面而来了，和戈壁上相比，这里简直就是西天乐土，所以，我便耐心地一步步朝前走，时刻等待着夜空里传来熟悉的咳嗽声。

果然，还没走出去多远，远远地，咳嗽声传了过来。我猛地站住，瞬时之间，我便听清楚了咳嗽声来自我的正前方。也不管我的同伴们听不听得见，我兀自大喊大叫了起来，一边喊叫着，一边往前奔，而后便哽咽着站在了原地：我的同伴们，他们也看见了我，和我一样，正在费尽了气力从沙土里拔出脚来，再徐徐朝我走过来。但是，不知何故，就算看见了我，那咳嗽声，却还是接连响起来，我便一声接一声地应答。应答了好几遍，咳嗽声仍然不肯停下，我只好驻足，在茫然里顾盼。突然，我好像明白了什么，一旦明白过来，我的全身上下都好像是正在被电流击打，不自禁地就战栗了起来：是的，那咳嗽声，的确是在招呼我，但是，它是在招呼我抬头看——月亮出来了。真真切切地，月亮出来了。月亮总是要出来的，然而，现在，它出来了。可我却并没有抬头去看，而是弯腰，低头，歇息了一小会儿，终于平静了，终于重新攒够了气力，这才直起腰来，去深呼吸，因为我知道，接下来，还有更加艰困的苦旅在等着我。接下来，我要在这沙土上狂奔，我要跟我的同伴们不离半步，到了那时，我还要抹去同伴们脸上的尘沙，一一认清他们。

一如贵州黎平的后半夜，在田埂上歇息了一小会儿之后，我和小蓉，对视了一眼，她笑着，我也笑着，我们站起身来，连商量都不用，面朝着村庄，面朝着白菜、萝卜和豆苗，开始了不疾不徐的奔跑——是啊，到了这个时候，我们再也用不着狂奔了，你看，村庄伸手可及，菜地伸手可及，小蓉的弟弟们，他们的婚事也伸手可及，再说了，只要月光高高在上，一切就都来得及。

万里江山如是

西和县的社火，真是好看。先看那广大而漫长的仪仗：好似每个人的一生，不知道在何时，也不知道在何地，福祸从天而降，是死是活顿时便要见了分晓。在漫山的尘沙中，锣鼓之声骤然响起，直直地刺破尘沙，冲入了云霄，再狠狠地坠入了谷底，就像冰雹砸开了封冻的黄河，就像人心在神迹前狂乱地蹦跳，这一场人世，横竖不管地扑面而来，足足有上千人之多，全都画上了脸谱，列成了见首不见尾的长龙。开道的是青龙白虎，殿后的是关公周仓，再看其间，高跷之上，纸伞飞转，银枪高悬，开山斧当空，方天画戟刺向了满目河山；又看旱船和纸马之侧，折扇被抛上半空，小媳妇跌入了阴曹地府，大花轿横冲直撞，大海上的八仙突然抢走了许仙的新娘。

这是尘世之大，所有的苦楚都在现形，都在嘶吼，都在重新做人；这也是尘世之小，做人做妖，作魔作障，他们总归要抱住人迹罕至之处的一小堆烈火。

虽说正是春寒料峭的时节，但是，因为寸步不离地跑前跑后，我的全身上下都湿透了，却恨不得被大卸八块，各自奔向仪仗分散之后的那些热腾腾的所在。彩旗在烟尘里招展，锣鼓队好似世间所有一意求死的人全都聚在了一处，瓦岗寨的好汉们举杯痛饮，寒窑里的王宝钏将一盆清水当作了菱花镜。再去打探更多的风沙厮磨之处：这里在结义和指腹为婚，那里在对阵和一刀两断，还有几十盏花灯，白日里被点燃，再互相绞缠，几百回合争斗下来，却没有一盏灯火熄灭。更有高跷上的丑角们，悉数扮作了暗夜里的流寇：一个虚与委蛇，一个便拔出了兵刃，或是旋转飞奔，或是突然匍匐，却没有一个真正倒地不起。

也不知道从什么时候开始，冷不防地，羞惭攫住了我。这山川里，每个人都在拼死拼活，唯有我，跑前跑后也不过是隔岸观火——这一年，恰好是我的本命年。还在春节里，我便得到通知，可能的活路和生计连连被取消，和去年一样，接下来的一年里，我仍然要继续做一个废物。但是，作为一个废物，我却哑口无言，反倒一遍接一遍地说服着自己：没用的，你就认了吧。于是，我干脆出了门，不知道奔逃到哪里去，但却开始了一意奔逃，第一站，便是这西和县。这时的我还不知道，这不过是我的奔逃刚刚掀开了序幕，这不过是万里江山在我眼前刚刚掀开了序幕。

这西和县里的巨大羞惭，一两句哪里能道得明白呢？黄昏降临的时候，一簇一簇的，那些山川里的烈火终于稍稍黯淡了下来，就好像，苦心已被验证，真相已然大白，所有的身体都在挣扎里证明了无辜，接下来，他们仍然有资格接受苦厄和幸福。风也渐渐小了，夜色一点点加重，脸谱背后的脸平静了，旱船背后的旱船也和奔涌的河水握手言和了，山川甚至被隐约的月光照耀，数以千计的人们端坐下来，安静地等待。我并不知道他们到底在等待什么，但是，他们在等待。

并未过去多久，等待戛然而止，在烟尘和山冈的深处，锣响了三声，铙又响了三声，像是儿女在眼前摔倒，像是母亲按住了疼痛的肚腹，所有的人都屏住了呼吸。而后，安静的白蛇在瞬间里苏醒，安静的沉香奔出了黄昏，齐刷刷，硬生生，入库的刀兵全都飞进而出，寡言的人们陷入了纪律，箭矢一般狂乱，箭矢一般奔走，站定，聚集，人挨人，人挤人，倏忽里，一条人间的长龙便又横亘在了大地上。再看烟尘和山冈的深处，锣再响了三声，铙又响了三声，而后，是菩萨，是魔王，都要显出真身。唢呐是饿着肚子，半人高的大鼓是吃饱了饭，锣是亲戚，铙是穷亲戚，全都要活，全都要在死里拼出一场活——另外一支上千人的队伍终于出现在了退无可退之处。如此，浩劫来了，生机也来了。

天可怜见，心意碰上了，命也就撞上了。我并不知道，这两条长龙之间有没有一争高下的约定，但遇见了，即是盟约定下了。遇见了，头便要割下，债便要还上。两条长龙，就此开始了拼死拼活——你拔剑，我抽刀；你飞扑，我闪躲；你是蔷薇花，我是曼陀罗。单看那脸谱：吊眼环眼雌雄眼，瓦眉兽眉卧蚕眉。再看那争斗里的秧歌、旱船和高跷：衣襟缺了，彩纸烂了，跷木开始分叉了，可是，该举步的，寸土不让；该腾挪的，嘶喊几近了哭喊；该送去当头一击的，率先挨过一击之后，摇身一变，化作了阴鸷的虎狼。而后，火把举起来了，火光照亮了大地上的唐三藏和杜丽娘，还有激战里的张翼德和花木兰。不仅他们，牛郎和织女，陈世美和秦香莲，法海和白娘子，没有一个人能够脱身。银河倒悬，江水倒灌，天大的冤屈已经铸成了铁案，他们唯有在此处摔杯为号，又在彼处双泪涟涟；在此处痛断肝肠，又在彼处将肝肠全都扯断。而阵仗依然无休无止，也许，这一生，他们全都要深陷在这无人之境里了。衣襟更加残破，彩纸似有似无，跷木说话间便要四分五裂，可是，营盘还在，旗帜还在，它们在，死活就还在，拼死拼活就还在。别的不说，只说那旗帜，假使在天有灵，你们只管去看，看那一字长蛇旗和二龙出水旗，看那七星北斗旗、九宫遮阳旗和十面埋伏旗，无一面不仍然赤裸地招展，无一面不在继续催逼着崭新的浩劫和生机。

只是，满山飘荡的旗帜有所不知，在鏖战面前，在死活面前，我终归是拔脚而逃了：对于一个没有战场的人来说，所有的号角声都是羞辱。所以，再三环顾之后，跑出去两步又折返回来之后，我痛下了决心，转过身去，狂奔着，将所有的鏖战与死活都丢在了身后。可是，等我跑上了相隔遥远处的一座山冈，回头看，满心里还是不甘愿，我不甘愿我在这里，我甘愿我在割头与还债的队伍里，在那里厮杀，又在那里抢亲；在那里呱呱坠地，又在那里驾鹤西去。不像现在，明明重新开始了奔跑，明明在奔跑里对自己接连说了好几句。也许，一片看不见的战场正在某个地方等待着自己？渐渐又颓丧下来，停止了步子，任由大风裹挟着自己，一步步，缓慢地朝前走。

那么，接着往下奔逃吧。有好多回，在小旅馆里过夜的时候，在小火车站里等车的时候，针扎般的痛悔突然袭来，我也曾经想过，赶紧做负心人，将这说不清道不明的浪游一把推开。终究还是没有，看着雨水敲打屋顶，看着流星坠落在林间，一如既往地，我还是将自己认作了待罪之身，既然不想坐上公堂，既然不想背叛无能之罪，那么，我就接着再往下奔逃吧。

终于来到了黑龙江畔。终于等到了黑龙江开江的一日。这一日，天刚蒙蒙亮，在木刻楞里沉睡的我，猛然被一阵巨大的震颤所惊醒，踉跄着奔出了木刻楞，这才看见，黑龙江已经不是一条江，而是一座尘世，冰块与冰排在这座尘世里建立了崭新的城邦和国家。冰块铸成的洞窟和穹顶，冰排建造的尖塔和角斗场，各自沉默，互相对峙，就像来到了灾难的前夕，即使站在岸边，彻骨的凉意也一把将我抓住，不自禁地打起了冷战。我还来不及镇定，江中的后浪开始挤压前浪，前浪挤压冰块和冰排，最靠近堤岸的冰排无处可去，一边发出狮子吼，一边撞向堤岸。我终于明白过来，正是这撞击发出的震颤才将我惊醒，又几乎让世间所有的物象陷入了惊骇和止息。风停了，白桦树不再摇晃，整个大地都在震颤里变得自身难保。

即使世间所有的物象全都俯首称臣，那场注定了的灾难也终归无法避免。没有任何迹象，最大的一块冰排发起了攻击，乱世开始了：那块最大的冰排，直直扑向了矗立于众冰之上的君王般的冰山，这可如何了得？群臣开始了救驾，洞窟和穹顶，尖塔和角斗场，全都飞奔而来，碾压着将那块冰排围住，一转眼，就将它截断为了两截。然而，杀敌三千，自伤八百，冰块们垒造而成的洞窟断开了一条裂缝，尖塔上，足足有半人高的冰凌一根根扑簌而落，再在冰面上化作了碎片。哪里知道，那夭亡的豪杰绝非是孤家寡人，刹那间，它的死唤醒了更多的怒不可遏，一块块冰排，咆哮着，怒吼着，齐齐撞向了穹顶、尖塔和角斗场，后浪前浪全都弃暗投明，成为了一块块冰排的蛮力和靠山。如此，任他常胜将军，还是顶戴花翎，只好吞下苦水，被撕裂，被咬噬，被千刀万剐，最终轰然崩塌，沉入江水，再也无法现身。

就算远远地站在岸上，寒气也一寸寸迫近了我，不仅仅是凉意，而是刀剑快要抵达咽喉的寒气。那寒气，像是生造出了另一番河山，再将此刻里的我、白桦林和广大无边的田野认作了臣民。不知道是天大的恩赐还是飞来横祸，我们全都缄口不言，眺望着江中的那座冰山，就像正在朝觐刚刚建成的首都。

不曾想到的是，有一个人，在我背后，大呼小叫着奔跑了过来，如此，这寒凉的国土上，在天色尚早之时，竟然硬生生闯入了一个外寇。我转过身去，面向对方，看着他离我越来越近，形容也就越来越清晰：那个人，破衣烂衫，胡子拉碴，真可算得上蓬头垢面，而且，可能是跑得太快，脸上全是岸边的柳条抽打过去之后留下的口子。见到我，那个人并未跟我打一声招呼，而像是跟我熟识了很久，并肩站住，再拉扯着我，继续对着黑龙江大呼小叫，又指指点点——每当江中的城邦和国家发生一次新的动乱，他的惊呼声便响过了奔流声。但是，我认真地听了好一阵子，却听不出完整的一句话。那个人倒是一切如故，疯癫着，嗯嗯呀呀着，一次次冲向江水，快要落入江中之时，又准确地退回到了我身边。如此反复了好多回，终于，等到他再一次退回到我身边，我便不得不一把抓住了他，再去问他究竟所从何来。

那个人，果真是有几分疯癫，但却绝不是明白无误的疯子，趁着江水暂时恢复平静，一场新的暴乱正在孕育，在不时飞溅过来的水花里，他对我说起了自己姓甚名谁。原来，他是三十公里外的一家酿酒厂的工人，七年前生了根本活不下去的病，也没钱治，干脆就没进过医院一天，但是，他从未放弃过自己给自己治疗。说起来，那治疗的法子，实在是再也简单不过——但凡刚刚落生的物事，他都追着去看，去吸它们身上的精气，破壳的鸡仔，破土的麦苗，第一缸酿出的酒，又比如眼前这条动了雷霆之怒的黑龙江。就这么一年年过下来，直到今天，他也没有死。

我岂能相信那个人的轻描淡写呢？而且，这黑龙江，古来有之，年复一年地滔滔东去，在哪一段，他才能够吸上他要的第一口精气？不承想，对方却一把攥住了我的胳膊，再对我说：你不要不信，这黑龙江啊，年年死，又年年生。被冰冻住，就是它死了；开江的时候，就是它又活了过来。现在，没有错，就是现在，冰块撞上了冰块，冰排撞上了冰排，它们其实不是别的，它们就是黑龙江散出的第一口精气。所以，每一年，黑龙江开江的时候，他都要跟着冰块和冰排，不要命地向前跑，它们涌到哪里，他就跟着跑到哪里，只因为，它们就是药，是他一年中喝下过的最猛的药。

我似乎听懂了那个人的话，却也颇费了一阵子去思量。这时候，他却再次不成语调地叫喊了起来，我便跟他一起，重新去眺望江水里那犬牙交错的国度——数十块木橡状的沉重冰排，并作一起，在冷酷的君王面前，再一次揭竿而起，在转瞬的时间里，它们磨洗了刀刃，坚固了心意，用肉身，用命运，面朝那座巍然不动的冰山横贯而去。整个大地，再一次发出了震颤。震颤一起，我身边的那个人便又不要命地叫喊了起来，那叫喊声甚至变成了匕首，再飞奔入江，加入了造反的队伍。再看那个人的脸，在接连叫喊的驱使下，他的五官都变形了，眼神却愈加狂乱，这狂乱又使得叫喊声愈加模糊难辨，像是在打气，又像是在一遍复一遍地重复着开江号子。我定了定神，再去见证江中的造反：在数十骁将的自取灭亡之下，冰山之侧的河道终于被撞开了一条口子，骁将们犹如疾风卷地，孤军深入，这才发现，它们早已被团团包围。

既然如此，埋骨何须桑梓地？在激浪的加持之下，数十块冰排杀红了眼睛，拔出了插在胸膛上的刀子，重新并作一处，只朝一处用力：一记，两记，三记；一条命，两条命，三条命。终于，冷酷的君王开始连连后退，喽啰们也一哄而散，其后，校尉和驸马顶了上来，元帅和宰相也顶了上来。但是没有用，骁将们不是在绣花，不是在请客吃饭，它们是在拼命，是在拿自己的命去换黑龙江的命，如此，还有谁能取消这必然到来的胜利？在持续的震颤中，在雷声般的低吼中，我听见了身边那个人的哭声，但我已然知晓了对方因何而哭。在这一场自取灭亡的身边，我自己的眼眶也早已红了。然而，惨烈的拼杀还在继续，拼杀的结果，却是出乎了我和身边人的意料：校尉和驸马早已沉入了江水；元帅和宰相正在坍塌；那君王，这才开始一夫当关，在天大的压迫之中，它竟然小小地往前了一步，就这么一步，大义退缩了，正道崩坏了。赤贫的骁将们，天不假年，一块块，全都在硬生生的抵挡里应声而裂，徒留下了余恨未消的冷冻江山。

随即，震颤消失了，整个江面都陷入了沉默，唯有那得胜的君王，冷眼打量着不发一言的江水，打量着自己依然算得上广阔的国土。它绝然不会想到，不在他处，就在它的脚下，哽咽的江水已经开始了觉悟。过命弟兄的死，为的就是此刻，为的就是让它知道，不管后浪与前浪，不管冰块、冰排还是冰山，唯有将它们全都消融于它，唯有一个完整的它，才能真正算作是黑龙江的主人。

好吧，觉悟降临了，致命的反扑也就开始了：好似一条长龙被电流击中，冰山脚下的江水，突然间抬起了头，只要它抬起了头，大义和正道便都来了。岸边的白桦林重新开始了摇晃，大风，一场大风从天而降，先是变成石头铸成的手臂，推动着江水，又变成万千条鞭子，抽打着江水，所有的江水都疼痛难忍，直至忍无可忍，猛然间，就像一千头狮子从水底跳跃了出来，全都站上了风头与浪尖，摇头，摆尾，低低地哀叫，只差一点点机缘，改朝换代便要近在眼前了。而那最后的一点机缘说到就到——大风变得更加暴烈，远远的天际处传来了咆哮，巨浪正在像真理一般向着所有的死敌碾压过来，越来越近了，越来越近了，而那一千头狮子仍然摇头，摆尾，低低地哀叫。终于，时间到了，真理的道路势必要更加宽阔，势必要更美，好吧，什么都不等了，伴随着巨浪，一千头狮子跃上了半空，再直直地向前，无数的前定与结局，一一便要水落石出了。

浪头从半空里降下的时候，黑龙江里的一切都归作了空，归作了无，又归作了无中生有。仅仅只在须臾之间，那座冰山，那一尊冷酷的君王，便已经片甲不留，但是，它却认取了前身，成为了完整的江水的一部分；再看那江水，绝无半点倨傲，只存侥幸之心，埋着头，携带着残冰，缓缓地，心如磐石地，继续向前奔流。就好像，它早已知道，崭新的劫难，就在看得见的前方，一如我身边的那个人，目睹着最后的浪头降落，目睹着黑龙江暂时迎来了坦途，哇地一声，他嚎啕大哭了起来。我没有去劝说他，而是任由他哭，我知道，他的哭泣，就是他吸下的精气，而我呢？我能吸下的第一口精气又躲藏在何时何地呢？

那个人，哭了一阵子，突然想起了什么，和来时一样，也没跟我打一声招呼，拔脚就狂奔了起来，一边奔跑，他一边又面朝江水开始了大呼小叫。但是，看着他跑远，我却仍然不曾上前劝阻，那是因为，只要他的奔跑不停止，只要还在开江期内，黑龙江里的欲仙欲死就还会等着他去目睹，去见证。他的追随和奔跑，不光是认命，更是不认命。那么好吧，亲爱的弟兄，我就和你一样呼喊起来吧，我，被你用奔跑抛下的这个人，照旧还深陷在无能之罪里欲辩无词，只能用呼喊来祝你一路顺风。

离开了黑龙江，苏州兖州，荆州霸州，失魂落魄地，我又踏足了不少地方。小旅馆里，又或小火车站里，睡着了，又或清醒的时候，黑龙江总是在我眼前清晰地流淌和奔涌，黑龙江边的那个陌路人总是在我身边跑过来跑过去。时间久了，我便忍不住，也像他一样，一边奔跑，一边睁大了眼睛遍寻能够吸气之处。有一回，在河北，朔风干冷，在一条干涸的河流边上，我奔跑了小半夜。这小半夜，我的耳朵边上，巨浪一直在隐约地奔涌，就好像，黑龙江已经来到了我的身边，只要我跑下去，第一口精气就会被我摄入，无能之罪就会被我推开。可是，正在此时，我却接到了一个出版大佬的电话，出版大佬径直告诉我，他已经看过了我发给他的还没写完的长篇小说，恕他直言，这小说就是一堆垃圾。

实际上，电话对面的人说的一点都没错，那部没写完的长篇小说，我也认为它就是一堆垃圾，所以，放下电话的时候，我的耳边早就没了激浪奔涌的声音，颓然旁顾了好半天之后，我在河滩里坐下，再对自己说：没有用的，你是一个废物，你就认了吧。

终于来到了广西的甘蔗林。终于来到了在上万亩甘蔗林里迷路的一整天。这一天的清晨，天还没有亮，小旅馆里，做梦的时候，我完整地梦见了一个故事，激动着醒了过来，竟然发现，梦里见到的一切，醒了之后也都记得清清楚楚。这故事，和小城之外上万亩的甘蔗林有关，但说来惭愧，我来到这小城已经半个月还多，却从未踏进漫无边际的甘蔗林一步，一念之下，我便再也无法安睡，恨不得立刻就置身在了甘蔗林里。于是，我干脆起了床，在弥天大雾里，小心翼翼地一步步试探着出了城。等我来到甘蔗林的旁边，前一晚的月亮还未落下，当空里的鱼肚白若有似无，黎明虽说已经到来，但是雾气却又将它往后延迟了不少，我却什么也顾不上，随便找了一处地界钻进甘蔗林，深吸一口气，埋头，开始了漫长的奔跑。

"……美不是别的什么，而是我们刚好可以承受的恐怖的开始。"漫长的奔跑结束之后，当我站定在甘蔗们的身边，又弯腰去气喘吁吁地呼吸，里尔克的诗句顿时便在头脑里挥之不去。但是，这恐怖并不是恐怖片式的恐怖，这恐怖，指向的是人的无能——在此处，当甘蔗们不再是一棵一棵，而是铺天盖地，它们便不仅仅是甘蔗了，它们是善知识，是玉宇呈祥，是天上的神迹来到了人间。因此，和在这世上被示现的别的神迹一样，它们真是叫人欢喜。至高的造化一直都没有丢弃大地上的我们，我们竟然有机缘和如此庄严的法相并肩在一起。它们也真是叫人害怕，我们配得上如此浩大的所在吗？在如此浩大的所在里，混沌与玄妙，忍耐与指望，我们到底要怎么做，才不会被它们压垮，再将它们一一指认、一一领受呢？

这甘蔗林里只有甘蔗，但是，人间的一切也尽在这甘蔗林里。地底里的煤块，烈火里的真金，取经的道路，蜜蜂盘旋的花蕊，第一场雪，白纸上的黑字，等等等等，及至世间所有饱蘸了蜜糖与苦水的正确，全都在这里，因为它们全都像甘蔗林一样正确。此时此地，无边无际的甘蔗林，不过是它们无边无际的化身。

真是美啊。弥天大雾暂时还没有消散的迹象，但这就是甘蔗林该有的模样。甘蔗们明明都在，雾气却又护卫和隔离着它们，就好像，它们所在的地方，是仙草所在的地方，也是传国玉玺所在的地方，你非得要用血肉、苦行和征战才能触及它的一丝半点。真是美啊：天上飘起了雨丝，雨丝淋湿了甘蔗，甘蔗林里便散发出了巨大的香气。这香气，绝非只是咬破甘蔗之后汁液喷溅出来的香气，麦苗的香气，婴孩的香气，桃花被风吹散的香气，生米被煮成熟饭的香气，它们全都来了。甘蔗林的香气，即是这世上的一切香气。在香气里，在雾气里，近一点，再近一点，盯着离我最近的一根甘蔗去看。蔗干精悍，一节一节的，节节都饱满得像是紧握起来的拳头；蔗叶修长，它们先是像剑，垂下来之后，却像是顺从和驯服的心；从下往上看，整根甘蔗都被雨丝和雾气沁湿了，就好像，为了胜利，年轻的战士淌下过热泪，又掩藏了热泪。

而我却迷路了。在甘蔗林里流连了几乎一整个上午，雾气没有散，雨丝也没有散，梦境里的故事，被我身在甘蔗们的旁边默写了许多遍，终于可以原路返回了，这时候，我才发现，不管我如何笃定地认清了方向，再一意向前，最后的结果，却是离来路越来越远。我提醒自己：切莫要慌张，低头，闭目，冥想，再一次确认了方向。二十分钟后，在我以为就要回到来路上的时候，拨开身前的甘蔗，当头看见的，却是一座坚壁似的山岩，我竟然走到了和来路完全南辕北辙的地方，如此之快，里尔克的诗句便化作最真实的遭遇迫近了我的眼前："……我们之所以赞许它，是因为它安详地不屑于毁灭我们。"

　　手机早就没电了，已经无法通过它找到可以求救的人，于是，我开始呼喊，一边奔跑一边呼喊。这奔跑，这呼喊，除了将一群群栖息的鸟雀惊动，纷纷扑扇着翅膀飞进了更深的雾气，却再也没有别的丝毫用处。那时的我还没想到，直到天黑之前，我都要在无数条歧路上来来回回，而且，在奔走中，时间丧失了，我既像是被凝固的时间牢牢囚禁在了寸步难行之处，又像是被静止不动的时针所抛弃，我越往前走，它们就越不往前走。世界也消失了，如此之境，既像是全世界都被浓缩成了此处，又像是，此处变作了世界之外的世界，我的使出了浑身气力的来来回回，只不过是一场被搁置在方外迷宫里的徒劳。

　　渐渐地，骇怖降临了。也许，这一生，我再也走不出这片甘蔗林了？渐渐地，故态复萌了，我又开始不断告诉自己：没有用的，你是一个废物，你就认了吧。之后，我仰头去看隐隐约约的铅灰般的天空，雨丝虽说停住了，雾气却在加深加重，天色也在转黯转淡。我知道，黄昏正在来临，如果再回不到来路上，先不说这一条性命是不是会在这甘蔗林里葬身，单说一夜的风寒和忍饥挨饿受下来，我也只怕要落得个奄奄一息的下场。

也就是在这个时候，不经意地向前看，我几乎又要张开嘴巴呼喊出来——在我的正前方，一小块空地上，竟然坐落着一间潦草的房屋，房屋里，还供着一尊我叫不出名字的菩萨。我的心里骤然一紧，赶紧趋步上前，紧盯着眼前所见，死命地看：这座房屋，其实非常小，仅供一尊低矮的菩萨容身。说它潦草，是因为将它搭建而成的并不是他物，只是那些生了虫害的甘蔗们，因此，也就格外的寒酸和腐朽。还有那尊菩萨，搜肠刮肚了好半天，苦思冥想了好半天，我还是叫不出它的名字，可我仍然一见之下便已激动难言。这一尊旷野之神，莫不正是神迹前来指引，莫不正是走投无路之后横空出现的一条新路？所以，面对那菩萨，我倒头便拜，一连磕了不知道多少个响头。

然而没有用，当我磕完头，再去仰望菩萨，菩萨依然慈眉善目，可是，新路和指引在哪里呢？我站起身来，深山探宝一般，屏声静气，绕着那座潦草的房屋走了好几圈，唯恐错过了什么要害和蛛丝马迹，终究还是一无所获。而这时候，犹如雪上加霜，天空里，雨丝变作了雨滴，雨滴又在刹那间变得急促，再后来，一阵更比一阵剧烈，没过多大一会儿，我的全身上下便被浇得湿透。与此同时，天地间的光线变得更加黯淡了，毫无疑问，黄昏正在确切地到来。我哆嗦着，环顾着身边的一条条绝路，再将视线收回，去打量近旁的甘蔗们，突然，当我看见甘蔗们当中最为壮硕的一根，一个念想，一个志愿，诞生了：莫不如，不再管那菩萨，转而信自己，站到那根最壮硕的甘蔗前，选定一个方向，什么都不想，只顾往前跑；跑不动的时候，停下来，再去找最壮硕的同伴在哪里，找到了，照着它之所在的方向继续奔跑；就这么不闻不问和一意孤行下去，说不定，那条遍寻不见的来路，反倒会被我误打误撞地遇见？

天空里响起了一阵闷雷，闷雷声里，闪电鳞次栉比，纷纷击打着甘蔗们，其中的一道，甚至吃了豹子胆，击打着破落屋檐下的菩萨。如果我再在原地里困守，它们迟早要击打在我身上。好吧，什么都不等了，出发吧。我轻手轻脚，走到了最壮硕的那根甘蔗前，闭目，低头，旋转，而后站定，再睁开眼睛，直面的方向，即是选定的方向。好吧，什么都不等了。我深吸了一口气，像受伤的野兽，像一场战役中活下来的最后一个，在雷声和闪电之下，除了奔跑还是奔跑。实在跑不动了，我停下步子，一边喘息，一边再去寻找方寸之地里最为壮硕的同伴。并没花费太多时间，最新的同伴很快就被我找到了，我便止住喘息，强迫着自己重新抖擞，重新三步并作了两步，哪怕好多次都摔倒在地，那几乎是必然到来的颓丧却并没有到来，只因为，新的伙伴，新的指南针，乃至新的照亮了道路的灯笼，正在等待着我。

突然，我的眼眶里涌出了泪水。起先，是一阵清亮的噼啪之声从前方传递了过来，我还以为，那只是雷声在变小；稍后，那清亮的一声一声，离我越来越近；终于，一头牛，悠悠鸣叫了起来。到了这时，我才醒转过来，这噼啪之声，不是别的，它是鞭子抽打耕牛的声音，也就是说，那条遍寻不见的来路，已经身在我的咫尺之内了。到了这时，我的喉头才一阵紧缩，眼泪便一颗一颗流下，又混入了滂沱的雨水。我抹了一把脸上的雨水，朝前看——真真切切地，我已经来到了上万亩甘蔗林的边缘，只需迈出去一步，我便跨上了通往小城里去的道路。道路上，一个正在向前驱赶着耕牛的农夫看见了我，可能是将我当作了鬼魂，他被吓得魂飞魄散，但又只好强自镇定。

而我，我却并没有追上前去，在天色黑定之前的最后一点微光里，我站在甘蔗们中间，先是接受着雨水的洗刷，其后，我接连擦拭了眼睛，去眺望离我最近的、赐给了我救命之恩的那一根最强壮的同伴——这才发现，我再也找不见它了。可是，我明明记得它的所在，明明记得它迥异于其他的甘蔗，现在，它却怎么再也无法被我一眼认出了呢？像此前身在迷宫里一样，我闭目，低头，想要等到睁开眼睛时再去找见它，最后的结果，却是我根本没有再睁开眼睛，而是入了神去作如是想：莫非是，那些最壮硕的同伴，自始至终都不存在？莫非是，唯有将迷宫和菩萨丢在一边，唯有将闷雷和闪电丢在一边，去孤军犯险，去以身试法，崭新的同伴、灯笼和指南针才会一再光临你的身边和头顶？

离开广西小城的时候，我所乘坐的绿皮火车，几乎是紧贴着上万亩甘蔗林在向前缓慢地行驶。连日笼罩的雾气还是没有散，所以，置身在绿皮火车里，我总是疑心，那一场甘蔗林里的局促和狂奔仍然还在持续？那么，就不要结束了吧，我对自己说，就这么迎来雷声和闪电，再发了疯一般跑下去吧，也许，你也并不全然是一个废物。还有，管他远在天边，还是近在眼前，或早或晚，另外一座迷宫总归要横亘于前，也许，它在等待和召唤的，不过是另外一场孤军犯险和以身试法？

终于来到了祁连山中。终于来到了被暴风雪围困的这一日。这一日，正午时分，紧赶慢赶之后，我终于站在了一座被墨汁般的云团罩住了大半截的山冈前。如果想要穿过这道山冈，我就必须爬上眼前高耸而坚冰遍地的达坂，而这哪里有半点可能？不说达坂与山冈，只说这几乎要将整个人世都掀上半空的暴风雪。暴风从祁连山的每一座山口里涌入，收拢，聚集，长成屏障，长成血盆大口；然后，再分散，横扫，席卷；一路上，它们又唤醒了在此地沉睡和盘踞的妖精，自此两相撕缠、飞扑和攫取，再粗硬的山石，也将饱受它们的恐吓，再广阔的山河，也只有在一败再败之后割土求和。再看那屠刀一般的雪：从天空里倾倒下来的雪，还有散落在旷野上的雪，一个往上，一个向下，在半空里碰撞、交会和合二为一，是为雪幕。这雪幕，时而扭曲蜿蜒，时而迎接更多的飞雪，再从半空里砸落下来，屠夫一般，手起刀落，生生砍掉了雪幕之外的世界。如此，我的眼睛便瞎了，就算还有漩涡般打转的雪粒历历在目，但是，我的眼睛，瞎了。

而我非要穿过那道山冈不可，穿过了它，我便可以看见我的生计和活路。几天前，我接到一个纪录片剧组的电话，他们正在拍摄一部关于祁连山的纪录片，他们说，如果我愿意，不妨前来跟他们一起工作，尽管收入微薄，工作结束之后，用这收入糊上一阵子的口总是没问题的。我当然愿意，一接到电话，便千山万水地赶来了。现在，我确切地知道，只要穿过眼前的这道山冈，我便可以找见我的同伴，尽管天寒地冻，他们也仍然每天都在出工，每天都在拍摄着最是苦寒也最是白茫茫的祁连山。

在手机信号完全消失之前，我跟剧组通过一个电话，得知他们会派出一个同伴来引领我去跟他们会合，然而，久等未来，最后，我也只能凭靠一己之力翻越这达坂和山冈。实在是别无他法了，我便瞎着眼，拨开离我最近的雪幕，一步步爬上了达坂，但这显然是自取其辱。积雪之下，无一处不是被坚冰包裹的砾石，踩上去之后，如果砾石之外的冰碴没有断裂，那还尚且算作侥幸，如果踩断了，哪怕走得再远，最后的结果，也无非是仰面倒下，在巨大的冰坡上随波逐流。其间还要失魂落魄地去提防着自己，不要就此跌下达坂两侧的山崖。最终，我还是跌回到了此前出发的地方，而这正是我此前耗费了好几个小时的遭遇——反反复复地爬了上去，又反反复复跌了回来。

再一次，我选定了出发的地方。这一回，我横下一条心，偏偏从最靠近悬崖之处向上攀爬，原因是：此处栽种抑或自然生长过根本未及长大的树木，树干树冠早已烟消云散，但是，树桩们仍然还依稀残留在这里，如果我的每一步都能依附这些树桩，也许，天大的奇迹最终会对我眷顾一二？思忖再三之后，我不再等待，开始了攀爬。一开始，这攀爬竟然出乎意料的顺利，不到半个小时，我便来到了达坂的中央。到了这时，当我再次向山冈上眺望，某种势在必得之心也就坚固了起来。哪里知道，就在我旁顾左右之间，一阵暴风猛烈地席卷了过来，伴随着暴风，头顶上的雪幕在顷刻里坍塌，凌空，当头，对准我再三地击打。我的心里一慌，脚底下一个趔趄，不自禁地呼叫了起来，但这呼叫救不了我，我先是直直地栽倒，又直直地跌落下了山崖。

实际上，在跌落的第一个瞬间里，我便又故态复萌了，那句不断被我推开的话，还是在心底里死灰复燃了：没有用的，你是一个废物，你就认了吧。只是这一回，当我刚刚开始作践自己，嘲笑竟也油然而生，那嘲笑，仅仅只针对自己。当此阴阳两隔之际，你没有手脚并用，你没有将牙关咬出血来，你不是一个废物还能是什么？如此，我的心，竟然疼得要命，一边向下跌落，我却一边忘掉了自己的生死，而是深陷在了扑面而来的不甘愿当中——是啊，我不甘愿我身披着一具名叫废物的皮囊就此作别人世。漫天的暴风和飞雪，我跟你们说，其实，我只甘愿我在攀爬中将那具名叫废物的皮囊一点点撕开！所以，在最后的关头上，在遍体里从上到下的迷乱、恐惧和绝望当中，我终于手脚并用了起来，我终于将牙关咬出了血，我终于对自己说：哪怕死了，你也要推开那句话。

是的，我推开了那句话，而且，我也没有死。跌落不光没有将我带入阴曹地府，相反，当我在灭顶之灾里睁开眼睛，又抑制住了狂跳的心。这才发现，我其实是被山崖边的另外一座稍微低矮的山头所接受了，这座山头之外，才是真正的悬崖，而且，因为它的低矮，正好被达坂抵挡护佑，尽管也堆满了雪，但却几乎没有风，深重的雪幕无法在这里被暴风推波助澜，我的视线也就变得格外清晰了。由此，我看见了我的命运：穷愁如是，荒寒如是，但是，自有万里江山如是。跌宕也好，颠簸也好，在这天人交战的本命年里，万里江山竟然将我所有的奔逃变成了命定的去处：江河奔涌，是在提醒我张大嘴巴去吸吮造物的精气？乱石嶙峋，是在叫我将骨头变成石头，再在沉默的铸造里重新做人？还有此刻，风狂雪骤，它是在叫我吃掉怯懦，吞下慌张，再从虚空里硬生生长出一对铁打的翅膀？

风雪更加大了。还有，几乎没有黄昏来过渡，夜晚，就这么突然地降临了。好在是，即使夜晚降临，天色却并没有伸手不见五指，漫山遍野的雪，发出了漫山遍野的光。好吧，是再次上路的时候了。低矮的山头上，我站起身，将手伸向达坂，在微茫之光里胡乱摸索了好半天，终于抓定了两根树桩，又一回将牙关咬出了血，呼喊着，张牙舞爪着，最终，前度刘郎今又来，我终究回到了阔别已久的达坂上。再往四下里看：风速正在升高，此前的重重雪幕正在被暴风击散，各自滚作一团，恢复了妖精的真身，再去呼啸，去横扫，就好像，只要这呼啸与横扫继续下去，祁连山中最大的魔王便要横空出世。

不管了，全都不管了，暴风和狂雪，妖精和魔王，你们暂且退后，且待我步步向前，只因为，真正的指引，已经化作了潮水，正在从山冈上朝我涌动过来。谁能想到，接下来，我所踏上的，竟是一条勉强可称之为坦途的道路呢。往前走，那些树桩，越来越结实，跟冰雪砾石凝结在一起之后，也越来越粗糙，不再是一根一根，而成了一簇一簇，须知这一簇一簇，全都可以环抱在手，到了此时，它们哪里还是树桩呢？它们早就变成了救命的武器。于是，我将自己匍匐在地，环抱住一簇，手脚并用了一阵子，并未费去多少气力，我便抵达了它，再越过它，去靠近了下一簇。

　　说到底，在此前的跌落里，万里江山已经让我探究了自己的功课，所以，等我终于抵达了山冈，想象中的激动难耐并没有出现，更何况，稍一向前举目，更加艰险的功课便已经在旷野里袒露无遗了。雪幕之外，山冈之下，是一片更加漫长而陡峭的达坂。很显然，如果找不到可以依凭的树桩，只要胆敢踏足其上，等待着我的，便只可能是再一回从山崖里跌落下去。就是这样，这万里江山，这万里江山之苦，又一次在我眼前掀开了序幕。只是，不同以往的是，不经意里，当近前的一道雪幕扑打过来，我未及闪躲，狼狈地吞下了一口雪，接下来，我却没有将雪吐出来，而是一口一口地去咬，就好像，咬碎了它，即是咬碎了万里江山之苦。

　　突然之间，我的身体呆滞住了——我在咬着雪，却有一张嘴巴，正在对面轻轻地舔舐着我，但是，我什么都看不清。而后又如遭电击，慌张着，呼喊着，拨开了身边的雪幕，雪幕越是分散，我就越是慌张。终于，我总算看清楚了那舔舐着我的到底是谁：那竟然是一匹马，是的，千真万确，那就是一匹白马。此前，我之所以看不见它，不过是因为大雪将它的全身都覆盖殆尽了，现在，在我们终于得以相见之时，它先是嘶鸣了一声，又再温驯地凑近了我。恰在这时，可能是听见了我的呼喊，也听见了白马的嘶鸣，达坂之下的旷野上，隐隐约约里，我竟然听到，有人在叫我的名字。我知道，那是剧组里的同伴在叫我的名字，我连声答应着，喉头却在紧缩，眼眶也模糊了。所以，达坂下，不知是手电筒的光，还是发电车的光，当它们远远地开始了投射，远远地来到了我的眼前，我的视线里，好长时间仍是模模糊糊。

最后，还是白马唤醒了我。可能是我走神的时间太长了，那白马，便又仰头，长长地嘶鸣了一声，这才掉转身去，面向同伴和光芒所在的地方，一甩马鬃，抖落了身上的积雪，再来回头看我，见我不解其意，它便又向后退了一步，几乎与我并肩，重新嘶鸣，重新抖落身上的积雪，如此反复了好几遍。到了这时候，我才彻底弄清楚了它的身份和来意，它不是别人，它正是同伴们派来接应我的同伴，既然如此，我还等什么呢？和它对视了一小会儿之后，我抚摸着它，又骑上了它。

我全然没有想到，坐在白马的背上，既没有跌宕，也没有颠簸，虽然走得慢，我的同伴却是每一步都走得稳稳当当。我将身体埋伏下去，紧贴着它的背，想去看它的四蹄上到底潜藏了什么样的神力，但是，那四蹄，不过是寻常的四蹄，却又好似安放了磁铁，时刻接受着大地的吸引，每一步踏下去，四蹄便在迅疾里变成了四颗铁钉，钉紧了大地，又咬死了大地。这样，我就不再去看它，而是看向了前方，在前方灯火的照耀下，达坂更加清晰，达坂上的险境也更加清晰。而我，干脆闭上了眼睛，在马背上唱起了歌。祁连山中，祁连山外，乃至整个尘世上，假如有人也如同了此刻的我，在苦行，在拼尽性命，我要对他说：放下心来，好好活在这尘世上吧。虽说穷愁如是，荒寒如是，然而，灯火如是，同伴如是，万里江山，亦如是。

女 演 员

春天来的时候，女演员也来了。在这东北小城，女演员来的时候，虽说持续了足足一个月的雨雪天气刚刚止住，但是，连日里大风四起，举目四望，无一处不是尘沙扑面。所以，当我代表剧组从高铁站里接上她，一直到去旅馆的路上，她的脸上都写满了烦躁，稍微一驻足，当她打量着四周，那当街睥睨之态，就像是某个王妃驾临了穷乡僻壤。

　　路过小城里最大的商场之时，女演员叫喊了一声，吩咐司机停车，说是要去商场里买一支隔离霜。哪知道，司机不情愿，女演员不高兴了，厉声让他必须将车停下，再让我将她的行李从后备厢里拎出来。

　　——她不坐这车了。然后，她气冲冲地，一边朝着商场里走，一边愤怒地回忆起了剧组制片人之间的拍戏往事。言下之意是：既然制片人是她的小兄弟，那司机肯定在剧组里呆不长了。这时候，我只好告诉她，剧组没有派车来接她，那司机实际上是我雇来的。她愣怔了一下，接着又冷哼一声，继续踩着高跟鞋咚咚咚往前走，我只好拖着她的行李箱，紧跟着她，在人群里左躲右闪。

　　正是中午，加上生意明显不好，化妆品柜台里的姑娘们去了商场对面的小吃城吃午饭，我便和女演员一起站在柜台边上等着姑娘们回来。她时而戴上墨镜，时而又取下墨镜，但是，自始至终，没有一个人认出她来。从见到她第一眼起，我就知道她看不上我，所以便乖乖地拉着她的行李箱守在柜台的一角。可能实在是因为百无聊赖，她竟然走到我边上，问我的老大是谁。见我不解，她便继续鄙夷着问得清楚一点：你跟的制片主任是谁？我只好对她说，我其实是个跟组的编剧。她稍稍有点吃惊，问我写过什么作品，我便再如实回答，从前我是写小说的，小说写不出了，只好跑来当编剧，入行还没多久，自然也就没什么作品。

既然我是个寂寂无名之辈，那么，她也就放心了。反正闲着也是闲着，她便继续攀谈下去，问我看没看过她演的戏。我何止是看过呢？十多岁时，我迷过很长一段时间的电视剧，在那个年代的女演员里，她几乎是我最喜欢的，这么说吧，因为对她的喜欢，她演过的每部戏我都看过不止一遍两遍。也不知道为了什么，突然她就不演了，而后时代又变了，报纸上的娱乐版便早早就没了她的消息。但是，既然她问起了，我也就据实回答她，我不光看过她的戏，而且还非常喜欢她的表演。

和刚才一样，她又稍稍有点吃惊，甚至还有些慌乱，但那慌乱显然不是因为我的夸赞，我猜想，多半是因为突然想起了这么多年并没有再演过什么戏吧？如此，她再跟我说话时，语气便温和了许多，甚至还多出了些似是而非的亲近。她先是提醒我做这一行的艰难，不管做演员还是当编剧，"生活——"她说，"表现生活都是最难的！"而后，她又陷入了追忆，当年拍戏时去过的那些场景地，全都被她清晰地一一道来，"凯歌""艺谋""小刚"，这些名字不绝于耳，可是，她似乎忘了一件事情：和她有过合作的，全都是电视剧导演，她自己也从未出演过任何一部电影。

后来，化妆品柜台的姑娘们终于来了，漫长的挑三拣四之后，女演员这才买定了一支隔离霜，显然，对那隔离霜，她仍是一脸的嫌弃。出了商场，她又不肯坐出租车，我便只好硬着头皮，满街里找黑车，好不容易找到了，待她坐上车，却又不停地抱怨着车里有什么怪味。这一回，我下定了决心置若罔闻，不再理会她，催促着司机，飞快开到了她的酒店楼下——只有主演级别的演员才有资格和导演、制片人一起住在这里，剩下的人，譬如我，其实都只能住在距此十公里开外的一家菜市场边上的小旅馆里。

临别之际，看着她一个人拖着行李箱走进酒店，我原本想再搭把手，她却果断地制止，连声说我可以不管她了。其实，我大致也明白她的意思：作为这个剧组里的主演之一，她不想让人看见自己和我这个级别的工作人员有什么过多的热络。所以，我也就没再帮她拖行李箱，苦笑了一会儿，掉头跑上了正好路过此地的一辆公交车。

说起来，我在这个剧组里的日子过得也是一言难尽：名义上，我是跟组的编剧，实际上，正在拍摄的电视剧跟我却没什么关系。我们的制片人已经说服了当地一位经常来剧组请演员们吃饭的大哥，他的下一部戏，就由这位卖海鲜的大哥投资，拍摄一部中国版的、东北版的、电视剧版的《阿甘正传》。不用说，故事主人公的原型，自然就是这位海鲜大哥。如此一来，我就不再去拍摄现场，而是终日蜗居在菜市场边上的小旅馆里写起了故事大纲和分集梗概。可是，这世上的大哥们哪有那么容易就从自己的口袋里掏出钱来呢？所以，我翻来覆去地修改，始终未能令海鲜大哥满意。其实，所有人都能看出来，海鲜大哥分明是想将此事慢慢拖黄，但是，越如此，就越激发制片人日渐变着花样去讨他的欢心。于我来说，好处是，因为要紧跟着海鲜大哥去打探他的生平事迹，每隔几天就要见他一次，我算是吃过了不少从前听都没听说过的好东西。

往往，在写不出东西的时候，我便从小旅馆里出来，穿过渍水横流的菜市场，来到一条正在被整治的河的边上闲逛。河中的流水几近断流，两岸上倒是绵延着堆放了不少假山，假山与假山之间，还栽种了成片成片塑料做的竹子。有时候，当我在虚假的竹林里穿行，时间久了，竟恍惚着以为自己回到了故乡，不由得便纵容自己继续无休止地穿行了下去。这天黄昏，我刚从竹林里出来，一座假山映入眼帘，我竟被眼前所见吓了一跳：女演员，那个被我从高铁站里接来的女演员，不知何故，突然坐在了眼前假山的山洞里，一边小声地哭着，一边将山洞里的小石子捡起来，一颗颗砸入了河水中。

见到我，她也吓了一跳，迅速止住了哭，明显的倨傲之色飞快地回到了她的神情里，但是，毕竟时间太短了，又加上之前的伤心过于剧烈，不管多么好的演员，也难以在转瞬间做到收放自如。她终究还是又哭了起来。我想回避这尴尬，所以，慌乱地站在原地里，既想跟她点头打招呼，又觉得不该跟她打招呼，全然不知道如何是好。最后，我下定了决心，转过身去，继续在竹林里往前穿行，没想到，她却跟过来，越过我，径直站到了我的对面，这才对我说：自此以后，她要跟我做邻居了。见我不解，她又补充了一句，说她已经搬来小旅馆，就住在我对面的房间里。

话说到这个地步，似乎不问个缘由反倒对不住她，我便问她为何要搬来这小旅馆。可能是因为掩饰实在再无必要，她便痛快地告诉我，她被剧组撤换了。她来到这小城之后才知道，关于她要扮演的那个角色，自己根本就不是第一人选，只不过，剧组原本中意的演员没有档期，她当年的制片人小兄弟才临时通知了她。不承想，就在她来这小城之后的第二天，第一人选突然有了档期，当天便赶了过来。所以，这些天里，她实际上连一场戏都没演上。既然演不上戏，那么，她也就住不上主创们才能住上的酒店了，而她又不愿意离开，实在没办法了，制片人便将她打发到了我所在的小旅馆，说是让她帮我出出主意，一起将新故事的大纲和梗概收拾得更好一些，如果新故事能顺利开机，到时候，他再给她安排一个主演的角色。

说实话，对于她的坦荡，我多少觉得有些出人意料，但同时也觉得她根本犯不着如此。她既犯不着突然对我如此热情，更犯不着对一部十有八九都会化为乌有的戏继续上心。再怎么说，她也红过，演技还算不错，到别的剧组试试，小一点的角色总会遇上，既然如此，她何苦非要死乞白赖地在这里呆下去呢？我还没想明白，她竟然一把抓住了我的胳膊，说是要请我喝酒。我当然始料未及，不知道该作何反应。"我是你姐吧？"她问了一遍，再问一遍，"我是你姐吧？"我愣怔着点头，她便拉拽着我朝前走："那不就结了吗？快，跟姐走！"

那天晚上，在一家朝鲜馆子里，我和她，一边吃烤肉，一边喝了不少酒。很显然，我的酒量比不上她，没过多久，头脑就开始发蒙，喝不动了，她却像是才刚刚开始喝，而且，马不停蹄地跟我讨论起了新故事的剧情——前三集必须抓人啊弟弟，你那个女二号，海鲜大哥的姐姐，光被强奸是不够的，她还得死，她要用死来把事情搞大，让所有的人都被牵扯进来；还有，爱情线必须从第一集就开始埋起，主人公赶海的时候，得让他失足落水，九死一生，女主人公再驾船赶来救他；另外，几个反派也不够坏啊弟弟，我建议啊，村会计，海鲜大哥的舅妈，粮店老板，这几个，全都写成反派，不留中间地带，对，不留中间地带！

在我看来，她说对了的和说错了的，几乎各占一半，但那说对了的一半却足以令我清醒，于是，我也忘了新故事几乎注定了是拍不出来的，干脆强打起精神，重新和她边喝边讨论起了剧情。不知何时，馆子外面飘起了雪，而且越下越大，不一时，雪就在窗台上堆起了厚厚的一层，我们两个却都没把漫天大雪放在心上，一个桥段接连一个桥段，不停地往下说，一直说到守店的服务员睡了又醒，醒了又睡。

后来，我们踩着雪，步行着回到了小旅馆，剧组刚刚收工不久，所以，一楼大堂里四处都是收工的人带进来的雪水。我们意犹未尽，站在雪水里，给故事里所有的主要人物全都重新起了一遍名字，而后，才爬上三楼，分别进了自己的房间。进房之后不久，我才刚刚躺下，她却又来敲我的门，站在房门口，她一边搓揉着自己的脸卸妆，一边告诉我，动作戏一定要少写一些，因为没有人喜欢守着电视机看动作戏，喜欢看动作戏的，都去了电影院。

自此之后的一连多日，春天又变回了冬天，鹅毛大雪从早到晚一刻也不曾休歇，可是，在我的房间里，我和女演员终日里的讨论，却始终像暖气一般热烈。我难免会提醒她，我们的讨论很有可能是完全没有必要的，因为明眼人都知道，海鲜大哥之所以勉强应付着制片人，仅仅只是因为正在拍摄的那部戏的女一号，一旦确信女一号无法得手，海鲜大哥还有再继续聊下去的兴趣吗？可是，每当我提起，她便飞快地举手制止，叫我不要再往下说了，紧接着，一刻也不停地，她又迅速将话题转移到了我正在写的新故事上。彼时之她，就像是一个什么宗教新进门的门徒，巨大的狂热这才刚刚拉开了序幕。

与此同时，在这小旅馆里，不管对谁，和她初来这小城时相比，她都好像是换了个人。煮了粥，她总要给左邻右舍都送上一碗；楼道里，动辄便传来她热情到夸张的跟人打招呼的声音；就算一个场工她都不会轻易得罪，只要遇见了，都要嘘寒问暖一阵子，一会儿给对方扣上扣子，一会儿又帮对方竖起衣领。我自然知道她何至于此，既然打算在这里待下去，作为一个过去长年在剧组里厮混的人，她深知，得罪任何一个人，都有可能是给自己挖下的坑。但是，也不知道为什么，每回只要看见她笑嘻嘻地逢人便低到尘埃里去，我的眼前，就总不免浮现出初来这小城时那一脸倨傲和不耐烦的她，那么，到底哪一个才是真正的她呢？

答案其实也是显而易见的：刚下高铁的她，河边哭泣的她，给人送粥的她，跟我一起聊剧情聊通宵的她，彼时彼刻里，那些她全都是真正的她，是许多个她凑成了一个真正的她——真正的她实在是太聪明了。许多时候，看见她迎着人一路小跑，再看见她在人群里妥帖地给每个人送上甜言蜜语，我总是忍不住想：她要是穿越到贾府里，十个王熙凤，只怕也不是她的对手。

而且，越是在酒桌上，她的聪明就越是令人叹为观止。制片人的苦心逢迎似乎终于有了结果，就算女一号不在场，那海鲜大哥召见我们的频率也明显增加了许多，我甚至觉得，海鲜大哥频频要见我们，绝对不是因为制片人和我，反倒是为了她。用她自己的话来说，比半老徐娘都要老一点，大哥自然不会对她有兴趣，但是，大哥跟我一样，也是很早就看过她演的电视剧，而且还特别喜欢，如此，便横生了许多亲切。再加上，一上了酒桌，她自己举杯痛饮当然不在话下，更厉害的是，大哥只要喝多了，她便抢过大哥的杯子替他喝，大哥要是还差一点，她又总是能让大哥喝得恰到好处。哪怕说起段子来，她也是一段更比一段生猛，无一回不是满桌子的人都被她的段子逗得哈哈大笑。要说唱，那就更不值一提了，《青藏高原》《嫂子颂》《天路》，这一曲一曲，全都被她举着酒杯唱得风生水起，偶尔，甚至还能令那海鲜大哥黯然神伤。

有那么好几回，酒酣耳热之际，窗外的雪花纷纷扬扬，女演员的歌声一起，海鲜大哥想起了前尘往事，突然就趴在桌子上哇哇大哭了起来，一边哭，一边连声说着对不起：对不起父母，对不起当年的领导，对不起老婆孩子，甚至还对不起在座的我们。剧本写得这么好，一笔一笔都写在了他的心上，他却还迟迟没跟我们签投资合同，真是不讲究啊，真是十恶不赦啊，来来来，我连干三个，向你们赔不是，小弟们都给我听好了，人家讲究，咱们不能不讲究，就这两天，赶紧跟人家把合同都签了！每到这个时候，我和女演员，还有制片人，总是忍不住巨大的狂喜，短暂地、不为人知地对视一下眼神，好像一座巨大的藏宝洞说话间便要开启，现在，到了动手杀掉别的同伴的时刻了。然后，女演员又迅速地、乖巧地夺下了大哥的酒杯，"叫姐怎么说你？！"她嗔怪着海鲜大哥，再将他酒杯里的酒一饮而尽，"每回都这么喝，喝坏了身子谁心疼你？听话，别喝了！"

"姐啊，我的姐啊！"每到了这个时候，海鲜大哥便再也忍不住了，一头栽在了女演员的腿上，嚎啕大哭。而那女演员，竟然在瞬时里变作了真正的姐姐一般，一边搂着他，一边轻轻地去拍他的背，心疼也好，垂怜也罢，这两样东西，她彼时的眼神里一样都没缺下。

可是，尽管如此，我们的合同，却还是迟迟没有签下。好几次，酒席散了，女演员挽着大哥往前走，瞅到空子，那一晚上喝吐了好几次的制片人，总会偷偷将我拉扯到一边，再对我表达他的疑虑。他怀疑，眼前的她做什么都是没有用的了，因为海鲜大哥垂涎的女一号虽然明里还在经常接受他送的包包，但是暗里，却已经跟导演好上了，只是实在舍不得这个项目真的烟消云散，他才一直强忍着没有把真相告诉他。他怀疑，只要将真相告诉对方，第二天起海鲜大哥就不会再愿意见到我们了。然而，当我和女演员回到我们的小旅馆，临别之际，我再一次将制片人的话转述给她，她却再一次不以为意，告诉我：据她看来，海鲜大哥倒是个既舍得为女一号花钱也舍得为兄弟花钱的人。我接着问她，我们之中谁能被海鲜大哥视作兄弟，"我呀！"她接口就说，"我不是他的兄弟，难道是他的女人吗？"

所以，一次又一次，在我们分别关上自己房门之前，她总是要说上一句，像是在对我说，更像是在对自己说："只差最后一把火了！"

最后的一把火，说来就来了。突有一日，我和女演员又在我的房间里讨论剧情，制片人的电话来了，他告诉我们，就在昨夜里，海鲜大哥的父亲突然去世了，大哥连夜赶回了老家，一座距小城两个小时海程的岛上，现在，大哥正在为父亲举办丧事。天底下，不管哪里的习俗，总归是去参加丧事的人越多越好，但大哥又没特别邀请我们，如此，他便拿不定主意，我们究竟是该去，还是不该去。制片人还在手机那头讲着话，再看这边，女演员眉头紧锁，凝神静气，突然便挂掉了手机，匆忙奔回了自己的房间，再出来时，已经换了一身素淡的衣服，也不说话，三步两步就往楼下跑，我似乎也明白了什么，赶紧跟在她身后狂奔了起来。

去海鲜大哥老家的路实在是太难走了。风大浪急，有好几回，我都怀疑我们乘坐的中型快艇会被猛扑过来的浪头吞噬进去，弄不好，说到底也只能算得上陌路人的我、女演员和制片人，就此便要共同葬身于这浊浪滔天的大海之中。那女演员，一直强忍着呕吐，终于忍不住了，她拼命要拨开快艇的玻璃窗伸出头去呕吐，却半天也拨不开。我只好起身来帮她，结果，刚一起身，快艇失去重量一般，趔趄着倒下，几乎快要跟海水持平，好在是，又一阵浪头打来，这才将快艇推回到正常的位置里去。好不容易，我帮她拨开了玻璃窗，她的头才刚刚伸出去，暴风，雪花，大浪，全都巨兽般一拥而入，她的呕吐物也被暴风抵挡回来，船舱里到处都是。即使如此，她也顾不上了，她只能接连不断地呕吐，吐完了，蜷缩在座椅上，闭着眼睛，已经奄奄一息。

我实在是服了她。就算奄奄一息，可是，船一靠岸，她便腾地起了身，第一个跳出船舱，风里雪里往前跑，没跑两步，她差点摔倒在地。我赶紧挽住了她，她竟然猛地推开我，又怒视着我，似乎是在指责我：你怎么就这么糊涂呢？你怎么就不知道此时此刻便是那最后一把火呢？

而好戏还在后头。多少有些出乎意料的是，虽说一方豪杰的父亲驾鹤西去，辽阔的院落里，来吊唁的人也是水泄不通，但是整个丧事倒并未见得有多么悲痛，看上去，反倒像久居在冬天又不满冬天的人终于找到借口办了一场像样子的庙会。我们在人群里找了好半天，总算见到了正在打麻将的海鲜大哥，见到我们之后，海鲜大哥当然说了不少感谢话，但是一定要说感谢到哪里去，那倒真是不至于。女演员当然有些失望，但还是一步不停地进入了角色。高大的棺木就矗立在院落当中，她领着我和制片人，率先在棺木前跪下，磕了十几个头，头磕完，她的眼眶已经红了，满脸都是哀戚之色，毕竟，嚎啕大哭是不合适的，一切都被她控制得刚刚好。之后，仿佛此处不是别处，而是她的娘家，她竟领着这个去跪拜，又领着那个去上香，遇到有人多看她两眼，她便熟络地开起了玩笑："盯着我看，是不是觉得我像哪个演员？"后来，听说乐队一会儿就要来，她又指挥着我和制片人，劝劝这个，再劝劝那个，纷纷离开院落的中央，给乐队腾出了演奏的地盘。

只是，她不知道的是，她好不容易劝说众人腾出来的地盘，接下来的一下午，她都要欲罢不能地呆在那里。此地的风俗，真是令人欲说还休：喜事要请乐队来大闹一场，丧事同样也要请乐队来大闹一场。可是今天，天气太坏了，虽说乐队准时来了，说好了的歌手却没有来，说是不想在大海上送了命。如此一来，院落里的人们便纷纷交头接耳，说起了风凉话，那些风凉话，无非是说给海鲜大哥听的。一个个的，都说他这么大的大哥，连个歌手都没请来，也不知道是真请不来，还是不肯为他爹花钱。海鲜大哥自然也知道，今天的体面怎么也不能就此砸掉，他连麻将都不打了，在高大的棺木前气咻咻地打转，转了好几圈之后，"你来唱！"他指着女演员，"对，就是你了，你来唱！"

依照她平日里的做派，她当然会毫不犹豫地答应，没料到，她却激烈地摇起了头，一边摇头，一边打量着眼前潮水般的看客，她甚至拔脚就要往外走。说实话，我大致明白她何以如此：在这要害关头上，她恐怕还是想起了自己是个职业演员，再怎么也不是个卖唱的；也许，她还在想，她自己可以丢脸，但是，职业演员不能丢脸！事实上，动不动地，跟我讨论剧情的时候，下意识里，"我们职业演员"这句话，一再都是被她挂在嘴巴上的。所以，当海鲜大哥发号施令，她站在原地里，几乎是求救般地看向了我和制片人。那一瞬间里，我几乎要跑上前，再拽着她离开。可是，突然间，她又面朝大哥点起了头，大哥笑了，她也笑了。如此，就在棺木边上，和乐队商量了几句之后，她唱上了第一首歌。

我仍然明白她何以如此：像白娘子非要去盗仙草，像杜十娘最后砸沉了百宝箱，这最后的一把火，她要自己来亲手点燃。

　　一旦入了戏，她便换作了人来疯。像是一场正在进行的演唱会，她时而自己高歌，时而走入人群，将话筒递到看客们跟前，让他们跟自己一起唱；兴之所至，她又让乐队找来另外一支话筒，鼓动着看客们上来和她一起对唱。果然，气氛很快便热烈了起来，不停有人被推搡出来，再嘶吼着嗓子跟她对唱，"我的思念是不可触摸的网，我的思念不再是决堤的海""这一张旧船票能否登上你的客船""九妹九妹漂亮的妹妹，九妹九妹透红的花蕾"，这些我久违了许多年的歌词，此刻又重新飘荡在了院落的上空，就连还在偏房里打着麻将的海鲜大哥，不自禁地，也遥遥对她举起了大拇指。如此，她便愈加热烈，也愈加冷静，指点着乐队，拼尽气力，开始唱《青藏高原》："我看见一座座山，一座座山川……"

　　我心里终究不忍，沉默着，一个人，出了院落，发足狂奔，跑到了海滩上。大海中的浊浪仍未消退，再三席卷到岸边，发出巨大的轰鸣，唯有在这轰鸣声里，女演员的歌声才被掩盖。然而，天气实在是太冷了，我并未在海滩上停留多久，不管有多么不愿意，还是乖乖回到了海鲜大哥的院落里，却恰巧遇见了最是不堪的一幕——演唱接近了尾声，但毕竟最后一曲还未唱完，人群竟然开始分散，却都朝她走来，走近了，出乎意料地，全都掏出一张两张的钞票来递给她。她惊住了，连连推托，但是人们执意塞给她，其时情境，她不是在卖唱又是什么呢？她只好一边唱，一边连连后退，都已经靠在棺木上了，再没退的地方了，所以，她只好伸手去接，那些没接住的钞票，就一张张掉落在了地上。

我赶紧去向近旁的人打听，这眼前所见究竟是何缘故。对方告诉我，此地的规矩就是这样：这些递上前的钞票，都将被演唱的歌手一个人悉数收下，雇主并不会收取其中的任何一张。问明白了情由，我再去看那女演员，歌已经唱完了，她却还是慌张地站在原地，此前的自如，早就跑到了九霄云外，热情的人群虽说即将入席，一个个地，还是凑上前去夸赞她的歌声，她就冲这个笑一笑，再冲那个笑一笑，终了，还是不知道将那些满地的钞票怎么办。这时候，我跑上前去，小声地跟她道明了此地的规矩，再跟她一起，蹲在地上去捡钞票，捡着捡着，她突然一声抽泣，我盯着她，她又清了清嗓子，"我早就说过，表现生活是最难的——"她咬着牙，一字一句地，"创作来源于生活，又高于生活，现在你总算明白了吧？"

　　那天晚上，我和她，都喝了不少酒。后半夜，我睡不着，醉醺醺地又去了海滩上。这一回，糊里糊涂地，我想离潮头更近一些，就愣生生地迎着潮头往前走，幸亏刚刚撞击完岩石的潮水破空飞溅，洒落在我身上，才让我稍微清醒，赶紧往回奔。这时候我才看见，在距我百十米开外的地方，另一片潮头袭去的地方，女演员紧抱着肩膀，直直地站在那里。刹那间，我还以为她是受不了白日里的委屈，想寻死，赶紧大呼小叫着朝她奔跑过去，跑近了，却发现，她冷静得很，潮水哪怕再大，也始终无法抵达她的脚下。

　　见到我，她笑了，她笑着对我说，就在我来之前，她刚刚见到了年轻时候的她。我吓了一跳，再在黑黢黢的夜幕下四处张望了半天，终于确信，至少此刻的海滩上就只有我们两个人。她又说，还是喝醉了好，喝醉了就能看见年轻时的自己。停了停，她一把攥住我，近似于哀求：你还醉着，要不然，你帮我看看，年轻时候的我去了哪里？我茫然不知所以，她却不断地摇晃着我的胳膊，非要我睁大眼睛，紧盯着夜幕，一定要把年轻时的她找出来。

可能是醉意始终没有从我的身体上消退，也可能是我对年轻时的她算得上了如指掌，面对着夜幕，紧盯了一阵子之后，我竟然真的看见了年轻时候的她：她不在此处，而是在她做演员之前所在的一座小山城里。下雨天，她没带伞，一个人躲在一幢老楼的屋檐下，看看屋檐下的雨滴，再往手里吹一口热气，之后又去看屋檐下的雨滴。天知道我是怎么会看见彼时彼刻的她的？可是，她却知道我分明看见了，安静地站着，全然不打扰我。到了最后，潮水离我们越来越近，被迫着，我们要离开此地，她才问我，我究竟看见了什么。一边往海鲜大哥的院落里走，我一边对她说清楚了我之所见，听着听着，她停下了步子，似乎要哭，但她总是有法子忍住哭，终了，回过头，对我说了一句："行啊弟弟，姐是真没白疼你。"

进了海鲜大哥的院子，就在那高耸的棺木之下，我彻底清醒了，想来想去，终究还是对她问出了那个我一直想问却始终没有张嘴的问题：你也红过，演技还算不错，到别的剧组试试，小一点的角色总归会遇上，既然如此，你又何苦非要死乞白赖地在这里呆下去呢？她盯着我看了又看，并没有回答，转过身去，像是要回自己房间的样子，猛然间，她一把抓住我的手，将我的手伸到她的左胸前："答案就在这里——"我惊诧着想要缩回手，她却死死地按住，"这边的，没有了，"她又用自己的手指点着右边的胸，"这边的，还在。"

真正的答案是，结婚多年，她才生下自己的儿子，要命的，生下儿子一年不到，她竟然发现自己得上了乳腺癌，求医问药都没有效，最后，只好切除了左边的乳房。又过了不久，她的丈夫，嫌她只有一只乳房，找了不少别的理由，终于跟她离了婚。要知道，她自小是跟姨父姨妈长大的，生性孤寒，因为这孤寒，当初遇到丈夫时，自己明明那么红，丈夫就是个跑龙套的小演员，自己还是什么也不管地嫁给了他。所以，和丈夫离婚之后，在这世上，她唯一还能说上话的人，就只有她的儿子了，尽管儿子还小，但她有耐心等着他长大，大到可以跟自己说话。

她又何曾想到呢？儿子真的大了，大到可以跟自己说话了，可是，每一回，好不容易见上面，儿子却都说她懒，要不然，儿子的父亲现在为什么这么红呢？因为他成天都不在家，成天都在片场拍戏——离婚之后，也不知道拜了哪一尊菩萨，她的前夫竟然一天更比一天红了起来，有段时间，只要打开电视机，十部电视剧里，四五部都是他主演。她当然要为自己辩解，她说她只是病了，并不是懒，儿子却不信，又对她说起了自己的继母。她也成天不在家，她也成天在片场拍戏，而且，全都是主演，你说你不懒，那么，你为什么不能像他们一样，演上戏，当上主演呢？

时间长了，当她发现儿子怎么都听不进她说的话时，一股巨大的怨怼与愤怒之气也降临在了她身上，这怨怼与愤怒当然不是冲着儿子去的，它们甚至是冲着满世界去的。多少次，为了当上主演，她给导演们和制片人们买了烟酒。有一回，一个著名的出品人生病住院，整整一个月里，几乎每一天，她都会给对方准时送上鲜花，可是，只要听明白她的来意，他们总是会有意无意地去看一眼她的左胸，接着便是叹着气再不说话。现在，就是现在，她想明白了：凭什么我就不能再重新当上主演？还有，我怎么就不能替那只失去的乳房讨回一个公道，告诉儿子，告诉满世界里的人，它只是病了，而不是懒？

一如北风呼啸的此刻，天已经快亮了，她却仍然不肯放我走，再一次，她将我的手死死按在她左边的胸口上，对我说："它只是病了，它不是懒。"

当她紧紧按住我的手，全然不许我动弹，是的，我觉得对面的她就像是一头受伤的母兽。海鲜大哥，那猎物，早已近在眼前，可她就是怎么够也够不上。别无他法，她也只好继续先去舔舐自己的伤口，再去另寻出击之时。所以，话说完了，她也颓然松开了我的手，掉头回了自己的房间。那时的她和我都还不知道，最后的一把火，其实已经被她点燃了。

这一天的早晨，像昨日里一样，院落里仍然人头攒动，再过一阵子，高大的棺木便要送往殡仪馆，在那里，海鲜大哥的父亲将要接受一场更为盛大的吊唁，然后再行火化。所以，起棺之前，众人排好了长队，依次上前，跪在棺木前磕头请安，轮到我、女演员和制片人一起跪下时，制片人小声地告诉我们：海鲜大哥已经对他发了话，就在今天，丧事结束之后，我们三个跟着他一起去他的公司，把合同签下来。一时之间，我难以置信，紧盯着制片人，说不出话来，反倒是那女演员，起初也和我一样，不说话，紧盯着制片人，突然间就镇定了下来，拉扯着我，赶紧弯腰俯身，磕完了一个头，再磕一个头。

然而，创作来源于生活，却永远高于生活——这一天的黄昏时分，冗长的丧事终于结束，海鲜大哥的父亲已然入土为安，我和女演员，还有制片人，我们三个，幸运地登上了海鲜大哥的私人游艇，和他一起返回小城。一路上，风平浪静，连日里的大雪也止息住了，空茫茫的海面上，无一处不是波光粼粼，波光们一程连接一程，就像是一条无限伸展的金光大道。再看那女演员，一路上都在睡，一路上都在笑，我毫不怀疑，即使在梦中，她的眼前，也一定会有一条波光粼粼的金光大道。可是，在我们下船之后，变故就这么突然发生了：一行人离开了私人游艇，正在沿着鹅卵石铺成的台阶往岸上走，骤然之间，迎面走来的十几个人突然将我们团团围住。海鲜大哥意识到大事不好，撒腿便要狂奔开去，还是晚了，他都没能跑出去一步，就被死死地按在了地上，紧接着，有人蹲在了他的身前，告诉他，因为他涉嫌向已经认罪的某位副市长行贿，且数额特别巨大，所以，即刻，他就将被他们带走。

怎么可能不震惊呢？自始至终，我都以为我此刻里正在遭遇的，全都不是真的，就好像，一部电视剧横生生从天而降，将我们全都罩住，又将我们变作了剧中人。变故刚发生的时候，我去看人群里的女演员，跟我一样，她也震惊，乃至恐惧，过了一会儿，我再去看她，却已遍寻不见，左顾右盼了好半天，我终于看清楚，她已经离开了我们，也没继续沿着台阶往上，就在海滩上，一个人，失魂落魄地朝前走。到了此时，我怕她出什么事情，赶紧向着她所在的地方奔跑过去，还未靠近她，就已经听到了她不管不顾的哭声，我刚刚让她想开一点——正所谓：世间之事，无非如此。她却哭着回头，让我滚开。我没有滚开，继续陪着她往前走了几步，她便终于发作了，"你有什么资格来劝我？"她吼叫着，"你这个从来就没有入过流的东西，有什么资格来劝我？"

犹如一记重棒，又被魔法加持，最终作用于我，将我打蒙，再将我定住，我只好戛然而止，不再往前走动一步。不用她提醒，我也知道她从来就看不上我，可是，许多时候，当她跟我一起吃烤肉，讨论剧情，在棺木前跪下，又或在潮水边上驻足不前，我还以为，她至少忘了她看不上我，但事实上，她一直都还记得。

我停下了步子，眼睁睁地看着她越走越远，我还记得，往前走了一阵子之后，她突然面朝海水走了过去，我的心里咯噔了一声，终究忍住了，并未再一次向她奔跑。而她也没有继续向海水更深处前进，站在那里，似乎是清了清嗓子，大喊了一声，最终，转过身去，背对着海水，一步一步走远了。而暮色和身后鹅卵石台阶上的喧嚷声一样，正在加深，所以，渐渐地，我就看不见她了。

自此之后，面对面地，我就再也没有见过她了。那天晚上，当我回到我们的小旅馆，她早已离开了这里，她的房门敞开着，我便走了进去。说起来，这还是我第一次踏入她的房间，服务员还未来得及打扫，但和已经打扫过了没有任何分别，我真切地明白她的意思：一根头发，一张纸片，她都要全部清空带走，不如此，就无法证明她对这一场巨大徒劳的厌倦。

其后几年，偶尔地，我也会在电视剧里看见她，当然都不是什么像样子的角色，广场舞大妈，居委会主任，深宅大院的老妈子，无非如此。但是，只要看见了电视剧里的她，就算我一如既往地行走在穷途末路上，哪怕找一个网吧，我也还是会想尽办法，去把和她有关的剧情全都看完。再后来，忘了是哪一天，也是在一个网吧里，我无意中看见了一条新闻：她死了。

她确实是死了，但是，就算她死了，新闻上的主角也不是她。主角当然是那些来参加她葬礼的声名显赫的人，全都戴着墨镜，似乎红了眼眶，但是你永远不会知道，他们究竟是哭了还是没有哭。翻遍了新闻里所有的图片，我并未能见到她的照片，哪怕连一张遗照都没有，但是，我知道，第二天的媒体上，她那些戴墨镜的故交，必将和他们每个人手持的一枝黄花一起，成为重情重义的化身。那一天正好是深冬，深山小镇里的网吧一直在漏雨，我冻得全身直打哆嗦，干脆出了门，躲到屋檐下的一个卖烤红薯的小摊前暖一暖。一出门，我竟迎面看见了年轻时的她：她就在对面一幢老楼的屋檐下，看看屋檐下的雨滴，再往手里吹一口热气，之后，又去看屋檐下的雨滴。

十年后的今天，天知道是什么机缘，我又来到了当初的东北小城，和十年前一样，我仍未入流，所以，夜深人静之后，我还是穿过了大半个城市，找到了当初那条小旅馆旁边的河流。一如当初，河水虽说几近断流，虚假的竹林却令我照旧想起故乡，于是，我便在竹林里穿行，终于来到了一座假山前，当那假山映入眼帘，瞬时里我便认了出来，这正是当初女演员躲在山洞里哭泣的地方。于是，我站在远处，盯着那山洞看了又看，就像是，当初的她正在一颗颗地将身边的小石子砸入到河水当中，再过一会儿，她便要越过我，再站到我的对面，对我说，她要和我做邻居了。也不知道怎么了，我想隔断我和她的相识——假如，当初，她没有踏入那座小旅馆，也许，在别的地界，别的剧组，说不定早就当上了主演？所以，我没再和她一起朝前走，反倒抛下了她，一个人，狂奔着跑回了十年后的小旅馆。

如你所知，我仍未入流，十年前住的是小旅馆，十年之后，栖身的无非是另外一家小旅馆。可是，在十年之后的小旅馆里，我还是写下了这些不为人知的文字，是为不值一提的纪念，我知道，就算你泉下有知，它们，也仍然不值一提。

观 世 音

雨是从天亮之前下起来的，一开始，雨水们只是零敲碎打，而后，伴随着不时的雷声，渐渐就狂暴了起来。我摸着黑起身关窗，顺便眺望了一眼陷落在雨水与黑暗里的邯郸城，在闪电的照耀下，邯郸城几乎变作了魔幻电影里主人公必须攻克的最后堡垒。再看近处，我所栖身的这家红梅旅馆，店招被风吹落，掉在了一辆自行车的后座上；旅馆所在的破败长街上，好几个婴儿都被雷声雨声所惊醒，扯开嗓子哇哇大哭了起来。在雨中，所有的人，就这么熬到了黎明时分。

黎明到来，尽管晦暗的天光看上去和黄昏并未有什么不同，但是，好几家早点铺子还是早早生起了火，远远看去，那些隐约的火焰就像一块块烫红的烙铁，被举起，被按下，被牢牢钉在了密不透风的雨幕上。显然，这么大的雨，我所在的剧组今天已经无法出门开工，于是，每日清晨里司空见惯的喧嚷并没有发生，所有人都沉浸在昏暝的天色里，不发一声。也因此，一整座红梅旅馆都沉默得近乎骇人，唯有闪电不请自到，一遍遍在旅馆内外生硬地展开和降落，不过，因为已是黎明，闪电们发出的光芒被天光分散，到头来，也不过是一场场的自取其辱。

这时候，我的房门却被急促地敲响了，我犹豫了片刻，还是起身去打开了房门，扑面而来的，竟然是一尊伤痕累累的观世音菩萨瓷像。不用问，只要看见这尊瓷像，我就知道是谁来找我了——对面四〇三房间的男人，弄不好，他也在狂暴的雨声中苦熬了一夜。这个可怜的男人，人人都叫他老秦，来自山东，几年前，他带着儿子来这邯郸城里出差，就住在红梅旅馆的四〇三房间，有一天，儿子吵着要吃满街小店里堆着卖的涉县黑枣，他便将儿子留在房间，自己出了旅馆去买，哪里知道，这一去，父子二人就再未相见。等他买完黑枣，回到四〇三房间，房门大开，儿子却早已不知了去向。

"天都塌了——"多少次，后半夜，等剧组结束拍摄，我收工回到旅馆，老秦正拎着一瓶酒，守在我的房间门口等我。这个时候，十有八九他早已酩酊大醉了，但却不放过我，翻来覆去跟我讲他的儿子是怎么丢的，讲几句，他便再追问一句，流着泪："你说，我是不是天都塌了？"

是的，我知道，他不光天都塌了，命也快没了。儿子丢了之后，他自然前去报了案，得到的结果是，这是一系列诱拐案中的一桩，同一天，就在红梅旅馆附近的街区，好几个孩子都丢了，自然是人贩子所为，但却一点线索都没有。他岂肯就此罢休呢？当夜里，他便一掷千金，雇了几十个人帮他四处寻找儿子，一连找了好几天，邯郸周边的几座城市也都找遍了，结果还是一无所获。他颓然回到邯郸，找警察扯皮，找红梅旅馆的老板扯皮，哪里知道，红梅旅馆的老板自知摊上了麻烦事，几天之内就转让了旅馆再远走高飞了。

这时候，妻子也赶到了邯郸，于是，他便和妻子商量，他离开邯郸，跑遍全国去找儿子，妻子则留在邯郸，就住在这红梅旅馆的四○三房间里等儿子回来，哪怕心如死灰，也得等。"你怎么就知道他不会自己找回来呢，是吧？"老秦一遍又一遍地告诉我，"再说了，我儿子那么聪明，他自己找回来，是完全有可能的，对吧？"闻听此言，除了点头称是，我又能对他作何安慰呢？只好听他说话，任由他在自己的想象里渐入佳境，再将喝醉了的他搀回四○三。有的时候，当他半夜里被自己的肝疼醒，我也会径直推开四○三的门，去给他倒一杯毫无用处的白开水。两年来，因为已经被确诊了肝癌，体力渐渐不支，只好换作了他隔三岔五前来邯郸，就住在这红梅旅馆里，等着儿子回来，而他的妻子，则在邯郸城以外的河川江山里四处奔走。

在红梅旅馆一带，几乎没有人不认识老秦，每隔一两个月，只要手中攒够了一点房钱，他就怀抱着一尊观世音菩萨的瓷像来开房了。红梅旅馆几经易主之后，无论老秦花了多么大的气力去死搅蛮缠，对不起，后面接手的老板根本不加理会，该付多少房费，他就得付多少。每一回，喝多了之后，不管对面来人是谁，他当然都要迎面上前，劈头痛诉历任老板的狼心狗肺，再近乎逼迫地要人家承认他的天已经塌了。长此以往，除了住在四〇三房对面无处可逃的我，谁不是一见他的面就赶紧躲得远远的呢？所以，到了最后，尤其剧组开工，我也去了拍摄现场之时，唯一还能够听他号哭与痛诉的，就只有那尊观世音菩萨像了。我问过他为何不管走到哪里都抱着那尊菩萨像，他倒是也干脆：前年春天，在四川内江，找儿子的路上，他遇见过一个和他一样丢了儿子的人，那个人就是不管走到哪里都抱着一尊观世音菩萨像。

"你猜他后来怎么样了？"后半夜的旅馆走廊里，灰暗的灯光下，老秦的眼睛里遍布着血丝与狂热，甚至得意地笑了起来，再神秘地告诉我简短的几个字，"找到了！"

经常是这样——短暂的得意之后，他会在一瞬之间被巨大的伤感击中，鼻子酸了，眼眶红了，低下头去，好半天沉默不语，最后，他才仰起头，擦掉眼眶里蓄满的泪水，像是在郑重地提醒我，更多却是自说自话："观世音菩萨，到底还是大慈大悲啊！"

可是，尽管如此，对于观世音菩萨，他却多有不敬：亲起来，他的确亲得要命，像是在给他的儿子洗澡一般，一天里，他要给菩萨像冲洗好多遍，洗净了，就坐在四〇三房的窗户底下，手持一块湿毛巾，安静地、温柔地，一遍遍地擦拭着它。要是有阳光照射进来，其时情境，他便好似一个回到了唐朝的画工，正埋首于敦煌的洞窟之内，世界全都不在，唯有他和菩萨在。但是，只要喝多了酒，当酩酊与暴怒袭来，他满身的愤恨，也只有观世音菩萨像一人消受了。有一回，我收工回来，竟然看见他正泪流满面地指着窗台上的菩萨像大喊：你是什么东西？别人都是跟女人开房，我他妈凭什么要跟你开房？稍后，气喘吁吁在原地站立了一会儿，他仍然不解恨，冲到窗子前，抱起菩萨像，不由分说地砸在地上，刹那间，菩萨像便四分五裂了。

　　所以，在他的怀抱里，观世音菩萨的瓷像其实已经换过好几尊了：手重一点，瓷像几乎粉碎之后，重新拼凑就绝无可能了。彼时，面对一地的瓷片，每回都一样，他照例会通宵不睡，陷入漫长的悔恨，随后，他又将在悔恨里如梦初醒，哪怕天还黑着，他都要赶紧出门，奔向不远处的一座寺庙，蹲在寺庙前的那条宗教商品一条街上守到天亮，直到其中的一家店铺开门，他这才又小心翼翼地将一尊新的菩萨像抱了回来。当然，就算他喝得再多，下意识里，他也知道自己早已一贫如洗，于是，在绝大部分被酩酊与暴怒驱使的时刻，他还是轻柔的，菩萨像虽说碎裂了，但还有挽救的可能，每逢此时，他便会来敲我的房门，向我求救，希望我能帮助他，一起将那可怜的观世音菩萨像重新修补好。

　　不用说，今天还是老剧本，我只需要将过去的剧情再来一遍就好。这样，我便侧过身体，给老秦让出通道，好让他和平日里一样，心疼地、愁眉苦脸地，将菩萨像放到我的床上，然后，再和他一起，做功课一般，在菩萨像前匍匐三两个小时。哪里知道，老秦竟然没有进门，却告诉我，他要走了，如果没有特别的意外，此后，他将不会再踏入这邯郸城一步了。

我当然不信。老秦也似乎猜透了我的心思，并没有等我问他所为何故，他便先对我说，他的口袋里，连再多一天的房钱也掏不起了，所以，他必须走了，考虑到自己的肝病已经日近膏肓，他估计，这一去，这一世，他已经无法再挣到来这红梅旅馆住一阵子的房钱了。这时候，天空里突然响起一阵炸裂般的雷声，闪电破窗而入，照亮了昏暗的室内，也照亮了鬼魂一般枯槁的他。我的心底里一酸，径直告诉他，如果他还想再住一阵子，我可以帮他再出一阵子房钱，可是，他却毫不犹豫地摇头，再对我说，他要体面，在临死之前，他更要体面。

"和你兄弟相识一场，是上天待我不薄，"如此伤感的时刻，老秦的眼眶里竟然没有蓄满泪水，他说，"想了一夜，我什么都想清楚了，我当然可以撒泼耍横，在这里赖上一段时间，但是何必呢？我这一家人，其实都要体面，我敢说，我儿子长大了也是个体面人。"

"万一有一天，他回来了，这就说明——"停了停，他接着说，"这就说明，他既然有本事找到这里，就更有本事找回到山东老家里去，你说对吧？"

我何曾想到，此时竟然是告别之时呢？有好多次，我想打断老秦，告诉他，他在这里等儿子，我在剧组里望收成，无非是应了那句老话，正所谓，相逢何必曾相识，既然如此，几天的房钱又何至于分出你我？可是，老秦的心意显然已经死死地定下了，我张了好几次嘴巴，最终还是未能说出一句话来，只是怔怔地看着他转过身去，又转回身来，冲我笑了一下，走近我，腾出一只手，拍了拍我的肩膀。直到他在走廊里渐渐走远，消失了踪影，我的神志也还深陷在因他而起的忧虑与空茫之中，浑然不知所以。稍后，我突然意识到，老秦是真的走了，赶紧打开窗户，迎着骤雨向长街上眺望：四下里，雨幕里，再也没有见到老秦，隐隐约约的，我似乎看见一辆小客车正在迷蒙之处缓慢往前行驶，"罢了罢了，"我心里想，"回去了，也算好吧。"

就这么，老秦告别了邯郸，告别了红梅旅馆，而我，还将继续在这一言难尽的剧组里苦挨时日。有时候，哪怕是深夜，当我收工回来，下意识地将门虚掩，等待着老秦在片刻之后就不请自来，等了半天，敲门声迟迟不响，我才想起来，老秦已经走了好几天了。因此，当我站立在自己的房门口，凝视着四〇三的房门，想起他不知在何处流落，又或是生是死，多多少少，我也难免黯然神伤了起来。还有一些时候，在这邯郸城里，火车站前，郊区的青纱帐里，看一看手机，我也会想着，也许老秦什么时候会给我来个电话？然而终究没有。

四〇三的房客却没有断：先是来了几个骗子，一个个的，双目炯炯在城里游荡了好几天，生意终究不好做，只好意兴阑珊地退房走人了。而后住进一对中年夫妻，这对夫妻是来看望在附近一所专科学校念书的儿子的，因此，他们的儿子几乎每天都会来，只要他来，四〇三房间里便要飘出浓重的羊肉味儿——这对夫妻甚至带来了一只高耸的涮锅。再往后，住进了一个小伙子，终日里将房门紧闭，一天里，他似乎只在吃饭的时候才出去一会儿，其他时间就把自己一个人关在房间里，我遇见他时，也曾跟他点头打招呼，他却不加理会，冷峻着脸，总是抢先一步就将房门关上了，所以，尽管时日不短，又朝夕相对，我也还是不知道他究竟是所从何来。

不过，不知道为什么，对那小伙子，我总是觉得他颇为怪异。四〇三的门锁似乎出了问题，旅馆老板叫人来修过，好了几天，又坏了，于是，房门只好经常虚掩着，过路时，我难免朝房间里看一眼，每一回都只会看见他好似当初的老秦一般，坐在窗前的凳子上，将双脚跷起，高高地放在窗台上，纹丝不动，一语不发，就像是被石化了。有时候，当他听见门外的动静，回过头来，我能清晰地看见他的脸上淌着泪，但那眼神却是逼视的，我想对他说句什么，十有八九说不出来，也只好仓促走开。而后，我会听见他奔到门口，将房门重重关上，如果门锁作梗，关了半天也没关上，我一回头，不可理喻地，多半就会看见他正在用脑袋撞击门框，当我停下步子，他便也停止了撞击，继续逼视着我。

"罢了罢了，"一边走下楼梯，我的脑子里便一边想起了老秦，"老秦啊老秦，我终究还是没有说错，不管四〇三住的是谁，都不过是应了那句老话——相逢何必曾相识。"

再说了，尽管四〇三里的小伙子看上去就像是个沉默的囚徒，可是，想想自己，我的日子又比他好过了多少呢？虽说时近秋末，正是往年里天高云淡的季节，不知何故，今年此时，大雨却是一场接连一场，剧组只好调整了原定的计划，开始集中拍摄室内戏。因为室内戏的戏份并不太多，女主角暂时离开了剧组，一直为了她才跟组改剧本的我，竟然出乎意料地轻松了下来，不再出工，而是终日蜷缩在旅馆里，等待着女主角的归来。

不由自主地，我的晨昏便颠倒了起来，总是会昏睡一整个白天，到了晚上，却清醒异常。所以，许多个清醒的长夜里，我难免觉得自己是可笑的：我就像是一个猎人，正在通宵达旦地等候着根本不存在的猎物。

这一晚，后半夜，大概是三点钟的样子，倾盆似的骤雨再度横空出世，击打着旅馆的屋顶，听上去，就像是满山的乱石崩塌飞裂，一堆一堆，一座一座，轰鸣着奔向了山下的溪涧。可是，就在这堪称轰鸣的声响之中，隐隐约约，我却听到了一阵尖利的、撕心裂肺的哭声。一开始，我倒是不以为意，只是贴近了房门去听那哭声从何而起，听着听着，猛然间，一股夹杂着慌乱的兴奋朝我袭来：莫非是在我此前的昏睡之时，久别的老秦又住回了四〇三？没有丝毫和片刻的迟疑，我几乎是战栗着拉开了房门，而四〇三的房门又是虚掩着，我一脚将门踹开，冲进去。哪里知道，眼前并没有老秦，却只有那个终日里闭门不出的小伙子。此刻，四〇三的门窗并未关上，骤雨刺入室内，雨珠飞溅得到处都是，而那小伙子却不管不顾，怀抱着一尊破碎的观世音菩萨瓷像，正在不要命地哭泣。

我认得那尊观世音菩萨像，正是当初和老秦如影随形的那一尊，这么说，难道老秦真的回来了？果然是他将这尊观世音菩萨像塞进了那小伙子的怀抱？既然如此，他何不去敲我的房门，找我说上三言两语呢？种种疑问使我顾不得那小伙子的哭泣，赶紧环顾四周，却遍寻不见老秦的影子，这才想起一定要找那小伙子问个清楚，恰在此时，那小伙子却突然止住了哭泣，劈头就对我说："我是同性恋。"

我愣怔着去看他，他便又对我重复了一句："我是同性恋。"

显然，当此之时，比找到老秦更加迫切的问题出现在了我面前，我想了想，径直告诉小伙子，同性恋没有什么大不了，我的朋友里就有同性恋。平心而言，我不曾对他撒谎，之所以实话实说，为的还是想让他尽快告诉我老秦的下落，可是，那小伙子竟一发不可收拾，平静但却不容分说地告诉我，他的这条命，刚刚被观世音菩萨救了回来——他家世代信佛，而且，尤信观世音，他的母亲，哪怕只是个农民，每隔几年，只要攒下一点钱，都会去观世音菩萨的道场普陀山朝拜。他的母亲只生了他一个儿子，可是，很不幸，他不喜欢女人，他只喜欢男人，而且，他有一个恋人，就在这邯郸城里。这一回他来邯郸，为的就是见到恋人，没想到的是，他的恋人一年前就已经结婚了，好多次，他出了红梅旅馆，走到了对方的家门口，甚至已经模模糊糊看见了对方的影子，终了，他还是不敢真正地走上前去。

　　于是，他就想死。一周之前，他便买了一瓶足可致命的农药，终于还是舍不得母亲，就给母亲打电话，母亲虽然被他的话吓破了胆子，可是，她还是坚决地相信，她的儿子不会死。暴怒之下，他告诉母亲，他死定了，除非观世音菩萨在他的房间里示现，阻止他死，他才可能死不了，否则，他就一定会去死。哪里知道，母亲说，既然如此，在他做下最傻的那一桩事情之前，观世音菩萨一定会示现，去拦下他的死。

　　他当然不信，继续失魂落魄地等待着自己下定决心喝下农药的时刻，他又怎么可能不失魂落魄呢：如果他死了，母亲怎么过？如果他不死，他又怎么过？一直到今晚，就在半小时之前，他终于下定了决心，还是去死，可是，他哪里能够料到，正当他洗漱干净，将农药瓶举到嘴巴边上的时候，一道闪电照亮房间，借着光亮，他竟然看见，不在他处，就在他每日里栖身的床铺底下，一尊观世音菩萨的瓷像正安安静静地站立着。他被吓傻了，赶紧奔过去，趴在床底下，又抱出了它，千真万确，那真的就是一尊观世音菩萨。却原来，就在他等死的日子里，观世音菩萨早已示现，只是险关未到，菩萨这才一直未曾显露其真正的庄严。

——却原来，老秦并未回到这红梅旅馆；却原来，那个大雨狂暴的早晨，老秦先是在四〇三房间留下了这尊伤痕累累的观世音菩萨像，而后，他才坐上了雨幕里的小客车。可是，我实在想不清楚，这尊菩萨像分明就是老秦的命，究竟是何缘故，他才会将他的命舍弃在了这四〇三房间里呢？

这时候，身前的那小伙子递给我一张纸，告诉我，这张纸，就压在观世音菩萨像之下，他抱着菩萨像从床铺底下爬出来的时候，看见了它，所以，在我进门之前，他已经读完了那个不相识的人在这张纸上写下的话，正是读完了这些话，他才不想死了，他决定继续活下去，明天一早，他就要回家去侍奉母亲，一想到明天就可以继续侍奉母亲，他便忍不住放声大哭了起来。

愣怔着，我接过了那小伙子递过来的纸，劈头便看见一行字迹清秀的标题：留待有缘人。果然，在这纸上写字的人，除了老秦，还能有谁呢？实际上，老秦是在写一封信，信并不长，在标题下的正文里，老秦简略介绍了自己和自己的命，又从四川内江说起，一直写到眼前这尊菩萨像，如此，关于菩萨像的来龙去脉，他就算说得清清楚楚了。而后是几句寄语，在寄语里，老秦说：有缘人啊，我把菩萨留给你了，你可要小心待它，不要像我一样，想砸便砸，想骂便骂，这辈子对菩萨犯下的罪过，我只有下辈子再还了。

　　老秦又说：有缘人啊，把我的菩萨抱回家吧，你知道，普天之下，就数观世音菩萨最是大慈大悲，有她在身边，你必能度过一切苦厄，只是我有一桩不情之请——以后，假如你对它磕头，能不能帮我也多磕三个，好让她继续保佑，哪怕我死了，我的儿子也能回家？

　　"又及，我还要郑重地拜托你，"老秦最后说，"有缘人啊，你还得再多帮我磕三个头，请菩萨保佑我的妻子，这辈子，我最对不起的，除了儿子，还有她。你不知道我现在有多后悔，我早该知道，哪怕儿子丢了，我的命也没有全丢，我的妻子，也是我的命，除了菩萨，我还应该抱住她，对，她也是我的观音菩萨，只可惜，说这些，太晚了，来不及了。"

　　恍惚之间，我读完了老秦写给有缘人的信，必须承认，一边读，我的鼻子一边发酸，泪水在眼眶里滚动了好几次，因为生怕打湿了手中的那张纸，这才强自忍住，终未落下。哽咽了刹那，我再去看那刚刚哭过的有缘人，只见他已经将窗户关死，再将观世音菩萨像端端正正地放在窗台上，然后，他跪了下去，给菩萨磕头。我知道，老秦的话，已经被他吞咽进了身体，哪怕他从前的恋人已经结婚了，他的命也没有全丢，他的母亲，也是他的命。

　　那年轻的有缘人磕完了三个头，停了停，突然想起老秦最后的拜托，又再磕了三个头，请菩萨保佑老秦的妻子。磕完了，大概更多的前尘往事浮上了心头，也大概是更多需要被观世音菩萨保佑的人破空而来，全都站在了他的身边，于是，他便干脆不再停止，一个个地将头磕了下去。这时候，当我重新凝视微光里的菩萨像，突然看见，底座的位置还是有一条清晰的裂缝，显然，我被重新派上用场的时刻到了。如此，我便转过身去，暂时离开四〇三，打算回到自己的房间，拿来胶水，再和那有缘人一起，就像当初和老秦一起，绣花一般，沉默地、小心翼翼地将那底座上的裂缝修补好。

可是，要命地，当我踏出四〇三的房门，我却又分明看见了老秦，他似乎刚刚给我讲完四川内江那个曾经和他同病相怜的人，"你猜他后来怎么样了？"又一次，在灰暗的灯光下，老秦的眼睛里遍布着血丝与狂热，甚至得意地笑了起来，紧接着，他神秘地告诉了我简短的几个字，"找到了！"

到了此时，强忍住的泪水这才终于夺眶而出，我没有进门，而是在门口径直站住，面对面去看虚空里的老秦。此时的老秦，在短暂的得意之后，却如梦初醒，看向了四〇三房间里那长跪不起的有缘人，观世音示现，他在瞬间里得到点化，突然间就冷静了。冷静了，他便不再说话，只是垂手肃立，酒瓶也砰然落地，此中情境，就像他也变作了一尊菩萨，知悉人间的一切因缘和悲苦，但是，不说话。然而他终究还是个凡人，过了一会儿，他还是忍耐不住，鼻子酸了，眼眶红了，低下头去，好半天沉默不语。最后，他才仰起头，擦掉眼眶里蓄满的泪水，像是在郑重地提醒我，更多却是自说自话："观世音菩萨，到底还是大慈大悲啊！"

小站秘史

快要接近凌晨的时候，薄雾里，火车到站了，我拎着行李，一个人，在这个叫做"笠庄"的地方下了火车。站台上，我张望了好一阵子，却没有看见除我之外的任何人影。正是秋末，西北风从附近的黄河上吹过来，散落在站台上铁轨上的煤灰被高高卷起，所以，刺鼻的煤灰味道漫天都是。我便赶紧跑进了候车室，恰在此时，一颗流星坠落在车站之外的山冈上，我回头去看，山冈上的余烬似乎重新燃烧了起来，就像是几个挨不过寒凉的人生起了火堆。

　　候车室里，竟然还是空无一人，我去敲值班室和售票口的门，一概无人应答，罢了罢了，今夜里，恐怕就只有我一个人在此盘桓流连了。这么想着，我便找了一条稍微避风的长椅，而后和衣躺下，闭上眼睛等待着天亮。我要在此转乘的，是早晨六点才经过此地开往运城的车。但是，我却并没有睡着多久，从黄河上刮过来的风变大了，不断撞击我头顶上的窗户，咣当之声不绝于耳，我只好睁开眼睛，与此同时，就听到了一阵轻微的啜泣。

　　我懵懂着起身，看见不远处的另一条长椅上坐着一个姑娘，不知道她是何时来的，但是，的确就是她在哭。我低头思虑了一会儿，觉得她弄不好是遇见了什么难处，又想自己大概也不会被她认作别有心思的歹人，于是，便走了上去，问她是不是遇见了难处。她慌乱地点头，再更加慌乱地摇头，最后还是点头。这时候，我已经在昏暗的灯光下看清了她的模样、她身上单薄的衣物和她脸上手上的冻疮，最后，可能还是巨大的但却是下意识的慌乱阻绝了她的戒心，她竟然对一个陌生人说，她怕。

　　我问她在怕什么，她越发就像第一次进城后迷了路的人，不要说还有戒心，只要有人愿意跟她说句话，她都会不迭地称谢，将对方当作救命稻草。所以，接下来，她用那我听起来并不费力的方言告诉我：她怕她出了门寻不见活路——丈夫矿难死的时候，女儿才一个月大，矿主也和丈夫一起死了，所以她一分钱的赔偿金都没拿到，几年下来，她四处帮工，还是养不活女儿。这几天，为了让女儿吃饱肚子，她一直饿着，直到前两天，她终于想清楚，只有一条路可走，那就是离开这里，出门去找活路。于是，她将唯一的戒指变卖了，凑够了去广州的路费，可是，就在刚才，她突然想，要是没找到活路，连回来的路费都凑不齐，她该怎么办呢？

还有，她也在怕女儿突然找到这里来。这座小站，离她家其实只有十几里路。关于女儿，她也找不到什么可以托付的人，于是，心一狠，她干脆将女儿就丢在了超市里，然后，她在街角里躲了半天，看见女儿哭喊着冲出超市，满街里找她，她忍住了，一直躲着，没有再跑出来跟女儿见面，直到最后，她亲眼见到有人把女儿送到了派出所，这才算放了心，不管怎么样，派出所总不会把她女儿卖了。可是，要知道，她的女儿，虽说小，却聪明得很，伶俐得很，前几天，看见她卖首饰，就连日里缠着自己问，是不是不要她了，是不是要和同学的妈妈一样，坐火车走了，再也不回来了，所以，她完全有可能跑到这里来找自己。天啦，要是女儿真的找来了，她该怎么办呢？

不幸的是，眼前这姑娘问我的问题，我连一个也无法作答，到头来，也唯有在她旁边坐下，陪她一起等车而已。她说完了，看着我，稍等片刻之后，大概是她自己也知道了我无法给她一个答案，便起了身，走到一面破碎的窗户前，迎着风往前眺望，似乎女儿真的追了过来。可是，窗外的夜幕太沉太黑，所有的河山都像怯懦的受苦人一般在夜幕里忍气吞声，也不肯现形，所以，她其实什么都看不见，但就算如此，她也抱着肩，瑟缩着，继续往外看。

　　我叹息着，想了半天，还是起了身，决心走出这小站，看看哪里还有没关门的店铺，如果还有店铺尚未关门，我也许就能给她买回一些吃喝之物。于是，我便出了小站，沿着站前唯一的道路朝前走，一边走，一边往四下里环顾，可是，满眼里却不曾看见一盏亮着的灯火。多多少少，我心有不甘，继续朝前走，越往前，漫天里的煤灰味道竟越刺鼻起来，好歹路边种植着某种我在黑暗里辨认不出的作物，那些作物散发出的香气尽管微弱，但也总算艰难地抵达了我的鼻腔，我终于稍微松了口气。紧接着，就迎头遭逢了一辆疾驰而来却不会在此停靠的火车，是啊，这么小的车站，就算把整个尘世间都算上，其实也并没有几趟火车会真正在这里驻足停留。果然，那辆火车呼啸着向前，转瞬便将小站抛在了身后，但是，就在这转瞬之间，雪亮的车灯照亮身边的旷野，让我得以看清，之前那些散发着香气的作物并非普通的作物，而是漫无边际的牡丹，我的身体竟然蓦地一震，如梦似幻地，另外一座遥远的小车站在倏忽里破空而来，像是水漫了金山也无法淹没的寺院，硬生生矗立在我的身前。

　　今天，是二〇一〇年中的一天，我当然知道，当此之际，在我们国家的许多夜路上，就像一个母亲在超市里抛下了孩子，无数座小火车站已经被高铁和动车抛在了无数条无人问津的道路两边。可是，这些年来，命数使然，我却始终在这些道路上打转，一如明晃晃的疤痕，它们牢牢地盘踞在了我的身体上，又似活命的口粮。穷途末路上，是它们，也唯有它们，才在夜幕里接应了我，又给我一条可以和衣躺下的长椅，所以，它们其实是我的兄弟，这些兄弟让我从一地奔赴一地，却始终赐我遭遇和造化，好让我不被无休止的游荡吃掉了肝肠。

　　硬生生来到我身前的，是远在几千里之外的另外一座小火车站，也是奇怪，尽管身处在茫茫蒙古草原上，它的名字，却叫做"满达日娃"，翻译成汉语，即为牡丹之意。正是寒冬腊月，我被人从长江之畔叫来这苦寒地带，参加一个电视短剧的拍摄，几天之后，又被剧组撤换了。如此，我便只好丧家犬一般离开，辗转了好几天，终于到了这座小站，指望在这里乘上火车，先去到大一点的城市，再想办法返回长江之畔。可是，在这苦寒地带，但凡举目张望，满眼里便只有鹅毛大雪，昔日的草原和铁轨，全都被深埋在了暴雪之下，所以，就在踏入小站的同时，我的耐心便已来到了极限。坐在炉火边，总是每隔一会儿就要挑开磐石般的门帘，去看雪停了没有，然而，雪似乎永远不会停止了，那列可能带我离开的火车，这辈子恐怕都不会再来了。

　　这座小站真是小啊：值班室，售票处，这些一概皆无，一共就只有一间屋子。屋子里，除去几把油腻的桌椅，还有一张火炕，火炕之下生着炉子，炉子旁边，就蹲着这小站里唯一的职工布日固德。虽说根本不会有人来买票，但是，出于习惯，老布还是将售票的小布包挂在自己的脖子前，须臾不曾取下来。如此，每一回，当他半蹲在地，去将炉火吹得更大一些的时候，那只小布包便总是碍事。还有，当他怀抱着一只蒙着纱布的铝盆，长时间死死凝视着它的时候，那只小布包也会碍事。可是，每当我想帮他拿开，他便要以怒目待我，再惊慌地看向身后那个躺在火炕上的孩子，发现那孩子并未有受到惊扰，这才伸出一根手指，咬牙切齿地指向我，提醒我不要再发出任何动静，看上去，就像一头时刻准备捕杀猎物的豹子。

是的，火炕上躺着一个满身浮肿的孩子。那孩子，正是眼前这场暴雪开始下的第一天里扒火车来的，到了满达日娃，饿得受不了了，就下了车，找老布要吃的，话还没说上两句，竟一头栽在了地上。老布赶紧将他抱上火炕，给他拿来吃的喝的，这才叫醒他，再看着他吃完喝完，几句话问过，终于知道，那孩子打小就没见过父母，最早，他是从广州火车站流落到北方来的，去年，他得了病，成天喘不上气，满身都浮肿了，也没去过医院，只是听人说，自己得的是白血病，是会死的。就在前几天，他全身浮肿得更厉害了，于是，他估计自己是真的要死了，所以就扒了一辆火车来这里。在死之前，他想去看一眼豆芽。

"豆芽？"可能是因为一直高烧不退，那孩子的听力已经变得极差了，所以，老布想跟他说话，只能扯着嗓子大声喊，"你想看咋个样子的豆芽？"

哪里知道，那孩子想看一眼的，竟然就是最寻常的豆芽，黄豆的豆芽，又或绿豆的豆芽。这样，老布就愈加迷惑不解了，再问他，活了十多岁，你不会连一棵豆芽都没见过吧？那孩子便再作答：他当然吃过豆芽，但是，他却从来没见过活着的豆芽，尤其这几年，他一直在砖窑里做工，一回豆芽都没吃过，自然也就没想起过豆芽。得病之后，他被砖窑老板赶了出来，也就是从那时候起，不知道为什么，他终日都想看看，活着的豆芽是什么样子的。听人说，这边有个镇的名字就叫豆芽，想着豆芽镇总应该有活豆芽吧，他便扒上火车来了。很显然，到了此时，老布也已经确切地知道，那孩子的脑子其实是有问题的，弄不好，当初就是因为脑子不好，他才被自己的父母扔在了广州火车站。虽说老布还有不少问题要问他，可是注定于事无补了，一来是，他甚至连自己的名字都说不清楚，也就更说不出自己之前在哪里的砖窑做工，又是究竟为何非要看一眼活着的豆芽了；二来是，那孩子几乎已经下不来火炕，总是还未说上几句话，就已经昏迷了过去。

还是承认了吧：看上去，那孩子，似乎活不了几天了。所以，第二天一大早，尽管暴雪已经连夜将所有的道路和河流都掩盖殆尽，说不定哪一片雪地就会突然崩塌，变作夺人性命的所在，他还是骑上摩托车，出了小站，尽可能找到有人烟的地方，顺利借来了黄豆，却原来，他是决心自己将豆芽生发出来，好让那孩子看看，活着的豆芽到底长什么样子。话虽如此，对于怎么将豆芽生发出来这件事，他心里还是没底，毕竟，这于他也是第一回。好在是，他有了一个帮手，那天傍晚，暴雪扑面而来的时候，我也连滚带爬地踏入了这座小站。作为一个南方人，我清楚地知道一颗黄豆是怎么长成豆芽的。

"到底行不行？"自打黄豆们被泡好，蒙上了一层纱布，最后再放进那只铝盆，老布便坐立不安。铝盆明明端端正正放在窗台上，可是，每隔上几个小时，他都忍不住将它抱在怀里，凝视了好半天，才焦虑万端地问我："你觉得，真的能长出豆芽来吗？"

说实话，我也没有信心。可能是因为此地的天气过于湿寒，也可能是别的什么缘故，几天过去了，豆芽迟迟没有长出来。满天飞雪可鉴，在老布给我讲完他和那孩子的来龙去脉之后，我也顿时便忘了自己是个急需离开此地的人，满心里就只有一桩事情：和老布一起，守护龙脉一般，小心翼翼地侍卫着那一盆黄豆，生怕稍有不慎便得罪了它们。后半夜，趁着老布短暂地睡着，我甚至偷偷掀开了那层纱布，好似刚刚踏入墓室的盗墓贼，屏息静声，差不多快跪下去朝拜黄豆们。可是，它们却偏偏不肯生出一根新芽。而那孩子似乎已经等不到新芽光临人间了：不管老布多么频繁地在他的额头上搭上湿毛巾和冰块，他的脸终究越来越烫热，喘息声也愈加粗重，某种不祥的预感，在我心里，在老布心里，竟至于越来越浓。

满天飞雪可鉴：老布，布日固德，那头愤怒的豹子，已经越来越慌张，也越来越六神无主。他曾经和我商量，干脆铤而走险，抱起那孩子，前往离此地最近的医院，但终于还是没有，只因为，离此地最近的医院，不在他处，恰恰就在那孩子口中的豆芽镇上。只不过，离此地尚有两百公里，所以，那孩子是断然去不了医院了。先不说他会被这酷寒冻死，就连老布自己，只怕也会倒毙在这仿佛一直铺展到了世界尽头的暴雪里。长生天啊，当此之际，老布，布日固德，除了抱紧那一只冰凉的铝盆，继续望眼欲穿，你还能叫他想出什么别的法子呢？

然而，就算如此，更大的悲剧还是到来了。这一天的后半夜，我刚打了一个盹，猛然间，我竟被拖拽着站起了身，一睁眼，只看见老布的满眼里都是骇人的怒火，再定睛去看，满盆的黄豆已经被老布倾倒在了炉子边，一颗颗，全都发黑了。显然，它们都是被老布在愤懑难当之时砸在地上的，一颗颗，不仅没有生出新芽，反倒接近了腐烂，显然，我向老布打的包票，落空了。

那时候，我毫不怀疑，如果老布的手中有一支枪，他定然会扣动扳机，将子弹射向我，可是，千真万确地，天降了绝人之路，到头来，他也只有认了这绝人之路，和我一起，在炉子边颓然坐下，再也不发一语。稍后，屋外白毛风大作，他只好又仓促地示意我，跳上火炕，共同展开一床被子，将窗缝遮挡得更严实一些，好让风声没那么大。

也就是在此时，小站之外，白雪与旷野之上，一阵高鸣的马嘶之声响了起来，我还茫然不知所以，老布却像是被电流击中，扔掉被子，狂奔着跳下火炕，再狂奔着拉开门闩，三步两步，就奔到了小站之外。我并不知道发生了什么事，但却也下意识地跟随着他狂奔，其时情境，就像是大军已经压境，我们两个，在瞬时里狂热，奔赴在了送命的路上。不知道会发生什么，但是，一件大事，就要发生了——果然，马嘶之声愈加清亮，远远地，一匹白马，通体泛着银光，既是打虚空里奔出，也是打切切实实的山河里奔出，飞蹄过处，冰雪碎裂飞溅，轻薄的雾气被它一意刺破，再昂首突进，就像马背上端坐着霍去病。然而，霍去病不在此时此刻，此时此刻里，它就是霍去病。宛如疾风，宛如利箭，宛如被长生天推动的滚石，它离我们越来越近，越来越近，这样，我便清晰地看见了它身上悬挂的冰凌。就在刚刚，它定然踏破过白雪下的冰河，泅渡之后，滴水成冰，它也不管不顾，佩戴着这勋章一般的刺骨与骄傲之冰，最终站在了离我们十步开外的地方。站定了，这才甩一甩马鬃，吐一口热气，再抖落了冰凌，兄弟一般，清澈地、端正地来到了我们身前。

面对这突至的英雄，我还在瞠目之中，老布却像是窥破了天机，匆忙上前，手慌脚乱地，从马背上取下一只褡裢。双手抖索着，他打开了褡裢，而后，身形骤然呆滞，站在那匹白马前，化作一尊冰雕，再也不作任何动弹。我急了，赶紧也奔上前去看，只一眼，便和老布一样，惊诧得再也说不出一句话——褡裢两端的布兜全都鼓鼓囊囊，那鼓鼓囊囊的，却不是他物，全都是豆芽，一棵棵活着的豆芽。因为在冰河里浸泡过，它们的身体上遍布着细碎的冰碴，所以，就算被袒露在暴风雪之中，它们也并未显得丝毫的娇弱，相反，就像刚刚生出了铮铮铁骨。

稍后，面对夜幕与白雪，面对漫无边际的空茫茫，老布大声呼喊了起来，随后，一句接着一句，自顾自地，他扯着嗓子开始了诉说，但是，因为他用的是蒙语，我便一句也没听懂。诉说了好半天，老布并没有等来应答，十有八九，不管送豆芽的人是谁，他根本就没有听见老布的呼喊。在他们之间，相隔着山峰、沟壑与河流，雪灾里，这些地界都可能是要命的所在，若不是如此，那送豆芽的人，怎么会舍得让一匹白马孤身犯险呢？所以，呼喊了一会儿，诉说了一会儿，老布便喘息着沉默了下来，这时候，他才换作了汉语，告诉我，他其实知道是谁送来了豆芽——白马的主人，正是前日里借给他黄豆的人。

那么，亲爱的老布，我们就不要再在此停留了，现在，让我们怀抱白马、乡亲与长生天的恩赐，踏上甘甜的道路，将那些豆芽视作造物的真理与秘密，供品一般，献给那昏睡不起的受苦人吧。我还在这么想着的时候，老布却已和我心意相通，先行了一步。雪幕里，白毛风里，他弯着腰，一步一步，将襟褶高高举在头顶上，就像高举着哈达，高举着婴儿，高举着能够让人起死回生的灵丹妙药。靠近那磐石般沉重的门帘时，他侧过身去，静静地站立，等我上前为他挑开了门帘，他这才轻悄地闪身，重入了小站。是啊，这时候，我们两个，多么像是活佛榻前的侍者啊。说来也是奇怪，再去看火炕上的那孩子，如有神助一般，他竟然起了身，端坐着，含着笑，静静地看着我们，好像静静地看着山河众生。他静静地等待着我们，好像在等待着自己的命运，生机回来了，智慧也回来了，因为于此，他已不是别人，他是活佛的转世。片刻之后，他便要辨识前世的法器一般，在一根豆芽里认取前身，他还要西域求法和东土讲经，在天上降妖，在地下除魔，直到最后，他将彻底度去远在天边和近在眼前的一切苦厄。

一如此刻，夜幕下的黄河之畔，我一个人，越往前走，煤灰味道就越重，道路两边的牡丹也消失不见了，继之向前蔓延的，变作了一家家黑灯瞎火的洗煤厂。但是，既然四下里都是这些小厂子，再往前走一点，找到一家尚未关门的店铺，给身后小站里那苦楚的姑娘买到一些吃喝，总不至于比领取暴雪中的豆芽更加困难吧？这么想着，气力便增添了不少，再鼓着劲爬上了一座小山坡。结果，刚一站上山坡，果真一座灯火明灭的小镇就出现在了眼前，我暗暗想，这小镇，大概就是那姑娘将女儿抛下的那座小镇了吧？却没有料到，脚踩的一块石头突然塌陷下去，我趔趄了半天，还是滑倒在地，紧接着，整整一座山坡在刹那间碎裂，轰鸣着开始了坍塌。猝不及防地，我只好被这坍塌裹挟，滚落到了山下的一片菜园边上。

在菜园边躺了半天，我才终于看清楚，之前我所爬上的山坡，其实根本不是什么山坡，而是一座高耸的煤堆。如无意外，此时之我，应该早已是遍身煤灰、蓬头垢面了吧？罢了罢了，我心里想着：即使不是在此时，不是在此地，我又何尝不是蓬头垢面呢？于是，我便赶紧起身，着急往镇子里赶，菜园的篱笆上攀爬了不少的荆条，所以，一边走，我便要一边伸出手去拨开那些荆条。突然间，一股巨大的熟悉之感就席卷了我，我停下步子，猎犬一般，去嗅，去看，去听，终于，我得以确信，千真万确，在一个伸手不见五指的夜里，我也曾行走在这样一条小路上，这条小路不在他处，正在另外一座小火车站的近旁。

那座小站，距离此地可谓千里万里，远在四川与云南交界处的峡谷里，所以，它背靠和面对的，唯有被庞大的针叶林覆盖了的茫茫群山，但是，即使如此，这座小站却并不冷清。汉人，彝人，藏人，一天里，仍然有不少当地的居民拨开了松树与冷杉，从群山里走出来，踏入小站，以此为起点，前往我们国家里那些更加广阔的所在去颠簸浮沉。而我，无非又是为了讨一口饭吃，不情不愿地前来了这荒僻之地，而且，到了这里，我的旅程并未终止，过上一夜之后，我还要换乘绿皮火车，继续在那些松树与冷杉之间穿行一整天，这才最终抵达我的目的地。

那个瘸了一条腿的中年男人，是在黄昏的时候来的，可能是穿得太少，又在深山里淋了雨，受冻之后，他的身体一直战栗不止，直到进了小站好久之后，他的双手仍然紧紧地攥成了拳头，牙齿还在上下打着战。跛腿，还有显而易见的穷，这些都令他足够自知，所以，他并未在长条椅上寻找一个可以坐下来的位置，而是下意识地走到墙角，将手中的一只残破不堪的皮革包扔在地上，这才坐了上去，然后，似乎怀有满腹的心事，焦虑而偷偷摸摸地去张望着一个个的旅客。有好几次，他的眼神差点要与我对视了，却又迅速闪躲了过去，就像是犯下了多大的罪过，而我，还有其他的旅客，都在宣布着他的罪行和插翅难飞。

过了一阵子，天快黑的时候，一列火车即将抵达小站，候车室里涌出去了不少人，纷纷到站台上候车。这时候，有人叫了我一声"大哥"，我定睛一看，发现那墙角里的瘸腿男子竟然来到了我身前，一意讪笑着，似乎有求于我。显然，他比我要大上十岁左右，但是，可能因为的确是有求于我，他又叫了我一声"大哥"，我有些懵懂，便怀疑之前我是看走了眼。以眼下的情形而言，他要么是个骗子，要么是个早就盯上了我的算命先生吧？哪里知道，他对我提出的请求，竟然是让我从候车室里出去，和那些正在候车的人一样，到站台上去呆上一会儿。

　　我当然惊诧莫名，问他为什么，他的舌头却一下子打了结，慌张了半天，终于强自镇定，上句不接下句地对我说，他想在这候车室里做一场法事，所以，他希望不仅是我，也连同候车室里的所有人，全都去站台上呆一会儿，好让他做完这场法事。毫无疑问，听完他的话，我觉得匪夷所思，这下子，他便横下了一条心了，干脆在我身边坐下，仍然攥着拳头，身体也在抖抖索索着，给我讲起了他姓甚名谁，他又是所为何来。作为一个遗腹子，从他在这世上第一次睁眼开始，便和母亲相依为命，所以，自打懂事起，他就发下过多少次誓愿，一定要让母亲过得好一些，可是，造化弄人，他不仅未能让母亲过好，活到了三十多岁，因为太穷，他甚至连一个媳妇都没娶上，真是丢尽了母亲的脸。

　　大前年的春天，在宜宾做工的工地上，他从脚手架上摔下来，住了半年医院，腿还是瘸了，自此，他就没再回过家，不是不想，而是怕母亲见了自己的瘸腿后伤心。又听说自己的瘸腿还有矫正的可能，他便一心想着再挣些钱，然后去北京，去上海，去广州，到那些大地方，把腿矫正好了再回来。却不承料想，去年春节之前，母亲死了。母亲死的时候，他被工头骗了，身无分文，实在没钱赶回来，连下葬都是几个堂兄弟在家里操持的。奇怪的事情，是从母亲下葬后的第三天开始的。就在我们此刻所在的这家小火车站，母亲又来了，像活着的时候一样，她总是出现在候车室里，迈着缓步，挨个挨个地向人打听，见到过自己的儿子没有，要是累了，没有气力了，她便在僻静里找个地方坐下，安安静静地看着过往行人，也说不出话来。

尽管如此，因为此地自古以来都是巫风大作之地，所以，就算有人在这小站里遇见过他的母亲，也大都见怪不怪，见她来了，见她走了，无非是在心底里暗道一声：可怜人，不知道何时，你才能重新在那阴间里安顿下来？按照此地的说法，一个死去的魂魄，假如他眷恋阳世不止，一再踏足重来，多半就会错过渡过奈何桥的机会，到了那时，他就要变作厉鬼，终日里在这密林旷野里游荡了。年深日久，就算远隔千里，关于母亲的种种传说，也还是终于抵达了他的耳边。那时候，他是在乐山的一座小镇子上修道观，表弟来的时候，他正踩着梯子，给一尊元始天尊的彩塑涂颜料，听堂弟说完母亲的事，刹那之间，他的心，疼得抽搐了起来，一边抽搐，他一边干呕，从梯子上掉到了地上，好在是，这一次，他的腿没有再被摔断。

从地上爬起来，他再也忍耐不住，去问道观里年纪最大的道长，他该怎么办。老道长听完，叹息着，对他念了一句诗：惨惨柴门风雪夜，此时有子不如无。随后，老道长竟然连夜便开始教他如何完成一场简单的法事，老道长说，如果他在母亲经常现身的候车室里将这场法事做完，母子定能重新相见，见到他了，母亲放心了，也就会去过那奈何桥了。但是，这样的法事，完成它时，须得门窗紧闭，除了他之外别无一人，母亲的魂魄不会被惊扰，她才有可能重新现身。没两天，学完了法事，老道长又给了他一笔钱，将他送到了火车站，让他赶紧回去和母亲隔世重见。火车站前，他实在是感愧难当，要跪下去给那老道长磕头，老道长却坚决不让，且对他说：自己已经年近八十，晚上做梦时，还是经常梦见自己的母亲。

"大哥，大哥，"天色黑定的时候，那瘸腿的中年男人终于说完了他的故事，经由讲述，他稍微放松了一些，虽然不再攥紧拳头，却一直还是讪笑着，甚至是谄笑着，"大哥，你能应下这个商量吗？"

我当然可以应下他的商量，可是，候车室里的其他人呢？我问他，尽管他选择了一个好时机，更多的旅客们此前刚刚上了车，可是，候车室等车的人却还是为数不少，难道你打算将这故事逢人就说一遍吗？他竟生生地点头，又突然想起来一件要紧的事，赶紧从那只破烂的皮革包里掏出一盒皱巴巴的烟来，抽出一根递给我。我盯着他看了一小会儿，没有去接他的烟，叹息着起身，向着候车室外的站台走去，见我往外走，他便不停地对我鞠躬感谢，他的腿又瘸，所以，每一回鞠躬，他都像是要摔倒在地。我便止住了他，三两步奔出去，上了站台，再回头去看，他终于瑟缩着，攥紧烟盒，靠近了下一个即将诉说的对象。

然而，事与愿违，我在灯光黯淡的站台上等待了很久，除了间或有人出来在铁轨边张望一会火车，又迅疾返回候车室，竟然再没有一个人被他说服，弄不好，他还被人当作了骗子去呵斥，所以，当我在站台上看见他的时候，他其实是被三两个小伙子推搡着赶出了门的。这时候，天降了小雨，站台上又没有遮雨棚，我便远远地站在站台尽处的一片屋檐下躲雨。只见他心有不甘地想重回候车室里去，趔趄了几步，还是不敢，愣怔了一阵子，竟然瘸着腿，一步步走向了小站背后，可是小站背后并无他物，唯有一座山，他这是要作何打算呢？

恰在这时候，一只麂子从站台对面现身，与我对视了一会儿，见我毫无妨害之意，它便轻轻跃下了铁轨，再一路向北，低着头，在铁轨与铁轨之间寻找着可能的食物。我被它吸引，不再去想那个瘸了腿的中年男人，竟然也跃下了铁轨，蹑手蹑脚跟着它，跟了大约二十分钟，它发现了我，并且受了惊，当即便发足狂奔，很快就消失在了夜幕之中。我只好原路返回，重新站在了候车室前，正要进门，却突然听见了一阵哭声，我辨认了一会儿，发现那哭声竟然是从小站背后的山中密林里传过来的。这样，我便朝着小站背后寻找过去，越往前走，哭声就越近，我抬头去眺望黑黢黢的半山腰，竟然发现，一堆火焰也在树丛里闪烁和明灭。

"妈，妈，我回来啦！"哭喊的，果然正是那个瘸腿的中年男人，不用说，那堆火焰，是他在给母亲烧纸，可能是在点燃的火堆旁边摔倒了，而后又滚落出去了好远，他其实是蜷在一个陡坡之下拼命朝上爬，拼命地靠近火堆，"妈，你看看我，看完了你就回去吧，我也要走啦！"

如果我不去搀他一把，恐怕直到火焰灭尽，他也无法去靠近那火堆了，于是，我便扯着嗓子问他要不要紧。沉默了一小会儿，他似乎也听出了我是谁，抖抖索索地回答，只说他还好，我便让他不要往上爬了，等在原地就好。说完，不等他再应答，我开始摸着黑上山。一路上，不少荆条从松树与冷杉背后刺探出来，在我的脸上刮出了口子。所以，我其实也走得缓慢，总是要先将那些荆条拨开，才能小心翼翼地往前走出一步，就那么一小段路，竟然走了十多分钟。

终于来到了他的近旁，我伸出手去，先将他从艰困之境里拉扯出来，再搀着他靠近了火堆，两个人一起，各自折断一根树枝，去将那快要灭尽的燃烧挑拨得更亮堂一些。他穿得那么少，哪怕咬紧了牙关，我也能听见他的上下牙齿又打起了战，便去问他，为何要在此处给母亲烧纸？也算是一场缘分，他多少对我生出了几分亲近之心，就不再慌乱匆促，径直告诉我：再过一会儿，他坐的车就要来了，火车一到，他便要再次离开这里，出门去继续讨活路，这一去，更不知道何时才能回来了。这段时间，他向那些宣称自己看见过母亲魂魄的人打听过，知道母亲每回在候车室里现身的时候，都不是从火车站前的那条小路上走过来的，她每回来，都是从我们此刻所在的地方往山下走的，现在，眼看着给母亲做完一场法事已经没有了可能，他也只好在这里，在母亲恐怕还会路过的地方，给她烧上几卷黄纸。

　　既然如此，我再问他，为何要等到今日，离开之时，才来做完这场法事呢？他却说，自打他回来，他已经来了这小站好多回，每一回都未能如愿。有几晚，他就睡在候车室里，原指望后半夜人会少一些，他劝说起来也容易些，可是，他这一辈子就没哪一天运气好过。过夜的那几晚，候车室里等车的人不仅没有少，相反，比往常里还要多。单说今天，因为是赶车出门的日子，天不亮他就从村子里出来了，心里也一直想着，说不定今天有好运气，好运气能让他做完法事，不承想，山林里下了几乎一整天的雨，他又是个瘸子，每走几步，他便要摔倒一次，所以，天都快黑了，他才走到这小站里来。

　　说话间，脚底下的那堆火焰灭尽了，仿佛这突然的熄灭加重了寒意，也可能是更深的寒气随着一阵急雨不请自到，眼前这个瘸腿的中年男人，连续不断地打起了寒战。突然间，我的心底里涌出了一个念头，便径直对他说，莫不如，我们两个，就此下山，重返那候车室里，再去劝说一遍过往行人，也许，他还来得及上车之前再次见到他母亲的魂魄。一时之间，他难以置信，张大了嘴，也说不出一句话，只是呆呆地看着我，我便不由分说地重新搀起了他，一起往山下走，和来的时候一样，一边往前走，一边就要提前去拨开那些横亘在前的荆条。

大概过了二十分钟的样子，我们重新回到了候车室里，显然，好运气真的就近在眼前。我数了数，候车室里只剩下了十多个人。这样，我便将那瘸腿的中年男人安顿在一旁，之后，掏出了身上所有的纸币，走向之前那几个推搡过他的年轻人，跟他们商量，可否接受我的钱，先出去呆一会儿，好让那瘸腿的中年男人做完一场简短的法事。没想到，那几个年轻人接过了钱，盯着我看了一小会儿，再去盯着那瘸腿的中年男人去看，稍后，他们将钱还给我，也不说话，一个个的，全都站起身来便出了门。我来不及点头称谢，再走向下一个，不承想，这一个却要促狭一些，非要问个究竟，我便只好代替那瘸腿的中年男人，将他的故事跟对方说了一遍，对方听完了，当即就起了身，走过他时，还拍了拍他的肩膀。我刚要继续对着旁人去劝说，哪里知道，可能是我之前说过的话都被余下的人听见了，所以，我都还未及走近，余下的人竟然纷纷起身，转瞬之后，全都走向了候车室之外。

　　必须承认，那瘸腿的中年男人，连同我，其实都没有想到，之前一心觉得艰险的疑难，就这么在一刹那里化为了乌有，和半山腰里的他相比，现在的他对眼前所见更加难以置信。站在那里，手扶着长条椅，唯有不迭地给离开的人鞠躬，有好几次，我看见他想要张嘴道谢，但是，这世间的确有好多人就是如此：因为穷，因为瘸，他们见人就要低一头，要是有人突然对他们好起来，没有惊喜，没有雀跃，他们只会更加慌乱，更加怀疑自己是不是活在自己的命里。但是兄弟，此时此刻，你的确就是活在你的命里。所有人都出了候车室，纷纷聚集在了站台上，他们甚至都不曾向候车室里张望，只是三三两两，当作什么也没发生，该嬉笑的照旧嬉笑，该哄孩子的照旧哄孩子。最后，我也走到那瘸腿的中年男人身前，拍了拍他的肩膀，掉过头去，走出候车室，再给他锁上了门。

可是，即便如此，那个可怜的人，最终也未能重见他的母亲：据他所说，那场简短的法事，只需要二十分钟即可，所需的法器，也无非是他那只皮革包里装着的铜铃、饭碗和几张画符而已。在候车室的门被锁上以后，一个小时里，始终都没有人上前去敲门催促，又过了十多分钟，却是他自己开了门，来到我们中间，流了一脸的泪，对着所有人摇头。他将那法事做了三遍，但是，母亲却始终没有来。

站台上的所有人都陷入了沉默，在沉默里，那瘸腿的中年男人化作了一个孩子，就像不是身在此地，而是身在幼时，只是一小会儿没有见到母亲，他便无辜和愤怒，他便不甘心，他便一个劲地淌着泪。就在这时候，有人说话了，说话的人提议，干脆在候车室里，给那没有回来的母亲搭上一座灵堂，在场的人，都到母亲的灵前去献上一炷香，果能如此的话，因为儿子在场，那母亲宽慰了，再回去过那奈何桥，也就不至于沦为孤魂野鬼了，也是凑巧，他就是做香火生意的，包里装的都是香烛，大家只管来拿，不收钱。说话的人刚一说完，余下的人也纷纷说好，只是那瘸腿的中年男人全然没有想到，像是被吓傻了，照旧说不出话，又不断地朝我张望，我想了想，走过去，搀着他，和身边的众人一起，走向了候车室。

实际上，从众人聚集之处走回候车室，一共也只有十几步路而已，但是，当我们真正踏上这条道路，我知道，此后，它将化作猛药被我吞咽，它还将变为永远无法被抹消的刺青，我身在哪里，它便会跟随到哪里。于是，我想更加清晰地记住此刻，便像那瘸腿的中年男人一样，不停地朝四下里张望：一条铁轨静静地在夜幕里伸展，急雨敲击上去，发出叮当但却又稍显钝重的声响；一盏灯火之下，雨丝在灯火的光晕里径直泼洒，但那雨丝不只是雨丝，却是从天降下的、不由分说的慈悲；还有夜幕下的群山，沉默而严正，可是，在它的内部，果实正在落下，小兽正在长成，松树之畔，冷杉之侧，造物的风暴与漩涡从未有一刻停止运转，一如此刻的我们。我们正行走在一条通往建造的路上，这建造如此微小，仅仅是一座灵堂，可是要我说，唯有如此的建造，我们才能配得上这眼前的铁轨、灯火与群山，我们才配得上和它们呆在同一个尘世里，并且去痛苦，去指望；也唯有走在通往建造的这条路上，一座寒酸的小站，才会化作圣殿，须臾之间，就要迎来真正的圣人；还有那不肯告别的母亲，才会调转头去，重新踏过那座恐怕早已等她等得不耐烦了的奈何桥。

　　一如此刻夜路上的我，这整整一夜的奔走，莫非就是不值一提但却足以令人安营扎寨的小小建造？是啊，此刻的我有两个消息，一个是好消息，一个是坏消息，当此风寒露重之际，既然找不到诉说之人，那么，这两个消息，我就告诉远在天边的布日固德和那瘸腿的中年男人吧。好消息是，在几乎让人头疼欲裂的煤灰味道里，紧赶慢赶，我终于来到了镇子上，并且找到了一家还没关门的小店铺，大开杀戒一般，席卷了小店铺里几乎所有的吃喝之物，雪饼和方便面，榨菜和火腿肠，这些受苦人的伴侣，已经悉数被我扛在了肩上；坏消息是，在路过派出所的时候，我却听见了一个小女孩的哭声，那哭声是真正的撕心裂肺，越过高墙，直抵了我的耳边，不用说，这女孩的母亲，就是此刻正在小火车站里朝外张望的姑娘。在夜幕之下，在围墙之外，我哽咽着，像在满达日娃一样，像在四川与云南的交界处的峡谷里一样，谛听着不堪，却又只能觉察出自己的虚弱与爱莫能助。

　　布日固德，还有那瘸腿的中年男人，最后的消息是：不知道做对了还是做错了，最终，我扮作远亲，从派出所里抱出了那小女孩，将她和雪饼、方便面一起，将她和榨菜、火腿肠一起，全都扛在了肩上，然后，再向着她母亲所在的方向疯狂跑去，我也不知道，此一去后，于她，于她的母亲，是祸，还是福？是死命也要攥在手里的甜蜜，还是注定了的、她们根本无法消受的苦楚？

何似在人间

这位仁兄，听说你是个作家，想我年轻时候，也爱写个文章，最喜欢郭沫若戴望舒，次喜欢从维熙刘绍棠。说起刘绍棠，那可是神童一个，还在上中学，写的小说就编入了课本。实话说，我上中学时，也有"才子"的美誉，写了不少作品，但都不屑于发表，只给友人分享，尽管如此，这位仁兄，我还是劝你就此罢手，停止写作，以免整天胡思乱想，最终落得个我这般下场。

　　什么下场？疯子的下场呗！当然，我不承认我是个疯子。你看王医生，你看田护士，我实话对你说，他们都比我疯多了，想必你已经听说，我们精神科的主任，外号就叫"陈疯子"，足以说明，群众的眼睛是雪亮的。

　　对不住，话扯远了，听说你想写我的故事，我本不想答应，没有特别的原因，主要是担心你的才华不够，我的故事，堪比梁山伯与祝英台，至少超过罗密欧与朱丽叶，本来我自己要写，但是自从住进这里，成天吃药，提笔忘字，只好一声叹息，就此作罢。听田护士说，你愿意代我走一趟边城，去给我的祝英台和朱丽叶上个坟，我就知道，你我有缘。现在，请允许我给你鞠躬作揖，别担心，我不是说疯话，我得的这个病，按他们的说法，叫做间歇性躁郁症，间歇性，就是有时候发病有时候不发病，我现在清醒着哪。

　　说起来，命运和生活对我们这些人很不公平，住在这里的人，全都是无辜的，你们给我们强加了一个名号，叫做疯子，又强迫我们住进这个地方，我们这里的很多人无法接受，我也无法接受，但是现在我接受了，世界就是这么残忍，按说我早就不应该为此感到大惊小怪了。你问我是怎么进来的？实不相瞒，那是一个美丽的传说——我以为自己是一只蝴蝶，你没听错，我的祝英台死了以后，我朝思夜想，跟戏里唱的电影里拍的一样，感觉自己和她都变成了蝴蝶，她在前面飞，我在后面追；她在街上飞，我就在街上追；她在楼顶上飞，我就在楼顶上追。然后，他们就说我疯了。

就算疯了又怎么样？我们的这个世界很美，你们的世界不美。我说我是只蝴蝶，我的同屋认为自己是顶帽子，而你们敢吗？我必须说句公道话：我们，是在代表懦弱的你们试验各种各样的活法，我们最勇敢，你们，一个个的，全都胆小如鼠。

对不住对不住，话又扯远了，好吧，我来跟你讲我的故事，但是从哪里说起呢？从我的家乡还是从我去参战打仗说起？好吧，听你的，就从家乡说起。我的家乡，是一座长江边的小镇，风光如画，可谓人间仙境。我最喜欢的，是它的梅雨季节，那时候，江水初绿，百舸争流，尤其是雨后，山顶上、长江上，全都云雾缭绕，置身其中，心都碎了。什么？还是从打仗说起？哈哈，你果然烦了，嫌我话多？可是兄弟，我能叫你兄弟吗？好，兄弟，请你原谅我总是忘不掉我的家乡，因为我这一辈子，出了家乡就没过上几天好日子。

好吧，从打仗说起。第一回上战场，说不害怕是假的，如你所知，当初我是个汽车兵，我们的队伍往边境上开的时候，月光下，甘蔗林一片片的，看上去，就像一个个的年轻人站在田野上，我在害怕之余，还在心里为甘蔗林写了一首诗。但是，越往前走，遇见的满载着重伤员的医疗车就越多，有的重伤员腿都断了还在跟我们开玩笑，让我们别一枪没开就送了命，玩笑开多了，我也就不害怕了。

在边境上，哪怕战争打得最激烈的时候，我其实也是不用开枪的。一般来说，队伍先打到一个地方，站稳了脚跟，我们这些汽车兵才开始上路，给他们运送弹药物资。说到这里，我想再扯远一点，说一说战争。我对现在电视剧里的战争很不满，什么手撕鬼子，什么功夫抗日，全他妈的瞎扯淡啊，真打起来，你的功夫架势还没亮开，人只怕都被扫成筛子了。还有什么神枪手，我告诉你，仗打起来，再好的神枪手也没用。指定的时间，指定的地点，射出你的子弹，子弹打中了对方，那就算你有运气，打不中，那你就得死。仗要打赢，靠的是两个字：意志。靠的是看谁更不怕死，看谁还能挺最后一口气，我这真不是废话，我是从战场上下来的人，看过很多人死，人家都死了，你还在侮辱人家，说人家拼的不是命，而是拼的什么烂功夫，你们这样好意思吗？

所以，我经常讲，年年讲，月月讲，这个世界上，不是我们疯了，是你们疯了。

接着说打仗，那一年，边境上的雨水很多，这样，我们这些汽车兵就麻烦了，一来是，道路泥泞，极难行走；二来是，因为雨大，视线不好，容易被对方的小规模武装突然袭击。说真的，那叫一个惨啊，好多人前一天还一起出车，第二天就没了，前线战事又吃紧，没有多的部队派出来保护我们。这样，为了不集中成为目标，我们的车队就不再统一出行了，每回接到命令之后，愿意走大路的走大路，愿意走小路的走小路，只要在指定的时间将弹药物资送到指定的地点就行了。

于是，我也开辟了一条自己的秘密通道，前后走了几次，无一回不是顺利来去，因为任务完成得出色，前后受了好几次表彰，说实话，我已经几乎得意忘形，这样，我便迎来了灭顶之灾。那一回，在我的秘密通道上，刚刚贴着一座高山里的密林边缘走了半小时，我的汽车就中了地雷的埋伏，爆炸声轰然响起，我并没有被当场炸死，汽车却侧翻过去，跌落下了身边的悬崖，还没坠入谷底，我的眼前便猛然一黑，昏死了过去。

　　再醒过来已经是两天之后了，是被雨水浇醒的，我实在没有一点夸张：一只我从未看见过的什么动物，已经在开始啃我的胳膊了，最可怕的，是我完全不觉得疼，嘴巴里倒是渴得要命，所以，我就张大嘴巴，一边喝雨水，一边由着它啃我的胳膊。也就是这个时候，奇迹出现，一个女人突然从密林里钻出来，赶走了那只动物，再对我说话，叽里呱啦，一听就不是中国人，我当然听不懂她在说什么，甚至也看不见她，可能是流血过多，眼睛几乎已经没有视力。我想着，接下来，这个女人就该杀死我了，哪里知道并没有，她竟然一步步地，将我拖进了一座山洞之内。

　　说到这里，你应该能猜得到了，这个异邦女人，就是我的妻子，我的朱丽叶，我的祝英台，她的名字叫小黎。

　　要到三个月以后，当我的伤慢慢变好，学会了简单的几句异邦话，小黎也学会了几句简单的中国话，我们才能互相知道对方的名字。

　　说到这里，你肯定会问，为什么小黎会救我？哪怕知道了我其实是她国家的敌人，她都没将我从山洞里赶出去？事情巧就巧在这里，她的家族，有遗传的所谓精神病史，好吧，我非常不愿意提起这几个字，但是，为了把故事如实说给你听，我也只好委屈我自己。接着说，她的家族有所谓精神病史，她的父亲，她的哥哥，都在发病的时候伤过人，这样，在她很小的时候，她们全家就被自己的村庄赶到了山上的密林中生活。后来，她的父亲死了，哥哥也死了，虽然只剩下了她一个人，她也没有回到原来的村庄，仍旧一个人住在密林里，所以，尽管两国交战已经死伤无数，但是小黎根本就不知道到底发生了什么。

一开始，小黎还以为我和她一样，都是一个国家的人，也难怪，反正这个国家总在打仗。我说的话她都听不懂，她也仅仅以为那是因为我和她住在不同省份的缘故。后来就算知道了我是中国人，她也根本不能理解这到底意味着什么，仍然以为我跟她们差不多，我费尽了口舌，向她解释相关的争端与仇恨，可是，她还是听不懂，只是一个劲儿地对我笑。实话说，她长得并不算漂亮，但是，她的一口牙齿，真的比地下的盐粒、比天上的月光还要白。

她是我的活菩萨——也不知道她从哪里学来这么大的本事，像我这样一个垂死之人，竟然被她救活了。就像武侠小说里写过的那样，她每天清晨就出门采药，中午之前回到山洞，一回来就开始给我熬药，有的熬成了药汤，有的做成了膏药，我的伤就一天天好了起来。有好多次，我都觉得满世界都跟假的一样，我眼前一定都是幻觉，不怕你笑话，手指能动一点的时候，恶狠狠地，掐了自己好多遍，但是掐到哪里都疼：一切都是真的，山洞是真的，洒进山洞里的光是真的，山洞外面的树是真的，所以，小黎也是真的。

她是我的心尖尖——大概在我和她相识一个月之后，全都是因为她，我终于能站起来了，她就扶着我，在山洞外面活动一下筋骨。在一棵杉树底下，我看见了一只鸟窝，我也是厚颜无耻，竟然想吃鸟蛋，比比划划地告诉了小黎，没想到，小黎三步两步就攀上了树，兄弟，你也不是外人了，我就跟你把心掏出来，那时候，当我看着小黎从一棵树又攀到了另一棵树上，一下子就天旋地转了起来，心脏狂跳，但那不是因为身体的痛苦，却是觉得全世界都亮了，眼前见到的一切——山，树，鸟窝，因为小黎的存在，它们就变得特别的美，格外的美，对，是小黎把一切都变美了。还有一回，她采药去了，迟迟不归，我左等右等，她也不回，我就开始胡思乱想，觉得她可能嫌弃我是个拖累，把我丢掉了，一下子我就受不了了，跌跌撞撞，跑出了山洞，喊着她的名字，满山间找她，她正好回来，远远地看着我，笑了起来，从那时候起，我就知道，我已经深深地、深深地，容我再加一个形容词，不可救药，对，我不可救药地爱上了她。

你问我爱她什么？兄弟，问出这样的问题，我真为你害羞，那说明你没有真正爱过一个人。你听好了，我的答案是：全部。我爱她的头发，每天都散发着好闻的皂角香味；我爱她的破衣烂衫，它们让我知道美可以从最清苦的地方长出来；我爱她的皮肤，黑，但酷似我母亲的皮肤；我爱她的胸，对，就是胸，它们像我故乡的丘陵一样高耸在田野上；当然，我最爱她的牙齿，容我再说一次，她的一口牙齿，真的比地下的盐粒、比天上的月光还要白。

——如果将她比喻成我们的祖国，正所谓：这九百六十万平方公里，每一寸都不能丢。

所以，在养好伤以后，我胆大包天，翻山越岭，把小黎带回了部队。

当然，我没敢将她直接带进营地，而是把她放在了营地附近的密林里，再嘱咐她藏好，这才进到营地里。那时候，我们所在的部队正要换防回撤，营地里忙作了一片，当我径直上前，几个与我相熟的战友吓得魂飞魄散，他们还以为是我的鬼魂回来了。

在营地里，当天晚上，我先是分配到了一辆新的卡车，而后，首长和战友为了欢迎我的归来，特地为我准备了一场丰盛的晚餐，但是没有酒，因为吃完这顿晚餐，我们就要开拔回国了。所有人都不知道，这顿饭，我吃得既开心，又难过：开心的是我又回到了战友们中间；难过的是，我在大块吃肉，小黎却躲在密林里等我。想着想着，我一阵酸楚，于是，趁战友们不注意，我偷偷给小黎留了一些饭菜，再用饭盒装好，跑出去，把饭盒放在了刚刚分配给我的那辆卡车上。

我还记得，那天晚上大风四起，但是月明星稀，部队出发的时候，我装作需要重新熟悉一下久不驾驶的汽车，故意磨蹭到了最后一个，等到战友们全都出发了以后，我快如闪电，跑进密林，找到了小黎。小黎看见我之后，没有任何埋怨，只顾对着我笑，我也来不及跟她说句话，拉扯着她，再如闪电般跑向我的卡车，让她藏进了车厢里满载的弹药箱中间，再把盒饭端给她。盒饭还是热的，当她掀开盒盖，惊叫了一声，又赶紧捂住了自己的嘴巴——是啊，她这辈子还从来没见过这么丰盛的饭菜。

上天作证，我根本没有意识到，我正在犯下一个多么大的错误，这个错误让我，让小黎，全都把一生过成了一场戏，但是很遗憾，这场戏不是喜剧，是悲剧，彻彻底底的悲剧。

第二天黎明时分，我驾驶的汽车刚刚进入国境，突然接到前方的通知，所有人就地休息，我回过头去，看见小黎已经在弹药箱中间睡着了。一路上，大概是因为第一次看见我开汽车，自己又是第一次坐汽车，小黎既震惊，又好奇，我劝了好几次，她却怎么也不肯睡，趴在弹药箱上，托着腮看了我一路，现在终于睡着了，于是，我也就趴在方向盘上睡着了。哪里知道，没过多久，我的车窗就被敲响了，我的心里骤然一紧，醒了过来，往窗外看，几个战友，还有一位首长，竟然一起站在我的车边，我觉得天都要塌下来了，但是仍然壮着胆子，打开了车门。

首长告诉我，我的车上，装着一箱战争中缴获的美式武器，他刚刚接到命令，要把这箱武器火速运送到前方，由另外一支部队的人接管，以便尽快将这箱武器送交到相关的部门用作研究。兄弟，我的劫难，小黎的劫难，就从这里开始了。首长下完命令，一挥手，几个战友跑向车厢，说话间就要上车，好像五雷轰顶，我失声大叫了起来，不不不，我喊了一遍，又喊一遍：不不不！除了一个"不"字，我再也说不出别的话。紧接着，我跳下车，去阻挡我的战友，首长诧异，厉声对我呵斥起来，我什么都听不进去，死命地护住车厢门，但是没有用，更多的战友冲过来，三下两下把我拉开了。"哐当"一声，车门被打开，我绝望地回头，正好看见小黎刚刚睡醒，不明所以地看着我们，然而，当她看见我被牢牢地控制在战友的手中，顿时就化作一头母狼，叫喊着，凶狠地跳下车，朝我扑过来，然而没用，没跑两步，她也被控制住了。

只是当时我还不知道，接下来，有半年左右的时间，我将再也见不到小黎了。

我和小黎都被控制住以后，被分别押上了两辆不同的车，我的在前，她的在后。我也不知道车会开往哪里，一路上，我不断回头去看小黎，依稀看见她就算在控制之下，身体仍然在激烈地挣扎，她似乎也在叫喊着什么，但是没人听得懂。大概两个小时以后，我坐的车停在了一座小镇上，而小黎的车却呼啸着继续向前了，临别的时候，透过玻璃窗，我看见她还在挣扎，还在叫喊。

临阵招亲，几千年来都是死罪，按理说，我应该被送上军事法庭，再处以极刑，但是我的首长和部队念我也曾出生入死，把事实弄清楚之后，放了我一马，最后对我的处罚，仅仅是让我脱掉军装，再遣送回家。之前，我在那座小镇上，关了超过一个月的禁闭，对此我没有任何怨言，只是担心小黎：这么久过去了，她到底在哪里呢？还有，没有我在旁边，她一个人可怎么活？可是，不管我向谁打听小黎的下落，不管我哀求了多少遍，没有一个人能够回答我的问题。

在关禁闭的一个多月里，几乎每天晚上，我都梦见小黎：梦见她光着双脚采浆果，梦见她在山洞外的溪水边洗头发，梦见她笑，梦见她笑完了又笑，每每醒来，早已双泪横流。兄弟，不瞒你说，正是在那时，我想清楚了爱的本质，爱的本质，就是怕，越爱就越怕，越怕就越爱。不是吗？其实，在把小黎带回来之前，我的内心可有一刻不曾感到害怕？没有，每一刻，我都害怕，只是每一刻，我都在爱。

禁闭结束之后，我被遣送回了家乡，家乡正是梅雨季节，江水初绿，百舸争流，尤其是雨后，山顶上，长江上，全都云雾缭绕，置身其中，心都碎了。什么，我对你说起过了？好好，那我就不向你介绍我的家乡了，家乡虽好，却终非久留之地，押送我回家的人前脚才走，我后脚就出发了，去哪里？去我的老部队，去找那个当初在边境上下令将我和小黎关押起来的首长。我下定了决心，如果他不告诉我小黎的下落，我就死在他跟前。

尽管心里很疼，但我知道，我已经变成一个笑话了。在家乡坐船渡过长江的时候，一路上，人们对我指指点点，纷纷说，我，就是那个被交战国的女特务拉下水的人。到了老部队，情况也没好多少，我再也进不去营区，只好整天守在营区门口，希望碰见当初的那位首长。没想到，老部队里也在传说我犯下了通敌罪，是真正的十恶不赦，所以，当初的战友一旦看见我，马上掉头就走，不过，我不怪他们，谁都想要个前途对不对？

大概是嫌我每天守在营区门口有碍观瞻，终有一天，一个卫兵把我叫到岗哨边，递给我一张纸条，说是我一直想见的那位首长叫他给我的，我打开纸条，看见上面写了一个地址，还有首长写的两三句话，大意是：经过详细的调查，已经可以证明，小黎并非对方的情报人员，但现在是战时，两国正常人员来往口岸已经切断，此事又发生在部队，所以，小黎暂时跟随一群战俘一起，住进了某战俘营。

当天晚上，我就坐上了去战俘营所在地的火车，不，不是坐，是站，甚至连个站的地方都没有。一路上我都在发高烧，但却并没有要死要活，相反，当车厢里的灯光照亮沿途的稻田、城镇和村落，这些平日里司空见惯的东西，都让我觉得全都比平日里更美，我想，我是深爱着我们这个国家的，如果需要我再上一次战场，我也绝不会讨价还价，我的悲剧在于：除了爱我们的国家，我还爱小黎。

到了目的地，天上下着大雨，我在大雨中换乘了好几趟车，终于来到了首长写给我的地址：一个偏僻的镇子。天才蒙蒙亮，我也找不到人问路，就自己摸着黑四处打探，好在是雨渐渐停了，找了一会儿，天就亮了，我刚从一个工厂的围墙下钻出来，突然听见有人叫我的名字，只一声，我的身体就快瘫在了地上，因为那是小黎的声音。我流着泪，全身都颤抖着回头去看，这才看见，就在我刚刚路过的地方，有一个被高高的铁丝网围住的院子，小黎正在院子里晾衣服。

看见果真是我，小黎丢掉抱着的衣服，撒腿就朝我跑过来，虽说隔着铁丝网，但这已经足够，我又闻到了她头发的味道了。我看着她，她也看着我；我在哭，她也在哭。哭着哭着，小黎噗嗤一笑，中国话竟然流利得很了：别哭，要笑。我听她的，就不哭了，与此同时，她想摸摸我的手，我也想摸摸她的手，但是，铁丝网上的孔太小了，手根本伸不进去。

从此以后，我就在这个镇子上生活下来了，兄弟，你猜我是怎么在那镇子上活下来的？说出来不怕你笑话：当和尚。没法子啊，我的士兵证已经被部队没收了，身份证还没办就跑出来了，所以，四处找打工的地方都没人收，到了晚上，连个过夜的地方都没有。好在镇子上有座庙，庙里有个老和尚，这个老和尚看我可怜，就把我收留了下来，时间长了，因为我的确有几分才华，还能写写画画，老和尚就不断劝我剃度，为了不让老和尚为难，我也就真的把头发剃了。

剃头发的那一天，老和尚非常欣慰，直接对我说，他有一件袈裟，已经传了好几代，是这座庙里每一任住持的信物，将来，他一定会把这件袈裟传给我。我给他作揖，点头称是，心里却非常难过，因为我一直在骗他。

对我而言，人间最美好的事，不是在佛前诵经，而是偷偷摸摸往战俘营跑的路上。兄弟，惨啊，我在这镇子上住了两年多，小黎的中国话都说得听不出来是外国人了，我每一回见她，却还是偷偷摸摸，一来是，她从来都是看管森严；二来是，我一个和尚，总不能把庙里的脸都丢尽了。不过，慢慢我也习惯了，习惯了等，习惯了等不到，习惯了小黎从黑暗中现身，也习惯了小黎刚刚笑了几声就赶紧捂住嘴巴的样子，兄弟，我很满足，我适应了这样的日子，反倒不觉得世上还有别的日子了。

兄弟，你累了吗？要不要喝口水？你可得保重身体，我还指望着你代我给小黎上坟呢。不累？那好，你要是不累，我也就不客气了，我接着讲——小黎从战俘营里放出来的那一天，我正在庙里给几尊佛像刷漆，一回头，简直要被吓死了：小黎竟然就站在大雄宝殿门口的菩提树下面，也不说话，只是一个劲儿地对我笑。我知道，她这是放出来了，所以，我丢了油漆刷子，蹲在地上，哭了起来。

事不宜迟，趁着老和尚在卧室里打坐，我一刻也没有停，拉着小黎就从庙里跑了出去，我已经定下了主意，带着她回家乡，而且，一回去就结婚。跑出去没多远，我又觉得对不起老和尚，就让小黎在一家糕点铺门口等着我，我自己跑回去，在老和尚的卧室外面跪下了，然后，砰砰砰，给他磕了几十个头，这才又从庙里出来。走在街上，太阳明晃晃的，晒得人眼前发黑，我就在心里不断跟老和尚说话：老和尚啊，下辈子我再拜在你门下吧，这辈子，袈裟我已经有了，是错是对，是缘是罪，我都不打算再换了，我这件袈裟的名字，叫做小黎。

说起来，那真叫披星戴月啊，坐了火车换汽车，坐了汽车换火车，没几天工夫，我就带着小黎回到了家乡。乡亲们听说我带着媳妇回来了，也不像从前那样笑话我了，是啊，不管我犯过多大的错，但是，在我的家乡，一个在外闯荡的男人带回来一个媳妇，倒是也能重新把面子挣几分回来。怎么跟你说呢？听说我要结婚，乡亲们全都出动了，先杀猪，后杀鸡，红纸堆了一屋子，鞭炮堆了半屋子，那可真叫一个张灯结彩，就只等着两天后的婚礼了。

　　也是欢喜疯了，到了婚礼的前一天，我才想起来，结婚是要登记的，当然一刻也不能等，我就找人借了一辆摩托车，载着小黎，去镇子上登记。一路上，小黎脖子上的丝巾老是被风吹起，把我的脸都蒙住了，每回丝巾蒙住我脸的时候，小黎都开心地哈哈大笑，但是她不知道，我愿意一辈子走在那条去登记的路上，一辈子被她的丝巾蒙住脸。

　　登记之前，我们先去照相，照相馆就在登记处的隔壁。也是凑巧，那一天，十里八乡来登记的人特别多，我就让小黎在照相馆等我，我先去登记处领个号，等我领完号回来，小黎就不见了，有两个干部模样的人在等我，他们告诉我，小黎已经被他们的人带走了，接下来，她将被遣返回国。我的脑子像是被斧子劈了，半天才反应过来，当时就疯了，在照相馆内外四处喊着小黎的名字，又四处找着小黎的影子，但是一无所获。两个干部劝阻我，我把他们全都踹倒了，问他们，这究竟是为什么？他们告诉我，这是上面的规定，他们也没有办法，只听说这是对方国家的要求。因为战争流落在中国境内的本国人，一律得遣送回去，如若不然，就将影响到中国人的遣返。

你知道的，我就算把那两个干部活埋了，也没办法找回小黎，而我只想找回小黎，并不想把谁给活埋了。我拿着刀，逼问他们小黎的下落，他们倒是也如实回答了我，说我肯定追不上小黎了，因为小黎已经在去省城的路上了，下午就会飞到边城，下了飞机，对方的人就要把她接管过去，再和其他人一起被带回国。

说真的兄弟，这一生中，我的偶像不多，刘绍棠算一个，我自己也算一个，你可能会觉得我狂妄，但是，像我这样，明知道自己已经成了个大笑话，却又死不悔改的，我还没见过几个，再看看你们，什么什么写字楼，什么什么CBD（中央商务区），为了几个钱，为了升个职，多少人连自己的女人都可以不要。我早就说过了，你们，一个个的，全都胆小如鼠。

说回来，我把小黎又弄丢了，但是，就算有人拿枪顶着我的脑袋，有个念头我也绝对不会打消，那就是：既然弄丢了，我就得把她再找回来。跟当初去战俘营一样，我一刻都没有停，马上回到家，把父母留给我的房子低价卖了，凑了一点路费和生活费。当天晚上，我就朝着当年的战场出发了，根本不在乎我和它之间隔着千山万水，在走了好几千里路的火车上，我一直想，哪怕偷渡，我也得再把小黎带回来，只是没想到，这一去何止千山万水，好多次，我都差点死在了小黎的前头。

你绝对想不到，在两国的边境线上，我究竟受了多大的苦，这么跟你说吧，我在边境线上生活了六年，压根都没有越过国境一次，更别谈能见到小黎一面了。

那可真是九死一生的六年——两国虽已不再交战，但是边境上的每一座哨卡都守卫森严，仅以我方论，如果有人胆敢不听劝阻想要跑出国界，断然会遭到哨兵的射杀，我就曾亲眼看见过一个想闯关的人被射杀在了我眼前，后来听说，此人是一个走投无路想越境找条活路的杀人犯。尽管如此，我也没有一分钟不想偷偷越过国境，为了越过国境，我曾经加入过一支去"对面"淘金的队伍，据他们说，要是他们都进不了对面国境，这世上也就没什么人能够进得去了。哪里想到，我刚加入进去，没两天，大半夜的，他们突然火并起来，莫名其妙的，我肚子上也被人捅了一刀，幸亏我跑得快，不然就没命了。

兄弟，在死里逃生方面，我绝对能算得上你的偶像：界河里，我差点被淤泥捂死；哨卡边上的稻田里，我差点被雷劈死；有一回，我和另外几个人勾搭在一起，来到了一排通了电的铁丝网前面，据领头的人说，因为停电，我们有十分钟时间可以翻过电网进入对面国境，领头的人话还没说完，有人就发了疯朝着电网跑，果然，一眨眼，他就翻过了电网，并且安然无恙，紧接着又翻过去了一个，如此一来，我再也沉不住气了，站起来就往前跑，刚跑了两步，却有个人超过了我，这人三步并作两步，劈头就要跳过电网，哪里想到，电来了，眼睁睁地，我就这样看着他被电打死了。

那也是猪狗不如的六年——在暂时找不到偷越国境的办法之后，我做了长期在边境线上生活的打算，所以，请你好好看看你眼前的这个人，正所谓：十八般武艺，样样精通。修伞补锅，编席子弹棉花，下矿井搭台唱戏，这些我全都干过，但是，就算这样，把肚子吃饱仍然不容易。有一回，我在一座矿井里挖了半个月的矿，出来一看，老板跑了，工钱没结上，喝凉水过了几天之后，再也忍不住了，半夜翻墙去一户人家里偷东西吃，好笑的是，东西都偷到了，都快递到嘴巴边上了，我反倒饿晕了，头往地上一栽，就什么都不知道了；还有一回，也是饿得受不了，正好路过一个棉花加工厂，我就跑进去，什么都不管，抓了两把棉籽塞进了肚子，哪里知道，一连好几天，肚子疼得我恨不得撞墙，要说还是我的命大，那时候我住在一家砖瓦厂的工棚里，砖瓦厂早就垮掉了，工棚里就我一个人，我哪怕喊破了喉咙，也没有人听见我在求救，可是最后，我还是命大，活生生挺了过来。

唯一的安慰，是小黎。我都记不清楚有多少次了，当我在鬼门关前面止住了脚，发烧也好，昏迷也好，每到这时候，小黎就出现了，就像在当初的山洞里，她蹲在我身边。我能听见她的呼吸，能闻见她身上的味道，她的头发轻轻地掠过我的脸，这样一来，我就想哭出来了，我还想对她说，你知道吗？为了找你，我已经受了天大的罪了。可是，我知道，这一切，全都是梦，是幻觉。

就算清醒的时候，我也能经常看见小黎——下矿井的时候，我就想着小黎的样子，盯着黑黢黢的矿道看，看着看着，小黎就出现了，一看见她，我就对她说，小黎，我在这儿呢；给人割稻子的时候，我就盯着稻田看，看着看着，小黎就出现了，一看见她，我就对她说，小黎，我在这儿呢；还有走街串巷四处补锅的时候，我就盯着近处的大路和远处的山死命看，看着看着，小黎就出现了，一看见她，我就对她说，小黎，我在这儿呢。

说起来，此生我的确有几分佛缘。有一年，当地农作物歉收，种什么死什么，这样一来，什么工都不好做，我也就吃了上顿没下顿了，正是走投无路的时候，又是一个游方的和尚救了我。见我可怜，每隔两天，他就把他化缘得来的吃喝送一点给我，这样我才没饿死。他也劝过我，不如跟他一起遁入空门，凭我的才华和见识，要是跟他一起回到安徽的庙中，说不定，还能得到方丈的袈裟。

我能活到今天，至少一半的命是一前一后两个和尚给的，所以，我不想再为了一碗吃喝去骗那个和尚了，哪怕饿死，也再没去找过他。每回他来找我，我都躲得远远的，等他走远了，我才在心里叹着气对他说话：和尚大哥啊，下辈子我再跟你一起出家吧，这辈子，袈裟我已经有了，是错是对，是缘是罪，我都不打算再换了，我这件袈裟的名字，叫做小黎。

那时候的我并不知道，就在我挖空心思活下来的时候，身在边境线以南的小黎却正在坐牢：回到自己的国家之后，她被当成国家的叛徒，最后，判了九年刑，并且不予上诉。

兄弟，你看看，这就是我和小黎的命，天上地下的菩萨们啦，你们倒是看看，这就是我和小黎的命。兄弟，我必须向你承认，这一辈子里，有很多回，我都想摇身一变，变成个恶棍，说不定，当一个恶棍，我还会早一点找到小黎，可是转念又一想，想当初，小黎在密林里救下我的命，又或者后来，小黎糊里糊涂跟着我回来，难道是为了让我有朝一日当恶棍的吗？这么想着，我就把那些恶念掐灭了，哪怕是我被人冤枉，去坐牢，我也挺过来了，没有去放火，也没有去杀人，既然这是我的命，我就全都受下来，然后再想法子，看看自己能不能破了这个命。兄弟你信吗？这辈子里凡是害过我的人，我都忘记了。

是啊，跟小黎一样，我也坐过牢，整整坐了四年。那是我在边境线上的第三个年头刚开始的时候，恰好初春时节，群山翠绿，群鸟北返，我终于找到了一个像样子的工作——老本行，给一个沙场开货车，而且，工钱一日一结，蹉跎了两年，我竟然能找到这么一个中意的工作，你可以想象一下，我该有多么谢天谢地。

　　第一天出车非常顺利，我开车，老板的小舅子押车，到了目的地，天色已经黑下来了，我将满车沙子卸下之后，正要连夜回去，老板的小舅子却提议去喝酒。我不想喝，可是小舅子怒了，威胁我，说是不喝酒的话，他就不给结工钱，这样，想着我也算是在枪林弹雨里开过车的人，就跟他去喝了。没想到，没喝多久，他就喝多了，高低要在小酒馆隔壁的旅馆里住下，我可不敢不回去，只好先送他住下，再开车往回返。

　　事实上，一上路我就觉得自己不对劲，忘了告诉你，打上中学开始，除了"才子"的美誉，我还有"酒神"的名号，千杯不醉就不说了，但要说百杯不醉，我还是有把握的。那天却是十分反常，开着车，我不仅想吐，而且还特别累，眼皮子直打架，一闭眼就能睡着，我心知不对，想要停车睡一会儿，哪里知道，另外一辆货车突然从对面开过来，又开着大灯，灯光刺亮，亮花了我的眼睛，真是鬼使神差，我连个刹车都来不及踩，迎头就撞上去了。

　　你能想得到吗？我，一个在枪林弹雨里开过车的人，竟然撞翻了对面的货车，货车上，除了司机侥幸逃出一条命，其余三人，全都被我撞死了。

怎么办？除了坐牢你说怎么办？很快我就被逮捕了，很快又被判了四年徒刑。时至今日，我始终都没忘记去监狱服刑的那一天，天上下着雨，地上起了雾，天地之间，白茫茫一片，什么都看不清，坐在囚车上，我第一次感到了绝望：我觉得我这辈子恐怕再也见不到小黎了。

哪里知道，真正的绝望，才刚刚开始。所谓的度日如年，才刚刚开始：我服刑的监狱，其实还是在边境线上，所以，在这里服刑的，多半都是当地人。到监狱的第一天晚上，因为没有什么东西可以进贡，我就被牢头指使的几个小弟暴打了一顿，那真叫一个头破血流；没过几天，我又被暴打了一顿，还是头破血流；两个月下来，狱友们算是都看出来了，我是这里唯一一个没有人来探监的人，势单力薄，孤家寡人，这样，我挨打的次数就更多了。

终于也有受不了的时候。那一回，我被打得实在受不了了，就下了狠心，找了一块砖头藏在怀里，稍有工夫，我就跟在牢头后面，想找一个偏僻之地，趁他不备，趁别人没看见，用砖头砸死他。功夫不负有心人，很快我就找到了下手的机会，机会一来，我便二话不说往前冲，可是真要命啊，不知怎么，小黎突然站到了我面前，一向爱笑的她竟然哭了，也不说话，就那么哭着看着我，我能怎么办呢？我只好对她说，小黎，我在这儿呢。

下一回想杀人，是我的刑期快要结束的时候，对，我记得清清楚楚，大概还有不到三个月的样子，我的刑期就结束了。正是农忙时节，所有的犯人都在稻田里插秧，有一个新来的狱友，光着双脚踩在了一只农药瓶上，流了好多血，我看不下去，就去帮他插秧。秧快插完的时候，他突然问我认不认识他，我当然摇头，他却说，他认识我，他其实就是我当初撞死人时侥幸活下来的司机。

接下来的事情，才是我这辈子遇见过最荒唐的，那个司机告诉我，其实我根本没有撞死过人，从前到后，我所经历的，不过是一场骗局：撞死人的那天晚上，我之所以不胜酒力，是因为沙场老板的小舅子给我下了药，然后，又雇他开车去故意碰上我的车，被我撞死的三个人其实是前一天老板自己酒后开车撞死的，他自己怕坐牢，就临时雇了我，然后又把罪名给了我。

在我坐牢期间，难免会经常对自己撞死人这件事念念不忘，但是想来想去，一想到自己那天晚上的确喝了酒，就没有敢再往下想，哪里知道，事情的原委竟然是这样。兄弟，将心比心，如果是你，你是不是也想杀人？那一刻，我真是悲愤难当，只想越狱出去，杀掉沙场老板和他的小舅子。要说起来，还是那个司机比我更冷静，他劝我，说牢也坐了，现在就算把人杀了，也无非是接着坐牢，弄不好还会被枪毙，更何况，在我坐牢之后，沙场老板早就关了场子，举家消失了。为今之计，不如向国家申诉，索要赔偿，而且，冲着我帮他割稻子这件事，他已经看出来我是个好人，所以，他愿意为我的申诉作证。

我听了他的，开始了申诉，因为铁证如山，案子没几天就翻过来了，然后，我接到了通知，通知上说，我可以随时出狱，只是国家赔偿的钱还要一个月才能到，我想了想，就在监狱里多住了一个月，一来是为了等国家赔偿的钱，二来是，出去之后，也不知道去哪里。在这期间，我给家乡的一个远亲写了封信，想问问他，父母留给我的几亩薄田，我能否卖给他，因为我实在不知道国家到底会赔给我多少钱，万一没赔多少，把田卖了，我也可以在边境线上再撑些日子，是的，我从来没想过回到家乡，因为我从来没断过找到小黎的念头。

要说这世上之人，十有八九都犯贱，世人之中，尤以我为最贱，你猜怎么着？出狱那天，当我从监狱长手中领到一个存折，再看到存折上的数字，不禁倒吸了一口凉气，过去几年受过的苦，一下子就全都忘掉了，甚至想，如果不坐牢，凭我这几斤几两，是断断不可能挣到这些钱的，以今天的眼光来看，当年那笔钱当然不值一提，但对当时的我来说，不啻是一笔天文数字，我恨不得小黎马上就从天而降，跟我一起花钱。

随后，监狱长又交给我一封信，信是我的远亲回给我的，他同意买我那几亩薄田，同时，又让我开个价再写信给他，没想到的是，在他的信中还夹着另外一封信，这封信上字迹歪歪扭扭，简直不是中国人写的——是啊，它真就不是中国人写的，它是小黎写的，天知道她是找谁讨教的，竟然已经能用中文写字，这么跟你说吧，当我突然意识到这是小黎的信，我的全身都颤抖了起来，眼泪夺眶而出，一颗颗掉在了信纸上，我又手慌脚乱地去擦信纸上的眼泪，一边擦，一边哭得更凶了。

也就是在这封信上，我才知道，过去几年里，小黎也一直在坐牢。半年前，她被释放了，释放之后，她就来到了两国之间的一个镇子上，在那里打短工。她在信里说，如果我能看见这封信，千万要记得马上去找她，因为她生了病，而且是疯病，如果我再不去找她，她怕她就快认不出我来了。

读小黎的信的时候，我的身体一直在发抖，读完了，我却难以置信，要知道，那个镇子距离我的监狱才不到五十公里。在我入狱之前，为了偷越国境，我不知道多少次去过那个镇子，因为那个镇子一半属于中国一半属于邻国，可以说，站在中国的土地上，跨一脚便是异邦，但也正因为如此，守卫就尤其森严。还记得我对你说过，我曾经看着一个通缉犯在我眼前被射杀吗？对，就是在那个镇子上。

但是，监狱长的话却不由得我不信，他告诉我，洞中一日，世上千年，现在的两国边境已经不是我入狱之前的样子了，两国的交往已经开始正常化了，好比从前打过架的亲戚，现在虽说谈不上和好，但再见面已经不用打架了。

兄弟，听完监狱长的话，你知道我有什么感受吗？对，我觉得自己像个笑话，一个天大的笑话，我和小黎，我们都成这样了，以前打架的人现在又不打了，是啊，他们不打了，我和小黎却变成这样了。我还想再说几句，监狱长却挥手让我滚蛋，我也只好滚蛋。出了监狱，我就去储蓄所取钱，取了钱出来，又赶紧去给自己买了几身衣服，也给小黎买了几身衣服，对了，我还给小黎买了一条丝巾，红色的，跟当初我们去登记结婚时的那一条一模一样。

当天下午，天快黑的时候，我赶到了小黎在信里所说的那个镇子。进了镇子，我逢人便问小黎的下落，所有人都说见过她，但是所有人都不知道她此刻在哪里，当然，也有人对我找她表示不解，他们径直问我为什么要找那个又脏又凶的疯婆子。兄弟，他们这么说小黎，我竟然没有动手，大概是因为，几年的牢坐下来，我已经想明白了：这世上的人啊，真正是各自有难，各自有命，绝大多数时候，我们都只能各自受难，各自拼命，谁也救不了谁。所以，我不怪他们，接下来，我要忘掉这辈子里所有不愿意记起来的人和事，只有这样，在余生里，我才能将自己彻底清空，专心做一件事，那就是，把小黎带给我的好全都还给她。

然而，小黎却已经不认识我了。

我是在一所学校的教室里找到她的。月光下，她睡得正香，虽然衣衫褴褛，脸和头发都好像很久没有洗过了，但她的牙齿还是那么白。我轻轻地走近她，在她身前坐下，看了又看，看了又看，终于没忍住，伸出手去碰一碰她的脸，她就惊醒了，猛然坐起来，嘴巴里大喊大叫，甚至朝我脸上吐唾沫。我叫她的名字，小黎，小黎。我叫了一遍，又叫一遍，可是她根本就不认识我了，仍然大喊大叫，仍然朝我脸上吐唾沫。

没有别的办法，我突然想起那条红色的丝巾，赶紧掏出来给她，没想到，一下子，她就安静了，眼睛里的神色也变得欢喜起来。迟疑了一会儿，接过丝巾，捧在了手上，捧了一会儿，像是怕我抢回去，跑到墙角里，系在了脖子上。

趁着她系丝巾，我再也忍不住了，冲上前，一把抱住了她。不管她怎么推我，不管她怎么骂我，我就是不松手，抱着抱着，奇迹就出现了，她不再推我，也不再骂我，反而伸出手来，摸着我的头发，红色的丝巾又蒙住了我的脸。

然而，她还是没有认出我来。

143

所以，在月光下，在教室里，不自禁地，我竟然笑了起来：还有比这更惨的事情吗？我找了小黎好几年，小黎找了我好几年，等我们互相找到了，她却再也不认得我了，在她心里，已经没有我这个人了，不信吗？你听听她大喊大叫的声音就知道了，她满口喊出来的，都是她的家乡话，她甚至连她辛辛苦苦学会的中国话都忘记了。

　　你以为这就是最惨的？不不不，兄弟，如果你觉得这就是最惨的，那就说明你还涉世未深，那就说明我担心你的才华是有道理的，在我看来，才华是什么？才华就是想象力，一个没有饱尝过生活之苦的人，是没有办法去想象真实的生活的，我就算把一切真实的遭遇端给你，你也还是不知道我在哪里哭过，又在哪里笑过。这么说你不会生气吧？兄弟，你千万不要生气，我们是有缘人，我对你的劝告，无非是苦口的良药。

　　兄弟，最惨的事情，不是小黎不记得我了，而是她根本就活不长了——从我找到她，到她死去，一共只有九天时间。我跟你说过，那天晚上，在学校的教室里，我抱着她的时候，她伸出手来摸了我的头发，不，那并不是她对我示出的好，而是她站不稳了，想撑住自己的身体，最后也没撑住，仰面倒在了地上，眼睛也闭得紧紧的，呼吸还有，但是怎么叫也叫不醒她。我吓死了，赶紧抱着她，跑出学校，在镇子上四处找医院。

　　到了医院，见到了医生，医生却是见怪不怪，原来，小黎初来这个镇子的时候，曾经找医生看过病，医生早就给出了诊断：活不过今年。小黎还没醒过来，我就问医生，她这到底是怎么了，医生这才告诉我，小黎患上的是急性败血症导致的肝肾衰竭，如果没有什么念想支撑着她，她是断然活不到现在的。

我掏出存折，对医生说，我就是她的念想，如今，她的念想有钱了，不管花多少钱，也要把她的病治好。医生却两手一摊：晚了，没救了。

正说着，小黎醒过来了，一醒过来，就接着大喊大叫，我全都听不懂，她叫喊的，仍然是她的家乡话，但我可以猜得出来她的心思，她想从医院逃出去，因为吊瓶让她害怕，白大褂让她害怕，头顶上的灯也让她害怕，她的眼睛里除了惊恐，再也没有别的什么。但是，你说说，我怎么能让她走呢？哪怕是死，我也得让她死在医院里啊！再说，不管医生怎么说，我却怎么也不肯信小黎会死，我还以为，我和小黎的好日子，才刚刚开始呢，所以，不管她怎么叫喊，我也不能让她走，反而走上前，把她死死按在了病床上，她又要朝我吐唾沫，最终，也没有力气吐出来。

就算病入膏肓，小黎，她也是我的心尖尖——在医院的日子里，大部分时间，小黎都在昏迷之中，只是偶尔醒来的时候，才会叫喊出几句家乡话，都是些只言片语。不过我有办法，我对你说起过，这个镇子一半属于中国，一半属于邻国，所以外国人多得很，我找了一个小本子，只要小黎叫喊，我就把她的发音记下来，再去找人问她喊出来的到底是什么：有时候，她喊的是妈妈；有时候，她喊的是天上的鸟，就是从来没有一次喊起过我。

她叫喊得最多的，竟然是：放了我，放了我，放了我。我知道，那大概是她在自己国家坐牢期间，对管教、对监狱、对苍茫大地喊过最多的话，每到这时候，我就想抱着她哭，但是又不敢，一旦把她抱紧了，她就喘不上气来，我就只好趁她再次睡着的时候，躲到走廊上去嚎啕大哭。哭着哭着，突然想明白了一件事情，她之所以害怕医院，可能是病房太像监室了，一念及此，不由分说，我马上去说服医生，要把病房改成普通人家的模样，医生当然不干，但你知道的，我的存折上有的是钱，最终，医生还是同意了我的请求。

跟我想的一样，下一回小黎醒来的时候，看看墙角的立柜，再看看窗子上的花布窗帘，果然就不再叫喊了，大概有半小时吧，她就盯着它们看，看了一遍，又看一遍。

唯一的麻烦是，虽说两国已经实现了关系正常化，但是，边境管理却并未松懈，按照规定，白天里，两国公民可以在对方的地界活动，到了晚上，却必须各自回到自己的国家。这样，实际上，每到了夜晚，我就得雇上两个人，轻手轻脚地，把小黎的病床抬出医院，再抬到对面的地界；而我，则只能站在中国的地界里。对，病床放在边界那边，挂着吊瓶的铁架放在边界这边。要是遇见了下雨的天气，我就打上两把伞，把小黎罩得严严实实的；没下雨的话，我就站在中国，看一会小黎，再看一会她的异国家乡。

兄弟，你真的没有累吗？好在是，我和小黎的故事，终于来到了快结尾的地方啦，在故事讲完之前，我想再向你鞠个躬，作个揖，如果故事讲完我不认得你了，请你原谅我，因为我突然觉得大事不好：我可能要回到我的世界里去了，对，就是你们所说的，那个所谓疯子的世界。但是如此甚好，那里正是我的故乡，在那里，我和小黎相亲相爱，比翼双飞。只是请你不要忘了，我是间歇性躁郁症，如果你不食言，代我去边城给小黎上了坟，请你一定在我下次回到你们的世界的时候来找我，到时候，再给我讲一讲小黎坟头上的草是青了还是黄了，可以吗？可以的话，我再接着把最后的结果讲完。

就算病入膏肓，小黎，她也是我的活菩萨。一天下午，小黎突然醒了过来，她用她的家乡话对我说，你听，在下雨。我向窗外看，烈日当空，哪里有一滴雨呢？小黎又说，你听，在下雨。好吧，我听她的，我就闭上眼睛，果然，闭上眼睛之后，我仿佛来到了另外一个世界，在那里，绿树成荫，小雨如酥，我和小黎都身无疾病，再并肩前行，一直前行到了我们当初生活过的山洞。这时候，我睁开眼睛，奇怪的事情发生了：眼前已经不是医院的病房了，而是真正的当初的山洞，我躺在山洞里纹丝不动，反倒是小黎，跳跃着就上了树，在树上，她麻利地从鸟窝里掏出两颗鸟蛋，再对我笑个不停。

说起来，这就是我幻听和幻视的开始，但我丝毫都不觉得恐惧，反而着了魔，就像吊瓶里的药水在支撑着小黎最后一口气，我也想要更多的幻听和幻视，好让我和小黎在另一世界里重新做人，结成真正的夫妻。幸运的是，在小黎弥留的最后几天里，我以闪电般的速度，终于获得了一个和她同进同出的世界，譬如，她说她的父亲和哥哥来了，我的眼前就会出现她的父亲和哥哥，虽然从未谋面，但是一见之下，异常欢喜，亲热得就像在一起过了半辈子；譬如，她喊着，不要打我，不要打我，于是，我的眼前就出现了一个被击毙的管教，击毙那个管教的人不是别人，正是我。

对，这就是你们说的疯了，是啊，我疯了，但我不以为耻，相反，当我终于确定，我和小黎拥有了一个共同的世界之后，我又哭了，那不是辛酸的哭，那是幸福的哭。就算小黎死了，只要有了这个世界，我也将和她在一起，我们将重新做人，结成夫妻，我们将相亲相爱，比翼双飞。

小黎走的那一天，清风吹过远方的山冈，往医院里送来了花香，她不光醒了过来，脸上还泛出了红晕，她盯着我，看了又看，我也盯着她，看了又看，终了，她还是没有认出我来，转而闭上眼睛，嘴巴里不断地用家乡话喊着一个词，我听了半天，听清楚了，她喊的是一个"洞"字，对，就是山洞的洞。也算是如有神助吧，我觉得，她可能是想起了当初我和她一起生活过的山洞，她想回到那里去，这样，我就满医院打听，看看镇子附近有什么山洞，就算以假乱真的在哪座山洞里活上片刻，也算是好的。没花多大工夫就打听出来了，距镇子十公里的地方，真的有一座巨大的山洞，于是，我就找人租了一辆摩托车，再将她放在摩托车后座上，给她系好丝巾，就朝着山洞出发了。

要说去山洞的路可真像我和小黎当初去结婚的那条路，我一边缓慢地往前开，一边竖起耳朵去听小黎的呼吸，她就趴在我的身上，所以，她的呼吸声就在我耳朵边上微弱地起伏着。大风又起，吹动了红色的丝巾，丝巾蒙住了我的脸，渐渐地，我就再也听不到她的呼吸声了。

我还是继续往前开，路过一座山坡的时候，在一丛野菊花中间，我看见一只蝴蝶打花丛里飞了出来，慢慢地就飞到我身边来了，我的摩托车开到哪里，它就跟到哪里，这样，我就想起了梁山伯与祝英台的故事。难道说，小黎已经变成了一只蝴蝶？果真如此的话，我也得赶紧步她的后尘，变成一只蝴蝶。这么想着，我就闭上了眼睛，果然，在我和小黎共同的世界里，我和小黎，一起变成了蝴蝶，她在前面飞，我在后面追；她在大街上飞，我在大街上追；她在楼顶上飞，我在楼顶上追。

兄弟，至此，我的故事就画上了句号了，你快走吧，记得下次在我回到你们这个世界的时候再来找我，到了那时候，你一定要好好对我说说，小黎坟头上的草是青了还是黄了。现在，我已经不是我了，我是一只蝴蝶，小黎也是一只蝴蝶，不信你看，她在前面飞，我在后面追；她在大街上飞，我在大街上追；她在楼顶上飞，我在楼顶上追……

我亦逢场作戏人

长夜漫漫，你等的车，还要后半夜才会到，雨又下得这么大，我们连到站台上抽根烟都去不了，那么，恭敬不如从命，修文兄弟，趁着你等车的时间，我就跟你说说我的故事吧。你可能已经忘了，但我都记得清楚：你问过我三次，我是怎么活到今天的，现在，我就告诉你标准答案，你可听好了啊，标准答案是，这半辈子，我都是靠演戏活过来的。

　　你知道，我是唱花鼓戏出身，遵了父母大人的意，十多岁我就拜了师父。那时候，每天天不亮，我就往师父家里跑，给师父端茶倒水，也给师父拉磨种田。我们老家那一带的花鼓戏，最早叫做渔鼓调，过去时候，只要遇到荒年，就有人出门去唱这渔鼓调，说白了，就是用它去讨饭，所以，打十多岁起我就想明白了，我的父母大人非要我去拜师学花鼓戏，为的是学一门讨饭的本事，荒年来了也饿不死。

　　不瞒你说，我天生就是唱戏的好坯子——三五年下来，《站花墙》，《掉金钗》，《柳林写状》，这些戏就没有一出是我拿不下来的，先不说大戏，单说开场前的莲花落和敲碟曲，我更是学会了几十段，所以，不到二十岁，我就开始登台了。一时之间，说是小有名气也不过分。但是兄弟，我先不跟你说唱戏，我先跟你说说一副戏联吧。戏联你都不知道？很简单，所谓戏联，就是戏台上的对联。

　　那副戏联，刻在汉江边上的一座戏台上，上联是：君为袖手旁观客，下联是：我亦逢场作戏人。我记得是春天，油菜花开得到处都是，从戏台下，一直开到了汉江边的码头上。那一天，上场前，我第一眼看见这副戏联的时候，心底里就是一惊，只觉得，我和你，你和他，他和旁人，我们这一辈子啊，都被这副戏联道尽了。你想想是不是这样？这世上，哪个不是袖手旁观的人，哪个不是逢场作戏的人？可那时候，我还年轻，一想起这句话，就觉得心有不甘，却又不知道为了什么去不甘，只是一边演戏一边问自己，我这是在逢场作戏吗？一边演戏一边又盯着台下看戏的人去看，你们，一个个的，全都是袖手旁观的人？

果真是少年不知愁滋味啊，修文兄弟，那时的我，年少轻狂，哪里会对着这副戏联一想再想呢？实际上，等我过了二十岁，你知道的，那几年，那样一个世道，人人都忙着挣钱，喜欢看戏的人已经不多了，可我偏偏不服，呼朋唤友，结了异姓兄弟，自己拉起了一个戏班，还搞起了创作，自己编了一出戏，叫做《桃园三结义》，在工厂里演，在村委会里演，在红白喜事上演。这样一来，我们的日子不但没有过不下去，相反，说是蒸蒸日上也不过分。为什么要自己编这出戏？我想，大概还是因为不服气吧——我们这个花鼓戏啊，男欢女爱的多，哭哭啼啼的多，讨饭的时候好用嘛，可我又不想当个讨饭的，为什么老要唱那些矮人一头的东西？

这就不得不说起我那两个异姓兄弟了。也是巧啊，在《桃园三结义》里，我演的是二弟，关羽关云长，当我和两个异姓兄弟拜把子的时候，也是行二，所以，你看巧不巧，演戏时我是二弟，过日子我还是二弟。演戏时我有了一个大哥和一个三弟，过日子我也有一个大哥和一个三弟，俗话说得好，兄弟连心，其利断金，我还真是挺知足的。没过多久，我结婚了，媳妇也是唱花鼓戏的，我结婚的那天晚上，大哥和三弟想到这么多年的不容易，跟我抱在一起，哭得稀里哗啦的。

确实是不容易啊——几乎就在一夜之间，世道大变，你就算打着灯笼找，也找不出几个喜欢看戏的人了。为了活下去，一年到头，我们都在乡下呆着，也只有在那里，戏开场的时候，勉强还能凑出个十人八人，那也得演下去啊，不然我们兄弟几个，还有各自的家小，我们吃什么喝什么呢？到了这时候，唱戏的好多讲究，我们也顾不上了，哪里还有什么戏台？给块空地我们就演。我记得，有一回，一整出戏下来，我们兄弟三个演，我媳妇就踩着梯子，从头到尾用手扶着挂在电线杆上的扩音喇叭，生怕它掉下来，到最后，喇叭还是掉了，我媳妇赶紧伸手去接，没接住，梯子倒了，我媳妇摔在地上，砸晕了，两天之后才醒过来。

　　说实话，尽管我一直不想把唱花鼓戏看作讨饭的手艺，但是，明眼人一看便知，我们不是在讨饭又是在干什么呢？到了这个地步，戏就实在唱不下去啦，所以，像是提前商量好了，有一晚，在一片高粱地里，唱完戏，我们兄弟三个，突然就定了下来，打第二天起，不唱戏了，各自去找各自的活路。我记得，那天晚上，月亮很大，风也很大，风一吹，高粱叶子就哗啦啦地响，我找了个借口，说是去撒尿，一个人跑远了，好好大哭了一场。你可别笑话我，几年的关羽演下来，几年的二哥当下来，关羽关云长，我还真是舍不得他，好多时候，我都觉得他就是我，我就是他，现在，说不演就不演了，我这心里啊，说多疼，有多疼。

　　再疼也得活下去，不是吗？我的活路，是卖水果。我跟你说啊，卖水果的那个小推车，我真是推不出去，好不容易推到街上，我是叫也叫不出来喊也喊不出来，为什么呢？就是中了关二哥的毒，这城里，只要听我唱过戏的人，老老少少，都叫我一声关二哥，时间长了，我还真信了，我还真就拿我自己当作关二哥了。关二哥，过五关斩六将，千里走单骑，温酒斩华雄，他怎么能卖得了水果呢？我没办法，又爱面子，就去看我媳妇，意思是，要不你来吆喝一声？哪知道，我刚看她一眼，她马上就去看别处，也是，她也是唱戏的人，她唱的还是糜夫人呢。

我还记得，有天晚上，我们推着一整车没卖完的水果回家，走到一条小巷子里，我媳妇突然哭了，她哭着对我说，要不你就吆喝两声？我也哭了，我哭着对她说，要不你就吆喝两声？正说着，我想起我是个男人，应该我先吆喝，可是，刚一吆喝，有个过路人认出了我，叫了我一声关二哥，我赶紧就推着小推车跑远了。

那天夜里，我喝了很多酒，也不知是因为哪件小事情，我怒了，打了我媳妇，一遍一遍对她喊：叫我关二哥，我他妈是关二哥呀！

不过，你放心，该吆喝，还得吆喝出来，多亏了大哥和三弟，他们两个，都是在商场里租的铺子，商场关门了，他们就来找我，一来就扯着嗓子吆喝，慢慢的，我，我媳妇，也就都吆喝出来了。第一声吆喝出来之后，我丢下媳妇和大哥三弟，自己去买了几炷香，找了个没人的地方，跪在地上，点燃了香，一边点，一边在心底里说：关二哥，给你丢脸了，打今天起，我要忘掉你了，我也要忘掉我是关二哥了。

渐渐地，我就真的忘了关二哥了。一来是，生意越做越好，没过多久，我和媳妇就扔掉小推车，租下了门店，这样，遇到个刮风下雨，我们就不用站在大街上忍饥受冻了。再过了两年，我们退了门店，直接去水果批发市场里租下了摊位，这样一来，我就成了批发商了，成天往满世界里跑，一会在漳州进芒果，一会在黄岩进橘子。我媳妇说我忙得跟条狗一样，我觉得她说错了，狗怎么会有我忙呢？二来是，我媳妇一直没怀上孩子，所以，只要有点工夫，我都得拉着她到处看医生，看了中医看西医，看了西医再看中医，偶尔，我也去拜菩萨上香，只是拜的早就不是关二哥，而是变成了送子观音了。

修文兄弟，你说，如果日子就这么过下去，该有多好？可是，你是个聪明人，只要我这么问，你大概就可以想到，这样的好日子，肯定长不了，是吧？实不相瞒，这么多年下来，每到了晚上睡不着的时候，当我回想起我这大半辈子，只要想起这一段，我就特别希望自己手里有个遥控器，对准这一段，遥控器一按，一辈子就停在那里，一步也不再往前走了，要是真那样的话，该多好啊！可是不行啊，你不往前走，人家都在往前走，到了最后，你也只有重新站起来，肠子断了肝碎了又怎么样？你还是得朝前走。

说是飞来横祸，那真叫不夸张。突然就有一天，有人找上门来，叫我退掉水果批发市场里的摊位，说是不光我的摊位，就连一整个市场的摊位，都被这城里最有名的那个大哥看中了，只要他看中的地方，他就没有拿不到手的。我的左邻右舍自知惹不起那个大哥，前前后后，一个个都退了摊位，可是，我怎么能退掉摊位呢？为了大干一场，我借了不少钱，在漳州，在黄岩，在北海，在这些地方，我已经付出去了好几年的水果定金，要是没了这个摊位，我不就债台高筑了吗？我不就倾家荡产了吗？所以，说什么我也不肯退掉摊位，也就是从那时候起，悲剧便注定了：隔三岔五，我的摊位门口就被人倒了垃圾，垃圾堆成了一座山，比我的摊位还要高，别说做生意，连我自己，都经常被垃圾车挡在了外面。

我当然不服，径直上了门，想去找城里最有名的那个大哥论一论，你猜怎么样？连门都没进去，直接被人打成脑震荡，住了半个月医院，等我从医院里出来才发现，我的摊位已经被铲平了。事情显而易见：我已经债台高筑了，我已经倾家荡产了。现在，除了找那个最有名的大哥索要赔偿款，我没有别的第二条路可以走了。

那天下午，天快黑的时候，我蹲在自己被铲平的摊位边，高高的垃圾堆里，一边抽烟，一边想起：我也有大哥的啊！除了大哥，我还有三弟呢！所以，当天晚上，我将大哥和三弟约到了汉江边上，跟他们一起商量，我到底该怎么办？可能是喝了几口酒，我气愤难平，趁着酒意跟他们说：咱们兄弟三个，好歹也是演过刘关张的人，实在不行，咱们三个，一人一把刀，跟那个最有名的大哥拼了吧？说不定，他怕我们拼命，反倒能够顺利地给我赔偿款呢？哪知道，大哥和三弟像是商量好了，一起问我还记得那副戏联是怎么写的吗？我不知道他们究竟是何意，也没想起什么戏联，他们便告诉我：君为袖手旁观客，我亦逢场作戏人。

听他们那么说，我一下子就傻了，虽然能大概猜出他们心里是怎么想的，但又说什么也不肯信，只是，不信也没有办法。当然，大哥和三弟念了兄弟一场，跟我多说了几句：你呀，别钻进关二哥的身体里出不来，戏是戏，日子是日子，反正我们没有钻在刘备张飞的身体里出不来，实话说了吧，以前，叫你一声二哥，叫你一声二弟，你还真以为跟你亲成了同胞兄弟？那不就是想跟着你唱戏挣一份吃喝钱吗？忘了吗，我亦逢场作戏人啊！这样吧，要拼命，你自己去拼命，钱不够的时候，你再来找我们想办法，不过呢，丑话说在前头，要多了可是没有。

我得跟你承认，修文兄弟，那天晚上，看着大哥和三弟走的时候，我的心都差点碎了，只觉得，一个人活在这世上，真难；一个人要去信点什么，真惨。所以，我一个人，在河滩上哭得稀里哗啦，想了想，干脆跑了十几里夜路，一直跑到了当年那座戏台边上，天色黑得很，四下里，一点亮光都没有，我就拿出打火机去把那副戏联照亮了，再一个个字去看，千真万确，就是那几个字：君为袖手旁观客，我亦逢场作戏人。

不过呢，我这个人，笨是笨了一点，但也不是太笨，到了最后，不是别人，还是那副戏联点醒了我，在戏台上坐着，一遍遍地看着那十四个字，不知怎么了，我突然就冷静下来了——我亦逢场作戏人——事已至此，我就不能去作场戏吗？真的，直到那个时候，我才算是彻彻底底地忘了关二哥，从前我只是以为我忘了，实际上根本就没有。你看，当我打算演一场戏，想都不想一下，一心还是要扮作关二哥，一心还是要当二哥二弟，现在，我该真正跟关二哥说再见啦，只因为，我的关二哥啊，不管我有多信你，你已经救不了我了。

你是不知道，从那天开始，接下来的一年多，我是演得有多辛苦——我先演了秦香莲，给自己做好诉冤的纸板，一前一后挂在身上，然后，大街小巷，东奔西走，遇见该诉苦的我就诉苦，遇见该喊冤的我便喊冤。我也乔装打扮，守在最大商场的女厕所门口，为什么守在这儿呢，因为我知道，一个大领导的夫人，总是爱在那里买衣服，见不到大领导，我就只好想办法去见大领导的夫人了，你猜怎么样？果然就让我守到了！一见到她，我二话不说就给她跪下了，你看，我这演得是不是和窦娥都有一拼？我还演过《琵琶记》里的赵五娘，把自己受过的罪跟苦全都编成了唱词，然后，走路去北京告状，一边走，我就一边唱。

你大概也看出来了，亏得我是唱戏的出身，不光花鼓戏，还有京剧，河北梆子，黄梅戏，这些剧种里演过的冤案，我全都找出来了看了一遍，再照着它们演，至于演到什么时候才是个头，我也不知道。

演得最辛苦的一次，其实是演死。我的动静越来越大，那个最有名的大哥也就越来越不耐烦，终有一天，我正好走在城外的汉江大堤上，两个愣头青，手里拿着铁棍，从大堤下面扑上来，对准我，一人一棍子砸下来，三两下我就倒在了血泊里，一步都动不了。好在是，演了这么多年的戏，我也算是能够察言观色之人，那大哥的本意，当然是要打死我，可是我发现，那两个愣头青，其实又都害怕是自己打死了我，弄不好，这是他们第一次去完成把人打死的任务，于是，等到其中一个刚刚朝我砸下一棍子的时候，我惨叫了一声，身体抽搐着，再抽搐着，最后，憋住了呼吸，整个身体，再也不动弹了。那愣头青像是吓得呆住了，挨近我，把一根手指伸到我的鼻子前，试探了半天，终于，扔下手里的铁棍，撒腿就跑了。

我以为我已经化险为夷的时候，没料到，剩下的那一个，却好半天都不肯走，他就蹲在我旁边抽烟，抽一会儿，再像之前那一个，伸出手指在我鼻子前试探，前前后后，只怕有半个小时，所以，这半个小时，我真是向他奉献了我平生最精彩的演技——比憋气更重要的，是我不断提醒自己，千万不能晕过去，一旦晕过去，我就憋不住气了。最后，他终于走了，我的这条命，算是留下来了，到了这时候，一颗一颗的泪水才从我的眼眶里钻出来，又掉进了从我身上流出来的血里。我仍然提醒自己，不要掉以轻心，千万不能把接下来的戏演砸了。

你问我那个最有名的大哥最后怎样了？唉，像他那样的人，下场能好到哪里去呢？实际上，就在我差点被他派出来的人打死之后，差不多两三天的样子吧，他找到了我，说他已经服了，这就给我赔偿款，我想了想，放弃了赔偿款，再跟他说，我还是想要回我在水果批发市场的摊位，他竟然答应得非常痛快，马上叫人带我去办了手续。当天晚上，一场打黑行动在城里展开，他在逃命的时候，被货车撞上了半空，再掉下来，人没死，脑子却从这以后就坏掉了。

重新回到水果批发市场的那天早上，我记得很清楚，大冬天，天刚刚亮，天上的太阳红彤彤的，我和媳妇两个人，去了我们从前的摊位上清理垃圾。我原本想，上午把垃圾清理完，下午就可以找人来动工，三两天下来，我们的摊位就可以重新砌好了，哪里知道，我媳妇站在一堆垃圾里，突然就哭了起来，她哭着跟我说，她要走，她要离开我，再也不回来了。

我的脑袋发蒙，问她，你要去哪里？

她说，不管去哪里，都比在这里好。

我知道，在这城里，几年的戏演下来，我已经从关二爷变成了个笑话，自然的，这几年下来，她受的委屈也不是三天两夜可以道尽的。我想去安慰她一下，走上前，去抱住她的肩膀，她却缓慢地将我的胳膊从她的肩膀上拿了下来——就这一个动作，我就已经知道，我媳妇，心意已决，只怕是挽不回来了。

我不甘心，问她，到底是为什么？

她说：你忘了，我当年，也是个角儿，干脆说明了吧，这些年，这些年我一直没怀上孩子，是我故意怀不上的，为什么？因为我一直在等着你有出息，可不管怎么等，你都还是没出息，不光没出息，还越来越穷。我看穿你了，不想再等你了，你这一辈子，离不开一个穷字。

你是不知道，听完她的话，我的心里有多疼，我把手按在自己的胸口上，问她：穷有罪吗？

她答：穷有罪。

然后她就走了。也是奇怪啊，我竟然没有上前去拦住她，大概还是因为她戳中了我的心窝子吧，这些年里，我难免也会问自己：你是个有出息的人吗？你还有没有可能变得出息起来呢？我当然回答自己说是有可能的，但是我又必须承认，许多时候，我自己都不太相信自己还能出息起来。所以，在红彤彤的太阳底下，我恍惚着，看着媳妇越走越远，心里也就越来越清楚：人活一世的真相，正所谓，君为袖手旁观客，说的恐怕就是现在了。所以，到头来，看着她走，我也没叫她一声，脑子里全是空白，只是绝望地看着她走出水果批发市场，最后，彻底从一辆公共汽车背后消失了。

我亦逢场作戏人——经此一劫，我变了个人，见人说人话，见鬼说鬼话，出门进货的时候，又或者在市场里搞批发的时候，坑蒙拐骗这样的事情，我还真是没少干。不要紧，反正我能演，有人上门来找麻烦，我就演戏，管他什么人，只要我的戏演得下去，麻烦就总能对付过去。可是，可能还是因为大势已去吧，几年下来，我不光没挣到钱，欠下的债反倒越来越多，到最后，漳州的，黄岩的，北海的，一个个债主都不远万里跑来堵我的门，找我还钱，我只好再演起戏来，干脆从北海的那个债主身上又骗了一笔钱，就此远走高飞了。

我亦逢场作戏人——离开家以后，我可算是去了不少地方。在山西，我给一家毛巾厂当过销售代表；在四川，我编造履历，上门应聘，给一家小额担保公司当业务经理，最终，还是被人识破，给赶了出来；在河南安阳，我学会了开车，给一个老板当司机，日子好不容易安定下来，老板娘都已经在逼着我去相亲了，一夜之间，老板一家被几个山东流窜来的惯犯在抢钱时灭了满门，修文兄弟，如果当时我也在，现在坐在你身边的，恐怕就不是我了。在这些地界，要说最难忘，还是在山西，为什么呢？就因为小戏班子多，大概是因为关二哥的老家在山西，关公戏也多，我就成天追着那些小戏班子去看关公戏，看着看着，禁不住想起从前，我当然也会忍不住要落泪，但是，我也总是能忍住，不落泪。

山西的关帝庙也多，大大小小，总能遇见，没事的时候，我喜欢到这些庙里去，去跟关二哥呆一会儿。印象最深的一回，是在宿舍里发高烧，也没钱买药，为了活命，我强撑着从床上爬起来，去庙里拜关二哥。在庙里，我一边给他磕头，一边在嘴巴里念叨：关二哥，我没钱买药，现在，我给你磕一个头，就当作是你给我喝了一片药了，你看好不好？最后，你猜怎么着？关二哥可真是神啊，从庙里出来，我的烧就退了。

距现在五六年之前的那一年，我回了一趟老家，因为听到消息，说是我父母留给我的那套房子要拆迁，政府会给我一笔钱。你知道，老家是我的伤心之地，我当然害怕回去，但也非回去不可——万一这笔钱的数目不小，我能靠它东山再起呢？这样，我就还是回去了，一回去，我便被债主们扭送到了派出所。他们同样听到了消息，而且早早就在老家里等着我了。最后，政府给的钱我拿到了，却正好够还上我当初欠下的债，等于是，白回来了一趟，我的手里仍然没有分文。好在是，有个在武汉东西湖地区开工厂的老板缺个司机，问我愿不愿意，反正我暂时也没看见别的活路，没怎么犹豫，就跟他同去了武汉东西湖。

那时候，我的老板刚刚丧妻两年，成天琢磨着再结婚，所以，平日里，工厂里的事情他都不怎么管，成天坐在工厂门口的一家茶馆里相亲。对于那些来相亲的女人们来说，东西湖说近不算近，说远也不算远，所以，我每天的差事，就是去接送她们。别看这个差事简单，我每天可是累得要命啊。相的亲越多，我的老板越发现自己就像刚上市的新茶，紧俏得很，就算不喝酒，他的脸上一天到晚也都是满面红光的，所以，一时半会儿，我根本就看不出他会把相亲结束掉。

这一天，天上下着雨，我接到老板的通知，开车去硚口，到一家商场门口接人。人接到之后，雨越下越大，雨刷器一遍一遍地刷来刷去，我还是看不清前面的路，于是，我就放下车窗，把脑袋伸到外面，往前看，看清楚几步，就往前开几步。终于，等下了高速路的时候，楼也看不清了，树也看不清了，我只好把车停下，也没说话，无意里，对着后视镜看了一眼，只看一眼，我就呆住了，然后，也不说话，再打开车窗，伸出头去往外看，看了两眼，还是什么都看不清楚，但是我已经哭了。我什么都不管，哭着发动了车，死命往前蹿，是的，只要对面来个车，或者来个人，最后的结果，不是他死，就是我亡，但我不管，继续死命往前开，一边哭，一边开，一边开，一边哭。

修文兄弟，你肯定猜到了，后面坐着的那个人，不是别人，是我媳妇，不不，是我从前的媳妇。

其实，她也早就认出了我，见我哭得伤心，她也说不出别的什么话，想了又想，问了我一句：还好吧？可是，这么明显的事情还用问吗？我当然过得不好，和她离开我的时候一样，我还是那个没出息的笑话。现在，这个笑话除了哇哇哭，除了开着车四处乱窜，他哪有第二条路可走呢？我媳妇，不，我从前的媳妇，她也没有别的话对我说了，任由我把车开到了一片农田里，车轮上被泥巴塞满，一步也不能动弹。我就不要命地去狠踩油门，踩了十几分钟，不想再踩了，我觉得我们这辈子都无法从这堆泥巴里出去了，车又猛然冲破了泥巴，重回到了公路上。我再继续往前开，雨越下越大，车速一点也没降下来，我只觉得自己把车开进了一片工地里，突然就听到我从前的媳妇大喊了一声，再看前方，来不及了，我们的车活生生撞在了一堵被彩条布罩住的围墙上。不过，就在我觉得下一秒钟就会没命的时候，我们的车竟然好好地穿过彩条布，陷在了围墙外的一条水沟里——那彩条布罩住的，其实是围墙上的一个窟窿。

过了好半天，我才听见我过去的媳妇说：我刚才还了你一条命。

我回过头去，死命地盯着她，但还是说不出一句话，没想到，她竟然从车后排起身，一步跨过来，坐到副驾驶位置上，然后，她掏出一只手机，递到我眼前。我去看那手机，发现手机屏保是一张照片，一个小男孩的照片。

我问她：这是谁？

她说：我儿子。

就算她不说出来，我也大概知道了这是怎么回事，可是，当她亲口说出来，还是要了我的命，一下子我就咬牙切齿了，我咬牙切齿地问她：你他妈都有儿子了，为什么还跑出来相亲？这么多年，你他妈是活成婊子了吗？

修文兄弟，你是个作家，大概也写了不少这世上痴男怨女的故事，可是，我敢说，我和我从前的媳妇，我们的恩怨，我们的故事，你肯定从来没写过，弄不好，你也听都没有听过——她告诉我，她不是婊子，她只是要养活她的儿子。停了停，她叫了一声我的名字，告诉我，她是记得我的，但是非要她说实话的话，她也早就忘了我了，倒不是她有多么无情，实在是因为，现在，她有了一个儿子，不管睡着了还是醒着，她的脑子里只有一个人，那就是她的儿子，十万个男人加起来，也不如她的儿子。

事情竟然变成了这个样子：我还在寻死觅活，她却说，我早就已经被她忘了。我当然无法接受，我当然不能放过她，于是我便问她：你不是嫌我穷吗？你不是要跟有钱人的吗？跟了有钱人，生了儿子，还跑出来相亲，你他妈不是婊子是什么？

她竟然笑了起来，她就那么笑着告诉我：她的确找过一个有钱的台湾人，还给他生了儿子，后来她才发现，这个台湾人根本没钱，彻底就是个骗子，因为诈骗，这个人现在正在台湾坐牢。对她来说，这当然是活该，因为她蠢，因为她眼里只有钱，这当然就是她该受的罪，但是，现在的问题是，她的儿子生了重病，每年都要花不少钱才能活命，所以，她只好出来相亲，只有继续嫁给一个有钱人，她的儿子才可能活命。至于别的，至于从前，她都忘了，不管是我，还是那个台湾人，我们长什么样子，她其实都已经不记得了。

突然，她一把拉住我的胳膊：你不是关二哥吗？关二哥，义薄云天，要不，你帮帮我吧？

我被她吓了一跳，嘴巴却又忍不住去问她：你要我帮你什么？

然后，她竟然对我说，她希望我帮她顺利地嫁给我的老板，因为今天实际上已经不是她和我的老板第一次见面了。他们上回见面，是在半年之前，半年过去了，我的老板该见的人也都见完了，今天还在约她，那就说明她有戏，但是，据她所知，情况也不容太过乐观，听当初的介绍人说，这几天，他约见的人也不止她一个。所以，她说，你不是他的司机吗？成天跟他呆在一起，你要是想帮我，总归有办法的。

我的修文兄弟啊，还是那句话：一个人活在这世上，真难；一个人要去信点什么，真惨。你看，那时候，坐在车里的我是多么可笑啊！如果这个世界上的确有道理可讲，那么，道理在哪里？我又跟谁去讲这个道理呢？你说说看，我去跟我从前的媳妇讲道理吗？我去跟她的儿子讲道理吗？还是说去跟车窗外面的雨水和工地讲道理？要不然，我去跟我早就死了的父母讲道理，说他们根本不应该把我生到这世上来？情况就是那么个情况，我觉得我受了冤屈，我想讲道理，我觉得跟谁都可以讲清这个道理，可是，到头来，我跟谁都讲不上这个道理，只好不说话，眼睁睁看着我从前的媳妇，我从前的媳妇却不再看我，只去看她手机上的儿子的照片。看了一会儿，她推开车门，下了车，一个人，朝着茶馆所在的方向，顶着雨往前走，很快，我就看不见她了。

我说过，修文兄弟，就算你也写了不少这世上痴男怨女的故事，但是，你绝对不会想到，我和我从前的媳妇，我们的恩怨，到底会如何了结。你知道，有许多年，我都钻在关二哥的身体里出不来，或者说，关二哥钻在我的身体里出不来，可是，最后，哪怕心如刀绞，我还是跟他道了别，自此以后两不相欠，其实，我和我从前的媳妇，我们两个，又何尝不是如此呢？在山西，在四川，在河南，好多个后半夜里，我都梦见过她；有时候，当我开车，我觉得她就坐在我边上；当我一个人在街上走路，走着走着，就会从人堆里看见她。我经常想，她，孽障一般的人啊，只要我不死，我大概是逃不过她了。所以，在工地外面的水沟里，我坐在车上，看着她越走越远，并没花去多长时间，我想明白了一件事：一时半会，我还死不了，我还逃不过她，为了自己好过，我只能把她从我的身体里请出去，就跟当初把关二哥请出去一样。

我亦逢场作戏人——我把车从水沟里开了出来，追上她，我从前的媳妇，请她上车，几分钟后，我将她送到了茶馆门口。我的老板早就已经等得不耐烦，但是，可能实在是太中意她了，哪怕迟到了，哪怕我开的车已经像是在泥塘里滚过了一样，他也没有斥责我，高高兴兴地，将她带进了包房。晚上，我的老板一反常态，竟然要带她过江，去武昌吃饭，我便送他们去武昌。车过长江二桥的时候，天色黑定了，雨还在下，窗外有霓虹灯发出的光照进车里，不经意间，我看见我的老板把手放在了她的腿上，她没有退让，反倒坐得更近了一些。我装作没有看见，侧过脸，去看长江上的船。

我亦逢场作戏人——我从前的媳妇，如果想要顺利地嫁给我的老板，其实并非一件易事，虽说姿色照旧还在，可是，毕竟有个拖油瓶，再说了，那些和她竞争的人，又有哪一个是泛泛之辈呢？这样，就只能看我的了。想当初，我躺在地上装死的时候，还以为我已经奉献了平生最精彩的演技，哪里知道，那仅仅是个起点，炸裂般的演出，这才刚刚开始：我的老板第一次在我从前的媳妇家里过夜的时候，我抱着她的儿子，去医院里看了一夜的急诊；我还偷偷找人买过麻果，夜半三更之后，潜入了常青花园的一户人家，把麻果放在了最显眼的地方，不为别的，为的是，这套房子的主人，正是我从前媳妇的竞争者，果然，当我的老板发现对方的家里居然还藏着麻果的时候，我从前的媳妇，也就快要接近胜出了；还有，有一天，我的老板和我从前的媳妇，去到香火最旺的庙里求签，偏殿里，他求了一支签，签上说，他可能马上就要破财，到了正殿，他又求了一支签，签上说，欲抱聚宝盆，先抱眼前人，他不知道，这两支签，都是他们进庙之前才被我掉的包。

最难演的戏，还是对手不按常理出牌的时候。随着我的老板对我从前的媳妇越来越中意，动不动就带她出去认识朋友见世面，所以，她经常喝醉，喝醉了之后，难免就会胡言乱语，我的老板听了，往往倒是一笑了之，我却难免紧张，总是劝她收敛自己，免得露了马脚，影响了大计。她听倒是也听，却三番两次控制不住。最可怕的一回，是在吃饭的包房外面，我正好送酒来，遇见她去厕所里吐，刚一遇见，她就把我抱住了，还要我亲她，我吓死了，一把将她推倒在地。恰好这时候，老板推开包房的门出来，却正好看见我去搀她起来，禁不住连连表扬我的忠诚。还有一回，他们吃完饭，我开车，送他们回老板的家，我从前的媳妇，又醉了，突然从后排起身，指着我，再回头对我的老板说，我认得他，我早就认得他！我完全没防备，连车都停住了，哪里知道，我的老板醉得更厉害，连声说，我也认得他！他是孙悟空，我是唐僧，我们师徒二人，要铲除你这个小妖精！

最后的一场戏，是在我的老板和我从前的媳妇结婚的时候。婚宴上，我从前的媳妇披红挂绿，和我的老板一起敬酒，一边敬酒，她又一边左顾右盼，最后才在角落里找到了我，趁着老板正和当年的兄弟勾肩搭背，她走到我身边，倒了一杯酒，对我说，谢谢。我连忙起身，正要干杯，老板却过来了，半醉着问她，你为什么偏偏单敬他一个人？说实话，这场戏来得太突然，也太难演了，所以，一时之间，她答不上来，我也答不上来。当即，我便想：这个时候不告别，还要等到什么时候告别呢？这么想着，我也就没有再回答老板的话，径直离开了婚宴，又跑出了酒店。

出了酒店，没多久，我竟然听到我从前的媳妇还在背后喊我的名字，我停下步子，没有回头，就听到她又对我说了一声谢谢。我照旧没回头，反倒跑了起来，一边跑，我心里一边想：就像我当初把关二哥从我的身体里请出去一样，现在，我终于可以把她也请出我的身体了，从此以后，她好过，我也好过了。

可是修文兄弟，你是知道的，人啊，这一世，只要你不去死，不肯死，哪里又有什么彻彻底底的好日子等着你去过呢？半辈子过下来，我也算是想明白了，只要你还想把日子接着往下过，那么，有件事，就像做功课一样，人人都得做，你问是什么？只是我个人的看法，不一定对，我的看法是：我们都得把一个"我"字从自己的身体里请出去，人这一世，之所以可怜，就在一个"我"字。把"我"字丢掉，看自己，就像看别人；

170

看畜生，就像看菩萨。要是真能这样，我们人人也都少了许多可怜吧？

不在东西湖一带打转之后，我原本打算离开武汉，去山西，去四川，去河南，后来，我转念一想，哪里也不去了，我就在这武汉三镇、长江两岸好好呆着吧。关二哥被我请走了，从前的媳妇被我请走了，以后，我就单单只用请走一个"我"了，"我"字不除，去哪里都是受苦，那么，我就偏偏扎根在这武汉，好好看自己如何变成一个旁人吧？我没有学过佛，但是我想，佛法里讲的，跟我脑子里想的，也差不多。

就这么，在武昌，在汉口，在江岸，几年里，我一直没有离开过武汉。实话对你说，我就像是长出了铁石心肠，眼睁睁地看着自己变成了旁人：在武昌，我曾经给一个餐馆帮了半年工，对方包吃包住，工钱半年一结，到了结账的时候，店门关了，老板跑了，我便对自己说，被赖账的人不是我，是旁人；在汉口，我曾经被一辆汽车撞上了半空，一边在半空里飞，我一边对自己说，飞上天的不是我，是旁人；在江岸，我被人诱骗，去搞传销，当我发现自己马上就要变成骗子，连夜便逃了出来，当然被人截住，挨了好一阵猛揍，一边挨揍，我一边对自己说，正在挨揍的不是我，是旁人。

直到有一天，我生了病，挨了好一阵子，实在挨不过去了，我就去医院看病，得到的结果是，我得了胃癌。这一回，我才对自己说：得胃癌的不是旁人，是我，只不过，我终于可以把一个"我"字从自己的身体里请出去了。

我记得，我的病被确诊的那一天，我一个人，从医院里出来，在一条小巷子里胡乱往前走，不知不觉，就走到了一大丛月季花边上。我有点累，就坐下来歇一会儿，没想到的是，我刚刚坐下，一朵月季，当着我的面，就这么开了，看着它开，我先是吓了一跳，然后，竟然觉得开心得要命。要说起来，这辈子，我还是第一次看见花当着我的面开，可是我又想起，我是个要死的人了——人死，花开，不过是刚巧凑到了一起，说到底，该开的还是要开，该死的终究要死，他们其实是没有关系的。

是啊，如果这世上所有的事情，都像人死一样，都像花开一样，你死你的，我开我的，互不相欠，互不干扰，那该有多好！可是，修文兄弟，你是不是特别害怕我说"可是"？实际上，我也害怕。可是，我不得不说。可是，我还是失败了，我好不容易修来的满身武功，全都半途而废了，忙活了几年下来，关二哥被我请走了，我从前的媳妇被我请走了，连胃癌都得上了，那一个"我"字，终究还是像吃下去的秤砣，吐也吐不出来，拉也拉不出来。

正所谓，菜花黄，人癫狂。哪一年都是如此：一到春季，疯子就特别多。所以，春季里的这一天，我在长江边坐着发呆的时候，一连好几个疯子在江滩上喊打喊杀，其中有一个，眼看着就要对我拳打脚踢了，结果，又抱着我，跟我称兄道弟，我花了一个多小时使他相信，我已经千真万确地认为他就是托塔李天王的转世，他这才满心欢喜地走了。他刚走，迎面又走来一个瘦得跟鬼一样的人，我真的没有耐心再对付一个疯子了，于是，我乖乖认怂，起身就要走开，哪知道，那个瘦得像鬼一样的人，竟然喊出了我的名字。

我盯着他看了半天，终于认出了他是谁：大哥？

172

他也叫我：二弟。

是的，他不是别人，正是我当初异姓的大哥。想当初，我们曾经一起搭台唱戏，也曾经在汉江边上一别两宽，尽管他和三弟一起伤过我的心，可是，这么多年，要说我从来没想起过他们，那也是假话，我想过他们大概早就是大富大贵之人了，最不济，吃得饱穿得暖总该是没问题的，又怎么会想到，他变成了眼前这个样子呢？

我想了半天，问他：三弟呢？

我也是真贱，一句话才刚问出口，哪里想到，他就那么往地上一蹲，大哭了起来。看着他哭，我真是觉得莫名其妙，难道哭的不应该是我吗？君为袖手旁观客，我亦逢场作戏人——这句话，难道不是你们在汉江边上对我说的吗？我都没哭，所以轮不上你哭，再说了，我怎么知道你是不是在作戏？所以，我懒得看他哭，起身就要走，结果，他却一把抓住我的裤子，跟我说，三弟不行了，快死了。

我愣了愣，倒是觉得没什么大不了，人不都是要死的吗？我不也是要死的人吗？拔脚就要往前走，大哥又抱住我的双脚，一步也不让我挪开，再跟我说，我也要死了。好吧，麻烦来了，我想逃也逃不掉，那么，我就将此刻的自己当作旁人吧。这样，旁人就问他，你怎么也要死了？他便再接着说：前些年，他和三弟一起，合伙做生意，挣了不少钱，就把路走偏了。先是赌博，后是吸毒，不用说，最后的结果，是两个人全都妻离子散了。两个人一起，流落到武汉，合租了一套房子继续吸毒，时间长了，不知道染了什么病，都快要死了，照现在的情形看，他要死得慢些，三弟要死得快些。死就死了吧，可是，弄不好是回光返照，这几天，三弟本来一直昏迷着，一醒过来，就扯着他要唱戏，不唱别的，偏要唱《桃园三结义》，两个人怎么唱呢？三弟就说，要是二哥在，一起唱上一整出，就好了。

长江上，轮渡的汽笛声不断地响，响得真叫人心烦意乱，也不知道怎么了，我突然笑了起来，我笑着问大哥：怎么，你们这是演技大涨啊，你刚才演的这一出，花鼓戏里找不到啊，这是演上电影电视剧了吗？站起来，说点正经的！缺钱的话，我可以给你们凑点，但是，丑话说在前头，要多了我可没有！话说到这个地步，大哥也没办法了，只好起了身，一个人，慢慢走远了。

真是要命啊，修文兄弟，看着他走远，突然，我的心里又动了一下，动了一下不要紧，用你们的词儿来说，我可真是吓得魂飞魄散啊——我不是变成旁人了吗？我不是早就把一个"我"字请到远远的地方去了吗？既然如此，我的心为什么还要动一下？不不不，我不是我，我是旁人，这样，我就不再去看他，而是盯着长江去看。真是要命啊，长江明明就在眼前，我看过去，却是一眼看回了好多年前。这时候，长江就不是长江了，是戏台，是村委会，是高粱地，我们兄弟三个，一时在登台，一时在卸妆，天啦天啦天啦，我的嘴巴好像就要说出话来了，不不不，我一定要忍住！最后你猜怎么着？唉，真是不要脸，我终究还是没忍住，叫住了他，跟他说：我跟你走。

长江上，轮渡的汽笛声还在响，我跟着大哥往前走，内心里却忧虑重重：我好不容易修来的武功，不会就这么废了吧？

就这么，我跟着大哥来到了汉口云林街的一个小区，那是他和三弟租住的地方，修文兄弟，如果我没记错，那应该是我第一次见到你，对吧？我还记得，你对我做了自我介绍，说你是个写不出东西的作家，所以，在同一个小区里租了房子，当作工作室，正在没日没夜地写剧本，也无非是讨一条活路。偶尔的时候，你会听见大哥和三弟唱花鼓戏，时间长了，你忍不住好奇，隔三岔五就来找他们聊天，听他们说自己的故事，因此，尽管你我是第一次见面，但是你对我早就一点都不陌生了，我的故事，我的名字，已经被你听了好多遍了，所以，你上来就问我，这些年我都是怎么活过来的，对吧？我还记得，我跟你说，名字听得再多，无非就是个戏子而已，你却说，你正在写电视剧本，将来也想写戏曲剧本，要说戏子，你的前世恐怕也是个戏子，这样，我就喜欢上了你这个家伙。老话说得好：同是天涯沦落人，相逢何必曾相识。

　　接下来的事情，就算我不多说，想必你也都一清二楚。我去云林街跟三弟见面的时候，我的三弟，其实已经早就没了个人形了。进屋之后，我只看见他侧着身对着窗子睡着了，阳光很好，直直地照在他身上，他也一动不动。有只苍蝇，在他的胳膊上叮来咬去，他还是一动不动。当时我就知道，他不是不烦这只苍蝇，他是没有力气对付它，也就是说，他活不了多久了。

　　过了一会儿，三弟翻过身来，拼了命，才有力气睁开眼睛，见到我，想笑，又笑不出来，想说，也说不出来。如果说，我的大哥像个鬼一样，那么，我的三弟，实在就是和一个骷髅都没有什么分别了。修文兄弟，我必须向你承认，一看见他那个样子，我的鼻子就发酸了，就算过去再多怨气，现在也都没了。但我又不想坏了自己的修行，就扯着嗓子对他喊：起来唱戏啊！起来唱戏啊！你是知道的，他那个鬼样子，哪里还起得了床？我喊完了，又等了一会儿，他还是起不来，这样，就不能怪我了，我掉头转身，推门出去，躲瘟灾一样，跑出了小区。

天知道我是怎么想的？哪怕是到了现在，我也一样想不通，我明明都扬长而去了，为什么又乖乖回去了？是的，我就是乖乖回去的。

——那天晚上，天一黑，我买了饭菜，回到了云林街，进小区，推开了大哥和三弟租住的那间屋子的门，唉，谁能告诉我，我到底是中了什么邪？

进门之前，我在门外站了一会儿，恰好听见大哥和三弟在屋子里说话，天可怜见的，你知道他们在说什么吗？他们正在互相埋怨，都说对方的演技不够好，没有把我骗住——他们当然都是吸毒的人，也可能命不久矣，但是不是跟我一样，到了马上就可能要死的地步，暂时我还不知道，他们之所以要找我，是听一个遇见过我的同乡对他们说起，我看上去虽然没有过得很好，但暂时应该还有饿不死的活命钱。这样，他们便找了好多人和好多地方去打听，这才找到我。是啊，他们找我，哪里是为了什么再演一出《桃园三结义》？他们为的是我口袋里几个不多的活命钱，他们想用这几个钱来活自己的命。

修文兄弟，你可别把眼睛睁得那么大，是不是觉得你也被他们骗了？没关系，戏如人生，人生如戏，要我说，被他们骗点钱去，让你更多一点知道这个尘世人间，对你写剧本也是一件好事，你说是不是？你看我，那天晚上，站在他们的门外，听完他们说话，我不光没有一点生气，相反，很开心，我很开心我的武功暂时还不会被废，我又可以长出铁石心肠，眼睁睁看着自己变成旁人了。

我亦逢场作戏人——我拎着饭菜，进了屋子。两个人，大哥，连同我的三弟，完全没想到，一起站起身来，目瞪口呆地看着我。我装作什么都不知道，先扶着三弟躺下，他乖乖听话，重新躺回床上，变成了之前的样子，然后，我掏出饭菜，招呼他们吃喝。三弟吃下的一口一口，都是我喂进去的。后半夜里，我睡得懵懵懂懂，听到有人轻手轻脚走过来，掏我的口袋，我能感觉到那是大哥，但我没动弹，继续装睡，让他顺利地从我口袋里掏出了钱，再看他出了门，过了一个小时，他才带着新买的麻果回来了。之后，他和三弟，两个人，搀在一起，去阳台上，过起了毒瘾。天亮的时候，为了戏更真一些，我的三弟，大呼小叫地说他全身疼，我给他买了止痛药，再全身上下给他揉了一遍。

我亦逢场作戏人——我干脆搬到了云林街，跟大哥和三弟一起住，你知道，住到这里的起因，是三弟要找我唱戏，我来了，他们总不能不唱了吧？于是，一有空，他们就拖着我唱，好吧，要唱就唱。黄昏里，三个人，一起坐在阳台上，开口唱：数不完的英雄喝不完的酒，到头来，风萧萧雨淋淋无路可走，眼看着你我走到天尽头，天尽头咱兄弟偏要起高楼！戏里的这一段，说的是桃园之外，刘关张三兄弟，下定了决心，要去结义，再去这世上大闹一场。年轻时，每唱到这一段，我们三个，便要肩搭着肩，一起把唱词吼出来，现在当然不例外，阳台上，我刚一搭上大哥和三弟的肩，他们就觉得心虚，不自觉地往外躲，他们越躲，我就抱得越紧。有一天，我的口袋里实在一分钱都没有了，大哥和三弟又不信，为了让我更加入戏，他们想了又想，跟我说，想当初，汉江边，是我们对不起你，现在，我们干脆再重新结拜一遍吧？这可如何是好呢？想了半天，我只好赶在重新结拜之前跑出门去，当掉自己的手表，换了钱回来，再三拜九叩，之后，装作没注意，把钱掉在地上，被他们捡起来，装在口袋里，两个人互相对视了一眼，心里只怕都在想：二哥啊，二弟啊，你他妈的，还真是大大的狡猾啊！

最难演的戏，是三弟死的时候。他死的时候，刚好冬天，凭我的本事，在武汉，无论如何也没有钱送他去殡仪馆，更没钱去给他买一块墓地，所以，我就租了一辆板车，把他的尸首放在板车上，再让大哥坐上去，我就拉着那辆板车往老家走。天上的雪下得啊，那真叫一个大，我也是要死的人，走半个小时，就要歇上一个小时。二〇七国道上，我们将板车和板车上的三弟放在雪里，进了一个小饭馆，围着小炉子烤火，正烤着，大哥突然哭了，他哭着问我：你是不是早就知道我们是在骗你的钱？到了这个地步，我的戏演不下去了，就只好对他点头。他又问：有天晚上，我们恨你，觉得你在骗我们，不肯拿钱出来，就准备掐死你，你是不是也知道？我还是对他点头：我知道。这样，大哥便哭得越来越大声：你为什么要这样？要说演戏，他这根本就不是照着剧本说台词啊，对不对？不过，恰巧这时，一片雪飘进来，悬在炉子上的半空里，我看看那片雪，再看看炉子里的火，想出了自己的台词：你看那片雪，生也不是，死也不是，你叫它，如何是好呢？

修文兄弟，我得跟你特别说一句，这是我的心里话——事实上，我早就想明白了一件事，这世上啊，真的是那句话：君为袖手旁观客，我亦逢场作戏人；真的是那句话：人死，花开，不过是刚巧凑到了一起。说到底，该开的还是要开，该死的终究要死，他们其实是没有关系的。所以呢，关二爷也好，我从前的媳妇也罢，还有那一个"我"字，没有谁能真正赶走他们，他们不过呆在他们应该呆的地方，然后，管你作了多少戏，一个个的，照旧生也不是死也不是。

生也不是，死也不是。在老家，将三弟埋葬之后，大哥约我去汉江边走一走，走着走着，就走到了当年的那座戏台前面。大雪飘飘，大哥突然告诉我，决定了，不回武汉了，就死在老家了，反正生在哪里都是生在这世上，死在哪里也是死在这世上。

他没想到的是，我会跟他说：我也决定了，不回武汉了，给他送终。他愣了一下，站在那戏台上，突然就亮开了嗓子，死命地唱了起来：数不完的英雄喝不完的酒，到头来，风萧萧雨淋淋无路可走，眼看着你我走到天尽头，天尽头咱兄弟偏要起高楼！

事实上，酒没了，兄弟没了，天尽头也没了。于是，唱着唱着，他哭了，我也哭了。

所以，修文兄弟，如果没有意外，这应当是你我这辈子最后一次见面了，我之所以还愿意从老家来武汉一趟，原因有二：其一，我突然想起，当初，在云林街小区里的那间房子里，我刚刚住进去的时候，在三弟的床底下塞了几百块钱，为的是留条后路，日子实在过不下去的时候，不至于活活饿死，这几百块钱，我得从床底下取出来，拿回家过日子；其二，也说不清楚为什么，我喜欢你这个家伙，想来跟你道个别，哪知道，我一回来，正好遇到你出门去找新活路，那么，我就来送送你吧。要我说，你这个家伙，也是个痴人，对这世上所有的痴人，我都有句话想送给他们，这句话是——君为袖手旁观客，我亦逢场作戏人。这句话，我当然也要送给你。好吧，送君千里，终有一别，天已经亮了，你等的车，快要进站了，你看那检票口，和你坐一趟车的人已经都在排队检票了。

兄弟啊，临别之际，我得叮嘱你一句，在这世上活着，你一定要记得我送给你的这句话：君为袖手旁观客，我亦逢场作戏人。

你问我一会儿去哪里？嗯，我要回老家，回去照顾大哥。按照我的估计，大哥死了之后，我也就快死了。对了，这次回去，我不打算坐车，干脆走路回去，就是二○七国道。也不知道为什么，自打上次，我拖着板车，送三弟的尸首回老家，突然就喜欢上了那条路，以至于，动不动就想起那条路，连做梦的时候都在想，现在，我也算是弄明白我为什么喜欢那条路了，大概是，那条路，像极了我小时候走过的路——那是一条通往我学戏的师父家的路，路的两边栽满了柳树，柳树背后，是一眼看不到头的棉田，春天一来，那些不知道名字的花，开得到处都是。只要走在那条路上，一切就都没有开始，一切就都还来得及，柳树，棉田，全世界，我们相亲相爱，你不用推开我，我也不用推开你。

在春天哭泣

大雨过后，春天来了，我先是看见河水变得异常清澈，鱼苗被水草纠缠，只好不停地翻腾辗转，可是，一旦摆脱水草，它们就要长成真正的鱼。一群蜜蜂越过河水，直奔梨花和桃花，我便跟随它们向前奔跑，一直奔到桃树和梨树底下，看着它们从桃花到梨花，再从梨花到桃花，埋首，匍匐，大快朵颐，间或张望片刻，似乎是在怕被别人知晓了此处的秘密。而后，不经意地眺望，群蜂都将被震慑——远处的山峦之下，油菜花的波浪仿佛从天而降，没有边际，没有尽头，不由分说地一意铺展和奔涌。如此一来，蜂群们就像是醉鬼们远远地看见了酒厂，全都如梦初醒，赶紧上路，赶紧要自己早一点彻底醉倒，不如此，岂不是辜负了山河大地的恩宠？

我就继续跟着蜂群往油菜花地里奔跑，没跑几步，我便看见了正在争吵的和尚和诗人。和尚是哥哥，已经出家好几年了，可是，一年四季里，用他自己的话说，除了念经打坐，他就没有哪几天是可以不用担心那个不成器的弟弟的。所以，只要有点空，他便要往家里赶，好让自己知道，那不成器的弟弟，到底吃饱了饭没有。那弟弟也是荒唐，高中毕业之后，一心要做个诗人，既不安心种地，又不出门打工，甚至连诗也没有写出来几首，终日里好似游魂一般，绕着河水打转，绕着田埂打转，转着转着，他便忍不住哭了出来。有一回，下雨的时候，他正在哭泣，恰好遇见我，"多美啊！"他哽咽着，让我去看雨幕里的麦田，"你说，要是有人看见它们都不哭，那么，他还是个人吗？"

可是，我只有十岁出头，目睹着雨水和麦田，我必须承认，眼前所见，千真万确是美的，但我还不至于为它们落泪，往往是局促了一阵子，我也只好羞惭地跑开，但我不会跑得太远。怀揣巨大的好奇之心，我会远远地找一处地界躲避起来，再看着他哭泣、奔跑和仰天长啸。

一如此刻，油菜花地里，蜂群们已经早早抛下了我，消失在了我一辈子也数不尽的花朵之中。我便在潮湿的田埂上坐下，去偷听和尚与诗人的争吵——和既往一样，和尚先是耐心劝说诗人，莫不如跟自己一起剃度出家，总好过没有饭吃；诗人却说，吃上饭只是一件小事，他的大事，是要等着诗从地里河里树林里长出来。和尚气不打一处来，再去愤怒地质问诗人，写诗到底有什么用？诗人动了动嘴角，告诉和尚，万物自有灵，所以念经打坐也不会帮助一株油菜长得更繁更茂，那么请问，念经打坐有什么用？话已至此，和尚忍不住要殴打诗人，终于未能伸手，却一眼看见了我，我还未及闪躲，他倒是拖拽着诗人一路小跑着来到了我的跟前。

转瞬之后，当着我的面，那一对兄弟竟然打起了赌，口说无凭，以我为证：哥哥念经，弟弟念诗。如果我觉得哥哥念的经好听，弟弟现在就跟着哥哥去出家；如果我觉得弟弟念的诗好听，哥哥从此再不多说一句，任由弟弟继续不成器下去。但有一条，弟弟念的诗，得是自己写出来的，而且，是现在、立即、马上写出来的。或许是好奇之心还在继续，也或许是以为见证这一场赌博能够加快自己的长大成人，仓促之间，我竟懵懂着点头，眼看着和尚就在我对面盘腿坐下，刹那工夫，天地之间竟然变得异常安静，蜂群们发出的嗡嗡之声远远地退隐到了听力所及之外。

多年以后我才知道，油菜花地里响起的念诵，不是别的，正是《地藏经》——那一段让人失魂落魄的念诵之声啊，一时如雨丝擦过柳条，欲滴未滴，其下流淌的河水也只好驻足不前，等待着它们的加入；一时又如在夜晚里成熟的豆荚，欲绽未绽，黑黢黢的身体里正在制造小小的雷霆，却又被月光惊吓，一再推迟着彻底的暴露。慈悲音和喜舍音，云雷音和狮子吼音，少净天与遍净天，大梵天与无量光天，这些经书里的命名与指认，我至少需要二十年后才能少许明白它们究竟身为何物，但它们却又全都在念诵里早早示现，化作了少年眼前清晰可见的一景一物。它们是：报春花和油菜花，石榴树和苹果树；它们是：穷人摘下了豌豆角，瞎眼的人望见了火烧云。是的，它们几乎是大地上的一切。而那和尚仍然闭目，念诵还未停止，我的狂想便继续奔流向前，那一段让人失魂落魄的念诵之声啊，先是变作了半梦半醒的喜鹊，慵懒地鸣叫了一声，一枚果实便应声出现在了花朵上。而后，它又变作了夏天里的稻浪，风吹过去，稻浪们不发一言，沉默地去绵延去起伏，像是受苦人忍住了悲痛，但是，所有的酸楚与哽咽，都将在稻穗与稻穗的碰撞中得到久违的报偿。

真好听啊。那和尚早已结束了念诵，我却迟迟陷落在一座被光明环绕的山洞里无法脱身，张了张嘴巴，好半天也说不出话。对于我的迷醉，那和尚显然心知肚明，甚至不等我的评点，他便赶紧去吩咐诗人来念一首他自己写的诗，这首诗，必须是他自己现在、马上、立即写出来的。诗人愣怔了一会儿，终是不服气，下定了决心，跳下田埂，拨开一株半人高的油菜，再拨开另一株比他还高的油菜，踩踏着脚底下湿漉漉的泥巴，反倒像个去意已决的求法僧，倏忽之间便消失不见，就好像，过一会儿，待到他从油菜花的背后现身，他定然会手捧真经一般捧出他的诗。

作为一桩赌局的见证人，哪怕诗人不见了，我自然也不能随意离开，所以，我便老老实实地继续在田埂上坐下，偷偷打量着近处的和尚。弟弟毕竟是他的心头肉，哪怕只离开了一小会儿，他就忍耐不住，跟了上去，没跟几步，叹息一声，掉转了步子，和我一样，在田埂上坐下，闭目，但却没有念经。这时候，黄昏正在加深，满天的火烧云像是在突然间窥见了自己的命运，说话间便要从天空里倾倒下来，再和大地上金黄色的波浪绞缠奔涌，一路向前，最终，它们将在夜色来临之前奔入山丘与山丘搭成的巨大熔炉。我正恍惚着，那和尚却已不耐烦，站起身，在田埂上来回打转，直至踮起脚尖往前眺望，可是，弟弟的身影一直没有出现，他也只好强忍着怒意重新坐下，再次闭上了眼睛。

直到天黑之前，由远及近，油菜花地里终于响起了窸窸窣窣的声响，差不多同时，我跟和尚都是腾地起身，再等着诗人现出身形，然而，他却久久未能推开密不透风的油菜们跨上田埂。这时候，和尚便再也忍耐不住，拨开油菜们，一把拽出诗人，劈头就问，你的诗在哪呢？还有，写不出就写不出，你哭个什么哭？听见和尚这么说，我便往前凑近了一步，借着一点微光，我终于看清楚，真真切切地，诗人的脸上淌了一脸的泪。沉默了一会儿，诗人还是承认了，他确实没有能够写出一首诗，然而，只要不让他出家，一直呆在这里，或早或晚，他会写出诗来。只因为，地里河里树林里迟早会长出诗来，到了那时，诗就自然会从他身体里跳出来，好像刚才，油菜地西北方向的深处，他刚刚在一条小河边站定，立刻就忘记了这世上的一切，甚至忘了写诗——美，他只见到了美，他唯一能够想起的，也只有美。一看见美就在眼前，一想到美就在眼前，他的眼泪，便再也止不住地涌了出来。

可是，这都没有用，再多的口舌也都枉费了：那和尚，早已下定了决心，使出了全身力气，牢牢将诗人控制在了自己的手中，使得他根本无法挣脱出去，而后，拖拽着他，连村子都不想再回，一意向东走，只因为，东边二十里地外便有他的寺庙。没走出去几步，那诗人拼了命站住，指着我，跟他的哥哥打商量：哥呀哥呀，我再跟你打一个赌，就让他，这个小孩子，去我刚才去过的地方站一站，你看他哭不哭，他要是不哭，我愿赌服输，再跟你去当和尚，好不好？

我吓了一跳，但是，某种渴望却又滋生了出来，说到底，下意识里，我可能还是希望这场赌局不要就此草草结束，所以，当那和尚不耐烦地听完弟弟的话，转头问我是否愿意去他弟弟说到的那条小河边去站一站的时候，我竟然痛快地答应了。这么一来，那和尚当然也不好再多说什么，也可能是为了让他的弟弟彻底死心，于是，他便拖拽着弟弟重新在田埂上坐下了，而我，就好像战场上得了命令的送信小卒，一刻都等不及，飞也似的钻入了油菜与油菜之间，再朝着西北方向狂奔，没跑多久，我就听见了河水发出的哗哗流淌之声。

遗憾的是，我根本没有哭：春天的雨，说来就来，当我在河边站定，之前隐隐约约的月光在迅疾之间消失了，我抬头去看，天空里，浓墨般的云团正在吞噬月亮，随后，四下里变得黯淡，我便什么也看不清了。这时候，一阵急雨又当空而下，即使我在最高大的一株油菜底下躲定了，雨珠携带着寒气落下，我的脸上、脖子上，仍然还是只觉得凉飕飕的，但我不能轻易辜负了诗人，在高大的油菜底下，我耐心等待着急雨止住，等待着月光重新照亮眼前的一切。可惜的是，过了一阵子，急雨虽说停止了，月亮却再也没有肯出来，眼前四野仍然全都是黑黢黢的。我一遍一遍睁大了眼睛，终究什么都看不见，而寒意还在继续加深，渐渐地，我冻得打起了哆嗦，最后，实在没办法了，我只好空抱一颗辜负之心，重新狂奔，回到了和尚和诗人的身边，再告诉他们，那在我脸上淌得到处都是的，是雨水，并不是泪水。

到了这时候，那诗人，再也不好多说什么，抢先一步站起身来，沉默地往东走。那和尚也终于安了心，不再管弟弟，反倒走近了我，问我，是否需要他将我送回村子里去。此时此刻，和尚、诗人，还有我，我们何曾能够想到，哪怕诗人自此确实出了家，但是，几年之后，寺庙被拆，这两兄弟还会还俗做起小生意来呢？我们又何曾想到，再过了十年，那和尚，那诗人，竟然会变成名震一方的兄弟企业家呢？可是，彼时之我，只清楚地知道一件事：我对不起那个沉默着大踏步往前走的人，因此而更加羞惭，更加小心翼翼。所以，面对和尚的询问，我慌乱异常，连连摇着头，仓促之下，还未等他多说几句，我便躲得远远的，随后，朝着村子的方向，我又再次狂奔了起来。

然而，我却并没有真正离开，跑了一会儿，我干脆径直跳下田埂，重新跑进了油菜花地，然后，往回折返。因为跑得太快，油菜的枝叶扑面而来，就像一条条鞭子正在抽打我的脸，尽管如此，此前的记忆却是越来越清晰。我甚至清晰地记得，我曾经在哪一株油菜底下躲过雨：是的，巨大的羞惭之心让我无法回到村子里去安然入睡，我还想故地重游，再去试一试，机缘到了，我是否也能像诗人一样，在小河边迎来一场真正的哭泣？

终究没有用。天空里，虽说月亮正在死命摆脱云团的纠缠，但还是无法再现它的端倪，我愣怔着朝四下里环顾，仍然一无所见，可是，和之前不同，此刻的我心意已决。无论如何，我都要像那诗人一样，在小河边站定，看清某种我一无所知但却一定近在眼前的秘密。如此一来，我反倒不再焦虑，天上也没有再下雨，我便干脆离河水更近一些，席地坐下。苜蓿的香气，油菜花的香气，更多不知从何而来的香气，全都缭绕在我的周边，我的身体便生出了酥软之感，再加上不时有鱼群跃出水面，发出噗通之声，我竟好似一个听着木鱼的敲击声打盹的小僧，不知不觉就睡着了。

　　命定的时刻，是在黎明时分，其时，一条大鱼从河水里腾空而起，又重重落下，就像一场敲打般令我惊醒了过来。刚一睁眼，铺天盖地的美便不由分说地奔涌到了我的身前，早于沉醉，震惊提前将我牢牢地裹挟了起来。那美啊，它分明是一只蹲伏在天地之间的猛兽，霎时间就要一口吞掉我。月亮当空高悬，鱼肚白正在来临；池塘和村庄，树林和田野，茫茫雾气既遮盖了它们，又穿透了它们；雾气里，桃花和梨花，油菜花和苜蓿花，那些白与黄，那些紫与蓝，好似一颗颗柔顺却又不被驯服的心，若隐若现，却从未停止过迫在眉睫的跳动。那美啊，它分明还是眼前这条并不宽阔的河流。如果沿着这条河流往南走，我将依次看见鱼群、刚刚长成的荷叶和天际处绵绵不绝的群山。要是往北走，我还将依次看见泵站、被藤蔓爬满的篱笆和前几天才播下的稻秧。最后，我将看见我的村庄，是的，那里住着不少受苦人，这些人没吃上过什么饱饭，也没有几件好衣裳，但是，每年春天，雨水充足之时，好歹会有一条河流起死回生通向他们，这条河流终会将他们与稻秧、油菜花和更多可能的收成连接在一起，所以，他们虽说在受苦，但他们也有指望。

　　母亲，不自禁地，我想起了母亲，不只是我的母亲，而是村庄里所有人的母亲。这时候，一阵零星小雨穿过我头顶的云层，先是若有若无，其后又淅淅沥沥，而我却不以为意，反倒仰着面，淋着雨，自顾自地去想着母亲。我们的母亲们，她们多穷啊，可是，就像缝纫之时被尖针扎破了手，又像生火做饭时喉咙里呛了烟，所有的穷，她们都将吞咽下去，既不可怜自己，也不对人说起一句，而后，再去穿针引线，再去生火做饭，多像此时此刻眼前的一切，荷叶，油菜花，田野，群山，所有近在眼前的物事与机缘们。自打来到这世上，你们也受了苦，你们甚至会荒芜、腐烂和消失，但是，时间一到，你们仍然会清清白白地现身，哀怜着我们，庇佑着我们，一如我们的母亲。也许可以这么说：你们，就是我们的母亲？恰好在此时，母亲的呼喊声在田野上响了起来，那呼喊声尽管微弱，却足以令我战栗，因为那并不是所有人的母亲，那是我一个人的母亲，是啊，她正在寻找我，可是，来不及呼应她，只是听见了她的第一声呼喊，巨大的酸楚便降临了，猝不及防地，我的眼睛里便涌出了眼泪。

是的，我哭了。在我脸上淌得四处都是的，除了雨水，还有泪水。

只是，对不起母亲的是，在哭泣中，我并没有穿过茫茫雾气跑向她，反倒向东而去，渐渐地离她越来越远。当此之时，我满脑子里想起的，除了被和尚劫持而去的诗人，竟然再无其他，对，我一心要追上他，告诉他，在他站立过的那条小河边，如他所愿，我哭了。

时隔多年之后，我还清楚地记得那场春天夜晚里的奔跑。泪水涌出，使身体变得轻盈，而月光迟迟不肯消退，哪怕天光已经大亮，它仍然当空高悬，像是在提醒我，昨日里的赌局至今还没有完结，只要找到诗人，告诉他，我真的哭了，这样，我便在这一夜里真正地长大成人了。如此，哪怕当我好不容易跑出油菜花地，来到一条比此前那条小河宽阔出许多的河流边上，平日里的浮桥也不知所终，我都不曾有片刻犹豫，而是径直卷起了裤腿，在刺骨的河水里盘桓了好半天，这才踏入了另外一片看不到头的油菜花地。我知道，当我跑出这一片油菜花地，尽头处，便坐落着和尚的寺庙。

时隔多年之后，我还清楚地记得那一座被油菜花环绕的寺庙，只是，出乎意料的是，当我上气不接下气地赶到寺庙里去，却并没有见到诗人弟弟，也没有见到他的和尚哥哥。原因打听起来倒也简单，这座寺庙，其实只是一座更大寺庙的下院，为了不让弟弟反悔，昨夜里，那和尚哥哥回到寺庙之后，只是简单收拾了几件行李，赶紧就继续押送着弟弟去了距此一百多公里外的上院，也就是说，一时半会儿，我恐怕是再也不会有见到那诗人的可能了。当我打听清楚了诗人的下落，就像是被一盆冷水浇淋得全身透湿，在寺庙外的田埂上，我颓然坐了好半天，眼看着身前的花枝与花枝被风吹动，又看见蜂群们嗡嗡鸣叫着越过我的头顶，辜负与歉疚之感便像油菜花的香气一般变得越来越强烈了。只是，那时的我还没想到，不久之后，我就要离开我们的村庄，前往更加广大的世界里去生活——等我再见到诗人，已经是在二十多年之后了。

二十多年后，又是春天，为了给一部注定无法完成的长篇小说收集素材，我去了一趟四川的新津县。实话说，置身于新津县的乡野之间，许多时候，我都误以为自己是重回到了幼时的村庄。当我行走在一块接着一块的油菜花地边上，不自禁地，浓重的今夕何夕之感，动辄便令我恍惚得不知所以。但我早已不是那个在油菜花地里发足狂奔的少年，现在的我，一旦察觉到某种追悔之意袭上身来，又或者，一旦对自己发问何至于此时此地，下意识地，便要赶紧去找到喝酒的地方。

这一晚，我从一个镇子里出来，夜幕之下，远远地看见了一处农家乐，一想到手里的长篇小说注定无法完成，心底里顿时涌起了借酒消愁之念，二话不说就进了那农家乐。正是仲春时节，院子里开满了桃花梨花，虽然夜雨不时降下，但也近似于无，所以，在桃树梨树的底下，照旧坐满了杯觥交错的男男女女。我避开喧嚷，找到一处僻静之地，点了酒菜，一个人兀自喝了起来，没过多久，便有了微醺之感。在微醺里，我去打量周边的食客，猛然间，不过偶一举目，我竟差一点失声叫喊了起来——是的，二十多年之后，我再一次见到了诗人。当然，现在的他早就不是一个诗人，而是变成了著名的民营企业家，因为他的著名，我自然也听说了他的不少近况。他的哥哥，因为喝酒喝得太多，伤了肝，终于无救，好几年前就死在了肝移植的手术台上，如此一来，他反倒变得更有钱了。于是，他便开始在四川一带投资兴建好几个特色小镇，但是，不知何故，资金链断裂了。为了把特色小镇建起来，他只好回到家乡去高息揽储，好几年都是拆东墙补西墙，终究没有用。几年下来，一直没有一座小镇能够建好，为了躲避家乡的债主，他只能常年呆在四川，根本不敢再踏入家乡的地界一步。

诗人显然也喝多了，和我一样，他也是一个人坐在僻静之地，桌子底下全是喝空了的啤酒瓶，看起来，他暂时不会再要服务员上酒了，而是埋头，嘿嘿地笑着打手机游戏，有好几回，他笑得无法自制，差点从椅子上栽倒在了地上。借着稍微酩酊的醉意，我想了一会儿，没有忍住，还是端起酒杯走向了他。

时间太久了，诗人根本已经不记得我了，所以，眼见我在他对面坐下，他可能以为我是他的某个债主，霎时间大惊失色，站起身来就要走，趔趄了好一阵子，醉意太深，他又迈不动步子，我一伸手去拉扯，他便只好乖乖重新坐下了。到了这时候，我才看清楚，他的脸上有好几处伤，全都在结痂，也不知是被人打的，还是喝多了在地上摔的，还有，他的眼睛里全是血丝，看上去，就像是几天几夜都没有睡觉的样子。为了让他定下心来，我赶紧告诉他我是谁，他却还是茫然看着我，全然记不起。如此，我便径直对他说起了二十多年前的那个夜晚，直到这时，我才对他说：二十多年前的那个夜晚，我的确哭了。

天空里突然响起了一阵清脆的雷声，雨水伴随雷声在瞬时间变得密集起来，桃树梨树底下的男女们纷纷来到我和诗人近前的屋檐下躲雨，一时之间，我和诗人的身边变得吵吵嚷嚷。但是，尽管如此，诗人还是如遭电击，是的，他想起了我，一个劲儿地，张大嘴巴看着我，也说不出话来。沉默了好半天，他才问我，他是不是欠了我的钱？我连说没有。他又问，他是不是欠了我哪个亲戚的钱？我再对他说没有，他这才稍微放了心。愣怔了一小会儿，他伸出手，端起了我的酒杯，又将酒杯里的酒一饮而尽，那酒竟然使他变得清醒，再看了我一小会儿，猛然站起身来，三步两步就消失在了男男女女当中。

面对诗人的夺路而去，有那么一刹那，我多少有些觉得愕然，但是，很快我也就想明白了：此情此境，如果我是他，不掉头就走又能如何呢？也罢，也罢，我便端着空酒杯，回到了自己的酒桌前，却发现我的酒桌正在被服务员收拾打扫，见我又回来，服务员连声跟我说着对不起。也罢，也罢，我便也就没再喝下去，结了账，出了农家乐，上了门前的省道，淋着雨，想要回到此前的镇子上去。

在省道上，越往前走，农家乐的灯火就变得越黯淡，但是我知道，雨水正在浇淋的，除了我，还有我身边全无边际和尽头的油菜花地。在夜晚里，一棵一棵的油菜，它们认祖归宗，停止了起伏和涌动，全都变作了世间命运里最温顺的那一部分。所以，即使身在酩酊之中，又走在雨水之下，我也觉得心安理得，因为此刻不是别的，千真万确地，它们其实是我的命运正在显现的时刻。只是，我没想到的是，没往前走多远，我又碰见了诗人——此时的他，正好从省道南侧的油菜花地里钻出来，看见了我，却只当没看见，飞快地从我身前跑过，又钻进了省道北侧的另一片油菜花地，刚刚钻进去，他就摔倒在地，挣扎了好半天，始终陷在泥泞里站不起身来。

我只好跳下省道，去油菜花地里搀他起来，没想到，他却毫不领情，见我走近，他竟然嚎啕一声，哭了出来，又挥舞着拳头让我滚开，一句一句，他的嘴巴里一直在胡乱地叫喊着什么，而我却听不清。最后，实在没办法了，我使出了全身的气力，就像当初的和尚哥哥，牢牢将他控制住，再将耳朵凑到他的嘴巴边，好在是，雨水也变小了些。我终于听清楚了他的胡言乱语，却原来，他是在说：现在的他已经不是他了，而是变作了十岁的我，十岁的我啊，一定不要就此停下，一定要跑过眼前的这片油菜花地，追上他，要他写诗，不要他出家。

从天而降的雨水，还有全世界的油菜花，你们是否能够告诉我这是为什么呢？几乎就在我听清楚他的话的同时，巨大的酸楚降临了，猝不及防地，我的眼睛里涌出了眼泪。现在好了：他的脸上，我的脸上，全都是湿漉漉的；我也分不清楚，他的脸上，我的脸上，那淌得到处都是的，哪里是雨水，哪里是泪水。

七杯烈酒

第一杯酒，我要敬的是山桃花。那满坡满谷的山桃花，并不是一树一树，而是一簇一簇，从黄土里钻出来，或从岩石缝里活生生挤出来，铺展在一起，偶尔中断，渐成连绵，再被风一吹，就好像，世间的全部酸楚和穷苦都被它们抹消了。我知道，在更广大的地方，干旱和寡淡，荒瘠和贫寒，这些语词仍然在山坡与山谷里深埋，但是，风再吹时，这些语词都将变成山桃花，一簇一簇地从寸草不生的地方破土现身——山桃花，它们是多么赤裸和坚贞啊：满树满枝，几乎看不见一片叶子，唯有花朵，柔弱而蛮横地占据着枝头，像出嫁的姐姐，像奔命的舅舅，今年去了，明年一定还会回来，回来的时候，他们会不由分说地给你递过来他们的心意。

　　为了写作一部民国年间匪患题材的电影剧本，在这部电影开始拍摄的前一年，我受投资人之命，一个人前来此处生活和写作三个月。说实话，在来到陕北角落里这座名叫"石圪梁"的村庄之前，尽管我已经对可能遭遇的情形作了许多遍设想，但是，当我的双脚真正踏足于此，眼前所见还是让我欲说还休：真正是满目荒凉，非得要睁大眼睛，才能在山旮旯里发现些微活命的口粮；村庄空寂，学校闲置，年轻人早已都远走高飞，为数不多的几个中年人里，好几个都是在外打工时患了重病再回来等死的人；还有我住的那一口窑洞，背对着一座山，满墙透风，窗户几近腐烂，到了夜晚，甚至会有实在挨不过寒冷的狐狸奔下山来，从窗户外腾空跃入，跳到我的身边。

　　幸亏了那满坡满谷的山桃花：这一晚，北风大作，"倒春寒"明白无误地来临，雪粒子纷纷砸入窑洞里。我避无可避，渐渐地，就感受到了一股巨大的悔意，是啊，为什么我会身在此时此地？不写这部电影就一定会饿死吗？于是，稍作思虑之后，我决心就此离开，不是等到天亮，而是现在就收拾好行李离开。几分钟后，我拎着简单的行李，出了窑洞，爬上了窗户外面的那座山的山脊，我大概知道，在山脊上一直走到天亮，我会看见山下的公路，公路上，会开来去往县城的大客车。也就是在此时，那些平日里司空见惯的山桃花们，好像是被雪粒子砸得清醒了，这才想起我与它们还未及相亲，于是，凭空里造出了机缘，将我拦在了要害之地——雪粒子像是携带着微弱的光，照亮了我身旁西坡的一片还未及开出来的山桃花，看上去，就好似它们的冻死之时已经近在天亮之前。我蹲在它们身边看了一会儿，叹息一声，接着往前走，哪里知道，刚刚走出去几步，一场灾害便在我身后发生了：脚底的小路突然变得颤抖和扭曲，我险些站立不住，与此同时，身后传来一阵含混和轰鸣的声响。我回过头去，一眼看见途经的西坡正在崩塌——那西坡，好似蛰伏多年的龙王就在此刻里亡命出世，沙块和黄土，断岩和碎石，瀑布一般，泥石流一般，全都不由分说地流泻、碾压和狂奔，猛然间又静止下去，就像那龙王正在黑暗里喘息，以待稍后的上天入地，唯有烟尘四起，穿过雪粒子，在山巅、山坡和山谷里缭绕不止又升腾不止——虽说来此地的时间并不长，我却已经不是第一次目睹类似的山体滑坡了，但是，这么大的滑坡，我倒还是头一回见到。

也不知道为什么，烟尘里，我却心疼起了那些快要被冻死的山桃花：经此一劫，它们只怕全都气绝身亡了吧？这么想着，也是鬼使神差，我竟然想去再看一眼它们，于是，便在原地里猫着腰，小心翼翼下到山谷里，再走近了山体滑坡的地方。果然，那些山桃花全都被席卷而下，却又被连根拔起，像是战祸后被迫分开的一家人，散落在各地，又眺望着彼此。我靠近了其中的一簇，伸手去抚一抚它们，而它们早已对自己的命运见怪不怪：暴风和尘沙们，焦渴的黄土和随时可能发生断裂的山岩们，你们若要我死，我便去死，总归好过哀莫大于心死。

哪里知道根本不是——突然，像是雪粒子瞬时绽作了雪花，像是一根爆竹的引线正在滋滋冒烟，一颗花苞，对，只有一颗，它轻轻地抖动了一下，而后，叶柄开始了不为人知的战栗，萼片随即分裂。我心里一紧，死死地盯着它去看，看着它吞噬了雪粒子，再看着花托在慌乱中定定地稳住了身形。我知道，一桩莫大的事情就要发生了，即使如此，花开得还是比期待的更快。是的，一朵花，一朵完整的花，闪电般，就这么开了出来。在烟霾里，它灰尘扑面；在北风里，它静止不动，小小的，但又是嚣张的。灾祸已然结束，分散的河山，失去的尊严，必须全都聚拢和卷土重来！我看看这朵花，再抬头去看看昏暗的天光，一时之间，竟然震惊莫名，激奋和仓皇，全都不请自到。而事情并未到此为止：就在我埋首那一朵完整之花的面前时，更多的花，一朵一朵，一簇一簇，像是领受了召唤，更像是最后一次确认了自己的命运，哗啦啦全都开了。现在，它们不再是眺望彼此了，而是用花朵重新将彼此连接在了一起。哪怕离我最近的这一簇，早已被孤悬在外，却也开出了五六朵，而叶柄与花托又在轻轻地抖动，更多的花，转瞬之后便要在这"倒春寒"的世上现身了。

　　可是，就在此时，山巅上再次传来巨大的轰鸣，四下周边又生出了颤抖与扭曲之感，而我没有抬头，我知道，那不过是又一回的山体滑坡要来了，还有那蛰伏了好半天的龙王，也终于迎来了自己上天入地的时刻。只是，对不起龙王了，此时此刻，我的满眼里已经没有你了，我的满眼里，就只有剩下的还没有开出来的那几朵花。紧接着，轰鸣声越来越近，越来越近，烟尘愈加浓烈，小石子甚至已经飞溅到了我身上，所谓兵荒马乱，所谓十万火急，全都不过如此。我还是置若罔闻，屏住呼吸等待着发落，是的，最后仅剩的那几朵还未开出来的花，我要它们来发落我。

到头来，它们终归是没有辜负我：就在它们即将被彻底掩埋的同时，它们开了。看见它们开了，我也迅疾跑开，远远站在一边，看着它们最后开了一阵子，随即，轰隆隆滚下的黄土和碎石将它们吞没，从此再无了踪影。所以，天人永隔之后，它们并未见证我对自己的发落——最终，我没有离开那座名叫"石圪梁"的村庄，而是在越来越密集的雪粒子里返回了自己的窑洞。是啊，我当然无法对人说明自己究竟遭遇了一桩什么样的因缘，可是，我清清楚楚地知道，我目睹过一场盛大的抗辩。这场抗辩里，哪怕最后仍然被掩埋，所有的被告们，全都用尽气力变成了原告。也许，我也该像那最后时刻开出的花，死到临头都要给自己生生造出一丝半点的呈堂证供？也许，那座名叫"石圪梁"的村庄里，酒坊和羊圈，枣树底下和梨树梢上，更多的抗辩和证词还在等着我去目睹、见证和合二为一？

这么想着，天也快亮了，远远地，我又看见了我的窑洞。正在这时候，一阵"信天游"从天际里响起，义士一般，持刀刺破了最后的夜幕，雪粒子好像也被吓住了，戛然而止，任由那歌声继续撕心裂肺地在山间与所有的房前屋后游走。那歌声甚至不是歌声，而是每个人都必须安居和拜服的命运，只要它来了，你就走不掉，所以，我的鼻子一酸，干脆发足狂奔，跑向了我的命运。

所以，第二杯酒，我要敬瞎子老六，还有他的"信天游"。据说，一年四季中，也就是冬天里，满世界都天寒地滑，在外卖唱的瞎子老六这才被迫回村子里住上一季，其他时间里，他都是一个人深一脚浅一脚在黄河两岸卖唱挣活命钱。按理说，当此春天时节，他早就该出门了，只是今年的春天实在冷得凶，他才时至今日还在村子里打转。实际上，自打我在这村子里住下，耳边就无一日不曾响起瞎子老六唱出来的"信天游"，只是因为心猿意马，听过了也就只当没听过。可是，这一日的清晨，我打定了主意重新回到村子里安营扎寨，再一回听到瞎子老六的"信天游"，那歌声，竟然变作了勾魂的魔杖，牵引着我，在村子里四处寻找着他的所在。离他越近，我就越迷狂，他唱一声，我的心便要狂跳一阵。

瞎子老六唱道："太阳出来一点点红呀，出门的人儿谁心疼。月牙儿出来一点点明呀，出门的人儿谁照应。羊肚子手巾三道道蓝，出门的人儿回家难。一难没有买冰糖的钱，二难没有好衣衫……"这时候，我已经看见了他，身背一只包袱，手持一根探路的竹竿，他正轻车熟路地往村外的晒场上走。我跟上了他，听他清了清嗓子，接着唱下一首："一道道水来一道道川，赶上骡子儿哟我走三边。一条条的那个路上哟人马马那个多，都赶上的那个三边哟去把那宝贝驮。三边那个三宝名气大，二毛毛羊皮甜干干草，还有那个大青盐……"渐渐地，我越跟越近，看着他费力地从小路上爬向比他高出半个头的晒场——因为天上还洒着雪粒子，平日里还算好走的那条小路变得泥泞难行，好几回，他都差点摔倒在地，既然如此，我也就没再跟在他背后，而是跑上前搀住了他，再向他介绍我姓甚名谁。他到底也是走江湖的人，满面笑着说，他早已听说有外乡人住进了村里，又连声说我来这里受苦了，如此，不过短短的工夫，待我搀着他走到一座巨大的石磨盘旁边的时候，我们已经变得亲热起来了。

到了晒场边上，满天的雪粒子终于变作了雪花，四下里飞舞着开始了堆积。我原本以为瞎子老六前来晒场是为了拾掇什么东西，哪里知道，晒场上空空如也。在晒场边上的一棵枯死的枣树下站了一会儿，他问我，喜不喜欢听"信天游"，我当然点头称是，他便让我好好听，自己却从枣树底下走到了石磨盘边上，咬了咬牙，喉结涌动了一阵，再仰面朝天，满脸上都是雪花。到了这时，他满身的气力才像是全都灌注到了嗓子里，于是，他扯着嗓子就开始唱："墙头上跑马还嫌低，面对面睡觉还想你。你是哥哥命蛋蛋，搂在怀里打颤颤。满天星星没月亮，叫一声哥哥穿衣裳。满天星星没月亮，小心跳在了狗身上……"

那歌声，我该怎么来描述它呢？枣树底下，我想了半天，终究想不出一个合适的词，只觉得全身里灌满了酒浆，手脚热烘烘的，眼窝和心神，也全都热烘烘的，最后，当我下意识地去环顾眼前的山峦、村庄和雪花，"命运"——唯有这个词化作一块巨石面朝我的身体撞击了过来——对，命运，所谓善有善报，那些穷苦的山峦、村庄和雪花，命运终将为你们送来"信天游"，你们也终将在"信天游"里变得越来越清白和美。就像此刻的我，歌声一起，我便再一次确信了自己：重新回到"石圪梁"来安营扎寨，正是我的命运。再看那瞎子老六，他不再停留在原处，却像是一头拉磨的骡子，绕着石磨盘打转，一边打转一边继续唱："半夜来了鸡叫走，哥哥你好比偷吃的狗。一把搂住哥哥的手，说不下日子你难走。青杨柳树活剥皮，咱们二人活分离。叫一声哥哥你走呀，撂下了妹妹谁搂呀……"

这一早晨，满打满算，瞎子老六唱了有十多首"信天游"，奇怪的是，自始至终，他都是在绕着石磨盘打转，丝毫也没有挪足到别的地方。终于结束歌唱的时候，我多少有些好奇，一边搀着他往村子里走，一边问他，为何不肯离开那石磨盘半步？瞎子老六竟然一阵神伤，终了，也不瞒我，对我说，这些"信天游"，他其实是唱给一个死去的故人的，想当初，他还没有满世界卖唱的时候，唯一的活路，就是终日里和故人一起，在这晒场上给人拉磨。他那故人，寻常的"信天游"都不爱听，要听，就只爱听些男女酸曲。每一回，只要自己唱起了男女酸曲，那故人便像是喝多了酒一般，全身是力气，到了那时候，自己可就轻省了，只管唱歌，不管拉磨。所以，时间尽管过去了这么多年，但是，只要他回来，每天早晨，他都忘不了来这晒场上给故人唱上一阵子酸曲，不如此，他便觉得自己对不起那故人。

瞎子老六说完了，径直朝前走出了几步，我也不再说话，沉默着跟上去，再次搀住了他。不过，我没有想到的是，待我们快到村口的时候，在两条小路分岔的地方，瞎子老六却突然止住了步子，我还以为他只是稍微地犯一下迷糊，赶紧告诉他，朝北走才能进村，要是往南走，就离村子越来越远了。他不说话，安安静静站在雪里听我说完，却解下身上背着的那只简单的包袱，冲我示意了下，再笑着对我说，虽说是一见如故，但是恐怕也再难有相见之期，只因为，打今日里起，他便要再去黄河两岸卖唱了，所以，现在，他就不再进村了。

事情竟然如此，但是，如此也好。我原本以为，自此之后，我在这石圪梁村就算交下了一个能过心的人，不承想，相亲与相别，竟然全都发生在眼前的雪都来不及下得更大一点的工夫里。只不过，世间之事，往往如此，我会在倏忽里留下，瞎子老六自然也会在倏忽里离开，一如石圪梁村外更广大的尘世里，此处下雪，彼处起风，有人啼哭着降生，有人不发一言地辞世，正所谓，衰兰送客咸阳道，天若有情天亦老。是啊，这扑面而来的相亲与相别，弄不好，也不过是为了证明这样一桩事情：我活该在这里，他活该在那里。这么想着，我便松开了手，不再搀他，再看着他一路朝南，走得倒是稳稳当当，没走几步，我终究还是未能忍住好奇之心，追了上去，再问他，他的那个故人，到底是个什么样的人？如果他信得过我，他走后，只要我还在村里，隔三岔五，我也许能够买上些纸钱香烛去他的坟头稍作祭奠，你看这样可好？

显然，听完我的话，瞎子老六稍稍有些诧异，下意识地仰面，喉结又涌动了一阵，然后，他才笑着摇头，又下定了决心，告诉我，他的那个故人，其实不是一个人，而是一头骡子。什么？骡子？！我不禁瞠目结舌。他便再对我说了一遍：是啊，就是骡子。停了停，他还是笑着：一头骡子，哪里有什么坟呢？可是，在这世上啊，除了它，我实在是没有别的故人了。饥寒的时候，它在；得病的时候，拉磨的时候，它也在。要是连它都不能算我的故人，还有谁是呢？瞎子老六说完了，我还恍惚着的时候，他却已经轻悄地继续往南走了。不过，就算清醒过来，我也没有再去追上他——看看他，再看看远处的村庄，一股巨大的迫切之感破空而来，召唤着我，驱使着我，让我不再拖泥带水，朝北而去，一路跑进了村庄。是的，迫切，我要迫切地看清楚，那些寻常的庄户里，还深埋着什么样的造化？在那些穷得揭不开的锅里，在那些举目皆是的石头缝里，还有什么样的情义乃至教义此刻里正在涌出和长成？而那早已看不见了的瞎子老六，远远地又开口唱了起来："把住情人亲了个嘴，肚里的疙瘩化成水。要吃砂糖化成水，要吃冰糖嘴对嘴。砂糖不如冰糖甜，冰糖不如胳膊弯里绵。砂糖冰糖都吃遍，没有三妹子唾沫儿甜……"

雪停的时候，我又回到了自己的窑洞，但是却没有进屋，站在屋檐底下，紧盯着平日里早就烂熟于心的景致风物看了又看：山桃花又开了一片，羊群被赶出了羊圈，炊烟正在升起，回家等死的人开始了剧烈而漫长的咳嗽，而那些长满了整个村庄的枣树们，满身的雪花终究被新叶刺破，渐渐地，巨大的绿便战胜了巨大的白。只看清这些尚且不够，我就像是开了天眼，更多在平日里深藏于微茫和幽深之处的事物渐渐现形，被我清晰地看见：村子西头寒酸的小庙里，早起的人按照惯例正在给菩萨们供上三杯酒；学校旁边的一户人家里，女主人大病初愈，给小女儿戴上了蝴蝶发卡；还有，这村子里竟然遍布了那么多条小路，那么多条小路，我竟然从未踏足过。此时此刻，满脑子里，我只有一个愿望——那些从未踏足过的道路，我都要一一走过，那些从未亲近过的人，我都要一一亲近。

我真的像是开了天眼，打这天起，说来也怪，初来这石圪梁村时的局促和生涩，一夜之间便飞到了九霄云外：见到了人，我便凑上去搭话；见到了羔羊，我也大呼小叫着将它们赶上了山，又或者撵下了坡。不到半个月，这村庄里的大大小小，已经几乎没有我还不曾相识的人了。白天里，我在村子里东奔西走，时间便过得飞快，就算到了夜晚，我也不会闲着。刚入夜时，我多半会前往废弃的学校，去到一间教室里和人打本地的花牌，要说起来，这几乎就是赌博了，只不过，我们的赌资，最多也不过是一只小袋子里装着的几十颗红枣。夜再深一些的时候，要是酒瘾上来了，我就直奔村子东头的一家小酒坊，不管多晚，那酒坊里多多少少总会聚集着几个喜欢喝酒的人，见了面，也不管谁请客，坐下喝便是，大不了，第二天晚上自己再请同道们喝。只是那包谷烧太烈了，不多不少，我正好可以喝下七杯，要是再多喝一杯，十有八九，我便要醉倒过去，躺倒在酒槽边上长醉不醒。

有时候，大多是在后半夜，我喝多了，往自己的窑洞里走的时候，总是忍不住拐到村子西头的那座小庙里待一会儿。小庙实在太小，正当中供着高低三尊我认不出的菩萨，两边的墙壁上，还有更多我认不出的菩萨们被彩绘在其上。我其实疑心村子里的人大多也都和我一样，根本不知道这些菩萨们姓甚名谁，但是，三尊菩萨身前的一条石凳上，倒是从未间断过供奉而来的包谷烧。春天是真正到来了，村子里的枣树们不停地随着春风起伏，月光也是明晃晃的，我便借着月光和醉意，一遍一遍地去看那些墙壁上的彩绘菩萨，又想起了白日里相熟过的人，还想起了瞎子老六，想起了石圪梁村外的茫茫尘世。如此之时，我便再也忍不住，一笔两笔，在心底里开始了画像，只不过，我画的不是菩萨，而是人，那些一日更比一日亲热起来的人。

譬如老冯。"春去春会来，花谢花会再开"，每回喝多的时候，老冯都拉着我的手说："春去春会来，花谢花会再开，你说对吧？"我只要说对，他便又跟我抬起了杠："其实我觉得不对，我这么乐观的人，老天凭什么说死就要让我死？说到底，人间不值得啊！"话说到这个地步，我也没有办法再应答下去，只好任凭他喝尽了一杯再喝一杯。阻止他喝多实无必要，用他自己的话说，反正黄土已经埋到他的脖颈上来了——打一落生，他就是个私生子，长大之后，原本一直在村里学校当语文老师，渐渐地，因为没有学生可教，他也只好远走了广东打工。近十年下来，没有挣到什么钱，反倒落了个肺癌的下场，一个人凄凄惶惶地回了石圪梁村，终日里以听各种各样的老歌度日。稍有空闲，他便举着一个手机，气喘吁吁地跑来找我，要和我共同分享他在手机里读到的文章，无非是些《远离负能量爆棚的十种人》和《你若安好，就是我最大的满足》之类，"写得真好，对不对？"文章在手，老冯总是先发出由衷的赞叹，迅疾又陷入了半天也拔不出的伤感，"可惜，我不能再活一遍了。"

突有一夜，我喝多了，正走在回自己窑洞的路上，迎面撞见了他，他又举着手机朝我狂奔而来，我还以为他是要找我分享好文章，不曾料到，他突然定定地在我身前站住，告诉我，他刚刚做下了一个决定：天一亮，他便要去礼泉县，弄清楚自己的身世，虽然没有更多的线索，但他至少知道母亲当初是在礼泉县城里帮工的时候怀上的他，那么，去礼泉县挨家挨户地打探，总归不会有什么错误。我诧异着问他，一辈子如此之长，为何要等到现在才去做这桩事情？他低下头想了一会儿，对我说，他是躲不过去了——这一辈子，他其实都在躲避着这桩事，为了躲这桩事，他没做成过别的任何一桩事。当老师当不好，打工也打不好，结过婚，日子也没过好，到头来，媳妇早早跑了，自己也没留下个一男半女，现在，要死了，却连死都死不好。就在刚才，他终于想清楚了，为了能死好，他不得不活好。可是，要想活好，各种各样的老歌终究没有用，手机里的文章也终究没有用，要想活好，只有一条路，那就是，他不要再躲着那桩他躲了一辈子的事了。

春风浩荡，我和老冯身边的梨树被风吹动，梨花们纷纷落在了我们的头顶和肩头上。终了，我不免担心，时间过去了好几十年，老冯在礼泉县可能一无所获，"春去春会来，花谢花会再开，"老冯说，"可是，我可以死得安心些了，我这辈子也算是做了件正经事了，对不对？"我当然说对，老冯便笑了起来，他一笑，一口白牙在黑暗里便显得几乎和梨花一样白了。

又譬如马家三兄弟。这三兄弟，和旁人一样，原本都是在山旮旯里种些包谷和荞麦求得活命的口粮，也不知道中了什么邪，马家的老二出门打了几年工之后，非要回村里种兰花，而且，说干就干。晒场往西，再走两里，一块稍微平坦之地，便是他高价租下种兰花的所在。简直想都不用想，在陕北种兰花，定下这主意和生计的人，只可能是脑子已经坏了。所以，几年下来，马家的老二，年年种兰花，年年又都种不活兰花。可是，万万没有想到，他的两个兄弟，老大和老三，也跟他一起中了魔障，各自抛下自己的活计，一年到头跟着老二作魔作障。此等行径，自然便成了一桩笑话，而我，在听说了那三兄弟的行径之后，却对他们生出了亲切之心，每隔几日，总要去往他们种兰花的塑料大棚，跟他们一起，给兰草们增湿和分盆，又或给兰草们去泥和蔽荫。尽管如此，那个人人都说不出口的结局却又早早已经定下了：甚至连一朵花都还没来得及开出来，兰草们都纷纷开始了发白发黑，很显然，它们的死亡之时，已经指日可待了。

这一晚，星辰低垂，明月悬空，天光可谓大好，然而，兰草却死了一大片。面对死去的兰草，马家的老二接连叹息，却也不曾格外惊奇，反倒出了塑料大棚，一个人沿着布满了石块的田埂信步打转。是啊，他不过是又一次遇见了坏运气，但是，反正，他也从来没遇见过什么好运气。塑料大棚里，只剩下了我和马家的老大跟老三，我便径直问了他们，这注定了的、一时半会儿都看不见收成的日子，他们还要陪着老二过到什么时候？老大的话平日里就少，这时候也只是笑，那老三，却是念过高中的人，听完我的问话，想了又想，跑向塑料大棚的一角，翻找了半天，找到一本破破烂烂的书，再举着书凑到我眼跟前，翻到一页，"芝兰生于幽谷，不以无人而不芳，"他念出这两句，再问我，"这句话的意思，说的是，哪怕没有人看见，兰花该咋样就还咋样，对吧？"我点头称是，他便看向遥远处田埂上的老二："他败就败了吧，不能他败了，我们兄弟就散了。我们兄弟，一堆里朝前走着哪。"

也说不清楚是为了什么，一时之间，月光愈加亮堂，星辰们也愈加饱满，一颗颗的，全都像是刹那间便要被汁液撑破的果实，蓦然间，我竟觉得时空正在流转，我们好似已经不在塑料大棚里，而是置身在了一幅岩画之中。在岩画中，管他旷野和麦穗，管他星空和山峦，全都铁铸一般被凝固了，然而，唯有信心穿透黑铁，仿佛地底的岩浆，仍然在呼啸着奔涌流淌。我再去看那马家的老大和老三，刹那的工夫，他们也变作了两尊寡言和笃定的罗汉：心意决了，多说一句都是妄言，唯一的道路，便是木讷和顺从。还有那马家的老二，不知何时，静悄悄地重回了大棚之内，再静悄悄地盘腿坐下，就好像，又一尊罗汉来到了众生之间，发白又或发黑的兰草们，好似一个个混沌未开的沙弥，迟早都要幡然悔悟，开出花来。

还譬如改改妹子。说起她，就得先说起卖粉条的满仓，这满仓，也不知道哪里修来的福气，虽说在西安卖粉条时出了车祸，还瘸了一条腿，谁承想，等他回到村里，竟然中了改改妹子的意，就算一推再推，这远近闻名的美人儿，照旧是起早贪黑往他窑洞里跑，给他上药，搀他去县城的医院，还给他生火做饭洗衣裳呢！看这个样子，十有八九，怕是还要给他生娃啦。这改改，可是不得了呀，人好看不说，还在县城最大的商场里租了柜台卖皮鞋，偏偏却撞鬼了一般，听说瘸了腿的满仓回了村子，她竟关了柜台，终日里伺候起了满仓。要知道，那满仓，不光穷，还离过婚，前几年，一个人拖拽着长大的娃娃也生急病死了。人说世上黄连苦，在这石圪梁村，那满仓就比黄连还要苦。可是，事情荒唐得很，论谁也不会想到，那满仓，你猜怎么着？没天理了，他反倒根本不理睬改改，蹬鼻子上脸，对改改是又打又骂，到后来，连门都不让她上了。那改改，一个女娃娃，可怜得很哪，总是一个人买了酒喝，喝多了，就蹲在满仓的窑洞门前哭，你说，这世上，这石圪梁村，还有没有天理？

实际上，我却知道，改改妹子并未喜欢上满仓，我还知道她到底何以如此——近十年前，在西安城里打工的时候，她被骗子骗了，被迫着卖起了身子，想跑，跑不掉，想死，也没死成。恰在这时候，有一回，她被骗子们押着上街买衣服的时候，街头上遇见了满仓，当天晚上，满仓便将自己身上所有的钱全都拿了出来，又去凑借了一部分，再找到骗子们，将她赎了出来。人人都说满仓穷，那是他们都不知道，早在那么多年前，满仓给改改拿出的这笔钱，就足以在县城里盘下一个铺子了，他穷，是因为他早早就把钱花在了改改身上。改改被赎出来之后，转头去了苏州打工，多年之后，终于回到县城，在最大的商场里租下了柜台。可是，那满仓，却一直没有过好，而且，这些年，因为他甚少回到村子里，所以，改改被迫着卖过身子，他又拿钱把改改赎了出来，这两桩事情，根本就没什么人知道。

大概因为我是个外乡人，也大概是因为改改妹子高看了我，有天晚上，在小庙前面，她拦住了我，似乎再也忍耐不住，什么都顾不上了，劈头便对我说起了前因后果，而后，她又央求我去劝说满仓，让他娶了她。事实上，起先，他对她又打又骂，并不是她一心要嫁给他，她一心要的，其实只是将自己所有的钱都给他，是的，那是她所有的钱。可是，她打错了算盘，每回偷偷给他留下的钱，都能被他从床铺底下、墙缝中乃至羊圈里找出来，再怒骂着砸给她，现在，她已经没有别的法子了，她干脆想把水搅浑。是的，如果嫁给他是给他钱的唯一法子，那么，她也不在乎自己嫁给他。

只是，惭愧的是，尽管改改妹子对我道尽了实情，到头来，我也并未如她所愿。站在小庙门口，我一边看着她又奔向了满仓的窑洞，一边却再一回没来由地想起了那个词：命运。对，命运，实实在在的，命运给改改妹子送来了苦行，也给石圪梁村里更多的人送来了苦行。可是，就像我当初跟瞎子老六一起所遭遇的山峦、村庄和雪花，它们终将在"信天游"里变得越来越清白和美，而你们，也终将在一再的苦行里，遭逢到各自在这尘世里何以度日的真正秘密。对这秘密，我其实一无所知，也因此故，我要像满仓一样，像那些山峦、村庄和雪花一样，或是对着改改妹子怒骂，或是拜服在深夜的菩萨们身前，总归要强自镇定，总归要守口如瓶。

岂止是深夜啊，岂止是在小庙里头啊，哪怕是在梦境里，下意识地，一笔两笔，我也常常忍不住给相熟的人画起像来。说不清缘由地，每一回，只要相熟的人们踏进了我的梦境，总是会在茫茫雾气里现身，或是簇拥，或是分散，他们并无一个刻意地聚集于此，但却自有一只巨手将他们托举，再安置于雾气之中，一个一个，衣裳破烂，脸色黑亮，该背着箩筐的人照旧背着箩筐，该拎着酒壶的人照旧拎着酒壶。我便直盯盯地去看他们，看着看着，就认准了这样一桩事情：他们根本不是别人，其实是走下了墙壁的菩萨；墙壁上的菩萨也不是别人，不过是依次走上了墙壁的他们。一念及此，哪怕包谷烧再烈，满打满算，我也只能喝下七杯，可是，我却不管不顾，执意对自己说，哪怕拼出性命，也要给菩萨们敬上烈酒三满杯。

是的，当此别离之际，第三杯，第四杯，第五杯，这七杯烈酒中的三满杯，我不会将它们端正地供奉在小庙门前的石凳上，而是会当着菩萨们的面一饮而尽。相熟的人们，还有墙壁上的菩萨们，你们有所不知，唯有烈酒灼身，我才能对得起这一场目睹、见证和合二为一；唯有烈酒灼身，此一去的泥牛入海之后，我才能够反复确信，这一生里，我的确发过一场名叫"石圪梁村"的高烧，在这场高烧之后，弄不好，不管去到哪里，只要那些名叫"山桃花"和"信天游"的病毒还在，我便定然还会迎来新的高烧。没有办法，我和这石圪梁村，无论多么不情愿，切切实实地，终于还是来到了真正别离的时候——我一心想要写出来的那部电影剧本，其实早就不用再多写一个字了。仅仅在我重新回到石圪梁村住下的二十天之后，投资人便来了电话，在电话里，他让我立刻收拾行李打道回府，因为这个电影项目已经被他放弃，我也不必再多做无用功了。而我，却将投资人的话当作了耳旁风：哪怕生计没了，我也还是要在这村子里住满三个月，说起来，不过是舍不得。

所以，第六杯，第七杯，这两杯我尚能勉强喝下的烈酒，想来想去，我就自己敬给自己吧。这倒不是我有多么贪杯，实在是，就算我早早见识过了山桃花和"信天游"，三个月以来，在这石圪梁村里坐卧、游荡和狂奔的，其实是两个我。一个我，黎明即起，端坐在窑洞里写剧本，但是，因为电影的投资人喝多了酒跟没喝酒完全判若两人，我所写下的主人公也只好时而是土匪，时而又变作了盐贩子和地下党。没过几天，我差不多已经猜到，手上的这个项目很快便要化为乌有，可终究还是心存了侥幸，投资人的电话一来，我便马上开始了讨好卖乖。而另一个我，却是身轻如燕，踏遍了石圪梁村里的每一家庄户，进东家说长，去西家道短，在灶膛前谈笑，又在风箱边打盹，就好像，我根本不是什么外乡人，我其实是某一户人家里的小儿子：在外受了苦，现在回来了，我又岂能不撒娇？

严重的时候，一个我，几乎容不下另外一个我。窑洞里的那个我，在电话里讨完了好又卖完了乖之后，站在窗子前，一眼看见山巅上那只时常破窗跃入的狐狸，也难免会对自己说：错了，这些年都错了。那么多的无用功，那么多的过路人，其实不是因为别的，那不过是因为你胆小如鼠，那不过是你在用漫长的消磨回避着真正的写作。而真正的写作，如果你要它来，就得首先推开那些无用功和过路人，像另外一个我，在雨水里泥沙俱下，又在春风里滴血认亲。再看另外一个我：一时间，他满山寻找着那只早已熟稔的狐狸，狐狸也早就不怕他，找到了，他和它，也无非是相顾无言，只差敬对方一杯酒；一时间，他又在闪电的光亮里奔跑，那闪电，好似一言九鼎的风水先生，耧犁和连枷，油旋和黑粉，村后的望夫石和坟前的望子草，那些他命数里欠缺的，风水先生全都会一一照亮，再指点给他。

一个我，甚至在害怕着另外一个我——窑洞里的我做了一个笼子，许多次，尤其在接完投资人的电话之后，那么多的追悔、疑虑和不知何从好半天持续不退，窑洞里的我便飞快跑进了村子，将那四下里游荡的另外一个我抓捕回来，牢牢关进了笼子，哀求他，不要再想入非非了，你所渴望的奇迹，注定不会到来，你早已被注定的，无非是遇见更多的无用功和过路人。而那另外一个我却总有法子虎口脱险，逃出笼子，再硬生生拉扯着窑洞里的我，一路向前飞跑，跑过了小庙和酒坊，跑过了老冯、马家三兄弟和改改妹子，最后，当我们在晒场上站定，回望石圪梁村，但见村庄静穆，又见群山耸峙，即使窑洞里的我也不得不承认，满当当的风云之气，终究是不由分说地灌满了胸腔。可是，尽管如此，窑洞里的我反倒觉得大事不好，拔脚就要奔逃，另外一个我赶紧伸手阻拦，十有八九，两个我便厮打在了一起。

厮打得最厉害的一次，是在春分之日。据说是上百年的老习俗了，但凡春分，这石圪梁村里的老老少少便要聚集在一处，打腰鼓，吃干烙，入了夜之后，还要举起火把唱"信天游"。为了拍摄这些老习俗，这一天，省里县里的电视台都派了人来拍专题片。然而，正是在这一天，入夜之后，窑洞里的我得到了电影项目正式被投资人放弃的消息，不由得悲从中来，一刻也不停地飞奔而出，在半山腰的一户人家里找到了另外一个我，再拽他出来，要和他就此远离这石圪梁村，而他却仍是一如既往地执意不从。窑洞里的我当然怒从心起，一脚将他飞踹在地，再狠狠地将他踩在脚下，开始了厉声呵斥，哪里料到，他竟也一脚将窑洞里的我绊倒在地。如此，两个我便喘息着，搂抱着，却更加激烈地纠缠着，滚下了半山腰，一直滚到了正在沉默地吃着干草的羊群们边上。

恰在这时候，村庄四围的山巅之上，一支支火把从夜幕里闪现，红彤彤的，愣生生的，像是大地和夜幕的伤口，又像是人世间最清苦的美德终于被点燃了。那些小小的火焰，虽说只能映照方寸之地，但却自有乖张，如入无人之境。随后，"信天游"响了起来："牵牛牛开花羊跑青，二月里见罢到如今。百灵子过河沉不了底，三年二年忘不了你。白马青鬃四银蹄，马身上打盹梦见你……"一曲既罢，一曲又起："荞麦皮皮担墙墙飞，我一心一意想呀么想着个你。心里头有谁就是个谁，就是个谁，哪怕他旁人跑成个罗圈圈腿……"

实际上，"信天游"一起，窑洞里的我便捂住了自己的胸口：完了，命数定了，说来说去，我到底是离不开这石圪梁村了。再看那另外一个我：也是双目炯炯地去看，也是凝气静神地去听，却不由得攥紧了拳头，最后，终究伸出手去，捂住了自己的胸口。在羊群们身边，两个人对视着，暂未决定何去何从，不要紧，"信天游"还会再起，人间草木，山河风烟，都还会在更多的"信天游"里水落石出。果然，痛哭和诉告一般，掏心和挖肺一般，又一阵"信天游"起了，两个人在刹那里瞠目结舌：那不是瞎子老六的声音吗？瞎子老六不是在黄河两岸里卖唱挣活命钱吗？可是，千真万确的，瞎子老六就在这里，因为所有火把底下的人都变作了他，如此，所有的声音就都在和他一起，嘶唱着同一曲"信天游"："太阳出来一点点红呀，出门的人儿谁心疼。月牙儿出来一点点明呀，出门的人儿谁照应。羊肚子手巾三道道蓝，出门的人儿回家难。一难没有买冰糖的钱，二难没有好衣衫……"

伴随着瞎子老六和更多人的歌声，两个我，终于落下了泪。几乎就在同时，两个我一起想起了当初的山桃花。虽说火把们在山巅上高照，但近在身前的，还是茫茫的夜幕，但就算如此，两个我却都分明看见，此时此刻，在水井边，在教室里的课桌上，在一切喑哑和微弱的物事旁边，一簇山桃花，又一簇山桃花，正在抗辩一般开出来。那些山桃花，多么像我们头顶上的"信天游"啊：那些忍饥的和挨饿的，那些天上和地下的，那些说不出口和说了一万遍都没有用的，你们终将被"信天游"重新连接，只要"信天游"还在，你们就都有依有靠。依靠来了，你们便只管去打腰鼓，只管去吃干烙和举火把，因为它们也不是别的，它们正是抗辩和烟尘里最后开出的花。就这样，夜幕下，歌声里，两个我，鼻子发酸地喘息着。最后，另外一个我终于痛下了决心，不辞而别，朝着山巅上的火把们奔去；而窑洞里的我终于不再阻拦，就只在原地站着，纹丝未动，看着另外一个我越跑越远，越跑越远，直至最后，消失在了夜路上，消失在了相熟的人们和墙壁上的菩萨们中间。

——其时情境，就像黎明正在到来的此刻：说起来，这别离和赶路的一夜，我的确没有少受罪，一路上的山坡与山巅，和我初来时一样艰困难行，虽说时令已在春夏之交，山间的寒气却照样浓重，不由得打了不少寒战。好在是我有烈酒灼身，紧赶慢赶，天光大亮之前，公路边上，我准时等来了第一班开往县城的大客车。稍后，大客车在我身前停下，一个和我年岁差不多的人下了车，面对面，打我身边走过去，先是跳下了干涸的沟渠，又再爬上了我来时的山坡。一开始，我并不以为意，只当那是寻常可见的江湖交错，没过多久，偶然一回头，看见正猫着腰往山巅上攀爬的他，突然就认出了他：他不是别人，他正是三个月前在此处下车再前往石圪梁村的我。

　　我的身体蓦地一震，将脑袋伸出窗去，想对着那隐约的身影叫喊一声，终了，却并没有叫喊出来，只是在心底里对他说：兄弟啊，我要恭喜你，你在此刻所踏足的路，迟早都要变成西天取经的路——虽说八十一难刚刚开始，但是只要你愿意，或早或晚，那石圪梁村都会变成极乐灵山上的雷音寺。想了想，我又对大客车里的自己说：兄弟啊，我也要恭喜你，你此刻所踏足的路，同样是一条西天取经的路——虽说八十一难刚刚开始，但是只要你愿意，你迟早还会遇见另外一座石圪梁村，再一次和那石圪梁村道别的时候，你还会一边鼻子发酸，一边喝下七杯烈酒。

白杨树下

我怀疑，这一生里，我再也不会有机缘行走在那么多的白杨们身边了——看看它们，那连绵不绝的，一棵一棵的，月光下，全都好似得胜还朝的白袍小将，因为历经了苦楚和胜利，反倒归于了沉默和端正，静静地站立在一条清白的小路两旁，目送着我和姑妈一步一步朝前走。但是，那么多的白杨，它们身上的年轻和骄傲，甚至一丝丝的刀兵之气，仍然像是一杆红缨枪上散射出的寒光，映照着路边的水渠和芒草，也使得我心生了暗暗的震慑，不由伸出手去抚摸它们。似乎唯有如此，这生硬的亲密才能使我免于恐惧，才能使我再次相信：白杨和小路并不是要将我们送往什么妖狐鬼怪的所在，千真万确地，我们是行走在去看望远房表姐的路上。

　　然而，白袍小将并不是白杨们的全部。不知何时，月光消散，黎明到来，使广大的田野变得更加清晰，也让我看清，在年轻和骄傲身边，还有衰朽和凋残。看这一棵，一头栽倒在田野上，半身已经腐烂黑透，像是战场上的老卒，早已倒毙多日，剑疮刀疮却都历历在目；再看那一棵，满身缟素，枝叶却已灭尽，仿佛哀莫大于心死，又好似戏台上的女鬼，长袖舞动了片刻，终究唱不出一句声音来——说不清楚为了什么，我在这女鬼般的白杨身前站住，不再往前走，径直盯着它看了好半天。由此及远，我环顾着四周隐隐约约的山冈、作物和村庄，感到某种人间的真相正如潮水般朝我涌动过来。

　　是的，这寒凉的冬日的清晨，一个十二岁的少年，站在满天时隐时现的朝霞之下，竟然觉察出了像田野一般无边的凄凉。那些遍布在春天和夏季里的绿意，全然被此刻满目的枯涩萧索驱赶到了目力所及之外。我的姑妈正在被一场急性肺炎所折磨，喘息和咳嗽剧烈地纠缠着她，使她每往前走一步都像是一场侥幸，而事实上她还那么年轻。山巅上，沟渠边，芒草丛中，残留的白霜凝结不化，看上去，全如恶棍般丢弃了羞耻之心。远处的树梢上，一只雏鸟从寒碜的窝里伸出头颅，扑扇了几下翅膀，未能等来母亲，重新瑟缩了回去。它是多么像我的远房表姐啊，表姐其实只比我大一岁，父母却都已不在人世，一个人活在眼前这条道路的尽头，一座长满了白杨的村庄里。

我经常想我的表姐。从前，在她的父母尚存于世的时候，只要她的父亲捕到了鱼，她就会徒步几十里路，送几条来给我吃。有一回给我送鱼的时候，天降暴雨，她在路上摔了一跤，所有的鱼都摔进了路边的池塘，她就坐在池塘边上哭了一下午。我的姑妈也经常想我的表姐，但是，她是一个穷人，穷人出一趟门总是难的，穷女人更是，更何况，多病的丈夫，饿疯了的儿女们，还有颗粒无收的稻田和一群被偷走了的、原本是要换作活命钱的鸭子，这些全都像一块块巨石，日复一日，挤压她，又抽干了躲在她身体里的汁液和想念。

尽管如此，等到姑妈攒够了一小篮子可以送给表姐的鸡蛋时，她还是立刻就动身了。这一回，她带上了寄居在她身边的我，我们一起去看表姐，因为必须早去早回，所以，天不亮我们就上了路。

总算到了。正是冬闲时节，人们还在沉睡，表姐的村庄里全无人影，唯有牲畜们在沉默地咀嚼着草料，发出窸窸窣窣的声响。这时候，之前的朝霞迅疾消失，天上突然刮起了一阵大风，我抬头看，满目的白杨被风吹动，树叶纷纷哗啦啦作响，即使年幼如我，稍微看一下天象也会知道，要么一场雨，要么一场雪，说话间就要从天而降了。于是，我拉扯着姑妈，手拎着那一小篮子鸡蛋，赶紧朝着表姐所在的地方狂奔。刚开始跑，天上就下起了冷硬的雪子，一粒一粒，砸上了我和姑妈的脸。

　　三步两步，我踉跄着，和姑妈一起喘息着，终于推开了表姐的院门。这院门其实早已形同虚设：四围的院墙垮塌了五六处，在那些垮塌之处，刺丛与荆条都从黄泥砖土底下钻了出来，也是，早在表姐的父母尚存于世时，它们就都已经垮塌了；院子里，唯独残存着一间当年的厢房，现在，它的一半用来当作表姐的卧室，另外一半，是她的厨房。厢房的门竟然只是虚掩着，我径直闯进去，但是，无论外间的厨房，还是里间的卧室，都是空无一人，全然没有表姐的影子。再看厨房里：水缸里盛了半缸清水，灶台上还放着一只洗净了的空碗；卧室里，一床薄被叠得整整齐齐，窗沿上的玻璃杯里插着一株梅花。我心有不甘，大喊着表姐的名字，喊了几遍，仍未听见表姐的回声，倒是玻璃杯里的梅花，受了喊声的惊扰，掉落了几片花瓣。

　　我让姑妈坐下，告诉她，我要出去找表姐，一找到她，就带她回来跟姑妈相见。姑妈笑着答应，她说，她现在就来烧水洗锅，好让我和表姐一回来就能吃上刚煎好的鸡蛋。说话间，她不再喘息，也不再咳嗽了。可是，没想到，当我刚刚奔出院门，姑妈却又在身后喊我的名字，我回转身来，她提着那一小篮子鸡蛋，早已疾步上前，拽着我说，她不放心表姐，她自己也要去找。我还懵懂着，她又补了一句：灶台上的碗里已经沾了不少灰尘，表姐已经好几天没有用这只碗吃饭了，所以，她不放心，她一定要赶紧地、赶紧地看见她。

　　既然如此，我也就任由了姑妈跟我一起前去找表姐。这时候，好几户人家的房顶上已经升起了早餐的炊烟，这些炊烟加重了我对煎鸡蛋的想念，也似乎使姑妈变得更加忧虑。天色还这么早，表姐又是去哪里了呢？姑妈对着一户人家的炊烟张望了片刻，终于决定：为了早一点见到表姐，我们两个人得分头去找。我答应了她，而后一意向西，倒是姑妈，说好了向东，仓皇着环顾了好一阵子，最终却朝南而去了。

　　——怎么可能找不到表姐呢？我清楚地记得，表姐曾经告诉过我，在村子西头的田野上，几棵高高的白杨树下，有一座坟丘高矮的土地庙，土地庙的西边，就有她父母的墓，所以，土地庙成了她在父母去世之后最喜欢去的地方，如果我没猜错，此刻，她一定又去了那里。如此，跟姑妈一分开，我便沿着一条湿漉漉的小路向西飞奔，果然，还没跑多久，我就看见表姐远远地走过来了，我赶紧连声呼喊她的名字。终于，在一棵白杨树底下，我在她身前站定，气喘吁吁地告诉她，我来看她了，姑妈也来看她了，反倒是她，和从前一样，和姑妈一样，安安静静地站着，也不说话，只是对着我笑。

　　我问表姐，她怎么起得这么早。表姐说，一连好几天夜里，她都做噩梦，为了不再做噩梦，今天一大早，她就到土地庙里拜菩萨去了，这不，她刚刚在庙里磕完了八十一个头。无论如何，我总算见到了表姐，满心的欢喜一心让我想对她说更多的话，于是没话找话：我刚学了一首诗，不是从课本上学来的，是被老师罚站的时候，从他桌子上的一本破破烂烂的杂志里学来的，对了，只用了不到两分钟，我就把整首诗记下来啦，现在，要不要背给你听？表姐笑着点头，我便开始背起来：欢乐欲与少年期，人生百年常苦迟。白头富贵何所用，气力但为忧勤衰。愿为五陵轻薄儿，生在贞观开元时。斗鸡走犬过一生，天地安危两不知。如此，诗背完了，表姐还来不及夸奖，我却突然想起一个问题：表姐，为何那只灶台上的空

222

碗，已经落了好几天的灰尘，难道你已经好几天没吃饭了？

表姐不再笑，脸上竟然闪过一丝慌乱，而后告诉我，这一段时日，她在隔壁村子的一间酒坊里帮工，已经好几天没回自己村里去了。

事情竟然如此。可是，此时此刻，煎鸡蛋正在等待着我们，我吞咽了一口唾沫，赶紧告诉表姐，姑妈提着一篮子鸡蛋来看她啦，现在，咱们得赶紧回去，你知道，以姑妈的麻利劲儿，咱们很快就能吃上煎鸡蛋了。哪里知道，表姐却要我先回去，至于她自己，则要去一趟隔壁村里，找酒坊老板请好假，然后才能回去见姑妈。这一回，我没听她的，死活缠住她，要跟她一起去找酒坊老板请假，和从前一样，她拿我没办法，只好点头，于是，我便赶紧挽住她的胳膊，拉扯着她，往隔壁村子里跑。

和表姐在一起的时光是多么好啊！虽说之前坚硬的雪子终于转换为了一场中雪从天而降，风也更大了，但是如此甚好。在我们身边，白杨们的树冠先是被雪粒覆盖，而后，风一吹，雪粒又穿过枝叶，洒落在我们的脖颈上，常常是在一激灵之后，我的身体就感受到了一阵清醒，恰似一只饥饿之兽，转瞬之后便要捕捉到苦苦以待的食物，喜悦，但却清醒。是的，远离父母住在姑妈身边的我，父母双亡的表姐，对于对方的生活，我们并没有知道得更多，但是，一旦我们站在了一起，眼前的天地竟然随之变得辽阔起来，我们终于不再都是各自形单影只了。表姐啊表姐，你看我们身边的白杨们，那一棵棵的，好像不再是白杨了，而是变作了我们的兄长：恶作剧般，但却又是轻悄地，它们洒下雪粒，落在我们的脖颈，使我们沉浸在巨大的温柔和酸楚里无法自拔，几乎要落下泪来，是吗？

我想是的，真的有那么好几次，眼泪就在我的眼眶里打着转，好不容易才忍了回去。

恰在此时，远远地，我却看见了姑妈。她手提着那一小篮子鸡蛋，从表姐的村子里跑出来，一路向着我所在的地方狂奔。地上太湿滑了，她几乎每跑一步都站立不稳，为了手中的鸡蛋不出什么闪失，她只好生硬地趔趄着，终于还是倒在了旁边的沟渠里，半天也未能起身。这可如何得了，我赶紧喊着她，让她不要怕，我马上就来搀她起身，却始终听不见她的回应。她似乎也在对我喊叫着什么，话未出口就被咳嗽声打断，只好再不发一言，安静地，听命一般，躺卧在一丛灌木的边上等着我的到来。

没花多大工夫，我就跑到了姑妈的身边，劈头看见她死死抱着那一小篮子鸡蛋，僵直地躺在沟渠中的泥泞里，脸上却流了一脸的眼泪，我还来不及张口，姑妈便径直对我说：表姐死了。我愣怔了片刻，下意识回头去看远处白杨树下的表姐，不知何故，竟然没有看见，但姑妈近在眼前，说完之前一句，她又剧烈地咳嗽，再使出全身气力，吞咽救命的苦药一般，将其后的咳嗽全都吞咽了下去，这才继续对我说，十几天前，表姐得了一场急病，前半夜急病发作，后半夜她就没了性命，现在，她就埋在父母的旁边，也就是那座土地庙的旁边。

满天的西风和雪粒，还有兄长般的白杨树，你们都可以为我作证，我和表姐，刚刚还在肩并肩，刚刚还差点一起落下泪来，所以，你们说，我怎么可能相信姑妈的话呢？又是下意识地，我一边大声喊着表姐的名字，一边站起身来，透过影影绰绰的雪幕，拼命眺望着远处的白杨树，可是，目力所及，竟然还是没有表姐的踪影，能够回应我的，唯有更加密集的雪粒和更加峻急的风声。我甚至还未来得及告诉姑妈，表姐没有死，她就在白杨树底下，身体却已从沟渠里跳跃了出去。是啊，彼时之我，满脑子只想着将表姐赶紧拽到姑妈的眼前来，哪里知道，姑妈竟死死抓住了我，像是如梦初醒，又像是知道了之前我所遭遇的一切，她颤着声问我，是不是真的见到表姐了？我不迭地点头，她却颓然闭上眼睛，死死地攥住一根枯萎的荆条，攥得手上都渗出了血，这才将咳嗽继续忍住，这才能够继续喘息，良久之后，她终于又再问了我一句：她有没有怪我？

——事情竟然千真万确：我的表姐确实已经在十几天前就死了。如姑妈所说，她死之后，就埋在父母的旁边，也就是那座土地庙的旁边。

直到许多年后，穿州过府，我也算是踏足了这世间的不少地方，和死去的表姐隔世相见这样的事，在家乡之外的地界还是鲜少能够听说。说来也是奇怪，和死去的亲人故交重新活在一处，除了在《聊斋志异》里，似乎就只在我的家乡屡屡发生。不过，所谓楚地多巫风，在我的家乡地界，那些活了一世都不曾和鬼魂相见一次的人，反倒是少之又少吧？从年幼至今，在我所熟识的乡亲里，岂止只有和亲人故交重新活在一处的人？那些死去的牛羊、消失的河流和腐烂的神像，在雨水里，在薄雾中，在露水打湿青草的时刻，抑或就在光天化日之下，它们都曾乘愿再来，还魂现身，重新在尘世人间里踏足、矗立和涌动。

所以，在我十二岁的那个寒凉的早晨，当我搀着姑妈，路过了那座土地庙，终于在表姐的新坟前站定时，我并不曾感受到丝毫的惊惧。一阵短暂的恍惚之后，我凝视着眼前四野里的茫茫雪幕，莫名地，竟然想起了之前从一本残破的《金刚经》上读来的话：如来者，无所从来，亦无所去，故名如来。这时候，姑妈问我，表姐最后是在哪棵白杨树底下不见了的，我便指给她看，哪里知道，刹那之间，她竟变作了另外一个人，一把将我推开，朝着我指给她的那棵白杨发足狂奔，三两步之后，她就仰面摔倒在了田埂上，但是，哪怕摔倒了，她也直直地高举着那一小篮子鸡蛋，始终都没有让任何一个鸡蛋滑出篮子。我还在朝着她的身前赶，她却已经起了身，径直向前，奔入更深的雪幕，最后，在表姐消失的那棵白杨树底下，她止住了步子。

到了这时候，姑妈终于忍耐不住，对着眼前的白杨痛哭了起来，一边哭，她一边痛骂自己：她先骂自己不是人，任由一个父母双亡的小姑娘独自一人忍饥挨饿；又骂自己没本事，一辈子都摆脱不了一个"穷"字，干脆没了皮脸，这下子，就算杀了她，她也赎不回自己的罪了。白杨树底下，我的姑妈，这个沉默的、平日里几乎从不说话的、见了任何人都会先矮三分的穷女人，竟然说尽了世上的狠话，也说尽了世上的脏话。这些话，她全都用来咒骂自己；这些话，就像一把的刀子，她每说一句，就好似一把崭新的刀子捅进了自己的身体，唯有如此，她才能真正地相信自己罪该万死。可是，我也只有十二岁，站在姑妈身边，我也唯有手足无措，只能眼睁睁地看着她渐渐转为了疯魔：她喊了一遍表姐的名字，要她将自己也带走，她早就不愿意再在这世上多活一天了；而后，她又喊了一遍表姐的名字，要她不怕，她马上就会等到自己，到了那时，她要给表姐端茶，她要给表姐倒水，她还要给表姐煎鸡蛋。

鸡蛋，是鸡蛋终于唤回了姑妈的清醒：这二字刚一出口，骤然间，她就愣怔住了，战栗着，她再猛然去看已经被雪水打湿的那一小篮子鸡蛋，又去看周遭的白杨和远处的村庄，最后才看到我。就在她的环顾之间，此前的疯魔竟然一点点消退了，现世报一般，一刹那的工夫之后，她又变成了那个几乎从不说话的人。就这样，白杨树底下，雪幕里，我看着她，她看着我，我还是实话说了吧：此时此刻，我既深陷在某种深重的错乱里，又分明感到，更多人间的真相正在朝我奔涌过来。反倒是姑妈，一旦清醒，她便蹲在了那一小篮子鸡蛋身边，掏出一颗来，对准白杨树轻轻地敲，鸡蛋应声破碎，蛋清和蛋黄都在树干上流淌，姑妈却又接着掏出一颗，继续对准白杨树轻轻地敲。我慌忙地叫了姑妈一声，去止住她，她却说：你也来。我不知所以，盯着她看，她就再对我说：表姐还没走远，这些鸡蛋，让她全都吃了吧。

那么，表姐，这些鸡蛋，你就全都吃了吧——在姑妈身边，我蹲下了，像她一样，我也掏出一颗鸡蛋，紧紧攥住，将它焐热了，再对准白杨树，轻轻地敲，蛋壳碎了，蛋清和蛋黄开始流淌了，从天而降的雪粒飞洒上去，就像是给它们抹了一层盐。看着它们，我又忍不住走神了，可是，表姐啊表姐，哪怕我走了神，我也分明看见，像此前的遭逢一样，此时的我们两个，仍然沉浸在巨大的温柔和酸楚里无法自拔，你说是吗？

必须承认，其后多年，咳嗽的姑妈，雪地里的蛋壳，还有满树流淌的蛋清和蛋黄，这一切，曾经无数次出现在我的梦中。是啊，即使是一场噩梦，要么坠落深谷，要么亡命奔跑，总是在前路断绝之时，一阵鸡蛋被敲破的声音便会轻悄地响起。随后，一场足以令恶徒震惊的大雪必将不请自到，在弥天的雪幕里，深谷消隐，奔跑休歇，无论什么样的追兵，都会回头是岸，跪倒在大雪中，就像跪倒在一尊菩萨前。最终，我会安然无恙，重新回到姑妈的身边，和她一起，走回到那条两旁都栽满了白杨的小路上。

只是人这一世，总有最是不堪的时候——有几年，我把日子过成了一个泥潭，就算东奔西走，也没有挣到糊口的活命钱，只好继续东奔西走，给人去做编剧，结果却是照旧一无所获，不光没有挣到钱，相反，因为一桩无妄之灾，我倒是债台高筑了起来。如此，我便开始了破罐子破摔：一年到头，看起来行色匆匆，满世界里打转，实际上，每到一处，我都关在小旅馆里喝酒、发呆和无所事事。甚至有许多时刻，借着醉意，我怒从心起，生出了与这世间万物的了断之心。可是，某种不甘愿又如影随形，每到如此境地，我就像要抓住救命稻草一般，想抓住那一阵鸡蛋被轻轻敲破的声音，好让自己变作忏罪的童子，接受它的垂怜。然而，它始终没有来，我也只好始终在怨怼、无所事事和心绞痛般发作的悔恨里上下颠簸，却终是不得其门而出。

　　那一回，是在家乡的县城里，受人蛊惑，我接受了匿名为一个从家乡出去的企业家撰写传记的活计，未料到，在我采访遍了企业家的亲朋故旧之后，企业家突然放弃了出版这本传记的念头，如此，我好不容易找到的活计就又没了。走投无路之下，等米下锅的我照旧不以为耻，反倒蜷缩在一家小旅馆里闭门不出，一个人又喝了三天酒。第三天的正午时分，我喝醉了，在街头跌跌撞撞，终于倒在地上，差一点被车撞死，可是，就在我迷乱地躺在地上之时，一个熟悉的人影从我眼前闪过，我如遭电击，起身就朝着那人影追了过去。走近了，才发现她根本就不是我的姑妈，也就是在此时，我突然下定了决心，现在就要去见姑妈。

　　在此之前，唯有小旅馆里满地的酒瓶知道，我曾无数次动了去见姑妈之念，但是终了，还是将它们一一掐灭了。和她多年前便一口咬定的不同，这么多年过去了，我不但未能成为一个让她脸上生光的人，相反，我知道，每一回听说我的近况，她都忧心得一连几天也吃不下饭。更何况，她的情形也没有比我好过多少：儿女们虽说长大了，却也无非是开始了新一轮的世间苦熬，她指望的奇迹从未发生，穷人的儿女，再一遍成为了穷人——如此，姑妈，给我留一点颜面，你也少一些忧心，你我暂时就不要相见了吧？

可是，那一回，大概还是低劣的烈酒作祟，我一意出城，搭上了一辆小客车，不管不顾地就奔着姑妈的村子而去了。说起来，县城离姑妈的村子也只有三十公里，沿途所见，不过还是些旧时景物：西风呼啸，行人稀少，萧索的作物裹挟着道路两边的田野，一同进入了漫无边际的寡淡之中，就算零星建起的几幢新楼，也照样拯救不了那广大而苦楚的田野；唯一的生机，仍然是从我眼前依次闪过的白杨们，好久不见，它们还是当初的白袍小将，一棵棵的，沉默，端正，看着它们，我竟然又像十二岁时一般，心生了震慑，收敛了醉意。也就是在这时，我看见了姑妈。

实际上，在过去的年岁里，我的姑妈，已经成了一个远近闻名的笑话：远房表姐死后，她着了魔，先是在村子周边访贫问苦，而后越走越远，十里八乡，只要打听到一个鳏寡，又或无人过问的孤老或孩童，她都要连夜上门，送上一丝半点的心意。这些心意有的时候是一小袋米，有的时候可能仅仅就是几棵她自己种出来的菜。作为一个穷人，如此行径当然足以令她成为笑话，她却不管不顾，反正她在平日里也几乎不说话，反倒是那些将她当作笑话的人渐渐地就见怪不怪了，要是看见她又在给人送米送菜，无非再道一声疯婆子而已。

此时，她显然又行走在给人送去心意的路上，这一回的心意，是一小壶菜油。看见我从小客车里跳出来，再狂奔到白杨树下，气喘吁吁地在她眼前站定，姑妈先是吓了一跳，而后，一把就攥住我的胳膊，整个身体都朝我扑了过来。她是多么的瘦啊，倒在我身上，我却全然感受不到她的重量。良久之后，姑妈再抬起头，直盯盯地看我，看了又看，终究未说出一句话：正是天寒地冻之时，不用说，折磨了她半生的肺炎再一次不请自到了，除了喘息之声，她似乎再也没有说出一句话的气力了。

这样，我便接过那只小小的油壶，拎在手里，再搀着姑妈，一同前往她要去的地方。尽管我并不知晓此行的目的地在哪里，但是如此甚好，和姑妈在一起往前走就是好的。一时之间，我甚至产生了错觉，我怀疑，我又回到了十二岁，在道路的尽头，我会见到表姐，还会和她一起吃上姑妈煎的鸡蛋。说来也是奇怪，恰在此时，姑妈止住了步子，不断指点着前方，像是要对我说什么，却还是说不出。我便顺着她指点的方向定睛去看，突然间，前尘往事就如闪电般照亮了我的记忆：在远处灰蒙蒙的地方，也站着一排依稀可见的白杨树，而那里，正是在当初的雪幕里，我和姑妈一起将一小篮子鸡蛋全都轻轻敲破的地方。

没来由地，我竟然一阵哽咽，但是，长年的自暴自弃，多少也正在练就我的铁石心肠。我佯装什么都没记起来，打算劝姑妈不要停留，继续前往她的目的地，哪里知道，姑妈竟然挣脱我的搀扶，走进了路边干涸的沟渠，再站在沟渠里看着我。显然，她要带我重回故地——她看着我，我看着她，最后，别无他法，我只好也进了沟渠，再搀着她爬上田埂，朝着当初的那一排白杨树们，一步步走了过去。

天知道是何缘由呢？我其实全然不想靠近当初的白杨们，如果非要说出是什么缘由，那大概就是我生怕破坏了自己的铁石心肠吧？莫名地，我感到了慌乱，像是一个被押入法庭的罪犯般的慌乱，不知道法官是谁，却又分明看见正襟危坐的法官正在等待着我。于是，一路上，我便不断地回首抑或低头，伏地的小麦，腾空的鸟雀，等等等等，什么都看尽了，就是不去看当初的那一排白杨。然而，在姑妈轻微的强迫之下，退无可退地，到了最后，我总归还是要靠近它们。

又是一道沟渠近在眼前。姑妈抢先一步，几乎是跳跃了下去，我的心就提到了嗓子眼里，赶紧跟着跳跃下去。可是，等我在沟渠里站定，却再也不见了姑妈，虽说天色已经算作黄昏，天光倒还残存着一丝明亮，那么，姑妈究竟去了哪里呢？像十二岁时一样，我大声呼喊着姑妈，却听不见一句她的回应。此前那种罪犯般的慌乱顿时变作了巨石，轰隆隆地，一击一击，砸中了我的胸腔，我意识到大事不好，奔出沟渠，在白杨下奔跑。猛然间，当我低头去看我的手——那只小小的油壶早已不在我的手中——我终于再也忍不住，背靠着一棵白杨，蹲下去，放声痛哭了起来。

是的，我的姑妈，早就死了；在她四处访贫问苦了大概两三年之后，离我，离她的儿女还远未长大成人的时候，她就已经死了。

十二岁时，我曾和死去的表姐隔世相见；二十多年后，我又见到了乘愿再来的姑妈。

也不知道过了多久，几粒雪子砸在了我的脸上，我停止了哭泣，转过身，紧盯着刚刚背靠的那棵白杨，死命地去看，不用再花费任何的心思去猜测了。眼前这一棵，一定是在当年的雪幕里被我和姑妈熟识的那一棵。

这么想着的时候，雪子逐渐密集起来，不大一会工夫，雪子变作雪幕，那久违了的、鸡蛋被轻轻敲破的声音终于响了起来。我继续蹲在原地，纹丝未动，是的，直到此时，我才见到了我的法官，那法官不是别人，就是这棵白杨树。它告诉我，当我的姑妈经历了审判，哪怕只有一小袋米，哪怕只有几棵她自己种出来的菜，她也开始了重新做人，而我，在债台高筑之处，在酒瓶堆积之所，竟然从来没有胆子像姑妈一样，心甘情愿活成一场笑话，自然，我更没有胆子像她一样，直到作别尘世之前，都在这场笑话里奔走，就像奔走在去看表姐的路上。

姑妈，现在你已经走远了吧？实不相瞒，我也准备起身了，对，我准备起身了，那条十二岁时的小路，似乎重新展现在了我的身前。此刻，尽管大雪纷飞，但和你一起敲破鸡蛋的日子已经化作了月光下的波浪，正在朝我缓慢地涌动过来，如无意外，到了最后，它一定会将我包裹，就像包裹了我所有的怨怼、无所事事和心绞痛般发作的悔恨。此刻，十二岁时的小路和我一起，正在被满天的雪幕洗刷，说不定，当雪幕停止，当洗刷停止，我也真正地将自己当作了一场笑话。自此之后，无论这场笑话多么广为人知，我也会将它当作小旅馆去驻扎，再将它当作烈酒一口喝掉，大不了，这一瓶烈酒，我来分好几口喝掉。不信你看，雪粒们先是覆盖了白杨树的树冠，而后又穿过枝叶，落在了我的脖颈上，我打了个激灵，喜悦，清醒，就像一头刚刚醒来的、饥饿的野兽。

不辞而别传

他们两个，都是孤儿。他是新疆人，她是甘肃人，在东莞的玩具厂，他们相识了。他是电焊工，她是针线工，所以，她帮他缝补过衣服，他也帮她焊接过一只铁做的洗脸架子。渐渐地，两个人相熟了起来。他们的工厂，连同他们的简易宿舍，坐落在郊区小镇上的一座山谷里，房前屋后，成片成片的杉树、樟树和小叶榕树堪称遮云蔽日。有一夜，台风大作，简易宿舍全都垮塌了，她惊恐地出逃，一个人光着脚在宿舍背后的山上跑了大半夜，他便打着手电筒在山上找了她半夜。找到她之后，他和她，就算是好上了。

　　他们好的时候，一有空闲，就约在一起去宿舍背后的山里头看树。杉树直挺挺的，像一支支从地底钻出的剑；樟树的树冠像座房子，站在底下避雨，衣服都打不湿；小叶榕树让他们伤感，因为不管是在新疆还是甘肃，这种树都种不活。而他们早就想好了，如有一日，两个人的钱挣够了，要么在新疆，要么在甘肃，他们想自己种一片苗圃来讨生活。

　　可他终究是不争气，嫌工资低，却又走不上什么奔命的正途，就在工厂外的村子里赌起了钱。一开始，他还瞒着她，而后就不瞒了，反正瞒也瞒不住。每过一阵子，警车长鸣而来，总要在众目睽睽之下抓走他。如此几回之后，他便被工厂除了名。新疆显然不能回，更何况，她还在厂子里上班，他就在那座工厂外的村子里租房住了下来，不分昼夜地赌博，要是赌输了，再和村子里为数不少的闲散人等集聚在一起，不分昼夜地，在方圆几十公里的地界里偷鸡摸狗。

　　他已经成了一个远近闻名的恶棍，可她，偏偏不在乎。反正打小就是个孤儿，用她自己的话说，遇见了他，她不光是遇见了自己的男人，她还遇见了自己的父母、兄弟姊妹和一个人活在这世上本该有的亲戚，而在这世上，她从来就没拥有过他们。所以，人人都觉得丢脸的时刻，她偏偏不觉得丢脸。起初，他被警察放回来，刚走近工厂的铁门，她已经飞奔着冲出了车间，穿越了整个厂区，几乎是跳进了他的怀里，然后又挽着他的胳膊，紧贴在他身上，一边走一边盯着他看，怎么看，都看不够。之后，他和她一起在村子中的出租房里同居，当她站在阳台上看见被抓走了一阵的他又被放回来，一如既往，她还是会飞奔着跑下铁皮做的楼梯，一路哐哐当当，再穿越整个村子，跳进了他的怀里，挽着他，怎么看，都看不够。

他对于她的喜欢，其实和她对他的喜欢是相当的。别的不说，就说赌钱的时候，有时候，他对手里的牌并没有信心，不敢赌，但是只要一想起她，他就觉得自己有了底气：去他的，拼了，反正我还有她，她总归会等着我。如此，他便不管不顾地拼了，结果自然是又输了。许多次，他觉得她都像被自己弄丢的一条狗，不管丢了多久，时间一到，他一现身，只要一声唿哨，那条狗便会从垃圾堆里又或别人家的屋檐下现身，再撒着欢儿奔向他。

但是，她却说，不，他才是她的一条狗，只不过，这条狗没有她那么活泼，因为总是赌输，所以，一天到晚都是有气无力的。不过呢，只要闻到了她的气味，这条狗，总是会低着头，摇着尾巴，盯紧着她的气味不放，最后，这条狗总会爬上铁皮楼梯，来到她的身边。

这两条狗啊，像是村子里的那两道并排前进的溪水，时而分岔，时而绞缠，最后化作一条完整的溪流，涌入了村子外的小河。又像躲在灌木丛里的两只蚂蚱，雨水和行人，台风和汽车，这些全都可能将它们吓住，全都可能要了它们的命，于是，它们便一直躲在灌木丛里幽居不出，直到活活被饿死。

　　然而，终究，他还是离开了她。那是一个起了大雾的后半夜里，天快亮的时候，在赌桌上，他和人争执起来。激愤之下，他砍了对方一刀，也被对方砍了一刀，虽说两个人的身上都在淌血，但是说到底，两个人离性命之虞都还有遥远的距离。接下来，那甚至都不是因为仇怨，弄不好，仅仅是为了将时间打发过去，他夺路而逃，对方仍然高举着一把刀在后面追着他。不知道为什么，在茫茫雾气里狂奔了一阵子之后，对方早就已经消失了，当他低着头，好半天才能穿透雾气看清从自己身体里滴落到地上的血，突然，对这世间，他感到巨大的厌倦：为什么还要活着呢？这么想着，他就真的不想活了。回出租屋的路上，他做了一个决定，不在他日他时，就在今日里，他将自行了断，因此，在他死之前，那个他无论如何也舍不得的她，一样得死。所以，一路上，他其实都在想，等一会儿，他是掐死她，还是将她带到村子外的小河边，再将不会游泳的她推入河水中。

　　他甚至作如此想：就算他明明白白地告诉她，他想跟她一起死，她只怕也是断然不会有半点犹豫的吧？

　　不过，在他们租住的房子里，他并没有找到她。这时候，黎明到来了，天光大亮，房子里却空无一人，房子外的大地上，茫茫雾气仍然笼罩了世间万物。他睁大了眼睛，终究一无所见，不由得生出了怒意：莫非是她未卜先知，早早便躲了起来？到了最后，他也只好强忍着怒意，深入到茫茫雾气的内部里去找她，而雾却更加大了。他小心翼翼地迈开步子，再一步一步往前试探，最终，他还是掉进了那两道并排前进的溪水里，沾染了满身的泥污。

半个小时后，在村外那个小小的菜市场门口，一阵熟悉的香气传了过来。虽说时令正在春夏之交，好多花都开了，好多花的香气都在大雾里发散，但是，在众多的香气中，他还是一下子就闻见了他熟悉的香气，只因为，那香气是格外贫贱的——那是她攒了好长时间的钱，才唯一买得起的洗发香波的味道。他循着那香气，走进了菜市场，菜市场里的摊点已经开始了营业，只不过，因为雾气太大，暂时都还无人问津，看上去，这菜市场就像是一座影影绰绰的鬼市。他站在一处摊点前茫然四顾，猛然里低头，却一眼看见了她。她其实就蹲在自己的身边，细心地挑拣着她想买的西红柿。

雾气太大的关系，就算她不付钱，拿着挑好的西红柿夺路而逃，摊主其实也拿她没办法，所以，摊主干脆坐在青椒和黄瓜的中间打着盹，任由她一心挑拣。好的，太贵了，她不要；不好的，她更不要。一个一个，她全都拿在手里掂量了一遍，抚摸了一遍。然而，就是这寻常的掂量和抚摸，却让他的心提到了嗓子眼里。这个她，并不是那个熟悉的她，不是那个狗一般的、又雀跃着跳进他怀里去的她。这个她，是一个他根本没见过的她——如同玩具厂里的任何一个女工，平日里沉默寡言，挣了钱就寄回家。就算买几个西红柿，她们也要如临大敌，因为她们全都知道自己的命运。现在没有什么钱，将来也不会有什么钱，这一辈子，概莫能外，她们都将变作讨价还价的良家妇女。再看雾气里的她，她果然如临大敌：放下挑好的西红柿，她仍然半蹲着，背对摊点，打开钱包，低下头，盯着几近于无的纸币和硬币，看了好一阵子，这才又抬起头来，既身在雾中，又眺望着大雾，就像是在思虑着一桩莫大的事情，最后，她痛下了决心，叫醒摊主，买下了三个西红柿。

买完了西红柿，她便往菜市场外走，他也一步不离，跟着她往前走。此时的她，仍然不是他在往日里熟识的她，而是一个崭新的她，又或者，这才是真正的她。遇到相熟的人了，她会停下来，听几句人家对他的数落，一边听，她一边逢迎地笑着，听完了再走时，却并没有矮人一头。而后，她继续向前，既不雀跃，也未匆促，一步一步，端端正正。他跟着她，心里慌乱得就像碎石纷纷滚落和堆积，又如一群飞鸟黑压压地横冲直撞，慌乱过了，他便在猛然间明白了这样一桩事实：他的命，她的命，两个人的命在一起商量过了，这才让丧家狗一般的自己看见了此刻里的她。此刻里的她，她的目的地不应该是他们的出租屋，就算路过了，她也不应当停下，而要一直朝前走，并且离他越来越远，最终，在远离他的地方，她要吃得苦中之苦，哪怕到头来，她还是人下之人，但是不要紧，她至少也会像此地所有早起买菜的妇女们一样——当她们归来时，编织和耕种，剖腹产和偏头痛，那些受过的苦，终究会化作儿女、炊烟和灶沿上的一小碗蜂蜜，全都朝她们奔涌了过来。

他原本是要掐死她，又或者淹死她，最后的结果，却是他的不辞而别。自此之后，他再也没有见过她。别离来到的时刻，他还是舍不得，忍不住，干咳了几声，她似乎是回了头，而他却再先行一步，化作浓雾的一部分，消失在了更加广大的雾气中。跑到一座石拱桥上的时候，他遇见了一群鸭子，想了想，他冲进了鸭子的队伍，再将它们驱散，鸭子们嘎嘎叫着，纷纷跳下石拱桥，再纷纷落入了河水。鸭子们落水的时候，他突然发现自己哭了，他哭着想，这一辈子，我再也见不到她了。

直到许多年后，不管在哪里，只要遇见成群的鸭子，他都会忍不住将它们驱散。又过了一些年，在四川的泸定县，一条名叫"雨洒"的河边上，那时候的他已经只剩下了一条胳膊，他又忍不住，将一群鸭子赶下了河，结果，自己也失足落了水。因为只有一条胳膊，在河水里，他费尽了心机和体力，可就是无法抓住那棵和他一样随波逐流的大柳树，只差一点，他就要淹死了，但他好歹还是活了回来。活回来之后，他才终于像戒除毒瘾一样，自此戒除了他和鸭子之间的战争。

他当然不能轻易死去。和她再不相见之后，好似许多司空见惯的故事，他也对天发誓了无数次，一定要混出个人样来，但事与愿违，他不光没有混出人样，反倒越来越惨。跟人合伙在云贵川的深山里卖了好几年的保健品，行迹与骗子无异，最后的结果，自然是坐牢。牢里出来，他学过厨师，贩过虫草，在长江里的渡船上帮人卖过船票，也就是在那里，渡船搁浅的时候，他跳进河里去推船，被船底的螺旋桨卷走了一条胳膊。年近四十，在云南兰坪，他终于结上了婚，妻子是二婚，跟他结婚时，带了一个跟死去的前夫生的儿子来。对于这个儿子，天地良心，他没有一丝半点的嫌弃，近处里一看见他，又或离远了一想起他，他的满身里都是劲儿，他的满心里都是欢喜。

当初的那个她，说起来，分别之后，他其实见过她一次，只不过，是在电视上。一条胳膊没了之后，他当然得纠缠着渡船的老板索要赔偿，可那老板本身也是穷家小户，为了买船，早就已债台高筑，出事之后，干脆连船也不管了，拖家带口逃到泸定县，投奔了自己的小舅子。他打听了一整年，舌头都快打听烂了，终于问清了那老板的下落，当天晚上，他便坐上了去泸定县的客车。唯有如此，他才能继续纠缠那老板；也唯有纠缠继续，他才能对自己说，你还活着，你还不是个活死人。正是那一天，等车的时候，车站墙壁上高悬的电视机里正在播报着一条关于什么博览会的消息，不经意地一抬头，他就呆愣住了：新闻画面里，她就站在一座展台背后，白衬衣，职业套装，盘着头，显然老了，但也没有老得多么厉害，倒是恰恰显出了今时今日的体面。

　　他以为他会心疼，但是并没有。他的确是从座位上起身了，狂奔到电视机底下，紧紧地盯着她，可那毕竟只是一条短暂的新闻，她凭空出现，又一闪即逝，他也到了上车的时间。接下来，他一边往客车上走，一边再次对自己确认，他真的没有心疼。而且，一旦他问自己心疼了没有，远在云南兰坪的儿子就像是站在了他跟前，他便不得不承认：只要想起他和儿子好几年都没见过了，他的心，要疼得多。

　　一开始，从兰坪出来的时候，他定时会给二婚的妻子寄钱和打电话，胳膊没了之后，他没钱再寄回去，跟渡船老板的官司打也打不明白，为了不让他们操心，自始至终，他也从未告诉他们自己丢了一条胳膊，渐渐地，电话就少了。突有一日，当他再打电话回去，发现已经打不通了，自此，他之于他们，他们之于他，就算是断绝了音讯。

　　好在是，在泸定县，机缘凑巧，他认识了一个穷作家。那穷作家，据说早十年是写过几部小说的，很快就没了声息，跟他一样，为了求一口饭吃，终日在全国的地界里东奔西走。此次前来泸定，是当地要编一本动植物画册，画册上的文字找他来撰写，他也就千山万水地来了。两人相识之后，隔三岔五地，那穷作家便要找他去小馆子里喝酒，喝得酒酣耳热的回数多了，两人也都将对方当作了异姓兄弟。他对那穷作家说起过自己的不少往事，那穷作家也一样如此待他，话说回来，天远地偏，两兄弟日日把酒言欢，倒也是一场大快活。不过呢，要说起来，还是那穷作家不靠谱，有一回喝醉了，竟然对他说，当他说起自己的事，一草一木，全都真真切切，所以，他其实也可以写作。

听完穷作家的话，他不是没有动过心，最后都化作了苦笑，他想对那穷作家说：从前拿笔写字的胳膊都没了，现在，他能拿什么来写作呢？话要出口的时候，他又觉出了自己的不甘心，好似一堆干柴被点燃了，他蠢蠢欲动，找来纸笔，通宵达旦地想要试着来写作，可是，最后的结果，一回一回，他也只好扔了纸笔仰天长叹。所以，那天早晨，当那穷作家离开泸定的时候，他疯狂地跑进了客车站，拦在对方的前面，对他说：我对你说起过的事，你得写下来。我知道，它们不值得一写，可你要是不写，我这一辈子，就更没有一件值得的事了。

当年我不辞而别，后来我又到处跟鸭子作对，再后来，我没了一条胳膊，还有，我想我的儿子，我跟我的儿子，也有一回不辞而别——穷作家上车的时候，他哀求般抓住对方的背包，再一次跟对方说：你他妈的，得写出来啊！

是的，他跟他的儿子，也有过一次不辞而别。来到泸定之后，渡船老板避无可避，只好拜托自己的小舅子，给他在木器厂里找了份看门的工作，渡船老板也只比他稍好一点，在车间里当上了工头。一天到晚，两个人在木器厂里彼此眺望，时而愁眉苦脸，时而想入非非，实际上，两个人就像是商量好了：兄弟啊，愁眉苦脸也好，想入非非也罢，这些都是必要的，你我且将这百无聊赖的又一天度过去就好。幸亏是，木器厂里有一对孤儿寡母，真是让人震惊的缘分——那寡母像她的二婚妻子，那孤儿，简直跟他的儿子就像是一个模子里刻出来的。如此，有事没事的时候，手上但凡有了点活钱，又或渡船老板的手上有了点活钱，他都忍不住将它们拿出来，给那孤儿买些吃喝，甚至送上些玩乐。

这一天的黄昏，那孤儿，溺死在了大渡河里，而且，就连尸首，也被激浪卷走了。当他得知消息，上气不接下气地跑到大渡河边，那寡母早已哭晕在了岸边的石堆上。看着滔滔向前的河水，他也伤心得要命，然而更加要命的，却是一股天塌了一般的惊恐，就像是，此刻的河水里，被带走的不是那孤儿，而是他远在云南兰坪的儿子。儿子还没有死，一边被席卷，一边对他呼喊，要他赶紧跳到河里去救命。他根本不敢往下想，但越是不敢往下想，那魔障般的场景就越是如影随形。即使到了晚上，他刚一睡着，一条暴怒的河水便横空涌入了他的梦境，在巨浪中，他的儿子又在对他呼喊：爸爸，救我！

他当然知道他为什么会心如刀绞，那是比丢了胳膊都要更加无法忍受的心如刀绞：胳膊不会叫他爸爸，但他的儿子会叫他爸爸。爸爸，爸爸，爸爸。在泸定县，晚上睡不着的时候，一遍遍地，他就这么叫着自己。爸爸，爸爸，爸爸。听上去，就好像是他的儿子在叫着他。

爸爸，让他和这个人世还有一点关系的，唯有这个词。一个人，活在这世上，多多少少，总有几个词不能避开他，譬如舅舅或外甥，又譬如二大爷或三姐夫，可他只有这个词：爸爸。所以，他真的是不能忍了。连夜里，他掏了墙洞又翻了鞋底，盘算了所有能见得着面的钱，再苦心等到天亮，天一亮，他也不管满城的暴雨，找到了渡船老板，几乎是绑缚着，逼迫对方去找所有相识的人借钱。临近正午，回兰坪的路费总算是凑足了，他一刻也没停，撑着一把破伞跑向了客车站，等他跑到客车站，那把破伞仅仅只剩下了一副骨架。

两天三夜，坐了汽车，坐了船，又坐了火车，一路上，他只喝水，一口饭都没吃，形若鬼魂，赶回了兰坪。兰坪却和泸定一样，连日里暴雨不止，在离家只剩下二十公里的地方，前方山体滑坡，火车停在了深夜里的两座山峰之间，再也不能动弹。没有别的法子，他干脆越窗而出，犹如饿坏了的野兽，在闪电的照耀下翻山越岭。离家还有十公里的地方，一块巨大的山石滚落下来，他虽然躲过了性命之灾，全身上下却被擦伤了不少，每走一步，脸上、腿上，全都火辣辣地疼。离家还有五公里的时候，他看见了一棵枇杷树，树上的枇杷全都熟了，他想给儿子摘几只枇杷下来，没想到，刚一用手扶住那棵树，整整一面山坡便垮塌着、呼啸着向下奔流而去。枇杷树转瞬之间就被掩埋了进去，幸亏他躲得快，不要命地往上跑，这才逃过一劫，站在一株侧柏树底下，他向下看，不由得惊魂未定了好半天。

可是，这心脏都快要从身体里飞进出来的披星戴月又有什么用呢？天快亮的时候，拖带着满身的泥浆，他终于站在了他曾经住过的房子前。和离开时一样，这房子向西倾斜，摇摇欲坠，之所以没有倒下，全靠一棵偏偏一意向东倾斜的樟树硬撑着。门竟然虚掩着，他径直走了进去，里面却空无一人。满屋子里转了好几圈，看了又看，想了又想，他估摸着，二婚的妻子，还有儿子，应该是去了六十里地之外儿子的姨妈家。一切分晓，只有等到天大亮之后再说，于是，他便和衣在儿子的床上躺下了。

哪知道，没过多久，他便被一阵近似哀嚎的声音惊醒了，他迷糊着睁开眼睛，劈头却看见了满脸如丧考妣之色的邻居。那邻居见他睁眼，竟然步步后退，一声接连一声问他：你到底是人，还是鬼？他也哭笑不得，对邻居说，自己当然是人，哪怕只剩下一条胳膊，也还是人。邻居仍旧不信，丢过来一支烟给他，他点上，又连抽了好几口，邻居这才相信他真的是人，捂住胸口走上前来，对他说起了事情的原委。却原来，他丢了一条胳膊的事情，在此地竟然被传说成丢了性命。一开始，他的二婚妻子当然不信，四处托人打听，打听了一整年也没有结果，儿子却到了上学的年龄，实在是太穷了，为了交得上学费，她只好带着儿子另嫁给了隔壁村里的一个老鳏夫。

　　至此，这个家就算是彻底败了。所以，隔三岔五地，左邻右舍都要纷纷前来，一如此刻，东家搬走一块砖，西家再拆走一根梁，眼前的邻居，甚至早就将这里当作了自家存红薯储洋芋的地方。但这并不是对方的错，清晨的茫茫雾气里，他看了看对方，又看了看自己那只空荡荡的袖管，心口里，刀子在剜一般的疼还是袭来了。这尘世里，究竟还有一个词和他是有关系的吗？目力所及，樟树，蜘蛛网，屋檐下的一口水缸，还有黑压压的山，它们，和他是有关系的吗？

　　就像是一根绳索终于被割断，他清楚地听见了自己被这尘世甩出去的声音。于是，他站起了身，像多年前在东莞一样，奔入雾气，不想再被任何人看见。只是，在雾气里走了一阵子之后，爸爸，爸爸，他还是这样叫起了自己，承认了吧，他终究舍不得这个词。

　　所以，他还是决定，无论如何，一刻也不能等，他非要见到儿子不可。雾气几乎将全部人间都遮挡得严严实实，但是，他知道，他正走在一大片收割后的蓖麻地里。其实，只要将这片蓖麻地走穿，他就到了隔壁村的地界，他就可以见到儿子，因为那个老鳏夫，他其实是认识的。想当年，他们一起在县城里的工地上当过泥瓦匠，他还知道，那老鳏夫的房子，就在这片蓖麻地的尽头。是的，只要穿过了这片蓖麻地，他就可以见到儿子。

唯一的麻烦，是雾气太大，他看不清脚底下。蓖麻们虽然已经被收割了，但毕竟不是连根拔起，每走几步，它们就动不动都戳到他的脚。还有，越往前走，稻草人就越多。那些稻草人，全无声息，好似一个个的判官，就像是，全都在等待着他走近，一旦走近了，它们就要为他送上一场场的审判。其中的一个，已经残损不堪，却将他的去路挡住，他就盯着它看，越看越害怕，干脆闭上眼睛，用那仅剩的一条胳膊胡乱挥舞着，终于推开了它，再疯狂地向前跑。

也不知道跑了多久，他突然听见有人小声喊：爸爸，爸爸。只一声，那也不啻于是当空里响起的惊雷，他像是被电流击中了，呆愣着，慌张着，屏住了呼吸，仔细地在雾气里寻找着儿子。他确信，那就是他的儿子在叫他，他的儿子不在他处，就在他的近旁。从前，当他还在这里生活，赶集的时候，买零食的时候，掏鸟窝的时候，那个声音，都曾像此刻一般呼叫过他。所以，就算将他的耳朵双双砍掉，他也听得清，那就是儿子的声音。爸爸，爸爸。那个声音又响了起来，他在瞬时里急红了眼，却不断提醒自己冷静，再冷静。终于，他辨认清楚了声音的来历，又放轻了步子，做贼一般，弯下腰，几乎是匍匐着急步向前。如此，片刻之后，他就看见了儿子，只一眼，他便哭了，没有人能听见他在哭，但他就是哭了起来。

儿子背对着他，抱着腿，坐在一道田埂上，看起来，就像是一个正在做早课的小和尚，那小小的一团，只要被他看见，烈火一般的亲近之心便攫住了他的整个身体。他战栗着起身，形似一只饿狼，说话间便要猛扑过去，偏巧这时候，他二婚的妻子，呼喊起了儿子的名字，呼喊声一起，他便清晰地感受到，心口里，那刀子在剜一般的疼重新袭来了。蓖麻地，他已经穿透了。现在，他不仅是站在儿子的近旁，他也站在了那老鳔夫和二婚妻子的近旁。

爸爸，爸爸。不管他有多么舍不得，他也不得不承认：这个词，自此以后和他没关系了。为了顺利地叫出这个词，他的儿子的确是在做早课，但是，此时此刻，和这个词有关的，却不再是他，而是换作了和他一起做过泥瓦匠的老鳔夫。

他是多么不甘愿啊！这如群山一般黑压压的不甘愿，足以令他仇恨：近一点的蓖麻地，雾气，稻草人；更广大的尘世里的兰坪县，泸定县；长江上的渡船，大渡河的激流；拉回来，还是蓖麻地，雾气，稻草人，还有那个老鳔夫，二婚妻子，小和尚做早课一般的儿子。不不不，没有儿子，除了他，一念所及里的一切，都有十万分的理由令他仇恨。可是，他要放过那小小的一团，这小小的一团啊，让他哭，又让他的心底里好似横生了一口池塘。池塘里，一片羽毛轻轻地拨动着水面，那些逐渐扩散开去的波纹，令他飘飘欲仙，又有口难言。恰在此时，二婚妻子的呼喊声越来越近，越来越近了。

那田埂上的小人儿是多么慌张啊！母亲的呼喊声催促着小人儿站起身来，像是被鞭子抽打过了，还是怯生生地，但却似乎下定了决心，刚要开口喊一声，爸——终于还是停顿下来，反倒转过身，面朝他所在的方向，也是小人儿从前生活的地方，这才痛快地喊了出来：爸爸，爸爸。他不敢看，可是，再不敢看，他也要看下去。那小人儿再转过身去，面朝母亲的方向，定定地站住，定定地想了一阵子，吃下了秤砣，张开嘴巴，爸——没有用，他还是怯生生地，只喊出了一个字，而二婚妻子的呼喊声越来越近，越来越近了。

突然，在那小人儿的前方，一个稻草人瞬间里长高，直到高高在上，又开始了奔跑。小人儿吓了一跳，这雾气里的稻草人，岂止是诡异，简直是可怖，可怖得让小人儿忘记了逃走，全身都战栗了起来。但那稻草人一点儿都不肯休歇，先是猛然止步，平静地扫视着眼前周遭，然后，一步一步，它竟然朝着小人儿走了过来。爸爸！爸爸！小人儿终于大声喊叫着，再向着母亲所在的地方跑去，一边跑，一边失声大喊：爸爸！爸爸！到了这时候，稻草人，还有只用一条胳膊高举着稻草人的他，这才止步，只不过一刹那，他便连儿子奔跑的脚步声都听不见了。听不见了也好，雾气里，他向着四周环顾了一阵子，最后，抹去了脸上的泪水，仍然高举着稻草人，跑进了更深的蓖麻地和弥天大雾。

穷人歌唱的时候

毫无疑问，他是一个穷人。好在是，在他打工的地方，工厂与工厂之间，残存着一片田野，田野上长着榕树和芭蕉树，树底下，还长着些叫不出名字的花，半夜里，要是天上没下雨，最好还有月光，睡不着的时候，他便忍不住去那片田野上晃荡好半天。那些叫不出名字的花，全都被露水打湿了，一看见它们，他的心里也变得潮乎乎的，就好像，他的心，也被露水打湿了。再往前走，不知是谁，种下了苋菜和辣椒，可是，好多棵苋菜都需要松土，还有一小块辣椒树快要倒伏在地，他便忍不住，轻轻地蹲下去，该扶正的扶正，该松土的松土。忙完了，他紧挨着它们，在田埂上坐下，往往在一时之间，他竟然会觉得自己并没有身在广东，而是回到了老家，这些花，这些苋菜和辣椒，全都是他的，他也没有那么穷。

　　其人情形，大致如下：儿子还在山西坐牢，妻子却早早得上了老年痴呆。痴呆以后，发了疯一般地想儿子，一天到晚，嘴巴里喊叫的，全都是儿子的名字；隔三岔五，她便要往汽车站和火车站里跑，大概的意思，是要去山西看儿子。他总不至于将妻子终日捆绑起来，如此，终有一天，妻子也不知道是上了哪一趟汽车或火车，自此再也没有回来。他又有什么办法呢？在这广东小城，妻子失踪之后，除了自己打工，他一个人还要管三个女儿。许多时候，尤其是在从田野上回到租住的城中村里的路上，当满身的湿疹发作，他常常想，他根本不是一个人，而是一条狗，一条只剩下了半口气的癞皮狗。

　　其人情形，大致补充如下：大女儿也得了病，是肾病综合征，怕风，怕冷，脸是肿的，身上是胀的，全身就没有一处不是肿胀的，所以，她不用去打工，除了给一家人做些简单的饭菜，每天的任务就是去一家小诊所里打针治病；二女儿是个哑巴，在沙发厂里当针线工，终日里安安静静，唯一让他省心的，就是她；最不让他省心的是小女儿，那可叫一个不安生，听她的意思，似乎是不想再在工厂里打工，而是想跟几个姐妹出去卖保险，可是天地良心，她那几个姐妹哪里是在卖什么保险？那不过是借着卖保险之名，一天到晚跟工厂周边的男人们拉拉扯扯罢了。一想到这，他的心口便疼得厉害，有好几次，他忍不住去劝阻她，她却是刀子嘴，连声质问他：马云说过什么你知道吗？乔布斯说过什么你知道吗？到了最后，反倒是他，讪讪地、乖乖地闭嘴，再去找一处僻静之地，闭上眼睛，深呼吸，然后，他会长久地站立，长久地等待，等待着自己唱出一首歌来。

终于说到了唱歌，可是，说到唱歌，话就长了——今年春节刚过，他带着好不容易攒下的几个钱，去山西看儿子，顺便也再在铁路沿线找一回妻子的下落。在陕西的一个小火车站里过夜等车的时候，天亮之前，他被一阵歌声惊醒了：他从躺卧的长条椅上直起身来，睡眼惺忪着向外看，站台上，一个破衣烂衫的人正在声嘶力竭地对着铁轨和茫茫夜幕歌唱。入睡之前，他和对方攀谈过，知道对方跟他一样，也是个在全国各处地界里找人的穷人，只不过，他找的是妻子，对方找的是儿子。那明明是个胆小如鼠的人啊，说句话都脸红，现在却好像换作了另外一个人，也不管火车正在呼啸而过，拼命伸长了脖子，一句一句地嘶吼，那歌声，像是一颗一颗的石头从他的胸腔里崩裂了出来，又像是一把钝刀好不容易被磨好，再一刀一刀，砍在了铁轨上，砍在了茫茫夜幕上。

他其实根本听不懂对方唱的是什么，要么是小曲，要么是地方戏，听了好半天，他只听清楚了"情义""牡丹"和"驸马爷"等寥寥几个词，但这已足够令他震惊，足够令他不自禁地起身，走上站台，去靠近对方。越靠近，他就越震惊，那哪里是在唱歌？那分明是在打仗：唱到后面，对方的喉咙里发出的声音已经几近于一堆破铜烂铁，可是，破铜与烂铁照旧还在厮杀，还在跌跌撞撞，就像旗帜没有倒，就像伤口里涌出的血仍然在汩汩地流，也因此，最后一口气就不能停。再往后，对方的嗓子彻底破了，为了唱出最后的歌声来，对方的脸已经扭曲得变了形，全身上下都淌着汗，他还是没有停，气力再次聚拢，狠狠地踩着脚，继续将脖子伸长，如此再三，终于，那最后的几句歌声好似炼丹炉里久炼不化的孙悟空——时辰到了，炼丹炉注定被掀开，携带着满身炉渣与火焰的歌声注定像孙悟空一样破炉而出，随后，它还要腾云驾雾，继续打翻天庭。

　　仗打完了。那破衣烂衫的唱歌的人也累惨了。另一趟火车又在呼啸而过，唱歌的人却背靠在一根石头柱子上，闭着眼睛，深长地呼吸，好半天都不再作别的动弹。他也一直站在稍远一些的地方，安静地看着对方，安静地去震惊，并没有上去搭腔。又过了一会儿，天蒙蒙亮了，唱歌的人拔脚要往火车站外的小城里走，他知道，对方要去小城里找儿子去了，眼下的火车站不过是个过夜的地方而已，此一别后，显然再无相见之期，他便终于未能忍住，追上前去问对方，何以会、又何以能拼了性命去唱歌？对方却已故态复萌，变回了说句话都脸红的那一个，不过，尽管如此，对方还是跟他说：幸亏他能这样唱歌，否则，自己早就活不下去了。只有把一首歌唱完，他才有新的气力去找儿子。渐渐地，时间长了，唱过的那些歌，甚至还没有唱过的那些歌，全都变成了他的兄弟好友，撑不下去的时候，那些歌会帮他撑住。

　　薄雾里，对方还说：那些歌，可真是好兄弟，一点都不嫌弃自己，受了苦的时候，它们都跟自己站在一起——就譬如，寒冬腊月的晚上，自己一个人在村道县道省道国道上走，快冻死的时候，只好唱起了歌，那些歌就变成了好兄弟跟自己一起往前走，到了这时候，无论如何，自己都不是一个人；又譬如，在河北，莫名其妙地，他挨了一顿打，都快被打死的时候，求救一般，下意识地又唱起了歌，歌声一起，他便觉得自己不再是一个人，不知道哪里来的胆子，竟然赤手空拳开始了反抗，到了最后，这一条贱命，竟然侥幸留下了。

听完唱歌的人对他说的话，他似乎是明白了什么，但也似乎什么都没明白，只是自此之后，唱歌，歌唱，这两个词，终日里便纠缠住了他。去山西的路上，回广东的路上，一旦稍微有空，这两个词就凭空里跳跃了出来，如影随形般跟着他。哪怕回到了广东，工厂里，城中村里，残存的田野上，唱歌，歌唱，它们就像是挂住了他衣角的藤蔓，又像是横亘在机床前的拦路虎，让他站在原地，左右为难。许多时候，总有一个声音在对他说：不就是唱一首歌吗？说到底又有什么难的？一念刚刚涌起，却有另外一个声音对他说：不不不，我要的，不是普通的歌唱，我要的，是十万火急的歌唱，是胜造七级浮屠的歌唱。

亏得了他是在广东。这个夏天，衣服和被褥永远都湿漉漉的，巨大的潮气几乎令所有的鸣虫都断绝了声息；雨声，满世界都是下雨的声音；一天到晚，就算雨稍微停一下，重重乌云的背后，便又立刻响起了滚滚的闷雷之声。如此，时间久了，他满身的湿疹便越来越重，在车间里，哪怕成天光着上身，连件衬衣都不敢穿，可是，只要有一阵风吹进了车间，又吹临了机床，他便陷入了万箭穿心般的又疼又痒。这天下午，风格外大，他的身上格外地疼和痒，他想找到一点清水洗刷自己，可是，辽阔的车间里却并没有一处水源。到头来，就像一只猴子，他只能上蹿下跳，在全身挠来挠去，却总也挠不好，干脆去死了吧——没有任何来由地，一个念头出现了：干脆去死了吧。他被这个念头吓了一跳，面无人色地朝四下里张望，四下里却无一个救兵。他只好继续挠，越挠，想死的念头就越像一块石头，堵在他的胸口，气都喘不过来。

真正是十万火急之时，真正是胜造七级浮屠之时，骤然间，像是至尊的菩萨从云端里走下，他猛地想起了那个在站台上唱歌的人，他也想和那唱歌的人一样，有几个好兄弟，跟他走在一条路上，撑不下去的时候，有人帮他多撑一阵子。这么想着，奇迹竟然当真显现：他的嘴巴，湿润了起来；一些久违了多年的歌词和旋律，重新找到了他；还有，哪怕未及开口，他也确切地感觉到，自己的喉咙在刹那间变得清脆和亮堂了。唯有一个问题，那么多歌词和旋律就像故人一般找到了他，他到底该唱哪一首呢？《小路》还是《映山红》？《三套车》还是《年轻的朋友来相会》？

不管了，又一阵疼和痒袭来，他什么都顾不上了，张口就唱起了《年轻的朋友来相会》："年轻的朋友们，今天来相会，荡起小船儿，暖风轻轻吹；花儿香，鸟儿鸣，春光惹人醉，欢歌笑语绕着彩云飞……"车间里的工友们几乎全都被他吓住了，就像在看一个疯子，一个个停下手中的活计看着他，而他几乎快要哭了出来。虽说疼和痒并没有变好，但是，他知道，伴随着歌唱，自己的脑子正在变得和喉咙一样亮堂，只要脑子是亮堂的，他就有可能找到对付这遍身疼和痒的法子，所以，他就对着工友继续唱，那甚至都已经不是唱，而是变作了嘶吼："亲爱的朋友们，美妙的春光属于谁？属于我，属于你，属于我们八十年代的新一辈……"刚唱到这里，他一眼看见车间外面那一排高高的芭蕉树，这寻常的看见，竟让他全身战栗，因为他知道，他有救了——三步两步，他奔出了车间，来到了一棵芭蕉树下，再死命将芭蕉树摇动，阔大的芭蕉叶也随之动弹起来，随后，停留在叶片里的雨水倾泻而下，他的身体，终于接受了清水的浇淋，他总算好过些了，所以，紧接着，忙不迭地，他又摇动了另外一棵芭蕉树。

还有那一回——夏天快结束的时候，大女儿淋了雨，当天便发起了高烧，一连多日也退不下去，小医院怕摊上人命，说什么都不肯再收留，他只好背着她去了大一点的医院。结果，一周不到，他和二女儿、小女儿加起来，三个人的积蓄就都花光了，而医疗费还远远不够。正在危急的时刻，小女儿拿回了一笔钱，说是她的姐妹凑给她的，还有，她已经想清楚了，不再打工，要卖保险去了。那时候，天空里乌云堆积，闷雷声接连炸响，而他却越来越心急如焚，终于，他对小女儿发作了，道出了他一直佯装不知的事实：她的那些姐妹，根本就没有卖什么保险，一个个的，全都跟了男人，有的男人，比他的年纪都还要大。你怎么这么不听话？在住院大楼昏暗的楼道里，他差不多快掉下眼泪，一遍遍对小女儿呵斥着：你怎么这么不听话？

可是，他终究没能拦住小女儿，呵斥完了，也只有眼睁睁地看着她跑出了医院。医院门口，恰好一辆公交车路过，差点撞在小女儿的身上，他又吓得大喊了一声，好在是，公交车刹车刹得快。小女儿就好似一个即将就义的女战士，冷着眼，当街站立，再看着公交车司机对自己不停咒骂，但是，说什么她也不会上车的。对不起，自今日始，她不坐公交车了，自今日始，她要以出租车代步了。

也就是在此时，小女儿突然听到了他的歌声，这一回，他唱的是《十送红军》："一送里格红军，介支个下了山，秋风里格细雨，介支个缠绵

256

绵，山上里格野鹿，声声哀号，树树里格梧桐，叶呀叶落光……"小女儿回头，远远看去，医院楼道里，他将头伸出了窗户，悬在半空中，脸红脖子粗，既像是在吼叫，更像是在哭叫，随后，歌声变得更加猛烈："问一声亲人，红军啊，几时里格人马，介支个再回山……"跟他当初在车间里吓坏了工友一样，小女儿也被他吓住了，全然不知道究竟发生了什么事情，想了又想，还是走进了医院。见她回来，他也跑下了楼梯，跟她碰头，再一把抓紧了她的手，说什么都不松开，又近似拖拽般将女儿拉扯进了住院大楼，而歌唱却从未有过半秒钟的止息："七送里格红军，介支个五斗江，江上里格船儿，介支个穿梭忙，千军万马介支个江畔站，四方百姓泪汪汪……"

不管在老家，还是在这打工的广东小城，他都是一个众所周知的穷人，现在，他依然穷，因为大女儿的病，他甚至更穷了。但是，他唱起了歌，横生生多出了无数兄弟，如果连这样的日子都不满意，那就是明目张胆的不知好歹了。好在是，对于眼下的日子，他不仅满意，而且十分满意。接下来，大女儿也出院了，虽说肾病综合征并没有被治好，暂时却没了性命之忧，所以，从医院里回到城中村的那天晚上，半夜里，他一个人又去了那片田野上，在苋菜和辣椒们的身边，他差一点就要唱起来，突然间却又忍住了：歌唱，唱歌，它们是秘笈，也是底气，不到要命的时刻，可不敢随便拿出来乱糟蹋。

唯一的变故，还是他的小女儿。这个死丫头，到底长了一身的反骨，天天早出晚归，他还以为她如自己所说，重新回了原先的厂子里打工，哪知道根本没有。突有一天，有个中年女人找上门来，又哭又闹，撒了好半天的泼，他这才知道，小女儿一直在骗他，她其实早已卖上了保险，而且，一如他所担心的，小女儿果然跟那中年女人的丈夫有了说不清的勾连。现在，那中年女人要求他，赶紧将小女儿严加管束起来。他，一个老实巴交的穷人，当然只有连连点头称是。中年女人前脚刚走，他后脚就出了门，满城里寻找小女儿，可是，哪里还找得到她一丝半点的踪影呢？实在没办法了，入夜之后，他只好硬着头皮去了一处消夜的夜市。据他所知，夜市的老板，就是那中年女人的丈夫，夜市里所有的摊位，都得给他交租金。不用说，面对这么一位老板，平日里，他是话都不敢跟对方说一句的，可现在不是平日，是事到临头，是火烧眉毛，除了斗胆前去，找他打听出小女儿的下落，他也没有第二条路可走了。

实际上，满打满算，他一共也没跟那夜市老板说上三句话，很快，对方将一串烤肉不耐烦地砸在地上，就像是摔杯为号，小弟们应声而起，推搡着，将他架出了夜市。跟跄之间，他没有站稳，摔倒在了一个烧烤摊前。他当然想站起来，徒劳地试了好几次，却发现自己的腰已经起不了任何作用，只好继续躺在烧烤摊前——浓烟阵阵袭来，眼睛受了刺激，流了一脸的眼泪，怎么擦都擦不净，终究只有张着嘴巴，大口大口地喘息而已，其时情形，他和一条癞皮狗哪里还有什么分别？

显然，这就是要命的时刻，他唯一能够求救的，只有从云端里走下的菩萨；显然，如此境地里，他会唱的那些歌，就是他的活菩萨。那么，唱哪一首呢？《驼铃》还是《北国之春》？《望星空》还是《血染的风采》？快一点，他哀求自己，再快一点。就这样仓促着，慌张着，他一咬牙，选定了《血染的风采》，好，第一句，第一句赶紧唱出来，来了来了，第一句来了，"也许我告别，将不再回来，你是否理解，你是否明白？"伴随这第一句的出口，就像是被银针刺中了太阳穴，他竟霍然起身，迈步再往夜市里走，不顾浓烟，不顾众人的侧目，一边走，一边高声歌唱："……也许我倒下，将不再起来，你是否还要永久地期待？"

只不过，他没想到，二闯夜市，到头来还是自取其辱。最后的结果是，跟歌里唱的一样，他又倒下了，而且，他几乎倒下了一整夜，周边里的吃客堪称熙熙攘攘，却无任何一人对他表示理解、明白和期待。待他唱着歌重新站到夜市老板的面前，不同于此前，对方先是盯着他不明所以，而后又突然来了兴致，嬉笑着对他说，要是他站在这里唱一晚上，自己就不再纠缠他的女儿。

天哪，世界上竟然有这么容易的事？对方盯着他看，但他觉得无数兄弟好友就站在自己身边，他也盯着对方看。当他终于确信对方并不是在开玩笑，一瞬之间，他禁不住地狂喜，转而在心底里狠狠地感谢了起来：他感谢那些他会唱的歌，感谢陕西小火车站里萍水相逢的那个唱歌的人，他甚至感谢眼前的夜市老板。他原本以为，自己要过的是生死关，哪里知道，他只需要卷起裤腿蹚一遍浅水即可。说到底，这日子待我还是不薄的，那些歌，还有夜市老板和萍水相逢的人，这一回，要是我渡过了难关，年底回了老家，我说话算话，一定要在堂屋的正当中供上你们的牌位。

还等什么呢？赶紧开始吧，他的心里早就已经作好了盘算，从《喀秋莎》开始，再到《信天游》告终，其间歌曲，足足有好几十首，几十首唱完，他就从头开始再唱一遍。来吧，就这么定了，一、二、三，开始："正当梨花开遍了天涯，河上飘着柔曼的轻纱，喀秋莎站在峻峭的岸上，歌声好像明媚的春光……"伴随他的歌唱，夜市老板开始了新一轮的碰杯，看上去，一切都是那么顺利，就好像，小女儿已经走在了跟他回家的路上。可是，变故还是来了：刚刚唱到《歌唱二郎山》，他的腰又钻心地疼了起来，何止是疼，简直就是有一把刀子在割着腰上的肉。嘴巴里止不住地倒吸着凉气，但他并未停止歌唱，虽说站也不是坐也不是，这场仗，他却得把它好好打完，所以，《歌唱二郎山》唱完，试探着，就像在此前的烧烤摊边上，他干脆躺下了。夜市老板并没有反对，要么就是丝毫也没有在意，听他任他躺下了，在他身边，走过去了无数条腿，踏过了无数只脚，但因为夜市老板就在边上，也没什么人驻足围观他，他便一边张望着接连而过的腿脚，一边继续唱："啊，牡丹，百花丛中最鲜艳；啊，牡丹，众香国里最壮观……"

没过多久，夜市老板接了一个电话，像是遇到了什么棘手的事，干了最后一杯酒，站起身来，领着小弟们就要走。这可如何是好？不是说好了唱一晚上的吗？不是说好了要告诉他小女儿的下落吗？再看他：不管有多舍不得歌唱，他也得停止歌唱，赶紧闭上嘴巴，眼睁睁地等待着夜市老板给他一个交代，对方却似乎已经忘了他，看都没看他一眼，拔脚径直朝前。也不知道哪里来的胆子，他一把抱住了对方的脚，再连声哀求，他要的不多，只需要一个女儿此刻的地址，自己将她领回去，保证以后再也不来打搅他。对方却像是突然想起了他，蹲下身体，笑着拍他的脸，再告诉他：一时半会儿，他的小女儿，他是领不回去了，因为自己已经看上她了，还有，要是他还敢像今天这样来纠缠自己，要不了几天，他就可以让他们一家离开此地，全都滚回老家去。再说了，你自己养了个不成器的丫头，你叫我有什么办法？说罢，夜市老板从他的双手里要拔出自己的脚，他挣扎了好半天，死死将那只脚压在身体底下，但是，对方毕竟那么多的小弟，一起拥上前，三下两下就将他的手掰开了。

"也许我告别，将不再回来，你是否理解，你是否明白——"夜市老板没走出去几步，歌声响起了，何止是银针刺中了太阳穴？这一回，就像是垂死的心脏突然被电流击中，他竟高唱着一跃而起，就算他清晰地听见腰上传来了"咯嘣"一声，也没作任何理会，追上前，一把抓住了夜市老板的胳膊。只是这一回，他的下场再也不似此前：夜市老板对他的好脾气已到了极限，一声令下，小弟们将他团团围住，拳头如石头般硬生生砸下。他被放开时，早已鼻青脸肿；这还不够，一个小弟，飞起一脚，将他踢倒在地，他又听见了腰上传来的"咯嘣"一声，说什么都再也站不起来了。

　　唱歌，对，唱歌，"也许我倒下，将不再起来，你是否还要永久地期待……"他在歌唱，却近似于哭嚎，或者说，他其实是在哭嚎，但又的确夹杂着歌唱——歌唱与哭嚎，你中有我，我中有你，只是，无论它们有多么激烈，他也站不起来，只能眼睁睁地看着夜市老板越走越远，很快便消失了踪影。他心里不甘，接着唱他从来没唱过的歌："打起手鼓唱起歌，我骑着马儿翻山坡，千里牧场牛羊壮，丰收的庄稼闪金波……"一曲终了，他胆大包天，甚至唱起了最近偷偷学的粤语歌："傲气傲笑万重浪，热血热胜红日光，胆似铁打骨似精钢，胸襟百千丈，眼光万里长……"可是，终究没有用啊，不管他怎么唱，他还是无法从地上起身；不管他怎么唱，身边的腿脚们交错而过，也并未有一只腿脚停下。在它们面前，他的歌唱与嚎哭，其实连一场热闹都算不上。

　　如此，黑暗，某种真正的黑暗，就这么突然降临了：唱歌，歌唱，也许，它们原本就是全无用处的吧？那些兄弟好友，现在，我就躺在腿脚们的身边，一步路也走不动，你们在哪里呢？罢了罢了，说白了，那些歌，那些强自镇定和打了鸡血一般的时刻，无非就好像是一瓶高度白酒，又或是一剂麻药吧？酒意消了，麻药劲散了，不敢碰的人，躲着走的物事，一个个，一桩桩，照样要债主般找上门来，一切该水落石出的，都必将水落石出，难道不是吗？如果不是这样，我又何以歌唱了好半天，仍然看不见一个兄弟前来，仍然连一场热闹都算不上？

是的，黑暗，某种真正的黑暗，就这么突然降临了——他躺在那里，彻底闭上了嘴巴，因为鼻青脸肿，视线也早就模糊了，眼前所见的人影、摊点和灯火，无一不是像和他隔了一层毛玻璃。他定睛在一处，想将那一处究竟是何所在看得更清楚，却莫名地想起了每年年底回老家过年路上的那些火车隧道：要是太阳光强烈刺眼，当火车从隧道里飞奔出来，隧道会很快就被太阳光的光影抹平，往回看时，你几乎看不见黑洞洞的隧道口，但是，你知道，那黑洞洞的所在，一直就躲藏在光影之下。要说起来，那些太阳光，多么像他唱过的歌啊，几乎都快将他的洞口抹平了，终不过是稍纵即逝，一切黑洞洞的所在，总要被打出原形。

自此之后，一连好多天，他都再也唱不出一首完整的歌了。每一天，去小诊所治腰伤的路上，他都要路过汽车站，汽车站的屋顶上，高音喇叭里成天都在放着歌，大多数是新歌，但也有他熟悉的老歌，他却做贼一般，离汽车站还远着呢，他便早早捂住了耳朵；腰稍微好了一点之后，他又前去找夜市老板打听小女儿的下落，怪异的是，只要踏上那条路，他便觉得自己像是一头即将挨宰的牛。是的，年轻时候，他宰过牛，前一秒钟，那牛还鼓着肚子左右四顾，后一秒钟，一把刀直挺挺地刺入了肚子，那牛便在瞬时瘫软了下去，只好继续接受接下来的宰杀。现在，风言风语早已传开了，大家纷纷说，他的小女儿，已经跟夜市老板住到了一起；在车间里，那些工友们，不知道怀揣什么样的心思，一个个跑来恭喜他成了当地大哥的老丈人；到了后来，只要有人跟他搭话，他都吓得往后躲。即使在如此之时，当唱一首歌的念头刚刚涌起，他也还是像做贼一般，将那些他能想起来的歌当作赃物，当作必须消失的证物，狼吞虎咽地吃了下去，就好像，他这一辈子，从来没有过靠着唱歌就可以打仗的时刻。所以，在去找夜市老板的路上，经常走着走着，他就变成了一头正在瘫软下去的牛，唯一的生机，只剩下了大口大口的喘息，那些歌，那些兄弟，全都从他的身体里被抽空了，最后，他只好踉跄着，缓慢地返回了城中村。

唯有他自己知道，他还是不甘心。后半夜，在田野上，月光明晃晃的，不知道是什么原因，苋菜和辣椒树们经受了践踏，几乎全都被拔除，仅剩了几棵，也无非是奄奄一息和命不久矣，他看着它们，就像看着自己的儿女，一会儿心疼，一会儿气急。后来，他下定决心，要将它们重新栽种好，当空里却下起了一阵急雨，在雨水的浇淋之下，他的栽种变得殊为不易，像赶羊的人不自禁地去找自己的鞭子，他又想起了唱歌，但那只是一个小小的念头，恰似一束小小的火苗，一点燃就被风吹熄了。其后，天上的雨水越来越大，他冒着雨往城中村里走，为了让自己开口唱歌，他故意走得慢，显然，他是在故意让雨水使自己的忍受来到极限，他知道，只有极限到来的时候，他才能揭竿而起，他才能再一次见到和抱住他的活菩萨。

只不过，无论雨水多么暴烈，他的全身上下早已湿透，那些活菩萨，最终还是未能来到他的身边。站在租住屋的楼下，他想，他还是认账了吧，他再也唱不出来，绝对不是因为他忘记了歌词和旋律，都不是，那只是因为——歌唱，唱歌，它们没有他想象的那么有气力，它们撑不住他，也没法子和他走在一条路上。就像那些被践踏过的苋菜和辣椒树，生长时总是欢喜的，但是，一场风，一场雨，一个醉鬼，都能在须臾之间将它们连根拔起。一如自己，不管他有多少兄弟，在小女儿、夜市老板和寻找妻子的铁路沿线面前，在湿疹、大女儿的病和坐牢的儿子面前，他和兄弟们，终究是还未伸手抵挡，就已经抢先矮了别人一头。

但是，不信它们，他还能信什么呢？此时，站在屋檐底下，只有近在咫尺的雨水是清晰可见的，房屋、道路、工厂及至大地上的一切，全都深藏在黑黢黢里不发一言。有那么一刹那，他以为自己身在老家里，但是很快就清醒了过来，因为在此处，并没有一枝柳条会摇晃着拂向他，也没有一条小鱼会在池塘里游向他，更没有一双手，不管是谁的手，只要是手，没有这样一双手会对他触碰过来。眼前周遭，还有自己的身体里，唯有歌唱的念头还在亮了又灭，灭了又亮，它们，岂不是他唯一可以抓住的柳条、小鱼和双手？定了吧，就这么定了，还是重新唱起来吧。为了唱起来，他又重回到屋檐外的暴雨中，逼迫着自己再一次来到忍受的极限，恰巧这时候，屋檐垮塌了，砖瓦轰然而落。要是他没有起心动念，要是他没有重回暴雨之中，等待着他的，只可能是头破血流，你看，仅仅一个念头，歌唱，唱歌，它们就又救了他的命。于是，他忍不住哭了起来，他哭着再一次对自己说：定了吧，就这么定了，还是重新唱起来吧。

心意是决了，真正地唱起来，却并不那么容易。为了大女儿的病尽快好起来，他信了一个偏方，每天都让她吞下一颗新鲜蛇胆。此地的餐馆，一般都是在正午里杀蛇，偏巧那时候，大女儿还在小医院里挂盐水，所以，用偏方的第一天，一下班，他头一个冲出车间和整个工厂，跑向了三公里开外卖蛇胆的餐馆，买到蛇胆之后，他又狂奔着往大女儿所在的方向跑。要命的是，他必须越过一条几乎算得上宽阔的河，才能跟女儿碰上面，但是，河上却没有桥。为了让蛇胆送到大女儿嘴巴里的时候还是新鲜的，他交代好了她，挂完盐水，就在河边上等着他，到时候，他会跳进河里，赤手空拳游过去。

　　这不，他来了，远远地，他已经看见了大女儿，满身肿胀的大女儿蹲在河堤上，就像是一头熊蹲在那里。他看了两眼就不忍再看，低着头，一意向前跑，到了河边，一只手拨开岸边的灌木，一只手则高举着装在玻璃杯里的蛇胆，扑通便跳了下去。结果，一下河，他就发出了一声惨叫，怕大女儿听见，又忙不迭地闭上了嘴巴：在河水里，湿疹发作得比以往任何一次都要更厉害，从上到下，他的身体就像是被几百只蚂蟥纠缠住了，疼和痒此起彼伏，而蚂蟥们仍然不依不饶，只管叮噬，只管撕咬。他的两只手都已经派上了用场，所以，只好一边向前游，一边用左脚去挠右腿，再用右脚去挠左腿，他又没有那么好的水性，如此，挠着挠着，他的身体便往水底下沉，头都快沉到水面下了，那只高举着蛇胆的手，却还是像一根从水底下长出的树枝，直挺挺地伸向了半空。见他这个样子，大女儿当然怕得要死，失声哭喊了起来，他却腾不出嘴巴来让女儿不要哭，也不要喊，因为在水面下，他的嘴巴，一直在找着那些歌的调门。

　　只要找到了那些歌的调门，再唱起来，他确信，哪怕水性不好，他也不至于如此左支右绌。再看他现在，既像一只可笑的猴子在水中上蹿下跳，又被剧烈的疼和痒折磨得恨不得撞墙，更何况，在水中，他找不到这样一堵墙。来吧，唱起来吧，再不唱起来，你就要被淹死啦，他哀求着自己，憋着气，安静地等待着自己。来吧，唱起来吧，《望星空》和《三套车》，《驼铃》和《十送红军》，你们倒是被我唱出来呀，再不唱出

265

来，我是真的就要死了，可是我不能死啊，我的大丫头还在河堤上等着我呢——遗憾的是，不管他哀告了多久，又苦挨了多久，到了最后，他还是只能继续高举着蛇胆，继续地用左脚挠右腿，再用右脚挠左腿，剩了最后一口气，这才苟延残喘着来到了对岸。大女儿早已从河堤上跑下来，歌唱般拼命伸长脖子，一口咬住了他从半空里扔下的蛇胆。到了这时候，《望星空》的第一句才从他的喉咙里响起来，还没完全唱出，活生生地，又被他的喘息憋了回去。

没过几天，又出了事，谁都不会想到，这一回出事的，是从来不给他惹上一丁点麻烦的二女儿。却原来，别看她从来不生是非，是非却早已盯上了她：几个聋哑人组成的骗子团伙，一直在拉她加入，她自然不同意，结果，上一回，她姐姐住院的时候，她也是没办法了，瞒着一家人，偷偷找他们借了钱，借的还是高利贷。这下子好了，三天两头，那伙聋哑骗子便在沙发厂门口截住她，要带着她走；还有，利滚利下来，要还的钱已经到了她想一想都害怕的地步。终于，她不想再活了，吞了农药，幸亏工友们发现得早，手忙脚乱地将她送进了诊所。

等他赶到诊所的时候，二女儿已经洗完了胃，但是，一直昏迷着。这家诊所其实就是平日里大女儿挂盐水的地方，新来的医生比从前的医生胆子大，什么人什么病都敢接，也就没有瞒他：他的二女儿，不知道还能不能醒过来，但多半是醒不过来了。听见医生这么说，他的身体抖了一下，他以为它会继续抖下去，倒是没有，它比他想象的要平静得多，但他知道，它那是实在没有气力了。突然间，一个念头袭来：干脆死了吧，我认了，反正我会在你之前死的。他对着女儿说，你放心，我会死在你前面的。之后，他的脑子里除了空白再无其他，呆滞地看着滴液一滴一滴进入二女儿的血管，再看着诊所门口的美人蕉开了花，回过头来，一眼看见，一只壁虎盘踞在西面那扇墙的正中央，不知道该上去，还是该下来。他干脆离开了女儿，在那只壁虎的正下方坐下了，不看女儿，也不看壁虎，天知道他在看什么呢？

　　难以饶恕的是，黄昏的时候，糊里糊涂地，他竟然睡着了，不仅睡着了，他还做了一个梦。梦境里，雾气铺天盖地，他便在雾气里茫茫然朝前走，终于在一处灯光下站定，这才看清楚，他又回到了陕西的小火车站。站台的对面也有一盏灯，灯光底下，站着当初那个打仗一般去唱歌的人。见到他来，对方笑了一下，就像是早就知道他一定会来，也像是自己已经在这里等了他好久。不知道怎么了，见到对方笑，他差点哭了出来，对方却又笑了，似乎是在提醒他，既然已经身在此处，哭不是办法，歌唱才是唯一的办法。而后，他忍住了哭，看着对方，对方也看着他，在他们之间，只横亘着一条铁轨，但又好像横亘着他们自从两不相见之后各自受过的所有苦。那么，还等什么呢？一、二、三，开始唱起来吧，这时候，一列火车呼啸着驶入站台，但是，不要紧，火车的呼啸声尽管猛烈，他们的歌声却嚣张着突破了猛烈，响彻在小火车站的上空。还有，两个人的心，是多么齐整啊，唱的竟然是同一首歌，那也是他第一回打仗般唱起的歌："年轻的朋友们，今天来相会，荡起小船儿，暖风轻轻吹；花儿香，鸟儿鸣，春光惹人醉，欢歌笑语绕着彩云飞……"

　　要命的是，一首歌没有唱完，他突然醒了。不不不，他不能醒，也不愿意醒，那首歌还没唱完呢。所以，他便一边唱，一边对自己说，继续，继续唱，我还没有醒，我也不愿意醒，要是醒了，我就又唱不出来了。话虽如此，清醒与梦境，却都没放过他，站在他身体的两头，拉扯他：一个叫他醒，一个叫他不醒。他看看这个，再看看那个——多么像他的一生啊，在老家，在广东，在这里，在那里，在一切他踏足过的地方，无一处，他不是呆若木鸡地站着，往前走也不是，往后走也不是，往左走也不是，往右走也不是，那么，还等什么呢？一、二、三，管他醒还是不醒，我就先唱起来吧。

于是，他深吸了一口气，像站台对面的那个人，嘶吼着，迎来了自己唱出的、刀砍在铁轨和夜幕上一般的歌声。也就是在此时，他突然听见，病床上的二女儿在叫他。听见她在叫他，他的全身都在战栗，却不忘提醒自己：不会的，你不会有这么好的运气。霎时间，他平静了下来，终不免又偷偷睁开眼睛，一眼看见——天哪，二女儿真的醒过来了，因为不会说话，一直都在咿咿呀呀。哪怕咿咿呀呀，他也知道，二女儿是真的在叫他，他接着提醒自己要平静：好运气来了，千万可别把它又吓回去了。只是，关于歌唱，那一句一句，无论如何，他都是舍不得的，所以，他便压低了声音，再一句接着一句往下唱："再过二十年，我们重相会，伟大的祖国，该有多么美！天也新，地也新，春光更明媚，城市乡村处处增光辉……"

唱完了，他站起身，给另一首歌起了头，看了看墙上的壁虎，再去看睁大了眼睛的二女儿，没有去指责，甚至来不及安慰，而是调转头去，跑出了诊所。一路上，夜幕刚刚降临，河水在他耳边发出了微弱但却清晰的流淌之声，河上的桥、城中村，接连的工厂……一处处所在，都被他用奔跑和歌声丢在了身后。一边唱，他一边想起了小时候拽过的马尾巴：哪怕闭上眼睛，哪怕路上都是深一脚浅一脚，只要紧紧拽住马尾巴，不松手，到了最后，马尾巴总是能将他带到他要去的地方。再看此刻的前方，最后一座工厂已经被抛在了身后，灯火闪亮的夜市已经离自己越来越近了。

一刻钟后，他站在了夜市对面一幢居民楼的楼顶上，深呼吸，清嗓子，反复几次之后，他亮开了喉咙，一首《三套车》就这么干干净净地开始了。这一回，可以告慰自己的是，他，还有他的歌，在楼顶上终于变成了一场热闹——夜市里的人纷纷停下酒杯，停止走动，不明所以地眺望着他，其中自然也有夜市老板和簇拥在他身边的小弟们。《三套车》正好唱完，他安安静静地对着夜市老板说：不用唱一整夜，从现在开始，只要是他会唱的歌，他都轮番唱一遍，歌唱完之后，如果对方仍然不肯将女儿交还给他，他便从这楼顶上跳下去。夜市老板自然难以置信，一似当初，将手中的肉串砸在地上，再腾地起身，打量了他一阵子，却不屑地笑着，重新端坐了下去。但是，一场巨大的热闹的确已然拉开了序幕——倏忽之间，夜市里几乎所有的人都朝着居民楼这边奔涌了过来，夜市老板和小弟们不得不起身驱赶，不过没有用，没过多久，就连他们自己，也全都被人流遮挡和掩盖住了。

而他，他闭上了眼睛，沉默了一小会儿，用舌头舔了舔嘴巴，就像一整条河都在他的嘴巴里流淌，嘴巴和喉咙，全都变得湿湿的，润润的，那么，还等什么呢？各位观众，让我们开始吧，一、二、三，开始："也许我告别，将不再回来，你是否理解，你是否明白？也许我倒下，将不再起来，你是否还要永久地期待……"

三过榆林

冬至日，天降暴雨，我头一回过榆林城。其时黑云压城，滂沱的雨水似乎将整个尘世驱赶到了雨幕之外，而我乘坐的小客车依然在雨幕中缓缓驶向茫茫然不可知的地方，直到一棵榆树被狂风折断，硬生生刺入了车窗，小客车才终于停下。乘客们全都被破窗而入的"刺客"吓住了，虽说未作动弹，但是纷纷仓皇四顾，看上去，就像一群末世里的囚徒，抑或一群待宰的羔羊。

过了好半天，沉默才终究被一个瞎子打破。那瞎子显然是个爱热闹的人，似乎天生就怕冷场，全然未将满天暴雨放在心上，竟然向左邻右舍打听起了车窗外的景致。路边的房屋是砖房还是窑洞？地里的小麦长到多高了？还有，既然此地唤作榆林，我们所经之处，是不是果有成片的榆林？然而左邻右舍无不满脸愁云，面对他堪称活泼的提问，一个个先是搪塞和苦笑，过了一阵子，也就不再理会他了。

哪里知道，稍一冷场，他竟然当即提议，既然一时半会儿走不了，他干脆给大家唱段曲子，不知众位乡亲们意下如何？众位乡亲仍然懒得理会，他却二话不说，径直扯着嗓子唱了起来："风飒飒，雨潇潇，青山苍翠，迎天晓抗秋寒风雨难摧，头高昂步从容冷对群匪，耳听得声声呼唤深谷萦回……"

一听之下，我心头倒是一惊，只因为，那瞎子唱的不是别的，正是我家乡的荆州花鼓戏《蝶恋花》。可能是他走南闯北的年岁过于深长，之前我竟然没听出他来自何方，如此，我便屏息听他继续唱，果然，不几句之后，我便可以确认：千真万确，他是我的同乡。

天快黑下来的时候，雨稍微小了些，我和其他几个乘客下了车，一起将那棵刺入车厢的树拖拽了出去，再连声催促司机赶紧开车。可是，司机连打了几次火，小客车就是无法发动起来，乘客们这才烦躁起来，纷纷指责起了司机。殊不知，在指责声里，司机却变得比乘客更加烦躁，几言不合之后，他竟然推门而出，跳下小客车，钻入雨幕，自顾自地朝前走了。所有人都瞠目结舌，全都忘记了阻挡，眼睁睁看着愤怒的司机越走越远，竟至于全然消失在了雨幕里。

　　天色即将黑定之前，雨稍微止住了些，乘客们终于放弃了司机还会回来的指望，三五相邀，怨声载道地背上各自的行李，再往榆林城的方向跋涉前行。我也别无他法，只好随着众人一起往前走，因为脚下实在过于泥泞，我每往前走上三五步便要摔倒一次，不由得越来越沮丧，直到听旁边的人说此地离榆林城实际上已经只剩下十多公里，这才总算松了一口气。可是，就在这时候，我却想起一件事来，原地站住，思虑了一阵子，终究还是决定折返回去，奔向了刚刚离开的那辆小客车。

　　果然，除了那瞎子，从小客车上下来的人都走尽了，只剩下他杵着拐棍，一脸茫然地站在车门边，听听这边的动静，再听听那边的动静，似乎不知道眼前发生了什么事情，又好像已经知道了，却不知道往哪个方向迈开步子。听见我来了，下意识地笑了起来，却听错了方向，不过就在转瞬之后，我所来的方向便被他准确地辨认清楚了，于是，他认真地、庄重地对我笑了起来。

　　并无一句寒暄，我走上前，径直告诉他，所有人都已经徒步前往榆林城了，又问他，愿不愿意和我一起往前走？他使劲点头，点完头，似乎是想起来忘了笑一下，又格外热烈地笑着连声说愿意。如此，我便牵着他的拐棍，重新踏上了前往榆林城的路。未承想，还没走出去几步，我便一个趔趄，费了好一会儿心机想要站住，却终于还是摔倒在地，不用说，那瞎子也紧接着摔倒了。躺在地上，我刚想对他说一句惭愧，大概是早已习惯了摔倒，他竟然异常轻松地立即从地上站了起来，哈哈笑着，告诉我说他一点事都没有。

如此，我便从地上爬起来，再次牵着他往前走。这时候，天色黑定了下来，我拿出手机，当作电筒来用，这样，眼前的道路倒是都能辨认清楚。既然夜黑路长，两个人终归要攀谈起来，我先对他说了自己是何方人氏，再问他是不是我的同乡，没料到，他竟然告诉我，他其实是江西人，为了活命，他从十多岁就开始在全国游历，之所以会唱荆州花鼓戏，是因为他在荆州城里住过整整三年，也正是在那里，他遇到了他的师父。师父也是个瞎子，教会了他唱花鼓戏，此后，他才终于不再为吃了上顿没下顿而发愁，即使在离开荆州之后，他差不多踏遍了一十三省，始终并没有缺吃少穿，哪怕是在广东湛江的一个小县城里，他听不懂旁人说话，旁人也听不懂他说话，可是，只要他唱起了花鼓戏，总有人会给他送来吃喝。

身旁的同路人身世竟是如此，倒是多少有些出乎我的意料，于是，我便转而问他，为何来到这并不算盛大的榆林城，难道此处的吃喝比广东更容易得来吗？他却告诉我，他来此地，是要给师父养老送终。

——他的师父，就是榆林城里的人，年轻之时，也是千里万里地去了荆州，中年之后，日渐思乡，拼死拼活也要回到榆林。实际上，他和师父是同一天离开荆州的，只是一个往南一个向北。在荆州城北门的小汽车站，他对师父立了一个誓，说要以五年为期，五年之后，他定当会前往榆林城，找到师父，侍候他。而今年就是他与师父分别后的第五年，所以，过了秋分，他就从暂居的河北出发了，一直走了几个月，至今日，才总算是走到了榆林城外。

我当然不曾想到，我们脚踏的这条路，竟然是一条践约的路。愣怔了片刻，我干脆不再牵着他的拐棍，转而离他更近，搀住了他，他也稍微愣怔了下，没有拒绝我的亲近，仍然是一脸的笑，如此，我们便重新一小步一小步往前走。令人羞愧的是，没走多远，我又趔趄了起来，反倒是他，一把将我定定地拉扯住，这才没有倒下，直到这时我才多少有些明白，看起来，我是在带领他，实际上，他需要的，其实只是一个前往榆林的方向。作为一个在黑暗里不知走过多少弯路的人，此刻脚下的艰困，于他而言，不过是最寻常的小小磨折。

这时候，天上起了大风，之前已经疏淡下来的雨水重新变得密集，越往前走，雨滴愈加坚硬，显然，一场更加狂暴的大雨正在迫不及待地显露端倪，我身旁的那瞎子却问我，想不想听他再唱几支曲子？实话说了吧，我全无听歌的心思，却又不想拂违了他的好意，想了想，转而问他：眼见得的狂风骤雨，一路上又黑灯瞎火，掐指一算，真不知何时才能走到榆林城，他何以还能开口唱曲？哪知道，他却还是笑着告诉我：你就当它们全都不在，风也不在，雨也不在。

我举头在黑暗里四顾，风雨明明都在，绝非虚在，全都是一颗一颗、一阵一阵的实在，那瞎子却反倒像是被漫天风雨激发了兴致，甚至恢复了之前小客车里的活泼，兴致勃勃地对我说，这么多年，他都是这么过下来的——风雨交加之时，他告诉自己，它们全都不存在；一脚跌进深沟或窨井里之后，他告诉自己，他不过是刚睡了一觉才从红薯窖里醒过来；有一回，他被一个女人打破了头，他告诉自己，那是他回到了小时候，那个女人，可能是他的母亲。不仅如此，哪怕平日里并未遭遇什么沟壑，但凡踏足一地，仿佛画画，仿佛拍电影，他早已习惯了用狂想给所在之处安排好周遭和伴侣。时间长了，那些周遭和伴侣就跟他熟稔得像是一家人了，打招呼、开玩笑乃至吵嘴，一样都不会少。就譬如：在刚才的来路上，风雨当然无踪，他的眼前身边只有铺天盖地的榆林，其中一棵榆树上还落了一对凤凰；前一阵子，他坐渡船过黄河，河中的水神听说他路过此地，特意给他备下了几壶薄酒，两人端的是一醉方休；更早一些，他刚从河北离开的那个早晨，天上下着小雪，他当自己回了宋朝，一路上，风高他要放火，夜黑他要杀人，因为他不是别人，十万禁军教头豹子头林冲是也。

必须承认，在暴雨当空而下的时刻，听完他扯着嗓子说出的这些话，我的心底里遍布了巨大的惊异。更加令我惊异的是，不觉间，我竟然越走越快，不要说摔倒，连一个趔趄都没有，似乎真的穿云破雾，和他一起走在了豹子头夜奔的路上。似乎前方真真切切的就有一座山神庙要从风雪里显出身形，再等着我们放火烧掉。终了，我还是问他：此刻，但不是此世，而是他狂想出的彼世里，和我们同路的、亲如伴侣的，是些什么样的奇珍异兽？

霎时之间，那瞎子就像再生了一对火眼金睛，几乎是雀跃着告诉我：现在，我们是在首都北京，长安街，十里长街送总理的长安街，身前身后绝无任何泥泞。你看那绿树成荫，你再看那华灯初上，对了，你抬头去看我们的头顶，没有错，要相信自己的眼睛，有一只孔雀，跟着我们走了千里万里，一同到了北京，现在，它就在我们的头顶上往前飞。实不相瞒，这是他最好的朋友，每一回，只要它在近旁，他就忍不住要和它一起开口唱起来。

有那么一刹那，我好像真的踏足了他所指点的那个世界，下意识地，竟然抬头去眺望那只并不存在的孔雀。而我身边的他，对未能歌唱的忍耐仿佛已经临近了极限，终于几近亢奋地唱起了另一段荆州花鼓戏《花墙会》："家住湖广襄阳九龙井，遵父命回乡省亲遇灾星，求恩人留下府君名和姓，方天觉结草衔环报大恩……"

直到好几年之后，在诸多风尘厮混稍微了结的间隙，艳阳下抑或夜幕里，那瞎子的歌声偶尔仍会破空而来，只叫我当场站住，一遍又一遍地在虚空里追逐着缭绕不去的余音。那歌声虽说不至于比作当头棒喝般的狮子吼，却也堪似佛前的木鱼一阵更比一阵猛烈地敲响了。赶路的时刻到了，做功课的时刻到了，被某种至高之物一把拉扯过去的时刻到了。如果说，在我过去的生涯里的确存在过几番紧张、迷醉乃至明心见性之时，那么，榆林城外，那一场雨夜里的遭际之于我的全部生涯，就像我拿出手机当作电筒来用时散发出的光芒，虽然没有多么夺目，却刚刚照亮了眼前的行路。

是啊，在当初的夜路上，当那瞎子的歌声不断升高，我确切地感到了紧张，那甚至是一种强烈的担心。我担心我们头顶上的孔雀飞走了，也担心所谓的"清醒"不请自来，驱使我不再夹杂在雨幕和那个孔雀盘旋的世界之间左右为难。到了后来，我竟然担心暴雨早早结束，担心眼前的夜路早早走完，担心这神赐般的苦行会戛然而止。脚下的泥泞和艰困消失了，不知不觉间，我早已如履平地，又身轻如燕，就算闪电穿透了雨水，在我们的身边接连击下，我也视而不见。就算之前走在前头的三三两两一个个被我们越了过去，我也视而不见，就只是费尽了气力朝前走，费尽了气力在那瞎子的狂想之境里上天入地，却不忘对自己说：你看那绿树成荫，你再看那华灯初上。

然而，送君千里，终须一别。雨还在下，当我再一次抹去脸上的雨水，竟然一眼瞥见了不远处闪烁着的霓虹，再稍微仔细一点辨认，可以看清楚霓虹所在其实是一座郊区商场。渐渐地，汽车喇叭声也清晰了起来，千真万确，我们已经走到了榆林城内。恍惚间，我去看身边的那瞎子，他也止住了歌唱，面朝我，又挂满了一脸的笑，其时情境，就像两个取经的沙弥渡尽了劫波，这才来到了人迹罕至的藏经洞前。但是，就在此时，我竟然听见有人站在商场的屋檐下叫我的名字。

说起来，我这一回打榆林过，为的是给一部电视剧看景，目的地却是距榆林城一百多公里的另外一座县城。我和摄影师美术师早已约好了在榆林城里碰头，但是，在刚才的夜路上，因为我一直在拿手机当电筒用，手机大概是已经被雨水淋坏了，摄影师美术师给我打了许多遍电话，却怎么也打不通，于是干脆租好了车，就在我进城的必由之路上等着我。此时，一见到我，二话不说便要将我拉上车，而我，却站在原地里纹丝未动。实话说了吧：我竟然舍不得就此离开那瞎子。在同伴接连不断的催促声里，我看看他们，再去看那瞎子，迷乱着不知如何是好。可是，就在这转瞬之间，那瞎子却仿佛已经完全对我的情形明了于心，虽说还是笑着，却像是做下了一个决定，笃定地点了点头，要我赶紧上车离开，听我还是没有动弹，他又哈哈地笑着说："我走啦！再不走，我的孔雀就要得重感冒

279

啦！"

　　说完，他便三两步重新奔入了雨幕，而我，也就在恍惚间被同伴们拉扯着上了车。之后，我们的车朝着目的地缓缓向前行驶，而那瞎子的唱曲之声又从雨幕里升腾了起来："我为你，我为你千里奔波冒风尘，我为你死里余生血染巾，我为你挨过王府无情棍，我为你含悲忍辱入空门，我为你墙外脚印摞脚印，我为你手拿木鱼敲碎心，只盼你无损冰清玉洁体，要谨防花落寒塘染污尘……"

　　其后多年，我将不少荆州花鼓戏的选段拷进了手机里，每逢走夜路的时候，山西也好山东也罢，台湾也好香港也罢，我总是忍不住再三去听它们，听多了，某种对身边万物的热情就不自禁从心底里涌动起来——想当初，谁能想到，我自小就算作熟稔的花鼓戏会突然降临在寸步难行的夜路上呢？如此，这浩渺尘世里的高楼与深谷、山寺与火车、穷人与花朵，它们和他们，是否也在不为人知之处缔结下了深重机缘？其后多年，我还经常想起榆林城里的雨幕，就好像，榆林城里的雨水无休无止，那瞎子在雨幕里的奔走也无休无止，但是，只要他的歌声不停，雨水便无损于他的金刚不坏之身。其后多年，稍遇如坐针毡之时，我也强迫自己闭上眼睛，画画一般，拍电影一般，用狂想给自己的所在之处安排好周遭和伴侣。但是，离开了暴雨、榆林城和那歌唱的瞎子，更多的苟且便故态复萌，直至变成本来面目的全部，那只我曾经见识过的孔雀，始终不曾飞临我的头顶。

　　直至我第二回经过榆林。这一回，我仍然是为了一部电视剧前来，为了说服一个导演能拍我写的戏，我和投资人带着大包小包的土特产，前去探望正在榆林城拍戏的导演，只是这一回，我们是从北京坐飞机前来。在从机场前往榆林城的路上，虽说窗外的残雪不断提醒我今时已非往日，但是，我满脑子里念想的，却仍然是记忆里堪称刻骨的那条夜路。如此，我便暗自定下了主意：此去榆林，尽管行程实在仓促，我也定然要找到那瞎子，再听他唱一曲荆州花鼓戏。

幸运的是，找到他竟然非常容易，在旅馆办入住手续的时候，我向服务员打听起他的下落，没想到，几年下来，他在榆林城里竟然已经算得上著名。服务员告诉我，她认得他，他就住在一座汽车站附近的小巷子里，几乎每天，他都要在汽车站前面的小广场上卖唱。我问服务员，那瞎子唱的是不是荆州花鼓戏，服务员却确切地告诉我，他唱的是秦腔和地方小调。这倒不奇怪，他的师父就是榆林当地人，教他唱会秦腔和当地小调应该都不在话下。如此，我便火急火燎地朝他所在之处寻了过去。

其时正是黄昏，汽车站里已经没有多少人乘车，所以，站前小广场上也人烟稀落。虽说隔了老远我就听见他在扯着嗓子唱，但他身边的确并无一个人围观。我几乎是小跑着奔了过去，一脚站定在他身前。他多半以为是来了给他打赏的人，于是唱得愈加卖力，青筋暴露，曲声也渐渐激越起来，直至额头上渗出了豆大的汗珠。

一曲唱罢，他先是辨认清楚我的站处，而后，就笑了起来，正是我所熟悉的，那种盲目而热情的笑。见我不说话，他便问我，要不要再听一曲？刹那间，我便想起了当初的小客车上，他也是如此这般地问他身边的人。这时候，我就开口了，径直告诉了他我是谁，他稍微愣怔了片刻，哎呀一声，腾地站来，一把握紧了我的手。

因为已经和前来探望的导演约定了他收工之后的夜宵，而且明天一早我就要离开，所以，我便对那瞎子提议，闲话不要再提，你我二人，何不就此找一家小店，先行把酒言欢？那瞎子当然说好，他知道有一家羊汤馆，那里的羊杂碎好吃得紧，但是因为我远道而来，而他已是此地的地主，所以，这顿酒一定要他来请。好说歹说全都没有用，我便不再推辞他的盛情，干脆攘着他，两人一起欢欢喜喜离开了。

看上去，那瞎子显然早已对榆林城里的大小街巷烂熟于心，没花多长时间，我们就在一条小巷子里找到了他说的羊汤馆。临要进门，我突然想起一件事来，就赶紧问他：何不叫上他的师父，一起来作这尽兴之欢？没想到的是，一反常态，他竟然叹息起来，也不说话，先找了一张桌子坐下了。

三巡过后，酒酣耳热，那瞎子竟然哭了起来，到了这时候，我才知道，却原来，自从那晚来到这榆林城，此后每一日，他无不都是在找他的师父，但一直到今天，秦腔学会了，地方小调也学会了，师父却仍无半点音信。许多次，他前去师父的旧居向他的邻居打探，得来的消息，却是师父从来没有回来过。他也想过，是不是离开榆林城去找师父，可是，他既不知道去哪里找，又生怕他一走师父就回来了，所以，在此地，他的每一日，都真正是左右为难。

这个在我记忆里活泼到触目的人，此刻竟然嚎啕大哭了起来。面对他的哭泣，我全然不知道该如何宽慰他，心里倒是涌起过一个念头，想问问他，在此地风霜雨雪过下来，他都用狂想给自己安排过什么样的周遭和伴侣？他的老朋友，那只孔雀，是否还在与他长相厮守？终究没有问出来，也只好端起酒杯一饮而尽，好在是，似乎我的到来重新将以往的他激活了，哭泣突然止住，他提议说给我唱一曲荆州花鼓戏，唱完了，他还想带我在这榆林城里走一走，也不枉我好歹来了这一趟，总要知道榆林城的模样。我当然说好，他便喝下一杯酒，也不管邻桌的旁人，兀自亮开嗓子，那铁匠敲击山河般的曲声顿时就冲破了羊汤馆："想当年娘在桑园把儿命救，带回家胜过了亲生骨肉，全不顾家中清贫又添一口，娘的甘苦点点刻在儿的心头……"

直到曲子唱完，我们出了羊汤馆，那瞎子领着我在城中游转，他久违的活泼才总算水落石出了起来。四周景致被他一一指点：这里是回民街，那里是糕点铺，前方有一座建于清朝的桥，更远的地方，还有从明朝留下来的老城墙。其时情形多少显得有些怪异——一个瞎子正在热情地充当导游，跟在他身后的我却反倒连连称是，所以，每当有人经过，总不免多看我们几眼。那瞎子却不知所以，可能是太久无人与他亲近，他拉扯着我，几乎是在小跑着往前奔行，好几回都差点撞倒了围观我们的路人。

然而，看着他跌跌撞撞地来回奔忙，我的心底里却是涌起了某种不祥之感。过度的雀跃，时而荆州话时而榆林话的频繁转换，还有他脸上过分夺目的红晕，这一切，恰恰可以用失魂落魄来形容，甚至尚且不够，我还是实话说了吧——他的身上甚至显露出了隐约的疯癫。

等到我们行至一条稍微空寂的街道上，四下里无人，我就忍耐不住，径直去问他，那只狂想世界里的孔雀此刻是否正在我们的头顶上。哪里知道，他半天都没说话，迎着夕光安静地站立着，最后，叹息着告诉我：那孔雀虽然还在，但每一现身就立刻变作了猛兽，而且终日里都在威吓他，想要吃掉他。我多少有些不知所以，反倒帮他追忆着当初：也曾跟黄河的河神干杯，也曾化身林冲走出河北，为什么偏偏到了这榆林，那只孔雀就变作了要吃他的猛兽呢？这时候，他从夕光里侧过脸来，告诉我，他的魂丢了，从前的好多事，都不记得了。

　　再往前走了一小段，在一面仿古酒旗之下，那瞎子又站住了，突然间，既像是丧失的记忆突然恢复，又像是奔涌的委屈终于冲破了闸口，彻底打开了话匣子。他对我说：此生中，他要拿性命去侍卫的，就是他的师父，只因为，如果他这一生里也像旁人一般得到过谁的亲近和欢喜，除了师父，就再也没别的人了。所以，侍卫师父于他岂止是念想，那简直就是每一念及鼻子就要发酸的狂喜，好像佛教徒们在尘世里可能不发一言，倘若见到释迦牟尼，哪有不跪拜痛哭的道理呢？在这茫茫人间奔走，掉进了窨井，他当自己是从红薯窖里醒来，被陌生的女人打破了头，他将对方当作自己的母亲，为的是，赶紧度过去，赶紧见到师父，赶紧向他索要亲近和欢喜。可是，他却只能在那个狂想的世界里见到师父，更可怕的是，因为那只孔雀，还有更多的物事，全都变作了吃他的猛兽，他连那个狂想的世界也不敢去了。

　　这一回，轮到我不说话地暗自叹息了，也只好陪着他一起沉默地朝前走。要说起来，这世上的聚散果真有命——我们刚刚踏上另一条街，我竟劈头就遇见了正在拍戏的剧组。不用说，这剧组的导演正是我从北京飞来探望的人，如此，我便赶紧上前，前去问候导演，再去问候相熟的演员们。可是，等到一轮寒暄下来，举目四望，那瞎子却凭空里消失得无影无踪，我不曾有片刻犹豫，四处奔跑，从前街找到后街，终了，此行的任务占了上风，我终究没有继续找那瞎子，迟疑着，还是回到了导演的身边，直至陪着他完成了当日的戏份。这样，我和那瞎子的第二次相逢，就此便草草作别了。

隔天清晨，赶飞机的路上，我特地绕道那瞎子卖唱的汽车站，四顾了好一阵子，没有找见他，又眼见得大雪从天空里降下，地面上正在上冻，生怕误了飞机，还是颓然前往了飞机场。一路上，越往前走，那种明确的不祥之感就愈加浓重。我就实话说了吧，前一日里，在此世，而不是在狂想出的彼世，那瞎子所有的指点都是错误的：回民街，糕点铺，清朝的桥，明朝的老城墙，事实上一样都不存在；就连我们干杯歌唱的羊汤馆也不存在，那不过就是街头上一家用彩条布搭起来的排档。

第三回过榆林全然是个意外。我一个人在山西吕梁地区游荡，漫无目的地到了临县，看过了正觉寺和义居寺之后，兴之所至，竟然渡过了黄河，去对岸的陕西佳县听了几天民歌，快要离开时我才知道，这佳县正是榆林的辖地，两地相距不过百十公里而已。霎时之间，那瞎子的身影便从空茫里显出了身形，就像站在眼前一般活生生，我便没有犹豫，直奔汽车站，坐上了前往榆林的客车。

到了榆林城，我仍然住在了上一回来时住过的旅馆，旅馆的服务员也尚且还认得我，办入住手续的时候，我还没来得及打问，她竟然径直告诉我，那瞎子已经死了。我愣怔着，甚至来不及震骇，只是盯着她说不出话来，她便再次告诉我：那瞎子千真万确已经死了，就死在榆林城外的一座水库里。只听说他在四周乡镇里打探他师父的下落，终归是眼睛看不见，可能一脚踏空掉进了水库，死了好几天才被人发现。最惨的是，他死了还不到半年，他的师父就回到了榆林城。

在旅馆的柜台前，我恍惚站着，一时之间，房卡拿在手上，痴呆着忘了上楼，就在恍惚与痴呆之间，当初的暴雨和夜幕，后来的羊汤馆和仿古酒旗，一幕幕纷至沓来，中间又夹杂着连绵的唱曲之声，一会儿是《花墙会》，一会儿是《送香茶》，那曲声互相缠绕，又分头而去，终于全都喑哑了。我清醒过来，问那服务员，知不知道那瞎子的师父现居何处。服务员便回答我，像那瞎子生前一样，他的师父也是终日在汽车站前的小广场上卖唱，去那里就可以寻见，这样，我就二话不说，推门即向汽车站方向飞奔了过去。

二十分钟之后，气喘吁吁地，我站定在了那瞎子的师父跟前。其时又是夕照满天之时，那老者并没有开口歌唱，而是安静地坐在夕阳里，身体算得上硬实，如果不是双眼俱盲，说是一身的清朗之气也不过分。没有等待太久，我走近他坐下，再跟他仔细说起来，我跟他的徒弟，的确存在过几番机缘，我们的头顶上，曾经盘旋过同一只孔雀，只是没想到，这机缘如此浅薄，他竟然就此便驾鹤西去了。没想到，我刚说到此处，那老者就打断了我，再若无其事地告诉我，他的徒弟并没有死。

和在旅馆的柜台前一样，我又陷入了愣怔，那老者似乎未曾出门已知天下三分，早已看透了我的疑惑，伸出手向前指点，说他的徒弟就在对面唱曲。我顺着他的指点向前看，除了匆忙的人流，却是再无所见。但见那老者，彻底将陷塌的眼窝紧闭，再仰起头来轻微地摇晃，似乎真正是在随着一支曲子渐入了佳境。蓦然间，好似闪电击醒了记忆，诸多消失已久的场景死灰复燃，我总算明白了，和当初夜路上的那瞎子一样，除去此在的尘世，他的师父，也别有一个人间，在那个人间里，那瞎子照旧活着，照旧在奔走唱曲。

对那瞎子的歌唱，他的师父多有不满，一边听，他一边告诉我：花鼓戏里，《清风亭》唱破了音，《哑女告状》则记错了词；秦腔里，因为咬字始终没有过关，唯有《斩韩信》里的一小段尚可一听。除了诺诺称是，我也答不上别的话，干脆逼迫自己狠狠盯着老者指点的对面，看看能否找到那瞎子的身影，能否切实地踏足于这师徒二人的人间。但是，除了耳边的汽车喇叭声，除了眼前渐渐稀少下来的人流，我再也未能听见和看见更多。

天黑下来之后，和上回来榆林城时我问那瞎子的一样，我也试探着问那老者，你我二人，何不就此寻一家小店把酒言欢？抑或说一说你的徒弟？多说一说他，于我而言，是否也可算作一场勉强的祭拜？那老者似乎不愿意听我的后半句，直接打断我的话，再对我说：你我二人，当然要把酒言欢，但是，把酒的绝不止二人，而是三人，他的徒弟也要一并前去。随后，不等我多说，他起了身，朝向对面的辽阔之处，大喊了一声：走啦！这才径直走在了我的前面。

小酒馆里，那老者执意吩咐服务员，给他的徒弟也摆上了一副碗筷。上了酒之后，他第一个先给我倒上，再给自己倒上，最后才给徒弟倒上，这最后一杯好似在吩咐徒弟，不管身在哪里，礼数规矩都不能坏了。然后，他便开始和我碰杯，每一回碰杯，他的杯子都能准确地碰上我的杯子，只有到了这时候，小小的得意才算流露出来，但这得意，只是给徒弟看的，意思是要他学着点本事，当然，这小小的得意，刚刚好地都化作了气定神闲的一部分。要说起来，那老者的酒量真是好，两瓶白酒，我并未喝多少，没多大工夫，酒瓶里便所剩无几。我刚要再叫服务员来加酒，他却仰头喝尽最后一杯，又对着那副多出来的碗筷大喊了一声：走啦！一语既罢，我还坐在原处，他却站起身来推门而出了。

　　忙不迭地，我结了账，也推门跑出去，在巷子口追上了那老者，再问他住在何处，我好送他回去，他却连连推辞。我多少有些放心不下，执意要送他，他这才驻了足，告诉我，他的住处实在有碍观瞻，两人此处别过也就好了。我当然接口再劝他不必作过多想，哪知道，他却说，颠沛流离了一辈子，他当然不在乎，但是，他的徒弟在乎，他怕他的徒弟怪自己没能给师父置下一处更好点的容身之所。

　　当夜里，躺在旅馆中，我竟然难以入睡，只要一闭上眼，满脑子里便都是那师徒二人的身影，在诸多思虑之中，乱麻与沟壑交错，于我而言，已经几近于一场小小的错乱。直到天快亮了，我也没能睡着，干脆披衣起床，出了旅馆，在城中信步乱走，走着走着，就走到了那座汽车站前的小广场上，没料到，那昨日里的老者也早就来了，待我走近了才看清楚，他的脸上竟然流了一脸的血。再仔细看，那血是从头上渗下来的，而他的年纪毕竟已经不轻，此刻，他撕下了衬衣的一块，正在吃力地给自己包扎。

　　一见之下，我差不多大惊失色，赶紧上前帮他包扎好，再要带他前去医院。不承想，他却端坐下来，只说他心里有数，伤口和血都不打紧，过一阵子就好了。我当然不信，拉扯了好几遍，终于还是未能如愿，没有别的办法，我也只好就在他身边坐下，想了想，终归忍不住去问，这头破血流究竟是所为何故？他倒是没瞒我，对我说，他这是被人打了——这广场上卖唱的，有真瞎子，也有假瞎子，大概是因为他唱得好，卖唱所得总比假瞎子多，所以，他已被那几个假瞎子打过好几回了。

蓦然间，这老者的徒弟曾经对我说过的话在我耳边回旋了起来，他说：他要拿性命去侍卫的，只有他的师父；他还说：见了师父，自己要拼命向师父索要亲近和欢喜。如果他还活着，今日里，面对如此情形，他只怕是要和那几个假瞎子将命拼尽了。就这么胡思乱想着，再看看身边的老者，迟疑了一会儿，我终究对他问出了那些纠缠了我整整一夜的思虑：如何能够像他一样，死亡非但未能将他和他的徒弟分开，反倒让他们更加如影随形？还有，他的徒弟，千真万确已然作别了人世，他不伤心吗？如果他并不伤心，只要终日沉迷于狂想的所在便已足够，那么，这难道不是对死亡的轻慢乃至侮辱吗？

问完了，我就直盯盯地看着他，心底里却作好了他不发一语的准备，哪知道，那老者沉默了一阵子，竟然开始说起了河南邓县。却原来，当年离开荆州之后，他才刚刚走到河南邓县，因为看不见，行至一座村庄时，被一根裸露的电线击晕了，如果不是被一个弹棉花的小伙子所救，他肯定早已不在人世。身体稍微好些之后，他又日夜赶往榆林城，没走多远，他就听说那弹棉花的小伙子被一只疯掉的恶犬活活咬死了，四岁大的女儿却一个人被孤零零地扔在了世上，如此，他便实在没法子再往前走了，只好折回邓县去找那四岁大的女儿，谁承想，这一找，他便在邓县住了整整八年。八年里，为了养活那个小女孩，除了卖唱，但凡做牛做马的差事，他一样都没落下过。

在邓县，他不多的慰藉，除了小女孩在渐渐长大，仍然是、也只能是和徒弟共度的别一世界。当初，在荆州城，他给过他的徒弟两根拐杖，一根叫做卖唱，一根就是用狂想给自己安排好周遭和伴侣。说起来，这也不是什么独门秘笈，多半只是身为一个瞎子的本能，据他所知，太多的瞎子都是以此遁形，才能在诸多心如死灰之时逼迫自己再往下多活一阵子。可是，那一方生造出的人间，你既要知道如何走进去，你就还要知道如何走出来，有时候，它是一罐蜜糖，有时候，它却是一堆能烤死人的火。他不是不知道，他的徒弟心思太重，但是，如果不像自己一样以此遁形，徒弟又何以一个人在伸手不见五指之中走过千里万里？所以，在邓县，在他给自己安排的周遭里，就像徒弟头顶上的孔雀，他唯一的伴侣，唯有徒弟。

　　小女孩长到十二岁那一年，突然被一户好心的人家收养了，他放心不下，在邓县又多呆了半年，直到确信那小女孩衣食的确无忧，在时隔八年半之后，他才总算重新踏上了回到榆林城的路。一到榆林，他就听说他的徒弟已经死在了此地，别人总说眼泪都流尽了，对他来说，他的一双瞎眼根本流不出眼泪，徒弟死后，他却意外地开始流泪，直至最后，跟别人一样，他的眼泪也流尽了。但是，尽管如此，他也横下了一条心：既然如此，只要自己一日不死，他就将和他的徒弟在别一人间里继续相见；每一日，他都将继续接受徒弟的侍奉，粗茶淡饭也好，打骂调教也罢，一样都不能少。若不如此，天上诸佛，地上如你，你们倒是告诉我，我还有没有第二条路可走？

　　这时候，天上起了微风，广场边上的行道树轻轻地摇晃了起来，天光也隐隐地亮了，黎明正在到来，而我身边的老者脸上的血非但没有止住，反倒在越流越多。我再次劝说他，赶紧跟我一起去医院，然而，他端坐着，依旧纹丝未动，仿佛那些正在流淌的血不过是命运的信使，隔三差五，它们就要和他来打个招呼。这时候，洒水车远远地开了过来，也是奇怪，此地的洒水车上播放的乐曲竟然是秦腔，可是，就在这骤然之间，那秦腔，像是一声命令，又像一场召唤，让那老者整肃了衣冠，开口便唱：

"叹汉室多不幸权奸当道，诛莽卓又逢下国贼曹操，肆赏罚擅生杀不向朕告，杀国舅弑贵妃凶焰日高，伏皇后秉忠心为国报效，叹寡人不能保她命一条……"

唱至此处，那老者突然停顿下来，朝向广场对面大吼了一声：唱起来呀！我的身体骤然一震，干脆闭上了眼睛，就好像：只要闭上了眼睛，我就能和那老者一样看见他的徒弟，我就能继续听见不止一人、而是师徒二人并作一起嘶喊出来的曲子："咱父子好比那笼中之鸟，纵然间有双翅也难脱逃，眼看着千秋业寡人难保，眼看着大厦倾风雨飘摇，忆往事思将来忧心如捣，作天子反落个无有下梢……"

鱼

半夜里他就醒了，醒过来之后，便再也睡不着。哪怕他只有九岁，瞌睡也并不容易将他击倒。他一直睁着眼睛，终于等到了天亮，所以，等到母亲前来叫他起床的时候，他早已穿好了新衣服，规规矩矩地坐在床沿上等候着母亲了。

要知道，今天是个大日子。是啊，今天，他终于要吃上鱼了——两年前，他的父亲竟然有机会上了大学，为了早日还上父亲念大学欠下的债，母亲只好在城里的毛纺厂打零工，所以，一年中的大部分时间，他都被寄养在姑妈家。姑妈家太穷了，能够下河捞鱼的男丁跟他一样，都还远远没有长大，如此，一年到头，他都没吃上过一条鱼。

他真的非常想吃鱼。在学校里，他每隔几天都要编造一个关于吃鱼的故事，再讲给别人听。在他唾沫星子飞溅的讲述里，鲇鱼鲫鱼鲤鱼黄辣丁，这些鱼，全都被他吃了好多遍。何以如此呢？那是因为，不如此，孤家寡人的他就有可能遭到殴打，可是现在，你们这些没吃过鱼的人，真的有胆子敢殴打一个三天两头吃鱼的人吗？果然，自从他开始在一遍遍的讲述中吃上了鱼，他便几乎再也没有挨过别人的拳头了。

他讲述过的每一种鱼，他全都烂熟于心。放了学，他总是一个人狂奔两公里，去集市上看各种各样的鱼：鲇鱼的头是扁的，嘴巴格外大，一旦搅动起来，动静也格外激烈；鲫鱼最普通，自然用不着多说；鲤鱼身上最漂亮的，是它们的鳞，红的，黑的，彩色的，全都有，他数过了，每一条鲤鱼，都有三十六片鳞；他最喜欢的，是黄辣丁——哪怕已经被关押在了集市上的鱼池中，它们还是动辄就游动了起来，一边游，还一边发出几乎听不见的叫声，看上去，就像一把把喊叫着的匕首。

所以，今天是个大日子。昨天晚上，母亲已经许诺过他：今天，一定要让他吃上鱼。为了省钱，今年的春节，他的父亲并没有回家过年。对此，他当然充满了失望，因为父亲在上一个春节里曾经告诉过他：再回来的时候，他会亲自下河捞鱼。现在看起来，已经变成了一场空。但是，今天是大年初一，他和母亲，要出门去给亲戚们拜年。母亲喜滋滋地告诉他，她手上有三包拜年用的红糖，每一包有半斤重，这三包红糖，她会将它们用来给三家最有头有脸的亲戚拜年。按照母亲的估计，在其中的任何一家，他都能吃上鱼。

　　好吧，赶紧出发吧。天才蒙蒙亮，他和母亲，带着三包红糖就出发了。为了绝不耽误第一家亲戚家里的早饭，他和母亲没有走大路，而是走了小路。一路上，坟茔耸立，连绵不绝，他们便在坟堆与坟堆之间穿行。要是在往日，不管是母亲，还是他，都是断然没有胆子来走这么一条路的，可是，今时不同往日，他们两个都胆大包天，都不觉得坟堆有什么好害怕的。特别是母亲，平日里，她没有他走得快，今天，她却动不动把他抛在了身后，还一遍遍地催促他：快一点，再快一点。

　　然而，不管跑得有多快，他们的美梦，终究落了空——紧赶慢赶，时间尚在清晨之中，他们就抵达了目的地，然而，作为大户人家，亲戚家的院子当中已经站满了前来拜年的人。他和母亲，堆了一脸的笑，在人流里站了好半天，根本没有人来招呼他们，他却一眼看见，堂屋里的两桌流水席就要开了，两条烧好了的肥硕的鱼，已经分别在两桌流水席的正当中摆好了。刹那间，他变得紧张，一边眺望着那两条鱼，一边听见了自己不断吞咽唾沫的声音。抽了个空子，母亲终于飞快地跟上亲戚家的女主人，半秒也不停地呈上了三包红糖中的一包，接下来，如果没有意外，他们会被主人带到流水席上坐下，他离那两条鱼，就只剩下一步之遥了。可是，他还是想得太简单了。接过那包红糖之后，女主人不耐烦地将其扔在了屋檐下的一只箩筐里，然后，他们被女主人带进了厢房。在那里，也有一桌席马上就要开了。

厢房里的那一桌上，并没有鱼。他当然不死心，几乎没动筷子，不断朝着厨房的方向张望，始终都在期待着一条烧好了的鱼端上来，可那烧好了的鱼，就是不以他的意志为转移，说什么都不肯现身。不过，直到所有的菜都上完，他清楚地知道，不会有鱼端上来了。他也没有去问母亲鱼为什么不来，因为他大致已经知道，对这大户人家来说，厢房里围坐的这一桌子人，全都是他和母亲一样的穷亲戚，所以，鱼，是断然不会再上来了。所有的穷亲戚们对此并未觉得有什么不对，全都嘻嘻哈哈地笑着，吃了一碗白米饭，再去添另外一碗。后来，他也去吃白米饭，眼神无意中触碰了母亲的眼神，母亲却赶紧低头，去吃白米饭，吃上两口了，又跟身边相识的人笑谈了起来，就是不看他。到了这个地步，他便暗暗下定了决心，一定要好好吃上几碗白米饭。鱼没吃到，那么，白米饭一定要吃好。没想到，母亲却突然离了席，一把拉起他就朝外走。

在前往第二家亲戚的路上，母亲故意走在了他身后，他知道，那是她在偷偷地哭。他装作什么也不知道，抬头去看刚刚从云层里浮现出的朝阳，朝阳红彤彤的，因此，被它照耀的一切都是红彤彤的。可能是被自己一脸红彤彤的光给鼓舞了，他突然对自己马上就能吃到鱼充满了信心，大步大步地朝前走，而母亲却在骤然里变得大惊失色，三两步奔到他身边，二话不说，拽着他就跳下了路边的沟渠，埋伏好，再也不露丁点端倪。刚跳下去的那一瞬，刺丛戳得他的脸上和手上都生疼不止，他刚想问一句母亲为什么，母亲却紧张得要命，不由分说便捂住了他的嘴巴。

没过多久，他就明白过来母亲何至于此了。透过刺丛的缝隙，他看见：眼前的小路上，一辆自行车正在飞快地向前，骑在自行车上的人，不是别人，正是父亲和母亲的债主。昨天下午，债主刚刚去找母亲要过债，没有要到，临走时，还生气地将母亲递过去的搪瓷茶缸扔在了对面的砖墙上，叮叮咣咣地，那只搪瓷茶缸被碰掉了好多瓷。

现在好了，债主走远了，他和母亲，又可以继续前往亲戚家了。可能是因为之前的惊吓，母亲似乎是一下子想了起来，她可不止只有一个债主，所以，做贼一般，每往前走几步，她就要回头去张望一阵子，只要对面或者身后来了自行车，她便吓得又要躲到沟渠里去。他也只好跟着母亲先是饱受了惊吓，又对幸亏遇见的不是债主而感到天大的庆幸。

要是说起有头有脸，刚刚去过的第一家亲戚，其实是远远比不上第二家的，这不，还隔了老远，他和母亲便听到第二家亲戚的场院里传来了唱戏的声音。在此地，无论老少长幼，不管你去问谁，过年时能够请一个戏班子来唱戏，这也是皇帝一般的生活了。一听见唱戏的声音，他和母亲都为之一振，全都小跑了起来。如果，只是如果，能吃上一条鱼，再去看一场戏，他简直再也想不出这世上还有比这更好的事了。

他终究还是过度想象了即将到来的场景。在亲戚家门口，看着母亲呈上去的那包红糖，亲戚干脆没有收下，相反，对方随意便从门楣上挂着的一只布袋子里掏出了两包糖果，再慷慨地将它们放进了他的口袋里，意思是：你们不用进门了，现在就可以回去了。但他还没吃到鱼，不想走。这一次，母亲似乎更不想走，讪笑着，又不知道该说上句什么，僵持了一小会儿之后，亲戚便直接对他和母亲指点起了戏台，连声说：去看戏，去看戏。

虽说他才只有九岁，但是千真万确，他是喜欢戏的。平日里，只要来了戏班子，他无一回不是追着看，所以，在戏台下、人流里，他不断地说服着自己，忘了鱼吧，来，好好看戏。说着说着，他就真的忘记了鱼，母亲也似乎忘记了鱼，两个人一起好好看戏。可是，要命的是，过了一会儿，一折唱完，简易的幕布拉上，稍后又拉开时，台上两个演员的戏袍上，竟然全都绣满了鱼。真是要命啊，自打看见戏袍的第一眼，他和母亲，就像是被针扎着了，又像是被火烫着了，慌忙对视了一下，又更加慌忙地躲过了彼此的眼神，再去看戏。突然，他发现母亲不见了，于是，他离开了看戏的人群，去找母亲。

远远的地方，母亲又在讪笑着给亲戚递上那一包红糖，对方执意不要，在讨好的间隙，母亲甚至局促着伸手，掸掉了对方头发上沾染的一丁点棉絮，再局促地缩回手，一笑再笑，突然又想起红糖还没送出去。这一回，狠狠地下了决心，狠狠而生硬地将那红糖塞在了对方的手中，哪知道，对方竟然直接将红糖扔在了地上，掉头就走了。

然后，他看见，母亲对着地上散落的红糖愣怔了好半天，突然就哭了。母亲一边哭，一边朝他走过来，那真的就是嚎啕大哭。仰着头，不顾任何的体面，眼泪流了一脸，也不擦。从他有记忆开始，他从来都不记得母亲有过这样不体面的时候，相反，她特别要体面，比如此刻，他的身上就穿着一套她连夜做好的新衣服。所以，他被母亲吓坏了，赶紧跑上前，想要牵住母亲的手，母亲却没有理会她，非但没有将哭声压制下去，那哭声，反而还越来越大了。看戏的人都不再看戏，转而来看她哭，这样一来，追上来的亲戚就不干了，连声斥责着母亲：你这个样子像话吗？年年都不要你再来拜年，你非要靦着脸来，我们有什么办法？丑话说在前头，不是不让你的儿子吃鱼，一条鱼有什么大不了的？说白了，是我们找人算过命了，东南方有亲戚败我们家的运，你们家，就是在东南方。听明白了吗？不是不让你儿子吃鱼，是怕你们败了我们家的运！

显然，母亲的不体面，都是因为他想吃鱼而起，所以，看着母亲不管不顾地朝前走，他想追上去，又不敢追上去，直到母亲一个人走出去了好远，他才勉强奔跑着，重新来到了母亲的身边。

直到出了第二家亲戚的村子，他和母亲踏上了通往第三家亲戚的路，母亲才终于不再哭了。最后的希望，全都在手中仅剩的最后一包红糖身上，大战已经在即，哪里还能容得下哭哭啼啼？在一棵白杨树底下，母亲跟他定下了大计：等一会儿，到了第三家亲戚家，只要席上有鱼，他就什么都不管了，只管往席上坐，只管吃鱼，了不起，她到时候会当着亲戚的面教训他一顿，不过不要紧，就算打上两耳光，他也好歹吃上了鱼。

他的确想吃鱼，但是，他也不想像母亲跟他说好的那样去吃鱼。所以，在白杨树底下，他想了一会儿，径直告诉母亲：他不想吃鱼了，现在，他想跟母亲一起回家。没想到的却是，母亲在瞬间里暴怒了起来。母亲暴怒着对他说：今天，他必须吃上鱼。如果吃不上，他就别想回家。面对母亲的暴怒，他还在继续寻找着合适的词来劝说母亲，母亲却兀自向前，将他远远甩在了身后。

第三家亲戚，说起来，其实是离他和母亲最近的近亲，也是远近闻名的大户人家。和母亲想象的一样，果然，堂屋的正当中，即将开始的酒席上，不仅有鱼，甚至还有两条鱼：一条是鲤鱼，另一条也是鲤鱼。他了解鲤鱼，他知道，不管什么颜色的鲤鱼，它们的身上都有三十六片鳞。然而，和在第一家亲戚那里遇到的情形完全一样：最后的一包红糖呈上后，他和母亲被带进了厢房，厢房里也即将开席，桌子上却没有鱼。快要进到厢房里的时候，母亲突然停下脚步，盯着他看，再用眼神示意给他，堂屋当中的酒席上还有几个空位，意思是：他得赶紧跑进去，先占下一个位置再说。

　　在母亲的逼视下，他只能慢腾腾地朝着堂屋里走，没走两步，主人从堂屋里大呼小叫着奔了出来，他以为，这大呼小叫是对他来的，一瞬间，胆子都快吓破了，魂魄都快吓没了。哪知道不是：院子里，来了一位贵客，不知道是什么人物，但显然是个大人物，主人的惊呼，其实只是对那大人物的礼遇。随后，几乎所有人都从堂屋里奔出来，一个个围绕在大人物的身边，握手，递烟，问候父母，酒席就这么延后了。所以，他站在人流里，全然不知道接下来该怎么办，既不敢继续向前，又不敢退回去，只好悄悄地躲到了堂屋的门背后，至于接下来该怎么办，他是再也顾不上了。

　　还是母亲——院子里的喧嚷之声仍在起伏，堂屋的门背后，一只手伸过来，牵住了他的手。就算闭着眼睛他也知道，这是母亲的手，一下子，他的心放了下来，泪水差点流了出来，紧紧抓住了母亲的手，再也不松开，他甚至都忘记了把眼睛睁开，跌跌撞撞地往前走。渐渐地，喧嚷之声淡了下来，渐渐地，几根结了冰的柳条拂过了他的脸，他这才睁开眼睛，发现自己跟着母亲已经走出了第三家亲戚的村子，来到了田野上的一口池塘边上。

而母亲已经不再是他认识的母亲：在池塘边上站着，母亲变得前所未有的呆滞，头发被风吹得乱蓬蓬的，她也懒得伸手去捋一下。他叫了她一声，她却根本不作理会，似乎已经忘了他就站在身边，只是茫茫然对着收割后到处都空荡荡的田野发呆。发了一阵子呆之后，她又再去看近旁的池塘和柳树，像是在想着什么，又像是什么都没想，但是，他知道母亲一定在想着什么，而且，她在想的，是一件莫大的事：死，还是不死。

他知道，不仅仅是今天，连同平日里，母亲所有的体面都是装出来的，只是，哪怕前一天晚上她还恨不得要撞墙，到了第二天，体面还是会被她找回来。这一丁点体面，无非是她跟所有的不体面拼尽了性命才夺回来的一丁点，一碰就会碎。昨天，债主砸掉她递过去的茶缸时，差一点便碎了；今天，在第一家亲戚家里，还不用等到他们被带进厢房，当她看见自己的红糖被亲戚扔进了屋檐下的箩筐之时，也差一点便碎了；到了现在，三包红糖用尽，她已经被彻底打回了原形，那一丁点体面，何止于破碎，早早便荡然无存了。如此，她，也不想活了。

他还知道，母亲之所以总是张望那棵柳树，实际上是在不断张望柳树边上的池塘——对，她想跳下去。要知道，她是个文盲，活到现在，她念过的书还没有他多，又没信过什么菩萨，到了这个关头，哪有一字半句的话能够安慰她呢？他必须承认，他已经看清楚了，寻死的念头，就像一场高烧，已经席卷了母亲。除了寻死，她的儿子，她的丈夫，她欠下的债，一样都想不起来了。

如果让他实话实说，现在，此刻，跟刚才在亲戚家一样——当那大人物降临，主人开始了大呼小叫——他的胆子早都快被吓破了，他的魂魄早都快被吓没了。在很短暂的时间里，他想起过父亲。唯有父亲突然从天而降，或者远远地从田野上走过来，才能够提醒母亲，父亲毕业的日期就在明年，果真到了那时，日子也总该值得一过了。可是，举目之内，哪里有父亲的踪影呢？

　　想要留下母亲的命，唯有靠他自己了。本能一般，他像母亲一样，紧盯着空荡荡的田野，两只眼睛却在死命地搜寻着一件什么武器，似乎只要武器到了手，他便能阻挡住母亲走上绝路。只是，这满目的冻土，冻土上散落的麦秸秆，间或几丛快要被风连根吹起来的芒草，哪一样能算作武器呢？而母亲已经伸手去捋头发了，那高烧里汹涌而来的心意，已经决下了。

　　真是谢天谢地啊，在他疯狂地想要叫喊一句，却又不知道叫喊什么的时候，远远地，一个骑着自行车的人出现在了他们身后的田野上。虽说隔得远，只有小小的一个黑点，但是他认清楚了，那就是一个骑着自行车的人。计上心来，他便对母亲喊叫着，她的债主又来了。几乎是立竿见影，母亲的眼睛还在看向池塘，她的身体却在迅疾里慌张了起来，一眨眼，她便又变成了人人喊打的盗贼，为了逃命，她必须得向前奔逃。到了这时候，母亲才重新成为了母亲，一把攥起他的手，不要命地向前跑。

　　刚刚跑过一条通往远处村庄的岔路，母亲突然放慢了脚步，一如此前，喘息着，横了心一般，不仅走得慢了，而且干脆停下，不再往前走。他明白，高烧再次回到了母亲身上，求死之心再次回到了母亲身上，既然如此，再遭受一次债主的斥骂又算得了什么？说不定，那斥骂还能加重她的心意，可是，这让他怎么办？他只好跑到母亲前面，拉扯着母亲的衣角，一遍遍地催促她：跑啊，快跑啊！

母亲已经变作了顽石，不管他怎么拉扯，她都始终纹丝未动。稍稍沉默了一会儿，她甚至调转身去，站在道路的正当中，去直面那骑在自行车上的人。至此，他想不出别的办法了，偏偏他又知道，莫大的事情近了，更近了，再看这田野上，这世上，并无丝毫依恃，他只好闭上眼睛，等待着被发落的时刻，而对面的自行车也近了，更近了……他终究忍不住睁开了眼睛，只一眼，他便魂飞魄散了：自行车上端坐的，正是父亲和母亲的债主之一。情急之下，他一步迈到母亲身前，妄图挡住她的视线，但他只有九岁，哪里能挡得住呢？所以，他便一边呼叫着母亲，一边蹦跳着，可是，不管他怎么蹦跳，他也跳不到和母亲的眼睛齐平的地方，再看母亲：她竟然烦躁地按住了他，安静地等待着最后的发落。

哪里知道，到了最后，一场扑面而来的不堪并没有发生：在他和母亲刚刚路过的那条岔路上，自行车在这里拐了弯，向着远处的村庄行驶而去。那债主显然已经看见了他和母亲，但是，对方却并未有像往日一样对着母亲去怒吼，只因为，自行车的后座上坐着一个著名的瘸腿姑娘——尽管年岁尚幼，他也大概能够猜测得出，那个妻子死了好几年的债主，正在跟瘸腿姑娘相好当中。所以，就算债主已经早早看清了他和母亲的所在，一再地怒目，紧盯他们看了又看，毕竟瘸腿姑娘就坐在后座上，弄不好，现在，他正好是第一次上瘸腿姑娘家的门，所以，怒火竟然被忍住了，他没有冲着他们径直冲撞过来，而是在岔路上越骑越远。不过，就算已经骑出去了好远，他还在不断回头，死死盯住了他们。

看着债主远走，母亲反倒难以置信，她的嘴唇动了一下，像是要呼喊对方回来的样子，终于没有。呆愣了一阵子，转过了身去，想要朝前走，也就是在此时，他和母亲几乎同时看见了田野上的另外一口池塘。谁能想到，他的一番诡计，加上债主的手下留情，不过是将他和母亲从一口池塘边上送到了另外一口池塘边上呢？不仅如此，一见到池塘，就像定心丸终于吞进了肚子，母亲再也不管别的，拔脚就奔向了它。

　　就在母亲快要站到池塘边上的时候，救命的武器找到了。他一眼看见，池塘角落的一大丛芒草边上，竟然丢弃着一张破烂的渔网。一见之下，崭新的诡计好似狂暴的大风，推动着他三步两步跑到了母亲前面，拦住了她，再跟她说：他一直在骗她，实际上，他早就已经学会了用那些被丢弃的渔网自己去打鱼，因此，世上的那些鱼，他也早就吃遍了，不信你听，不信你听——鲇鱼的头是扁的，嘴巴格外大，跟别的鱼相比，鲇鱼只要一搅动起来，那动静啊，也是最大的；鲫鱼就普通了，到处都是，关于鲫鱼，我就不多说啦；鲤鱼身上最漂亮的，是它们的鳞，红的，黑的，彩色的，等等，每一条鲤鱼，都有三十六片鳞……你说对不对？你说对不对？

　　而母亲一句也没听进去，拨开他，朝着池塘越走越近。他看着母亲，绝望地发现，他和母亲已经全然不在同一座尘世里了，在他和母亲之间，其实别存着另外一座尘世，母亲之别他而去，母亲之一意孤行，其实和对他的遗弃全无关系，她只是在走向她要去的那座尘世。

　　——那里有火，正好供母亲去烤热冻僵了的手；那里有雾，正好供母亲藏住所有的不体面。

他怎么可能就此听天由命,又怎么可能不将母亲拉回到他的尘世里来?最紧要的关头,他再次跑在了母亲的前面,几乎是翻滚着,身体栽倒在了芒草边上,远远地伸出手去,一把拾起了那张渔网。是的,他已经忘了自己刚才的话只是谎言,反倒沉浸在谎言里无法自拔——池塘就近在眼前,假如,万一,他真的用这张渔网打到了鱼呢?这自然是痴心妄想,那张渔网,其实大半截都埋在湿漉漉的冻土里,大部分都沤烂了,他拼尽了气力,却只拾起了渔网的一角,这尸骨残存的渔网,哪里还能被抛入池塘中呢?如此,到头来,他只好手拿着那一角渔网,再喊叫着向着母亲奔跑回去,母亲已经离池塘只剩下几步远了。

母亲仍然跟他不在同一座尘世里,相反,别一尘世里的烈火和浓雾好似一只巨手,从田野里伸过来,攫住了她。她似乎是清醒了一阵子,看着朝她奔过来的他,眼神里满是哀怜,但她也拿自己没办法,任由他哭喊着,只差一步,便要跳入池塘中。

突然,池塘里,一条鱼高高地跃出了水面,又重重地砸下,母亲愣怔了一下,下意识地,在岸边上停下了步子。其后,又有一条鱼利剑般朝着天空迸射出来,再直直地坠落,水面上只留下了小小的一团水花。这突然而至的一幕,让母亲忘记了跳下池塘,也让他忘记了奔跑。他,母亲,两个人,各自都被重拳击中了,呆立在当场,一句话也说不出来。直到此时,他和母亲都不知道,眼前所见只是开始,只是巨大的震惊和奇迹刚刚拉开了序幕。

稍后,雀跃的信使已经将消息带回了水面之下,短暂的平静之后,仿佛得了统一的号令,霎时之间,鲇鱼鲫鱼鲤鱼黄辣丁,一条条地,全都不请自到，在半空里抛头露面，既旁若无人，又突然给池塘、田野和整个尘世增添了小小的亲热。就像是亲戚来了，哪怕它们全都无法开口说话，也要悉数夺门而出，让亲戚将它们个个都认清楚。又像是一场被托付的安慰：地上的人心里有苦，那些苦，堵在了身体里，哪怕田野再广大，它们也没有流淌和奔涌的地方。于是，水底的鱼，这一回，是它们化作了穷亲戚，即使在水底，也领受了菩萨的旨意，纷纷从角落里现身，虽然百无一用，但它们终究是来了，心里有苦的人在这里，它们也在这里。

池塘里的奇迹还在继续，更多的穷亲戚自水底被唤醒，又在半空里点头、伸手和作揖。不知道何时，他半跪在了池塘的岸边，其实也是半跪在母亲的身边，但是，他忘了去呼喊母亲，忘了去抱住母亲的腿，只是和母亲一样，在剧烈的震惊里不发一言。渐渐地，他感到母亲的身体微微地颤抖了起来，到了这时，他才慌不迭地抬头，恰好遇见母亲正在低头，母亲的眼泪滴落在他的脸上，紧接着，母亲猛然间席地坐下，紧紧地抱住了他，又紧紧地攥住了他的手。一下子，他也哭了，他知道：母亲回来了，她又和自己来到了同一座尘世里。

就像是心意相通，既然母亲重新成为了母亲，池塘里的因缘便也尽了。岸边上，母亲终于不再不理会自己乱蓬蓬的头发，伸出手去，捋了又捋，捋清楚了，才用自己的脸狠命地去蹭他的脸，等她蹭够了，两个人一起再去朝着池塘里看，这才发现——如同突至之前，刹那间，穷亲戚们全都消失不见，水面上只剩下了正在收拢的水花，最后的涟漪像是被巨大的温柔所安抚过了，一点点恢复了平静，唯有零星的几条鲫鱼，好似贪玩的孩子，不时从边边角角的地方跳跃出来，很快，它们听到了水下的召唤，最后打过招呼之后，再也没有露头。

唯一的意外是，有一条鲫鱼，在最后告别的时候，可能是使出的气力太大，一不小心，竟然蹦跳到了岸上，再也无法回去，它只好在地上的冻霜里打着滑，一时伸直了身体，一时又蜷缩着奔向了芒草与芒草之中，可无论如何，它就是无法回到池塘里去。这时候，母亲将两只手都伸了出去，再将那条鲫鱼拾起来，抱在了怀里，就像抱着婴儿时的他，看了又看，看了又看，只差为那条鲫鱼唱上一首摇篮曲。只不过，送君千里，终有一别，最后，可能是突然想起来那条鲫鱼离开池塘的时间已经太长，母亲终于抬起手，将那鲫鱼扔回了池塘中。至此，池塘恢复了从前的模样，世上的一切，全都恢复了从前的模样。

　　之后，天上下起了雪，母亲站起身，牵着他的手，两个人，迎着雪走上了回家的路。不一会儿，雪花就打湿了母亲的头发，也打湿了他的头发。

长夜花事

每天晚上，我都要去一趟县城郊外的苹果林里，采回来一大束苹果花，再将它们献给剧组里的女主角。作为在剧组里跟组的编剧，每一天，我都被关在旅馆的房间里幽居不出，可是，几天前，我们的女主角在这苹果林里拍夜戏，突然就喜欢上了苹果花，自此便要求剧组每晚都要给她的房间送上一束苹果花。不用说，既然新晋的年度影后发了话，剧组自然不敢怠慢，赶紧找到苹果林的主人，花了高价，每天来采花，只是，没想到的是，这采花的差使，莫名地落到了我头上。

　　我并没有那么喜欢苹果花。我来此地做跟组的编剧，不过是为了找一条小说写不出之后的活路，然而，手上的活迟迟还没干完，每晚却多出来了这么一桩荒唐的差使。所以，每一回，当我穿过一座简陋的医院，从医院的后门出去，再爬上粗石遍地的山坡，进了苹果林，那满目皆是的苹果花却根本不能令我生出半点喜悦，相反，它们是仇敌。一朵朵的，无非是喇叭状，无非是五片花瓣，无非是尖长的萼叶和一点点若有似无的香气。

　　和我一样不喜欢苹果花的，还有一个人。因为夜夜都在苹果林里相逢，终不免攀谈起来，由此而知道：这个形如鬼魂一般的中年人，来自距此地三十公里之外的深山煤矿，得了尘肺病，怎么治都治不好，但总还得继续治下去，所以，一年中的大部分时间，他都被圈禁在山坡下的医院里看病，唯一的女儿却在江苏昆山打工，为他挣来一年到头的医药费。

　　有时候，如果我们的女主角有夜戏，收工晚，为了保证她收到的花是新鲜的，我便会在苹果林里流连一阵子再去采摘，到了此时，跟我做伴的，便是那形如鬼魂般的中年人。两个人，各自在林子外的田埂上站着，也不说话，只有两只烟头在夜幕里明明灭灭，又远远相隔。说实话，苹果花看久了，倒是也看得过去，我便没话找话，劝他也去好好看看苹果花。他却对我说，是女儿听说苹果花开了，每天都来电话催逼着他前来散心，如果不是为了让女儿对他放心一些，打死他，他也不会跑到这个鬼地方来。

也好，那就继续各自百无聊赖吧。有时候，风吹过来，苹果花的香气变得异常浓烈，我当然也想过去跟它们亲近一些，终于还是没有。估摸着时间差不多了，我便二话不说走进林子里去，找到开得最好的花，采下一大束，抱在怀里就走。至于他，他不过是为了对付女儿的电话检查才来到这里，夜幕里，要么站着，要么坐着，绝大部分时候他都纹丝不动，只有燃烧的烟头还能证明他仍然活着。唯一的生机，是在女儿来电话之时，手机一响，他便在骤然间抖擞起来，一边高声说话，一边在苹果林里急促地走来走去，走得快的时候，简直就像是在奔跑，似乎唯有如此，他才重新做回了一个人。

这一年的春天，因为此地里连日狂风骤雨，苹果花的花期，其实格外短。渐渐地，我采来的花已经不能令女主角满意，终有一日，女主角吩咐下来，此后我不用再去采花了。接到制片人电话通知的时候，我却已经置身在苹果林里，大风之中，我才刚刚拼了命一般，采出了能采到的最好的花。如释重负之余，我再去眺望满园的苹果树，心底里倒是生出了几分不舍。这半生不免荒唐，但是，这些荒唐驻扎过的地方，就好似心猿意马之时的推杯换盏，总算交待和对付过自己的一身皮囊。再看那中年人，听说我再也不来了，似乎想对我说几句道别的话，结果却什么都没说，只是不断去张望医院里自己的病房。

然而，就在第二天晚上，风雨大作之时，旅馆里，我的房门突然被咚咚敲响。我去开了门，却一眼看见了他，那个形如鬼魂的中年人。在灯光的映照下，他的皮肤白皙得简直可怕，就像是刚刚才从坟地里爬出来的一般，我还在纳闷他为什么前来找我，他却一把攥紧了我的手，连声哀求着，要我无论如何都要帮帮他。

　　却原来，就在今天早晨，他在外打工的女儿回来了，可能是一路太辛苦，受了风寒，连日里都发着高烧，但她还是硬撑着回来，站在了他的床边。早晨，蒙蒙亮里，他一睁眼，刚看见女儿，女儿便一头栽倒在了他的床前。"我快吓死了——"他的全身都在止不住地抖动，也不知是紧张还是来找我的路上跑得太快了，"我真的都快被她吓死了！"不过，最后的结果倒是还好，女儿毕竟是晕倒在医院里，很快就打上了吊瓶，医生也说她并没有大碍，只是，在她昏迷着的时候，嘴巴里一直都在喊着：苹果花，苹果花，苹果花。

　　他知道，他的女儿，最喜欢花，无论如何，他都要给女儿采一束苹果花回来。可是，老话说得好，"天有不测风云——"他结结巴巴地说，"真是天有不测风云！"昨晚里的风雨太大，今早，等他安顿好女儿，再跑到苹果林里去，就这么短短的一夜工夫，平日里满树满树的花，现在竟然一朵也没剩下了。

　　所以，他打听了半个县城，好不容易打听到我的下落，为的是，他想问问我，昨晚上采回的那一大束苹果花，能不能卖给他，好让他拿回去送给女儿。我得承认，听完他的话，我并未能被他说服，反倒觉得矫情，盯着他看，心底里却在叹息：有这个奔跑的工夫，何不将昏迷的女儿照顾好，你是电视上的煽情节目看多了吗？要么，你是把手机朋友圈里的文章看多了？我也不知道我是怎么想的，但是，心底里既然这么想了，就干脆这么对他说出来了。听我这么说，他沉默了下来，沉默了一会儿，"我这么个废人，能怎么照顾她呢？都是她在照顾我……"他小声地，却是在认真地询问我，"要不，你帮帮我，你说说，我还能怎么去讨她的好？"

一时之间，我竟然觉得无话可说，又想了一会儿，还是无法答上他的话，便只好告诉他：每晚里的采花，只不过是我为了保住生计临时接受的差使，至于我自己，我根本就不喜欢苹果花。那束昨晚里采回的花，早已身在了影后的房间，除了偷出来，我也没有别的办法。他却不愿意相信，我的房门也没有关，他便有意无意地朝房间里张望。我干脆让开，让他看得更清楚一些，最后，他看清了，我的房间里确实没有花，顿时，他的眼神一下子便黯淡了下来。

"怎么办呢？"他呆滞着，像是在问我，也像是在问他自己，"怎么办呢？"然而，不管是我还是他，显然都没有别的办法。满城里都在风雨大作，县城之外的山坡上，田野上，哪怕还残存着最后的苹果花，到了此时，风雨之声一阵更比一阵狂暴，它们也只好全都跟这尘世作别了吧？突然，一声惊雷在天空里炸响，他从呆滞里醒过来，不情愿地看着我的房间，不情愿地看着走廊和走廊顶上的灯，最终，也只好对我笑了一下，意思是打扰了我，再转过身去，慢慢朝电梯门前走。

他没想到的是，几乎就在一闪念的时间里，我定下了一个主意。在电梯口，我追上前，拉扯住了他，告诉他：今晚，我们的女主角又在拍夜戏，现在，她的房间里是没有人的，莫不如，我和他，马上就去女主角房间所在的楼层，再将她的房门踹开，把昨晚里的那一大束苹果花偷出来，让他抱回去给女儿。听完我的主意，他却吓了一跳，如丧考妣地盯着我，既想去，又怕去，稍稍过了片刻，他低下头去，"女主角，女主角……"他一遍遍地念叨着，一脸的严肃，头脑里就像是正在思虑着一件经国大事，"女主角，女主角……"最后，他抬起头，严肃地对我说："算了，不去了。"

而我，主意既然已经定下了，我便也没有再管他，电梯的门一开，不由分说地，我将他拉扯进了电梯。进了电梯，灯光变得强烈了，我这才看见，他的全身上下都是湿漉漉的。衣袖上、裤腿上，都在往下滴水，还有，经过雨水的洗刷，他的脸色比我之前以为的还要更白，也更像一个鬼魂，此时情境，我就像是来到了一部恐怖片里。

我又如何能够想到，等我们来到了女主角的套房门口，他却死活也不肯踹开房门呢？房门前站着，我看着他，他却不看我，先是将头顶上的监控指给我看，而后又横下一条心，对我说：说到底，一束苹果花只是桩小事，万一被人发现了，弄不好，我的生计就丢了。我的好意，他心领了，但是，他却无论如何也不能害了我这个萍水相逢的好兄弟。天知道我是怎么了？或许仅仅只是因为不能让这一场历险半途而废，也或许是说不清缘由的愤懑终于来到了倾泻而出之时，我竟不再理会他，自己要上前踹门。他大喊了一声，一把抱住了我，哀求我不要再继续下去。我正要推开他，他却想出了对策：抢先一步推开我，奔逃着跑到走廊尽头，再顺着楼梯而下，迅即之间就消失了踪影。如此一来，就算我踹开了门，那一大束苹果花又能送给谁呢？

到了这个地步，这一场历险，只有半途而废了，熟悉的百无聊赖之感也又回来了。我点燃一根烟，走到楼梯口，耳听见那奔跑的鬼魂还在继续奔跑，也只好在走廊尽头的窗户前站住，安静下来想了一会儿，却也还是想不清楚自己究竟是怎么了。稍后，为了让自己更清醒些，我打开了窗户，风雨大作之声顿时便横冲直撞了进来，只不过，这些风，这些雨，连同我，仍然还是巨大的百无聊赖的一部分。透过雨幕，很快，我就看见了那个刚刚跟我分开的"鬼魂"，从停车场边上的侧门里出去之后，直到走上街面了，他还在惊魂未定地回头，不断眺望着我所在的楼层。

偏巧在这时，我却一眼看见，停车场里，几朵苹果花，连枝带叶，正在风声和雨水里浮沉辗转，有那么几朵，被风驱使之后，竟然正在朝我飞奔而来。我先是震惊着陷入了呆滞，而后又百思不得其解，我认得它们，就算只有零星的几朵，我也认得它们——它们全都是我亲手从苹果林里采回来的。那么，它们都是从哪里来的呢？我猛然回转头去，影后还没收工，她的房间仍然门窗紧闭，之后，又狐疑着再朝停车场里看。最终，眼睛酸疼不止的时候，我终于看清了它们所从何来。停车场的西侧，是一排停放自行车的车棚，车棚的最顶头，有一个半人高的垃圾桶，因为垃圾桶放在车棚底下，所以，它并没有被雨水淋湿，那些苹果花，应该是被影后的助理丢弃在了这里，而后又被大风席卷了出来。

愣怔了一会儿，不自禁地，我便想起了他——那个形如鬼魂的中年人。要不然，我再去那垃圾桶里翻找一番，看看还有没有苹果花幸免于难，万一找到了幸存者，也好让他拿回去讨好女儿？可是，我又转念一想，那些花，本就是些弱小的物事，哪里还经得起这么大的风雨？就这么胡思乱想着的时候，又有几朵花，连枝带叶，从垃圾桶里翻飞了出来，只一眼，我便丢掉了烟头，一把推开楼梯间的门，沿着楼梯疯狂地向下跑去。我清楚地看见了，那些花，从垃圾桶里翻飞而出的时候，全都好好的。

两分钟之后，我来到了垃圾桶旁边，先是用身体挡住风，再将头探入垃圾桶中，当头便闻到了一股强烈的香气。经过大风的吹拂，苹果花的香气不仅没有被抑制住，反倒像一个义士般不管不顾了起来。再看那一大束苹果花，哪怕已经妻离子散，它们仍然能算得上一大束，并且，虽说身在腥脏之地，却都好似黑暗里的孤儿，好好地端坐，以此等待着最后的搭救。我手慌脚乱，将它们全都抱在怀中，再盯着它们看。它们似乎从来都不曾离开苹果树的枝头，还在守着贫寒，守着指望，因为它们知道自己是谁，它们是受过的苦，是可能的收成，是一亩三分地上的求法僧。

还等什么呢？没有鼓，但我要击鼓传花。在车棚底下，我解开外套，用它挡住了那一大束苹果花，这才钻进了雨幕，跑出旅馆的大门，跑过一条店铺都早早关了门的小街，在一家小超市的门口，我看见了他——那形如鬼魂一般的中年人。我并不知道他的名字，只好对着他大呼小叫，好半天，他才转过头来，借着小超市里散发出来的灯光，我看见，仅仅片刻的工夫，他其实已经冷得全身上下都在打着哆嗦，由此，他也几乎和一个真正的鬼魂融作了一体。一步不停地，我朝他奔跑过去，这才看见，他并不是站在小超市门前，他其实是站在一家已经停业了的花店门前。

还等什么呢？我从外套里掏出花来，塞进他的手里，并没有容得他去半分惊诧，我便抢先打消了他的疑虑，告诉他：这束花，不是从影后的房间里偷来的，它是被我从垃圾桶里拾捡出来的。他似乎不相信，但是，当

317

他抱着花，慌乱地打量了我一遍，又去打量周遭的小超市、几棵行道树和更多关了门的小店铺，再来看我时，眼神里却莫名地增添了诸多的笃定，就好像，这一瞬之间，相信，某种巨大的相信降临了。至于他究竟相信了什么，我也说不清楚，再看他，定定地看了我一小会儿，突然便给我敬了一个礼。

这一回，轮到我吓了一跳，但那敬礼却算得上漫长，我便越发不知道该如何是好，管也不是，不管也不是，终于，漫长的敬礼结束了，他的脸上也奇异地多出了几丝红晕。可能是之前并不熟稔的缘故，两个人都想再说几句话，又都没说出来，我想起他此前的敬礼，便问他是不是当过兵。他这才告诉我，他没当过兵，所以，他敬的也不是军礼，但他得了尘肺病之后，在矿区的保安室里当过保安，在那里，他总是给人敬礼，现在，无论他有多么感谢我，也无非只有给我敬个礼而已，如果我喜欢，他可以给我再多敬几个。说着便要再举手，我连忙止住了他，指着他怀里的花，催促他赶紧回去。现在的他，是早已被巨大的相信笼罩住了的他，既然相信了花，又相信了我，便就不再多说，我的话音还未落，他便转过了身去，朝着医院所在的方向跑远了。我看见，他先是在沿街店铺的屋檐底下跑，跑到路口了，跟我此前一样，将那一大束苹果花用衣襟牢牢地藏住，再继续往前跑，很快，他便消失在了越来越深重的雨幕里。

看着他奔跑，刹那之间，我竟然觉得，一个真正的人，而不是鬼魂，已经从他的身体里挣脱了出来。我知道，这死灰复燃，这一条从天而降的阳关道，和他怀抱里的苹果花有关，但是，那更是因为巨大的相信。想来想去，我便羡慕起了他，也想和他一样，去陷入巨大的相信。于是，站在小超市的门口，我迟迟没有离去，而是打量起来了眼前周遭所能目睹的一切：小超市，行道树，关了门的小店铺。我对自己说，要相信，相信小超市，相信行道树，相信小店铺，说不定，它们全都是被大风吹拂的苹果树，苹果树上开满了苹果花，那些苹果花，全都知道自己是谁，它们是受过的苦，是可能的收成，是一亩三分地上的求法僧。

铁锅里的牡丹

后半夜，在小镇子上的破败旅馆里，我醒了过来。虽说时节正是春天，但是，因为此地已经持续了十个月的干旱，满目所见，几乎寸草不生，推开窗子，对着茫茫夜幕使劲地嗅了半天，却嗅不见任何一丝绿叶和花朵的气息。

因为百无聊赖，我便披衣起床，信步走出了旅馆。旅馆建在一条完全干涸的河流边上，我顺着那条河往前走了大约十分钟，满目都是司空见惯的所在：菜市场渍水横流，棚户区墙皮剥落，小医院的屋檐下挤满了睡觉的农民工，几张标语不知从何处被风吹起，落在了身边的河床里，不用看我也知道，那些标语的内容全都和抗旱有关。再往下走，也不过是更多更深的百无聊赖，我便往回折返，待我走到小旅馆门前，一眼就看见了小山西，他竟然也没睡，一个人坐在河对岸抽烟。

说起来，小山西比我得小十多岁，三年前，妻子不告而别，他怀抱着一岁多的儿子，投亲靠友前来此地，盼望找到条活路，因为孩子是个脑瘫儿，寻常的活计根本不够治疗的花销，所以，在做过好几份工之后，他终于东拼西凑攒够了本钱，开始做一点小生意。哪里知道，也不知道是运气不好还是脑子太笨，做什么亏什么，非但没有赚到钱，他反而欠了一身的债。去年冬天，几乎是磕头一般，他向此地的亲朋好友又借了一笔钱，打算来年开始养蜂，结果，到了今年的春天，蜜蜂买了，钱花完了，目力所及之处却看不到一朵花开。

既然在夜幕里相逢，我就干脆过了河，去和小山西说上几句话。待到我走近了，才发现他不仅仅是像我一样睡不着，而是在对着死了一地的蜜蜂发呆，在他身后，是一片堪称辽阔但都未开花的油菜地。如果是往年，当此时节，那些油菜起码要长到半人高，而现在，最高的也只到我和小山西的脚踝处——它们要是再不开花，小山西剩下的蜜蜂们恐怕也只有死路一条了。

去年冬天，为了养蜂，他付给了身后油菜地的主人一笔不菲的价钱，得以在此处安营扎寨，我初来这镇子之时，几乎每日里都能见到他在河对岸忙前忙后的样子：搭工棚，置蜂箱，扎紧油菜地的篱笆，要紧的事真是一桩接着一桩。就算隔了一条河，我也能轻易感受到这个小伙子的满心欢喜，即使只倒回到一个多月前，哪怕大旱的迹象已经一目了然，他也终日里让儿子骑在自己的脖子上，再一遍遍前往干涸的河里去挑水浇地，只要有人路过，他都会满脸笑着去打招呼，有的时候，我甚至还能听见他一边挑着水桶在油菜地和河流之间来回奔忙，一边和儿子同声唱起的儿歌："春天在哪里呀，春天在哪里，春天在那青翠的山林里……"

彼时彼境，我丝毫都不怀疑，河水和油菜，蜜蜂和儿子，还有那虽说远未到来但却势在必得的收成，这些，这一切，共同给小山西组成了一座让他双脚生风的桃花源。

"你说——"在桃花源早已化作火焰山的此刻，夜幕里，小山西却径直问我，"春天怎么还不来呢？它到底在哪里呢？"他当然知道，我也没有答案，问完了，递过一支烟给我，再给我点上，之后，也没有更多的话说，两个人一起心神不宁地张望着渐渐浮现的黎明，但逐渐升高的气温已经对我们再三宣告：即将展开的新的一天，仍然不会有一滴雨落下。

过了一阵子，小山西的儿子在工棚里呼喊了几声，他赶紧狂奔过去，却发现儿子只是在说梦话，这才下意识地叹息着走回来，再次点上了一根烟，总归要说上几句什么，他便问我，因何来到此地？我也没有隐瞒他，告诉他，我来此地，是为了给一个企业家写部纪录片的脚本，这个镇子，正是那位企业家的故乡。但是，在采访了一段时日之后，我突然不想再写这个脚本了，又想不出合适的推辞理由，加上就算离开此地也不知道去哪里干些什么，便干脆躲在这镇子上过一天是一天。

大概是因为我驻留在此地的理由实在过于荒唐，小山西听完多少觉得难以置信，但也只是劝我：有一口饭吃不容易，只要有个饭碗，就得想法子，让碗里盛上饭。我也不知道该如何作答，就点头称是，转而问他：既然此地大旱，为何不带上他的蜜蜂们远走他乡？据我所知，这世上的养蜂人无一不是追逐着花期东奔西走，他却为何偏偏留守在这河岸边画地为牢？小山西又下意识地叹息了一声，这才告诉我：他无一日不想走，无奈却走不了，因为眼前这些蜜蜂和家当都是借钱买的，而且，为了将这可能的生计维持下去，他正在越借越多，那些借钱给他的人担心他一去不回，所以，他的口舌都已经费尽了，可他们就是不放心、也绝不同意他离开此地。

说话间，天光渐渐明亮，黑铁一般的事实不请自来：低矮的油菜们好似低头认罪，就算有一丝若有若无的风吹过来，它们也全都绵软疲惫地耷拉着，不愿意起伏，似乎个个哀莫大于心死。小山西却不肯认命，趁着儿子还没醒，他决定去更远处一条还未干涸的河中挑些水来，继续浇灌它们，我也打算离开。没料到，偏巧这时候，儿子醒了过来，而且，一醒来就哭喊不止，小山西只好放下刚刚挑上肩的水桶，从工棚里将儿子抱了出来。哄了好半天，儿子的哭声仍然止不住，嘴巴里还在咿咿呀呀说着什么，似乎是不依不饶的样子，这时候，小山西才告诉我，他的儿子也在找他要花，对，就是油菜花的花。

——去年冬天，也是在儿子哭喊不止的时候，为了让他安静下来，小山西对他说起过即将出现在他们眼前的油菜花，真是奇怪啊，儿子虽说有点傻，却好像被他说得动了心，竟然不再哭喊。如此，其后，每次儿子哭的时候，他都要跟儿子一再说起油菜花，结果，时至今日，儿子仍然没有看见一朵花，这下子好了，打十多天前起，每天一睁眼，儿子就要找他要花，对，就是油菜花的花。

一时半会儿，小山西似乎难以从这花朵与哭喊的窘境里摆脱出来，我便先行离开，过了河，回到了旅馆。躺下去好半天，却始终难以入眠，只好重新坐起身来，推开窗户，正好看见就在我刚刚离开的地方，小山西被一群人围在了中间。如果没有猜错，那些人应该就是借了钱给他的人，虽然听不清他们究竟在说什么，但是，对小山西的指责是毫无疑问的，因为他一直在点头哈腰，又一直满脸上都堆着笑。恐怕他自己也没想到，指责他的人说着说着禁不住更加愤怒，竟然一掌掴在了他脸上。起先，他是惊愕的，而后也愤怒了，但是最终，他还是安静了下来，继续笑，继续点头哈腰。

倒是那脑瘫的儿子，全然不知他的父亲在经受着什么样的对待，在暂时忘记了花朵之后，一个人在油菜地里追逐着蝴蝶，一边追，一边口齿不清地唱着歌："春天在哪里呀，春天在哪里，春天在那翠绿的山林里……"

当天下午晚些的时候，我的房门被敲响了，我开了门，发现眼前竟然是怀抱着儿子的小山西。迟疑了一会儿，似乎才刚刚想起来，他热情地笑了，问我能不能帮他一个忙。我叹息了一声，告诉他，我实在没有什么钱借给他，如果不是因为债台高筑，我也不会前来此地。哪知道，小山西赶紧急急地朝我摆手，说他并不是来找我借钱的——因为蜜蜂们又死了不少，他磨破嘴皮子终于再借了点钱来，现在，他想到镇子下面的村子里去转转，看看能不能买点便宜的蜂蜜来喂养蜜蜂，否则，剩下的蜜蜂们只怕也活不了几天了，顺便的，他还想再四处打探一下，看看周边的村子里是否真的一块开花的田地都没有了，只是，他抱着儿子实在不方便，可是又求不到什么人可以帮他照顾儿子，他想问问我，可否将儿子在我这里放上一阵子，他也好快去快回。

我当然答应了他，只是，小山西刚刚放下儿子，儿子就意识到了大事不好，转瞬便嚎啕大哭，嘴巴里却又在唱着《春天在哪里》，就好像：在他的脑子里，唯有唱起来才能说明他在哭。小山西狠下心，拔脚就走，没料到，儿子朝他的双腿猛扑过去，抱紧了，说什么也不松开。这样，我也一转念，干脆对小山西说：莫不如，我和他一同前去，他买蜂蜜的时候，我可以帮他照应儿子，多一个人去，也就可以多走一个地方，看看究竟能否找到一块开花的田地。

小山西显然没有想到我会如此提议，愣怔地看着我，眼眶竟然红了，刹那间又再笑起来，似乎不笑不足以平民愤：是啊，在被他借过钱的人眼里，他就是民愤。

如此，一行三人便出了门，尽管我和小山西大概都不曾怀有什么确切的期待，但是，那一下午的徒劳程度还是让我多少有些始料未及——首先是蜂蜜：踏遍了周边的几个村子之后，我们连一滴蜂蜜都没有看见，好在是，小山西遇到了另一个如丧考妣的养蜂人，从他那里得知，如果实在找不到蜂蜜，在蜂箱里放上几处糖水，好歹也能短暂地充作蜜蜂们的口粮，但这个法子只能用上一天半天，时间稍一长就不顶用了；其次是花朵，一路所见，不要说开花的田地，就连那些原本开在庭院和窗台上的花朵们，也全都作别了人世，我忍耐不住，找了几个人打听，没有想到，这问题似乎点燃了人人心中的无名火，每一回都差点被人视作了戏弄。

　　黄昏的时候，我们不再寻找开花的田地，路过一家小饭馆时，我提议请小山西父子吃顿饭，小山西可能实在是太饿了，看看我，再看看儿子，又看看饭馆门口冒着丝丝热气的蒸锅，终于笑着重重地点头。这样，我们便进了小饭馆，可是，即使青椒炒鸡蛋和鱼香肉丝近在眼前，也依然无法切断小山西的儿子对花朵的执念。他根本连一口饭菜都不吃，一直哭闹着，口齿不清但却声嘶力竭地呼喊着"花""花"和"花"。

　　在巨大的哭声里，我和小山西艰难地吃下了几口饭菜，却听得邻桌的人也说起了花，对，花朵的花，"花"字一旦入耳，我们对视一眼，赶紧竖起了耳朵。却原来，邻桌上的客人是打西北来的，他在吩咐服务员，来上一杯牡丹花的水，服务员不解何意，那客人便解释给她听，所谓牡丹花的水，其实就是开水——水在锅里烧开以后，不是像一朵朵的牡丹花吗？闻听此言，我和小山西不禁大失所望，只好重新陷入哭声，继续艰难地吃下饭菜。

　　从小饭馆出来，夜幕已经降临了，我们摸着黑往镇子上走，这时候，小山西突然慌张起来，他终于意识到，儿子持续到现在的哭喊绝非仅仅是因为花，而是他正在发烧，恰恰之前的小饭馆隔壁就是一家小诊所，他便匆匆抱着儿子往回赶。也是不巧，正在这时候，我的远在千里之外的债主来了电话，无非是催我赶快还钱，我也只好求他再宽限一段时日，说着说着，就没有跟上小山西的步子，没多久，小山西便从夜幕里消失了。

可是，当我通完电话，摸着黑来到那小诊所前，才发现小诊所早就关门了，就连隔壁的小饭馆也关门了，举目四顾，一个人都看不见，哪里还有小山西和他儿子的影子？我想着他可能是去村子里找人求救去了，便往村子里走了一小段，村子里却伸手不见五指，最终，我还是往后折返，走回大路，再一个人回到了镇子上。

那天晚上，在旅馆里，小睡了一会儿之后，我仍然早早地醒了过来，一醒来，赶紧就推开窗子去眺望小山西的工棚，工棚所在却是黑黢黢一片。直到后半夜过半，我才看见了小山西，可能是太累了，他抱着儿子从干涸的河床里往上走的时候，差点摔倒在了地上。说句实话吧：破旧且好久未洗的衣物，满脸的胡子拉碴，还有显而易见的心力交瘁，使他看上去更像是一个鬼魂。

第二天，正午之后，我和小山西父子一行还是出门了，此行的目的，仍然是寻找蜂蜜和花朵，因为昨天我们已经走遍了镇子南边的村子，这一回，我们便往北走。很显然，儿子虽说已经退了烧，但气力尚未恢复，蜷缩在小山西的怀抱里纹丝不动，因此，和昨日里相比，今天的行程便轻松了不少。在快要走进一个村子之前，小山西突然问我，在春天，他说的是那种正常的有花有草的春天，一个人应当如何度过呢？

我全然不知他何出此问，但也随意翻捡出几个答案回答了他。我告诉他，如果是在有花有草的春天，人们应该踏青和恋爱，还应该劳作和娶亲；要是逢到特殊的日辰和机缘，可能还要唱歌、跳舞和敲锣打鼓。如此，春天方才算作未被虚度。

小山西一边往前走，一边听我说着未被虚度的春天，听完了，郑重地说了一声："真好。"

然而，身在此时此地的春天，但凡心底里稍微涌起一点妄念，都有可能自取其辱——整整一下午，在好几个村子里兜兜转转，不要说蜂蜜和开花的田地，我们甚至没有看见过几个下田劳作的青壮男子，满目所见，全都是老人和更老的人们，好不容易遇见三两个青壮模样的，竟然都是扛着行李匆匆往村子外面奔。是啊，眼前的旱灾，渐渐见底的口粮，都不得不使他们在前去打工的道路上奔跑起来。到了黄昏临近时，我们终于对这趟匮乏已极的行程彻底断绝了指望，却不料，那脑瘫的儿子又给小山西惹下了灾祸。路过一座油坊时，那儿子突然看见油坊的窗台内摆放着一盆塑料花，他竟信以为真，不要命地非进到油坊里去看不可。可是，油坊四门紧闭，全无人迹，哪里进得去呢？小山西好说歹说，才拉扯着他离开了几步，谁都没想到，那儿子竟然捡起一块砖头，砰的一声便砸碎了油坊的窗玻璃。小山西的胆子都被吓破了，紧张地四顾了半天，再闪电般一把抱起儿子，眼看就要飞奔而去，也是巧了，油坊的主人偏偏骑着摩托车回来了。

小山西显然是个识相的人，眼看着那油坊的主人疾步上前，一边后退，他便一边连声请对方放心，他定当赔偿他的窗玻璃，尽管如此，对方的蛮横仍然超出了他的想象，在说出了一个匪夷所思的赔偿数字之后，又一手捡起块砖头，一手将小山西的儿子拉扯了过去。没办法，迟疑了半天，心疼了半天，他还是从买蜂蜜的钱里掏出了一张，递给了对方，这才从对方的手里接过了儿子，抱在怀里，沉默着，缓慢地朝镇子上走。

这时候，天空里突然响过了几阵隐隐的雷声，但小山西完全置若罔闻，跟随在他身后，我也不知道到底说句什么话才能够安慰他，便和他一起沉默着，一步一步缓慢地往前走。走到一道山岭下的时候，他突然二话不说，抱着儿子就朝山顶上狂奔了过去，可能是营养不良，也可能是儿子太重了，他跑得摇摇晃晃，隔了老远我都能够清晰地听见他的喘息之声。是的，我并不知道他的奔跑究竟所为何故，但是也没有去阻拦他——天知道他去往哪里才能稍微安顿下自己的心神呢？倘若果有此地，等他回来了，我也恨不得请他指点一条明路。

所以，那天晚上，我仍是一个人回到了镇子上。一进镇子就起了大风，一张张写满抗旱口号的标语飘摇着经过了我，落在了远处的屋顶和更远处的树梢上。回到旅馆之前，我先去了一趟小山西的地盘，眼前所见和昨日里全无不同：工棚摇摇欲坠，油菜们还在低头认罪，唯有蜜蜂们比昨日里死得更多。事实上，就算春天真的到来，油菜花长到半人高，如果仅仅靠活下来的蜜蜂们，休要说小山西就此翻身，它们只怕连一小桶蜜都酿不出了。

不同于往日，回到旅馆之后，没过多久，我就睡着了，直到大风猛烈地撞击窗户，一遍一遍地咣当作响，我才蒙眬着醒来去关好窗户。正是在此时，暴烈的响雷在夜空里炸裂了起来，转瞬之间，闪电迅疾而密集地直击而下，毫无来由地，一场滂沱大雨就此拉开了序幕。一开始，面对窗外的大雨，我全然难以置信，站在窗户前几乎纹丝未动，直到那些硕大而凌厉的雨点刹那间打湿了我的脸，再打湿了我的头发，我才终于确信：大雨真的来了。

如此，睡意便重新消失得无影无踪，《圣经》里的一句话却破空而来，竟至于在头脑里长久地盘旋不去："弟兄们哪，你们要忍耐，直到主来，看哪，农夫忍耐，等候地里宝贵的出产，直到得了秋雨春雨。"

然而，就在铺天盖地轰鸣的雨声中，一阵哭声却穿透了雨声，明明白白从河对岸传递了过来，我愣怔了片刻，马上就辨认清楚，正在嚎啕大哭的，不是别人，正是小山西。我将身体探入雨幕，费力眺望他的地盘，因为彼处并无一盏灯火点亮，我根本就看不见他的行迹何在，但是，那哭声就像刚刚歇息的闪电，一击接连一击；又像是一柄不打算回头的刀剑，直挺挺地一路刺破了雨幕与夜幕，说是撕心裂肺一点也不过分。这样，我便再也坐不住了，赶紧打开房门，跑出旅馆，朝着他的所在狂奔了过去。

狂风骤雨之中，我过了河，站定在了小山西的工棚前，他却没有再哭了。我抹去脸上的雨水，定睛找了他好一阵子，幸亏闪电又起，我才看清楚，他正从油菜地里朝我走来。暂别了几个时辰，他脸上的胡子更加杂乱了，过于残破的上衣也已经被他脱掉，可是，他又根本算不上什么强壮之人，所以，他一边往前走，一边瑟缩着，战栗着，而哽咽依然还残存在他的喉头，那哽咽似乎是需要拼出全身气力与之缠斗之物，让他的每一步都走得跌跌撞撞，看上去，和一具鬼魂已经没有任何分别。目睹着如此情境，除了一声叹息，我又该当如何呢？但是，没来由地，心底里却凭空生

332

出了一股对他的怨怒：如果痛哭能够带你逃离此境，何不让痛哭持续得更久一些呢？

哪里知道，跟跄了好几步之后，小山西竟然定定地站在了我身前。站定了，他告诉我，他哭，并不是因为他的脑瘫儿子找他要花，更不是因为油菜长不大和蜜蜂们已经快死光了。我生怕他已经陷入了某种迷狂之境，就赶紧截住了他的话，再问他因何而哭。他沉默了一阵子，径直对我说，他哭，是因为他终于又做回了一个人，而且，管他春天来不来，花还会不会开，从今以后，他还将继续做人。

"我没有疯，"他看了一眼正在工棚里沉睡的儿子，又看了一眼儿子床边那口水煮开后正在翻腾的铁锅，继续对我说，"但是我差一点疯了。"

话既然说到这里，他便干脆不再欲言又止，如此，我才总算知道，就在我和他一起出门寻找蜂蜜和花朵的两天里，几乎每一分钟，他的脖子上都架着一把刀，只要他将脖子往前凑一点，他就不在这世上了，他的儿子也不在这世上了。昨日里，他的儿子并没有发高烧，那只是他想逃脱此地，就此摆脱债务远走高飞，再也不回来了，但是，抱着儿子跑了一段路之后，他还是往回走，回到了他的油菜地里。今天下午，在那道山岭下，他抱着儿子狂奔了二十里，已经搭上了一辆开往别处的客车，临了，他还是下了车，重新回到了这片油菜地。

是的，他一直都在怕——他既怕这辈子可能再也无法还清的债务，也怕自己就此远走高飞将那些债务一笔勾销；他怕在世上继续做人，也怕在世上不能继续做人。就在一个小时之前，大雨刚来的时候，害怕再度卷土重来，他终于做了一个决定：对着儿子看十分钟，十分钟后，如果他还是害怕在世上做人，他就掐死儿子，再喝掉工棚里的几瓶农药。但是，如果他不再害怕留在世上继续做人，那么，从那一刻起，他将永远不再害怕。

在暴雨与闪电之中，他静静地看了儿子十分钟，最后，他哭了，因为怕吵醒儿子，他便躲到了菜地里去哭。在菜地里，他一边哭，一边对自己说：从现在开始，直到他死，他永远都不会再害怕什么了。

直到这时候，我才终于相信，千真万确，他根本就未曾身陷所谓的迷狂之境，相反，他一生中最大的清醒刚刚降临，是啊，他是清醒的，如同暴雨和闪电一般清醒，如同这世上的所有正道一般清醒。一念及此，我也禁不住哽咽了，我想伸出手去，紧紧攥住他的手，也想一把将他拥抱过来，从此认作过命的弟兄。但是，也是不巧，他的儿子恰恰醒了过来，而且，一醒过来就开始呼喊他，他便笑了起来，却不是讨好般的笑。他笑着，奔入了工棚，先将灯火点燃，再将儿子抱在怀里，和他一起去看那口翻腾的铁锅：如同昨日里的西北人所说，一朵一朵的牡丹花，从煮沸的水浪里开了出来。

可能是突然受寒的缘故，这时候，我的全身上下也禁不住战栗了起来，而身边的闪电仍然还在持续，一束一束的，依次展开，渐渐延伸到无边的雨幕和夜幕里，看上去，就像一条光明的道路从天边来到了我的身前。不自禁地，我竟然陷入了某种痴狂之中，下意识紧随着那一束一束的光往前走，仿佛只要往前走，一个真正的、未被虚度的春天就会与我迎面遭逢；仿佛只要往前走，我就会看见春天里的人们正在踏青和恋爱，正在劳作和娶亲，正在唱歌、跳舞和敲锣打鼓。不过，没往前走多久，我便如梦初醒了过来，站在原地里，深吸了一口气，掉转头去，撒腿跑向了灯火闪烁的工棚。我决定，在真正的春天来临之前，我要和小山西一起，和他的儿子一起，趴在铁锅前，看上一整夜的牡丹。

大 好 时 光

一封来信

修文老弟，我是你的艳梅大姐，打扰了！首先，我要请你原谅我的冒昧，不知道你还记不记得，昨天早晨，在招待所的楼梯口，你要下楼去散步，我正好去打扫你的房间，我们遇见了，你告诉我，你一直在写的那部剧本，写不出了，所以，明天一早，你就要走了。你不知道，从那时候起，我就想给你写一封信，再把信偷偷塞进你的行李箱，要是你有时间，你就打开来看一看，要是没时间，你就把它扔了吧。其实，我也不知道我为什么要给你写这封信，也许，这就是我的大好时光吧。

你肯定忘了，有一天，我在厨房里做饭，你跑来找我，告诉我，你一直在写的那部剧本，名叫《大好时光》，最新一稿又被枪毙了，因为你的老板说，你写的东西，不够美好，或者说，只有小好，没有大好，所以，你竟然问我，什么是大好时光？你真是高看我了，这个问题，连你都答不上来，我哪里能答得上来？但是呢，自从你问过了我，我总是动不动就想起来，时间长了，我还真是慢慢想起了那些我早已忘了的好。我也不知道，它们是小好，还是大好，现在，我把它们写下来，也不知道，对你会不会有一点用处——

我能想起的第一桩大好的事，是十九岁的时候，去跟未婚夫相亲。先不说未婚夫，先说我妹妹。我跟你说过，我有一个妹妹，比我小九岁，脑子不好用，我去相亲的时候，她非要跟着去，相完了亲，我的未婚夫骑着自行车送我们回家，妹妹坐在前杠上，我坐在后座上。那时候正好是冬天，月光下，地里的麦苗正在泛着青，真是好看得很。妹妹在前杠上睡着了，我的未婚夫就跟我说起了外面的世界，比如商场、外国人和他当兵的洛阳，后来，他还给我背了一首诗，这首诗，一字一句，被我记得死死的，这一辈子都忘不了："在那大海上淡蓝色的云雾里，有一片孤帆在闪耀着白光，它寻求什么，在遥远的异地？它抛下了什么，在可爱的故乡？"

这世上的事，当然不是只有好，对不对？我没能嫁给我的未婚夫，这件事就很坏，可我能怎么办呢？这世上的事，要是用好坏能说清楚就好了，但是说不清楚啊，好多事都是一时好，一时坏，这个人看好，那个人看坏。算了，我还是接着说好吧。我跟你说，我带着妹妹，离开了我们的村子，去洛阳投奔未婚夫的那一夜，就很好。那年夏天，我们的母亲死了，而我们的父亲死得更早，为了给母亲治病，我把家里最后的一块稻田卖给了别人，活不下去了。幸亏未婚夫写了信来，让我带上妹妹，去投奔他。接到他的信，我真是欢喜得要命，拿出了压箱底的一块布，给我和妹妹分别做了一套出门的新衣服。新衣服一做好，穿上它们，我和妹妹就出门了。

我们要坐的火车，是后半夜的过路车，所以，入夜之后，我们才从村子里出来，去了镇子上的小火车站。从卖给了别人的那块稻田边上经过的时候，我妹妹，不肯往前走，站在田埂上，不断地喊着母亲，就好像，她只要喊下去，母亲就会从稻田里直起腰来。见她不肯走，我只好再一次对她说：我们的母亲，已经死了。哪知道，我这一说不要紧，我妹妹哭得再也收不住，非要跑进稻田里，自己去找母亲。幸亏，一群萤火虫从稻田里飞过来，停在妹妹的头顶上，不再飞走了，我就干脆对妹妹说：我们的母亲虽然死了，但是，现在，她又变成萤火虫回来看我们了。听我这么说，妹妹想了想，笑了起来。看着她笑，我却哭了，只不过，我之所以哭，是因为我喜欢看见妹妹的笑，她在笑，我就觉得很好。

只不过，我能看见的好，暂时就到这里了；未婚夫，洛阳，就到这里了。要去洛阳，我们得经过很多小县城，有个小县城，它的名字，我这一辈子都不想再提，也正是从这里开始，我这一辈子，活成了别的样子。你知道的，那是个没有高铁没有动车的年代，要么是为了错车，要么是别的什么原因，我们坐的绿皮火车动不动就要突然停下来好长时间，那回就是。快到小县城的时候，火车停下了，我也睡着了，根本不知道，好多人都从破烂的门窗里爬出去，下了火车，在铁轨边上抽烟、撒尿和活动一下手脚。我的妹妹也爬出去了。等我从车厢里醒过来，不见了她，干脆也跳下火车，沿着铁轨找了好半天，终于在一座铁路桥底下的马路上看见她的时候，她已经昏死了过去，怎么叫都叫不醒。

我妹妹的脑子不好用，什么话都说不清楚，所以，到今天我也不知道，她那天到底怎么就一个人跑到了铁路桥上，又是怎么从桥上跌下去的。不过再说这些也没什么用了，反正，我这一辈子已经活成另外一个样子了。为了把妹妹救活，我们没有再去洛阳，而是留在了小县城。为了掏得起治疗费，我把自己给嫁出去了。是的，我把自己给嫁出去了。不嫁不行啊，我实在是掏不出给妹妹治病的钱来呀。也是命啊，那天，妹妹还在昏迷着，医院的医生又来赶我们出院，守在妹妹旁边，我哭也不是，想对着医生们笑又不敢，有个老太太过来问我，愿不愿意嫁给她儿子，要是我愿意，她就帮我出妹妹的治疗费。糊里糊涂地，我点了头。她又说，口说无凭，我得先跟她儿子过一夜，过了夜，她就出这治疗费。糊里糊涂地，我还是点了头。

糊里糊涂地，我被老太太领到家里，跟他的儿子过了一夜。第二天一早，她叫我改口，叫她妈，我也就改了口，叫她妈，然后，她跟我再一起去医院，掏了妹妹的治疗费。去医院的路上，风很凉，大街小巷我全不认识，就越走越冷。我把两个肩膀抱紧了，看着满街的店招牌，想起了未婚夫，我在想，他会知道我落到了这个地步吗？要是知道我落到这个地步，他会来救我吗？想了想，我就决定，不再想了，你猜我看见什么了？我恰好看见了一个修钟表的铺子，还没开门，有个小伙子，就靠在卷闸门上睡觉，旁边还堆着一堆钟表，不用说，这是来早了的伙计。一下子，我突然明白了一件事：在洛阳，我的未婚夫，可能也在受着跟我差不多的苦，那么，就让我受的苦放过他受的苦吧。

在医院楼下，走到两棵夹竹桃中间，我突然想大哭一阵子，我想用大哭一场，来跟我的未婚夫说再见，但是，不管我使了多大的力气，却根本哭不出来——鼻子酸了，喉咙紧了，眼泪快到眼眶里了，可到了最后也还是没哭出来。那时候，我还不知道，从此以后，直到现在，我都再也没有痛快地哭出来过了。

就算这样，在那小县城里，我也还是有大好的时光。比如妹妹醒过来的时候。我的婆家，算是说到做到，妹妹住院花了多少钱，他们就掏了多少钱，妹妹终于醒了，我去接她出院。那个时候，我已经怀孕了，挺着大肚子，妹妹听说我会生一个孩子，本来蹦蹦跳跳的，突然就不再往前走了，凑在我的身边，把耳朵贴在我的肚子上。过了一会儿，她对我说，她好想被我生一遍，她不想做我的妹妹，反倒想做我的孩子，叫我妈妈。你说，这样的时候，是不是大好时光？

还有，和儿子在一起的时候，每一分每一秒，都是我的大好时光。他吃上第一口奶的时候，我疼得要命，可是，心里又甜得要命，那种感觉，怎么说呢？就好像，我也不知道我欠了谁的债，要还谁的债，但是，我终于可以在我儿子身上还债了。还有儿子学走路的时候，看着他跌跌撞撞地向前跑，我这心里，又高兴，又伤感得很，我在想，那些我不认得的路，不认得的楼，现在，总算有一个人，可以从一生下来就帮我来认得它们了。

写到这里，我才发现，我从来没提起过我的丈夫，这就是问题，这是在说明，我怕他，也怕提起他。可是，我这一辈子，总不能不提起他，对吧？那么，我就大着胆子写写他吧。因为家里祖传下来的做烟花爆竹的手艺，虽说他父亲去世得早，她母亲不光一个人带大了他，而且，还在自己家里开起了做烟花爆竹的小厂子，日子越过越红火。不知道从什么时候起，他就吸起了毒，在戒毒所里十进十出，这才怎么也娶不上媳妇的。毒瘾没发，他就什么都还好；毒瘾一发，他就变成了王八蛋。说他是个王八蛋真的抬举了他，可是我也想不出什么比王八蛋更坏的词了。接着说，只要毒瘾发了，他是见谁就打：打他妈，打我，打我妹妹，也打我儿子。说实话，只要他从戒毒所里被放回来，我们一家人的天都要塌。我挨他的打也就算了，一天到晚，我还要提防着妹妹挨他的打，儿子挨他的打，婆婆挨他的打。所以，到了后来，我有了一个本事，那就是，不管我是不是鼻青脸肿，我却总有办法不叫其他的人挨打。我还记得，我婆婆去世之前，

343

快闭眼的时候，哭着对我说，当年她逼迫我，要我嫁给他儿子，是作孽，活该下阎王殿，永世不得超生。我赶紧止住了她，再对她说，我埋怨过她，也早就不埋怨她了。她听完，问我能不能再叫她一声妈，我便对她叫了起来：妈，妈，妈。

我没说假话，我是真的没那么埋怨我的婆婆。她死了之后，想起她来的时候，我还经常忍不住想哭一场，只是我哭不出来。我跟你说过，不管我有多想哭——鼻子酸了，喉咙紧了，眼泪已经到了眼眶里了，可是到了最后，我也没能哭出来。

还是接着说我儿子，说大好时光吧！没过几年，实在经不住我丈夫的折腾，我们家里的小厂子终于垮塌了，债主们天天上门要债。我丈夫，打起我来那么狠的一个人，只要看见债主上门，自己却先跑得远远的，只留下我来跟这些债主打交道。我能有什么办法？只好眼睁睁地看着债主搬走了家里能够搬走的所有东西，有时候，他们一边把东西搬走，还不忘了骂我几句，踹我几脚。有一回，有个债主，刚踹了我一脚，我的儿子，那么小的年纪，那么小的个子，举着一把菜刀就要往债主的腿上砍，我快被他吓死了，一把就把他抱在了怀里。

那天晚上，天快黑的时候，我妹妹不见了。我知道，每年夏天一来，妹妹总是喜欢一个人跑到县城外面的一条小河边上去看萤火虫，所以，我就带上儿子去找她，却没找见她。远远地，一片萤火虫从麦田里飞过来，又飞过了河，停在儿子的头顶上，再也不飞走了，儿子喜欢得要命，站在那里，一步都不敢动，又小声地喊我过去，跟他站到一起。我当然要听他的，做贼一样，小心再小心地靠近走过去，生怕惊动了萤火虫。还好，我们没有惊动萤火虫，两个人，站在萤火虫的底下，你看着我，我看着你。也不知道是怎么了，我突然想起了当年的未婚夫背给我听的那首诗，一字一句地，我全都记了起来，再背给儿子听："在那大海上淡蓝色的云雾里，有一片孤帆在闪耀着白光，它寻求什么，在遥远的异地？它抛下了什么，在可爱的故乡？"

——说起来，这就是我最后的大好时光了。

我妹妹，不见了。她不见之前，其实我早就有了预感，因为她怕我的丈夫。我丈夫一回来，她就远远地躲了起来；我丈夫走了，她有时候是从厨房里钻出来，有时候是从床底下钻出来，拽着我的衣服，再对我说，姐，我们走吧，姐，我们走吧。可是，我的儿子在这里，我能走到哪里去呢？突然，我怕她一个人走掉，又去把她抱紧了，威胁她，要听话，不许走，她就对我说，我听话，我不走。可是，她还是不见了。

我怎么能让她说不见就不见了呢？恰好，那段时间，我的丈夫又从戒毒所里放了出来，就算再不放心，我也不得不把儿子交给他，自己出门去找妹妹。为了找到妹妹，我把县城周围所有的村子镇子都找遍了，然后，我就只好越跑越远，附近的县城也都被我跑遍了，终究还是没有找见她。突然有一天，我想到，我妹妹，会不会跑回我们的老家去了？这念头一起，我简直一分钟都忍不住，撒腿就跑到了火车站，当天就坐上了回老家的火车。要知道，这么多年以来，我连火车站的方向看都不敢看一眼，当初，要不是火车停在了那里，我这一辈子，怎么会成了今天这个样子呢？

在老家，我还是没有找到妹妹。老家的人说，他们从来没有看见过她回来，但是，在集镇上，我却看见了我当初的未婚夫。在集镇上，他开的不是修钟表的铺子，他开的是一家酒楼，我经过他的酒楼的时候，一眼便认出了他。下午，客人都散了，他就在酒楼门前的躺椅上睡觉。我盯着他，看了好长时间，听了他好长时间的鼾声，又想哭，又没哭出来。后来，我咬咬牙，去赶车，向前走了几步，还是跑回来，干脆在他对面坐下，看着他，脑子里倒是一片空白，好像什么都想了一遍，又好像什么都没想。突然，他醒了过来，揉着眼睛看我，在他开口之前，我慌忙起了身，撒腿就跑，我知道，他没有认出我来。

回去的火车上，看着铁轨两边的稻子又熟了，想起妹妹，想起我到底怎么就走到了现在，我的心里，真是疼得很，根本不知道，更大的疼，就在前头等着我。回去之后，我掏钥匙开门，发现怎么也开不了，过了一会儿，有人来开门，却是我不认得的人。对方告诉我，我不在家的时候，我的丈夫，已经把我们的房子，包括最后剩下的一点点烟花爆竹，全都卖给了他。那么，我的儿子呢？我得说，一下子，我就变成了一头母狼，我掐着对方的脖子，问他，我的儿子呢？对方却说，他也不知道详情，他只是有所耳闻，只听说，我的丈夫，在把房子卖给他的前一天，刚刚把儿子卖给了别人，然后，自己拿着钱，坐上火车走了。

我哪里肯信他的话呢？我还是像一头母狼，推开他，在房子里进进出出，把所有的犄角旮旯都找遍了，可是，越找，心里越疼，越找，我就越觉得对方没有骗我。在儿子平常睡觉的房间里，看见床上的被子仍然卷成了一团，就好像他还睡在里面的时候，我提醒自己，不要慌，不要乱，他并不在里面，腿脚还是忍不住，一下子就扑到了床上，抱住卷起来的被子，不要命地亲。当然，我没亲到他，我只是亲了个空。最后，我想起来，我不能在这里耽误下去了，我还要接着去找我的儿子，就赶紧从床上爬起来，跑出了房子，站在大街上，又不知道去哪里，正好，一辆洒水车开过来，我也没有躲，全身上下，都被浇得透湿透湿的。

也就是打那一天起，我这一辈子，就开始过成了现在这个样子。在小县城里找了一个星期之后，我知道，我的儿子没有在这里，而是离我越来越远，越来越远了；还有我的妹妹，天知道他们到底去了哪里？这样，我就上路了，这一条路走下来，到今天，已经整整八年过去了，我儿子，我妹妹，我还是没有见到他们的半点影子，但是，只要我在这世上活一天，我就要接着找一天。苏州有他们的消息，我就去苏州；沈阳有他们的消息，我就去沈阳；活不下去了，我就找餐馆打工，找招待所打工，有时候也去工地上打工。不过你肯定不相信，这么多年，只要挣了钱，除了去找儿子，找妹妹，只要多出来一点点钱，我都用它们来买护肤品。不管怎么样，我都不能老得太快，要是老得太快了，我怕哪天走在大街上，面对面碰见了，我儿子，我妹妹，他们也认不出我来。

谢谢你，修文老弟，我们有缘在这招待所里相识，你没嫌弃我，叫我这服务员作大姐，既听了我说话，又让我听了你说话，我实在是感谢你，所以，拉拉杂杂地写了这么多，为的是劝你一句：剧本还是要写下去，日子也还是要过下去，就像我，儿子，妹妹，只要我还在这世上活一天，那么，我就会再接着找下去。

最后，想来想去，我还是再跟你说一段我现在的大好时光吧。是的，就算是现在，我还是有我的大好时光，只不过，那不在这世上，而是在我睡着了做梦的时候。一做梦，我就去了洛阳，洛阳啊洛阳，你究竟是一个什么样的地方？这些年，为了找儿子，找妹妹，我去了那么多地方，可是，偏偏就没有去过洛阳，偏偏就只有在梦里才能去洛阳。说起来，梦里的洛阳真是好啊，后半夜，在一条叫不出名字的街上，月亮大得很，照到哪里都是明晃晃的，我当街上站着，等的人迟迟不来，但我有的是耐心，我知道，他们一定会来。果然，没等多大一会儿，你看，我儿子也来了，我妹妹也来了，最后来的是我的未婚夫——他一直都没有老，就好像，一切都还没有开始，这不，一边朝我走过来，他一边就给我儿子，给我妹妹，背起了当初在麦苗地里背过的诗："在那大海上淡蓝色的云雾里，有一片孤帆在闪耀着白光，它寻求什么，在遥远的异地？它抛下了什么，在可爱的故乡？"

修文老弟，再见了。以上，就是我所有的大好时光。

一封回信

艳梅大姐，非常遗憾的是，看到你写给我的信，以及现在给你写下这封信，已经是在一年之后了。如你所知，这些年，我和一条丧家之犬几无区别，每到一地都想安营扎寨，可是，无一例外，最后的结果，都是我被扫地出了门。时间长了，我也习惯了，住进新的招待所之后，除了从中掏出几件换洗衣服，你放了信的那只行李箱，大多数时候我连动都懒得动一下。今天也是凑巧，我又来到了一个过去从未踏足过的地方，住进了一家经济型酒店，刚一进房门，行李箱就散了架，皮开肉绽之后，乱七八糟的东西散了一地，我只好硬着头皮对付它，这才看见了你写给我的信。

关于你所说的那部剧，《大好时光》，早就跟我没了关系，不光它，在我与你相别之后，《古都魅影》，《庞统外传》，《媳妇的万水千山》，这好几个项目都看似与我有了关系，最后还是没了关系。但是，请你放心，我还会写下去，就像你还会接着把你的儿子和妹妹找下去。这封信，不知道最后会不会寄到你的手上，多半是不会了，你只怕早已又上路了，尽管如此，读完你的信，我还是决定写一封信，告诉你，一年下来，虽说度日如年，犄角旮旯里，我还是见识了为数不少的大好时光。这些大好时光，如果我写下来寄给你，被你看到，也许，在长路上，它们也可以勉强算作你总是背起来的那首莱蒙托夫的诗？如果你收不到，这封信注定只能腐烂于虚无，那些大好时光也终究被我写下过，就像你这个人，火车上来去，餐馆招待所里栖身，可是，你也终究被一个人写下过，你说对吗？

大好的事情，多半都在草芥莽棘之中——四川德阳，大雨里，我看了一整天的落凤坡，晚上，找到一个小镇子落脚，太饿了，我便去镇上唯一的肯德基里买了三个汉堡包，一出门，当街上站着便开始了狼吞虎咽。吃了一个，再吃一个，到了第三个，才吃了几口，实在吃不下去了，就打算将它扔进街边的垃圾箱，哪知道，一个老太太，突然上前，一把抢过了那个没吃完的汉堡包，手捧着天大的宝贝一般，往前跑，我还未及反应过来，她却摔倒在了地上。我追过去，发现她哪怕栽倒在地上，那个没吃完的汉堡包也被紧紧地护住了。我上前去搀她起来，她却当作是我又要将那个汉堡包抢回去，怎么都不肯起来，就坐在一地的泥泞里步步后退。我简直花费了无数的口舌，才将她搀扶起来，又目送着她从大雨里消失了。

第二天早晨，雨停了，雾气却是大得很，我要去赶最早的一班车，出了旅馆，却一眼见到了昨夜里的老太太，显然，她一直在等我。见到我，她从雾气里奔过来，一把抓住了我，嘴巴里一直在嗯嗯啊啊地说着话，我却听不出一句完整的——其实，到了这时候，我也差不多清楚了，这老太太，是精神出了问题，但是，她的意思我是明白的：她抓住我的手，是让我跟她走。于是，我就跟她走。雾气里，我们走了好一阵子，来到一户人家前，老太太率先推开门，再要我进去。犹豫了片刻，我还是进去了，当头却看见，屋子正当中的一张长条桌上，供着一个男孩子的遗像，遗像之下，还放着昨夜里那个我没有吃完的汉堡包。

遗像和汉堡包却不是重点，重点在后院。老太太一直没放开我的手，拉着我，来到了荒草足有半人高的后院里，然而，荒草丛里，却有一棵正在开花的木芙蓉，那些芙蓉花，有红有白，既像是被雾气，又像是被人间的泪水打湿了。我听说，芙蓉花一日三变，不自禁地就走上了前，紧贴着它们去看，果然，好几朵花正在迅疾地变换着颜色，一转眼，便已是朝朝暮暮。我回过头去看老太太，老太太却在继续指点着芙蓉花，就像指点着一道盛宴，她是让我再接着看花，我便听她的，接着看。看着看着，再去环顾荒草、仅剩的半截土墙和快要倾塌的房屋，举目之处，如此荒寒，芙蓉花却又如此执拗地抵抗着这荒寒，某种近似于哭泣之感便涌上了心头。可是，艳梅大姐，不知道是怎么了，我也和你一样哭不出来，只好哽咽着，将芙蓉花看了一遍又一遍，最后，当我再次回头，这才看见老太太笑了，见她笑了，我也笑了。

　　下一桩大好的事，还是跟花有关，地方却已换到了黄河边上。如你所知，我的剧本写来写去，无一不是没了下文，这时候，恰好听说一个朋友在黄河边上策划一场大型的实景演出，我便想去看看有没有糊口的机会，于是，不远千里地，我找上了门去——坐了火车，换了汽车，之后又换上了黄河里的轮渡，下了轮渡，我还要步行二十多公里路，才能赶到一个集镇上去见到我的朋友。这一天，天黑得早，我从渡口上出来，沿着黄河的南岸往前走的时候，天上的星星已经出来了，身边的田野上，作物们已经被收割殆尽，我蹲在田埂上，借着最后的天光，对着田野上残留的根茬辨认了好半天，始终也没有认清楚，那些被收割的作物到底是什么。

　　此处的黄河，其实并不宽阔，在许多地段，只能用狭窄来形容，原因是，我看似走在岸边，实际上，我是走在干涸了的河滩上，因此，也就格外地艰困：四下里都是河水退去之后留下的沟沟壑壑，每往前走几步，我便要跌落在其中，一时半会儿都爬不出来；更何况，时在寒冬腊月，北风一起，星星就消隐不见了，黄河上，河滩上，旷野上，全都被无边的漆黑给笼罩住了。好在是，正是我左右为难的时候，夜幕里，凭空多出了一道雪亮的光束，游弋了几下，再越过黄河，直直地落定在我身前，由此，沟沟壑壑全都被我看见了。我不明所以，看向黄河对岸，这才发现，夜幕里站着一个只能勉强看清身形的男人，他的头顶上，顶着一盏矿灯，我身前的光束，就来自于黄河对岸的这盏矿灯。

　　我顿时明白过来，虽说岸分南北，我却有了同路人，凭借那雪亮之光，我赶紧向前狂奔了几步，同路人这才将那束光收回去，再照亮自己要走的路。之后，大风里，我当然忍不住嘶吼出了几句感谢他的话，他似乎是应了一声，似乎什么都没有说。如此，我们两个，便各自顶着北风向前走，那一束雪亮之光，时而照亮南岸的河滩，时而照亮北岸的河滩，时而，它又长久地停留在河面上，我们两个，都清晰地看见了夜晚里流淌的黄河——就像刚刚打下了河山的君王，唯有继续泥沙俱下，沉默着去开疆拓土，所有的春花秋月才能长治久安。

突然，就在我的身前，那束对岸里探照过来的光，跳跃了几下，对准一个所在，再不动弹。我便循着那束光看过去，却原来，一株腊梅，好似拦路的刀客，定定地站在我的正前方。我难以置信，同路人也难以置信，所以，那束光长久地停止不动，我便靠近了这株腊梅：它跟我差不多高，开满了黄白相间的花，虬枝林立，一根根伸向了夜空；我去抚摸了一朵花，那朵凝结着冰苴的花，竟像小石子一般地硬，再看其他的花，朵朵如此，朵朵都像是刀客的儿子，早早便学会了十八般武艺和一条路走到黑。这时候，对岸里的人终于开口了，他大声地嘶吼着问我，眼前是不是腊梅？我连声说是，他便又问我，花瓣是什么样子的？花色是什么样子的？我便一一告诉他了，没想到，他竟然大为开怀，隔着风，隔着黄河，我也看见他雀跃了起来，转而又哈哈大笑，笑完了，站在原地里，他竟扯着嗓子唱起了歌："桃花花你就红来，杏花花你就白，爬山越岭找你来，啊格呀呀呆……"

歌词里尽管没有一句梅花，但是，彼岸的狂喜还是确切地传到了此岸，我原本也想问他何以至此，难道说，这株腊梅是什么稀世珍品？而且，它正好是他有此一行的使命？想了想，终究没有问，也许，他和它，都没有使命，都仅仅只是遇见，遇见了，正所谓，一壶浊酒尽余欢，那么，一株腊梅，尽了余欢，消除了他在长夜苦旅上的胸中块垒，又有何不可呢？我再去看那株腊梅，北风越猛烈，虬枝和花朵便越加坚硬，就好似整个人间大地越来越骄傲的心。黄河，旷野，夜幕，两个隔岸呼应的人，一颗越来越骄傲的心，莫不是，造物之主缔造出如此机缘，为的是，他也要在这犄角旮旯里度过他的大好时光？

不说花了，接下来，让我们说一说包子，对，就是包子，肉包子素包子的包子。倒春寒的时候，家人生病了，住进了北京的医院，我便赶到了北京去陪护。因为正在进行的《古都魅影》投资人突然被抓，项目戛然而止，我又颗粒无收，只好终日冒着大雪在北京城里奔走，妄图找到相熟的人，再借回一点可以支撑一阵的住院费。但是，我的奔走收效甚微，半个月过去了，我把自己的笔记本电脑和手机都送到旧货市场里卖掉了，接下来的住院费还是迟迟都凑不够。

如此，我便难免心如死灰。医院的对面，是一座寺庙，这寺庙，传说是当年一位早期革命领袖的灵柩长期安置之地，因此，寺门口遍植了松柏。心如死灰的时候，我便在这松树柏树底下呆坐上好半天，实在挨不住冻了，我才会硬着头皮回到医院里去。这一天，恰好天降大雪，我又在一棵松树底下呆坐，枝杈上，一只鸟窝几乎被雪覆盖，又被风吹得破烂不堪，所以，有两只鸟，只好不断地飞来飞去，衔来各种微小的杂物，用以将鸟窝勉力支撑住。反正无所事事，一下午，我便仰起头看着两只鸟来来回回，又看着它们竹篮打水。这时候，突然，从我对面的大雪里跑来一个人，不由分说地抓住我，再叫嚷着，让我千万不要想不开。

我定睛去看对方，发现对方显然不好惹：短粗黑壮，一脸的络腮胡，犹如黑旋风再世。几乎是愤怒地，他一边拽着我，一边声色俱厉地呵斥着我，我听了好半天，终于弄清楚了他何以如此待我——我之仰头张望，被他当作了在松树底下琢磨上吊寻死的地方。我当然要跟他争辩清楚，自己全无寻死之念，结果，他似乎是被我更加激怒了，嗤笑着告诉我，我骗不了他，像我这样在松树底下寻死的人，这些年，他不知道已经见过了多少个。这样，我就被他拖拽着，冒着雪，走过了寺庙，走过了一条寿衣店和医疗器材店林立的小街，再转入一条遍布了小吃铺子的巷子里。巷子头上第三家，包子铺的门口，对方站定了，再冷声勒令我也不许朝前走，如此，我只好原地站住，看着他，他也看着我，对视了一会儿，他却又笑了起来，再压低了声音，一字一句地，跟我说起了他为何非要强迫我来这里的原委。

好吧，我来说谜底：拖拽我前来此处的人，其实不是别人，而是医院里的护工，这护工，几年前带着孩子到北京治病，孩子没有治好，死了，为了还上给孩子治病欠下的债，他干脆留在这医院里当了护工。许多时候，他都活不下去，活不下去的时候，他就来这包子铺，有时候他会吃上几个包子，更多的时候，他就站在门口，看着伙计们和面、揉面、擀面，看着他们做馅、包馅、捏褶，再看着他们将做好的包子放进蒸笼。他最喜欢的，就是看见包子被蒸熟了的时候，蒸笼盖一掀开，热气腾地冲出来——就像太上老君的炼丹炉被打开了，包子们却不是孙悟空，一个个，乖得像听话的孩子，全都不哭，全都不闹——到了这时候，在一阵高过一阵的热气里，想到伙计们受过的苦，再想到自己受过的苦，全都有可能变成热气里的包子，是的，每到这个时候，他就觉得这日子还可以过下去，这日子里除了苦，还有包子。

我听了他的话，一下午，我们就站在包子铺的门口看包子。伙计们显然早已见怪不怪，乃至买包子的熟客们也早已见怪不怪，我们两个，如入无人之境，在越来越密集的风雪里，要么站着，要么蹲着，看着包子一个个被做成，又看着它们被蒸熟。有时候，风一大，热气在半空里遇见雪幕的阻挡，掉头而下，扑上了我的脸，我的脸便在瞬间里变得湿漉漉的，一下子，像是灌满了清水的堰塘，又像是刚刚问过道的童子，不知道被什么充满了，但是我知道，我的全身上下，被充满了。随即，眼睛也是一酸，我便开始安静地等待着自己的哭泣，最后还是没有，那是因为，一边等待，我又一边分明觉得，别有一股蛮力在拉扯着我，想了一会儿，我想清楚了，这蛮力，其实是从天而降的美：包子是美的，风雪是美的，伙计们是美的，一脸络腮胡的黑旋风，也是美的。

　　——说起来，这就是过去一年中我最后的大好时光了。

　　其后，熟悉的生涯卷土重来：兴致勃勃地上门，唾沫星子横飞地阐述，直到最后，门被关上，人被推出来，弯腰，低头，捡起散落了一地的剧本梗概和大纲，重新活成了街头上的一只丧家之犬。对了，中间还夹杂着无数挖空了心思的逢迎和暗无天日的被关禁闭。说到被关禁闭，我们初识之时，你便亲眼目睹过，但是，其中的坑洼和深渊，且让我细细说给你听：招待所也好，经济型酒店也罢，反正我也没住过比它们更好的地方，它们要么坐落在深山里和小镇上，要么就在北京的郊区，一入此地深似海，自此之后，便是画地为牢——掀开窗帘向外看，风在动，树在动，小虫子在动，全世界都在动，而唯有我是不动的。

　　且让我以最近的一次被关禁闭为例吧。河南信阳的一座深山里，我又被关进了一家小招待所里写剧本。小招待所里，也有一个和你一样的大姐，隔天来一次，为我做好两天的饭，等她走了，满山里，便只剩下了我一人。我所在的这座深山，早在民国时期，便修建了不少达官贵人的别墅，而今早已荒废，全都化作了断垣残壁。到了晚上，小招待所里又总是停电，这时候再去看向窗外，那些荒废的别墅，几乎每一幢每一处都是鬼影憧憧，如果再起一点风，这里的墙倒下一截，那里的檐瓦掉下一片，心惊肉跳便要纷至沓来。但这还没有完，挨不过寒凉的野猫和果子狸也不知从哪里闯进了招待所，再顺着楼梯往上，一步步逼近了房间，隔着房门听过去，就好像，刚刚画完皮的鬼魂已经盯紧了我，靠近了我，接下来，它还要吃掉我。

怎么办呢？好吧，既然没有电，那我就只好自己给自己发电——几乎每天晚上，当野猫和果子狸的爪子开始抓挠我的房门，我便干脆开了门，先将它们吓得逃散开去，然后，我下了楼，出了招待所，来到了断垣残壁的中间，一处处的，厢房和地下室，天井和雕花床，它们全都被我一一目睹，又一一亲历，最后，当我确信，我所踏足之处，既没有树精也没有狐妖的时候，也是胆大包天，我竟横生了失落，恨不得它们马上现身，好与我共度这长夜良宵。既然如此，那我就继续在这满山里狂奔下去吧：松树林里，松果扑簌而落，一颗一颗被我踩在脚下，而它们又在不断向前伸展，就好像，这是一条一直在等待着我的命定之路；荆棘丛中，偏偏有花朵的香气传来，一时之间，我往往不知如何是好，是该将那荆棘拨开，冲杀出去，还是就此埋首在花香之前，沉醉不知归路？最后，在水库边上，天快亮了，之前隐藏在黑暗中的一切，栾树和枫树，深潭和远山，荒凉下去的，正在生长的，它们终于无处藏身，全都大白于天下，我便哽咽着问自己：不是沾染，不是攫取，仅仅只是看见——是啊，仅仅只是看见，是不是也说明，在这穷尽了自己的长夜之后，我终于迎来了些微的、惨淡的一丁点胜利？

我想是的。艳梅大姐，我想我的手里的确攥紧着一丁点胜利，所以，我才又拎着那口行李箱，奔赴了此刻的所在，就好像你对我说起过的，只要你还在这世上活一天，你儿子，你妹妹，你便要在这世上找他们一天。而我却爱莫能助，许多时候，我和你，你和别人，我们唯一的匹配，不过是我们活在同一座尘世上，而后相逢，而后走散，但是，无论如何，走下去，你总归会如同我一般，遇见雾气中的老太太，再遇见夜晚里的腊梅和包子铺前的黑旋风，到了那时，你叫他们大好时光，他们便是大好时光。

最后，和你一样，我也要跟你说起一段梦境里的大好时光，不不不，实际上，那大好的时光，已经从梦境里破门而出，来到了梦境之外——很长时间了，只要做梦，我就会变成包子铺里的伙计。外面漫天的风雪，铺子里的我却置若罔闻，只顾着和面、揉面、擀面，再做馅、包馅、捏褶，之后，我便安静地等待着蒸笼盖被掀开的时候。过了一会儿，时间到了，蒸笼盖掀开，热气腾地冲出来，就像太上老君的炼丹炉被打开了，包子们却不是孙悟空，一个个，乖得像听话的孩子，全都不哭，全都不闹——到了这时候，我便哭了，而且，哭着哭着，我就醒了，但是，我要告诉你的是，哪怕醒了，我也还在哭。是的，这么长时间以后，当我的手里终于攥紧了些微的、惨淡的一丁点胜利之后，我又学会了哭，有时候，当哭泣袭来，我也想起了你：不知道你身在哪里，但是，此刻里正在向你靠近的，除了硬生生砸过来的苦，也许，还有包子铺门前的哭？

艳梅大姐，再见了。以上，就是我一定要写给你看的大好时光。

图书在版编目(CIP)数据

致　江东父老 / 李修文著. -- 长沙：湖南文艺出
版社，2019.9
　ISBN 978-7-5404-9360-8

　Ⅰ. ①致… Ⅱ. ①李… Ⅲ. ①散文集－中国－当代
Ⅳ. ①I267

　中国版本图书馆CIP数据核字(2019)第168632号

致　江东父老
ZHI JIANGDONG FULAO

李修文/著

出 版 人　曾赛丰
责任编辑　陈新文　陈漫清
责任校对　黄　晓
插　　画　蔡皋
书籍设计　肖睿子

出版发行　湖南文艺出版社
　　　　　（长沙市雨花区东二环一段508号　邮编：410014）
网　　址　http://www.hnwy.net
印　　刷　长沙超峰印刷有限公司
经　　销　新华书店
开　　本　710mm×970mm　1/16
印　　张　23
字　　数　300千字
版　　次　2019年9月第1版
印　　次　2019年9月第1次印刷
书　　号　ISBN 978-7-5404-9360-8
定　　价　68.00元